Violet Thomas

Ein Herz voll Leben

Weitere Titel der Autorin:

Jeden Tag ein neuer Himmel

VIOLET THOMAS

Ein Herz voll Leben

Roman

lübbe

Dieser Titel ist auch als E-Book erschienen

MIX
Papier aus verantwortungsvollen Quellen
FSC® C014496

Originalausgabe

Textredaktion: Friederike Haller, Berlin
Titelillustration: © shutterstock: Kiriko357
Umschlaggestaltung: Christin Wilhelm, www.grafic4u.de
Satz: Dörlemann Satz, Lemförde
Gesetzt aus der Adobe Garamond
Druck und Verarbeitung: GGP Media GmbH, Pößneck
Printed in Germany
ISBN 978-3-404-18452-1

2 4 5 3 1

Sie finden uns im Internet unter luebbe.de
Bitte beachten Sie auch: lesejury.de

Kapitel 1 – Isabella

»Bist du endlich so weit, oder muss ich den Kassenabschluss für dich machen?«, fragte Melanie und tippte mit ihren Fingernägeln gespielt nervös auf ihre verschränkten Arme.

»Gib mir noch eine Sekunde«, erwiderte ich und übertrug die letzten Daten in das Buchhaltungssystem. »Du weißt doch, je eher dran, desto weniger Arbeit am Jahresende.«

»Dafür kommen wir zu spät zu unserem Treffen.« Melanie ging in meinem Laden auf und ab; zehn Schritte genügten, um vom Tresen zur hinteren Wand zu gelangen. Ihre kurzen Absätze klackerten auf den holzfarbenen Fliesen. Ich hatte mir den Boden vor zwei Jahren so ausgesucht, nachdem ich die Bäckerei von meiner Großmutter übernommen und renoviert hatte. Beinahe vier Monate ackerte ich Tag und Nacht, um den beschaulichen Laden von einer klassischen Bäckerei zu einem Cupcake-Shop umzugestalten. Die Gäste liebten die Brote und Kuchen meiner Oma, dennoch waren die Umsätze kontinuierlich zurückgegangen, seitdem jeder Supermarkt frische Brötchen verkaufte. Schließlich hatte meine Oma aufgegeben oder vielmehr beschlossen, ihr Ein und Alles an »die nächste Generation weiterzugeben«, wie sie sagte.

Da war es gerade recht gekommen, dass ich nach meiner Ausbildung zur Einzelhandelsfachkraft noch keine konkreten Pläne hegte. Inspiriert von einem Praktikum in einem Londoner Cake-Shop erarbeitete ich ein Konzept, mit dem Omas Bäckerei eine Zukunft bekam. Ich gestaltete die Räume zeitgemäßer und verpasste dem altmodischen Holzinterieur einen modernen Anstrich. Warme Frühlingsfarben, dezente Cupcake-Bilder an den Wänden und farblich passende Tischdekorationen für diejenigen, die vor Ort essen wollten. Um Omas frühere Stammgäste nicht zu vertreiben, hatte ich mich auf eine leichte Holzoptik bei den Fliesen und den Bilderrahmen eingelassen sowie einige Traditionsrezepte beibehalten. Den klassischen Butterkuchen gab es weiterhin, wie es ihn schon seit Eröffnung des Ladens vor mehr als fünfzig Jahren gegeben hatte.

Mit einem letzten Klick beendete ich das Buchhaltungsprogramm und fuhr den Computer in meinem Büro herunter. Wobei das Wort »Büro« eine falsche Vorstellung weckt. Vor meiner Übernahme war es die Abstellkammer für Putzmittel gewesen und diente zusätzlich als Lagerraum. Entsprechend beengt war es darin. Doch es reichte, um einen schmalen Schreibtisch aufzustellen, an dem ich meinen Papierkram erledigen konnte.

»Hast du eigentlich den Kerl getroffen, der dich über Parship angeschrieben hat?«, rief Melanie aus dem Verkaufsraum.

»Nein, der war mir zu schmierig mit seinen Wünschen nach Familie und einer neuen Heimat.« Ich zog die dünne, gelbe Strickjacke von der Lehne meines Schreibtischstuhls und schlüpfte hinein, bevor ich zu meiner Freundin trat.

»Warum das denn? Ich meine, wir haben dich da nicht angemeldet, damit du dir nur die Bilder anschaust. Dafür hätte auch ein Instagram-Account gereicht.« Melanie lehnte am Tresen und starrte mich ungläubig an.

»Mir ist sowieso schleierhaft, wieso ihr das gemacht habt. Ich komme gut ohne Mann aus.« Rasch schloss ich die Tür zu meinem Abstellbüro und griff meine Handtasche, die in einer Kiste unter dem Tresen lag.

»Es geht doch nicht darum, dass du ohne Mann nicht klarkommst, du sollst einfach die Vorzüge genießen, die er dir bieten kann. Dein letztes Date liegt bestimmt ein halbes Jahr zurück, und das habe nicht einmal ich geschafft.« Melanie hob bedeutungsvoll die Arme vor die Brust. »Und ich habe eine Vierjährige zu Hause, die meine Babysitterin in den Wahnsinn treibt. Ich hoffe, heute macht sie nicht wieder so einen Terz.«

Ich lächelte und kam hinter dem Tresen hervor. »Du hättest sie auch zu mir bringen können. Immerhin bin ich ihre Patentante. Wir hätten den ganzen Abend Eis gegessen, Anna und Elsa geschaut und die Nacht zum Tag gemacht.«

»Und genau deswegen bekommst du sie nicht unter der Woche.« Melanie schüttelte den Kopf und schnaubte. »Bei dem einen Mal haben mir die Beschwerden der Erzieherin am nächsten Tag gereicht.«

»Dafür hatte Leni einen wunderschönen Abend, und ich habe festgestellt, dass ich noch auf der Couch schlafen kann, wenn ich muss.«

Wir verließen den Laden, und ich schloss ab. Mein Patenkind war ein echter Wirbelwind, nicht unbedingt frech, aber definitiv nicht auf den Mund gefallen. Sie gehörte zu den Kindern, die überall hinaufklettern, drunter durchkriechen und darüber balancieren müssen; die jeden Hebel oder Knopf ausprobieren und deren Energie unbegrenzt erscheint oder zumindest länger hält als die ihrer Eltern, Erzieher, Freunde. Zum Glück war es als Patentante nicht meine Aufgabe, ihr diese Flausen auszutreiben, sondern sie zu fördern.

»Schon gut.« Melanie hakte sich bei mir unter, und wir schlenderten die Promenade entlang.

Mit einem tiefen Atemzug sog ich die frische Meeresbrise ein. Ich liebte meinen Arbeitsplatz. Gleich vor meinem Laden erhoben sich die Dünen, und dahinter lag die Ostsee. Ein einfaches Holzhäuschen blockierte die direkte Sicht vom Laden aufs Meer, doch wenn im Sommer die Fenster offen standen, reichten die anderen Sinne aus, um zu wissen, wo man sich befand. Jeder roch die salzige Luft, jeder hörte die tobenden und mit Wasser spritzenden Kinder, und jeder spürte den feinen Sand im Gesicht, wenn die nächste steife Brise durch unsere Bucht wehte.

Meine Großmutter hatte ihre Bäckerei vor etwas mehr als fünfzig Jahren eröffnet, als die Immobilienpreise noch nicht utopisch gewesen waren, und sie hatte mir das Geschäft zu einem moderaten Preis überlassen. Die einzige Bedingung, die meine Großmutter gestellt hatte, war, dass sie weiterhin in der Wohnung über dem Laden wohnen wollte. Seit mehr als einem halben Jahrhundert war es ihr Zuhause – wie hätte sie das aufgeben können?

»Sag mal, hast du eigentlich mal darüber nachgedacht, selbst Kinder zu bekommen?« Melanies Frage riss mich aus meinen Gedanken.

»Wie bitte?«

Sie schaute zu mir herüber. In ihrem Blick lag etwas, das ich nicht deuten konnte. Und das wollte etwas heißen, denn normalerweise las ich die Gedanken meiner längsten und besten Freundin an ihrer Nasenspitze ab. »Kinder? Kannst du dir das vorstellen?«

»Klar, aber nicht im Moment. Erst mal muss der Shop laufen. Dann kann ich es mir zeitlich leisten, ein Kind zu kriegen.« Ich tippte ihr gegen den Oberarm. »Nicht jeder hat so flexible Arbeitszeiten wie du, Frau Onlinebusiness.«

Melanie besaß eine Firma, die vegane Seife mit maritimen Inhaltsstoffen vertrieb. Sie hatte eine Angestellte, die ihr dabei half, die Seife zu gießen, sodass ihr mehr Zeit für ihre Tochter Leni blieb und für das Sammeln von Verzierungen ihrer einzigartigen Produkte.

»Manchmal muss man halt Glück haben«, erklärte Melanie mit einem Schulterzucken. »Aber lenk nicht ab. Zeit ist nur eine Ausrede, warum man keine Kinder will.«

»Woher kommt denn das plötzliche Interesse an meiner Familienplanung?« fragte ich amüsiert. »Hatte Leni wieder einen ihrer Trotzanfälle, und du willst sie verschenken?« Ich löste mich von ihr, um meine Strickjacke enger um den Körper zu legen. Auch wenn der Sommer bevorstand, war es in den Abendstunden manchmal noch unangenehm kühl.

»Nein, das ist es nicht. Ach, alles gut.« Melanie fuhr sich durch die rotblonden Haare und wandte den Blick von mir ab. Stattdessen betrachtete sie interessiert die Düne zu ihrer Rechten, ehe sie sich erneut zu mir drehte und mir in die Seite pikte. »Ich wollte nur mal wissen, ob du deine biologische Uhr schon ticken hörst.«

Mir lag eine Erwiderung auf der Zunge, eine dunkle Spur in Melanies Blick ließ mich jedoch innehalten. »Alles in Ordnung?«

»Bei mir?« Melanie streckte die Arme aus und drehte sich wie ein Schulkind im Kreis. »Ich habe ein gut laufendes Geschäft, eine tolle Tochter. Na ja, die meiste Zeit über. Ich lebe an einem Ort, an dem andere Urlaub machen, und ich habe wunderbare Freundinnen, mit denen ich jederzeit einen gemütlichen Abend verbringen kann. Was denkst du, wie es mir geht?«

Ihre Worte beruhigten mich nur zum Teil, denn auch wenn sie lachte, so schien doch ein winziger Schatten über dem Funkeln in ihren Augen zu liegen. Eine Dunkelheit, die im Verborgenen lauerte und nur darauf wartete, sich auszubreiten.

»Gut, das freut mich«, erwiderte ich und schaute kurz auf mein Handy. »Hat Ella gesagt, was es heute zu essen gibt?«

Melanie zuckte mit den Schultern. »Sie macht wie immer

ein großes Geheimnis darum. Aber ich lehne mich wohl nicht zu weit aus dem Fenster, wenn ich behaupte, dass es uns schmecken wird.«

Wir passierten einige niedliche Souvenirshops und einen Eisladen, bogen nach rechts ab, um die Strandpromenade zu verlassen. Ellas Restaurant lag nur etwa zehn Minuten zu Fuß von meinem Cupcake-Shop entfernt. Von außen bot es das Klischee des maritimen Fischrestaurants: Netze hingen als Dekoration über dem Eingang. Ein rostiger, roter Anker stand in dem schmalen Vorgarten, den man über einen Kiesweg durchquerte. Auf den Fensterbänken ragten rot-weiße Leuchttürme auf, in deren Spitzen Lichter wie Kerzenflammen flackerten. Ein breites Schild hing über dem blau gestrichenen Eingang. *Mit Mann und (Sch)Maus.*

Ella hatte das Restaurant sehr zum Missfallen ihres inzwischen geschiedenen Ex-Manns eröffnet. Es war ein lange gehegter Traum, den sie sich vor vier Jahren endlich erfüllt hatte. Mittlerweile war sie glücklich Single und flirtete hemmungslos mit jedem Mann, der nicht bei drei auf den Bäumen war. Mit ihren Mitte vierzig war sie die Älteste in unserer Mädelsrunde, und ich liebte ihre offene Art und den frischen Wind, den ihre manchmal altmodisch anmutenden Ideen aufwirbelten. Wenn sie vorschlug, einen Plattenspieler in der Lobby von Alyxandras Pension aufzustellen. Oder Tamina erzählte, dass sie für die Kunden in ihrem Juweliergeschäft immer ein Glas Wasser bereitstehen haben sollte. Selbst wenn derjenige nichts kaufte.

Als wir das Restaurant durch die helle Eingangstür betraten, umfingen uns augenblicklich die typischen Düfte der deutschen Seemannsküche. Ella beschäftigte zwei Köche, die für sie arbeiteten, aber ab und an stellte sie sich auch selbst in die Küche. Vor allem, wenn sie sich an einem neuen Rezept versuchte.

Meistens probierte sie das Ergebnis an unseren Frauenabenden an uns aus.

»Ihr seid einfach die besten Versuchskaninchen«, wie sie uns stets versicherte.

Ich schaute mich um. Obwohl das Restaurant äußerlich extrem klischeehaft dekoriert war, wirkte es im Innern umso frischer. Ella ließ sich von uns »Junggemüse« regelmäßig inspirieren und beraten, wenn es um die Gestaltung der Räume ging. Als ich sie irgendwann mal fragte, warum sie ihren Laden nicht auch von außen zeitgemäßer gestaltete, winkte sie ab und argumentierte, dass der normale Ostseebesucher älteren Semesters sei und der traditionelle erste Eindruck da gut ankomme. Jeder wollte erst einmal das haben, was er kannte. Um dann mit etwas Neuem wie den modern gestalteten Gipsfiguren von örtlichen Künstlern überrascht zu werden. Aus dem gleichen Grund hatte ich einige alte Bäckerei-Elemente in meinem Cupcake-Shop beibehalten. Etwas Vertrautes schadete nie.

»Melanie, Isabella!« In einer Nische am anderen Ende des großen Raums saßen Tamina und Alyxandra und winkten uns zu sich heran. Es war unser üblicher Platz, wenn wir fünf uns trafen. In der Nähe der Küche und doch weit genug weg, um den Trubel dort nicht mitzubekommen. Wir gingen zu ihnen, und ich setzte mich neben Tamina in das Rund.

»Wie geht's euch?«, fragte Tamina und winkte einen Kellner heran. Jede Bedienung im Restaurant wusste, wer wir waren, und bewirtete uns zuvorkommend.

»Gut, danke. Und euch?« Melanie griff sich die Karte, obwohl sie bei jedem Treffen das Gleiche bestellte: einen Kaffee und ein Radler.

Zweimal im Monat saßen wir fünf zusammen und tauschten uns über die aktuellsten Entwicklungen in unseren Läden aus. Denn zwei Dinge hatten wir alle gemeinsam: Wir waren

Geschäftsfrauen und arbeiteten hier im Ort. Tamina war Geschäftsführerin bei einem angesehenen Juwelier und trug stets die neuste Mode. Das letzte Mal, dass ich sie in einer Jeans gesehen hatte, musste anderthalb Jahre zurückliegen.

Alyxandra war gebürtige Kanadierin, lebte aber seit zwanzig Jahren in Deutschland. Sie besaß ein kleines Hotel am Rand der Stadt, das besonders in der Saison heiß begehrt war, da es nicht weit vom Leuchtturm entfernt lag, wo viele Hochzeiten stattfanden.

»Tamina hat bereits die Schale mit Nüssen verputzt, die Ella uns hingestellt hat, also ist ihre Laune jetzt deutlich besser als noch vor einer halben Stunde.« Alyxandra hob vielsagend die Augenbrauen, ehe sie ihr Handy zückte, um ihre Mails zu checken. Genau wie Ella war sie süchtig nach ihrem Smartphone – alle E-Mails und jeder Social-Media-Kommentar mussten sofort beantwortet werden. Wir hatten uns daran gewöhnt, dass die Handys zum Alltag der beiden dazugehörten. Seltsamer hätte ich es gefunden, wenn ich sie ohne ihre Telefone in der Hand getroffen hätte.

»Wartet ihr schon lange?« Ich bestellte einen Roibostee und dazu einen Cocktail.

»Wir waren viel zu früh dran. Alyxandra hat mich schon vor einer Stunde abgeholt, weil ihr sexy Koch wieder da war.« Tamina griff nach einer Serviette und spielte damit. »Du hättest nicht mit ihm schlafen sollen. Sex in der Firma führt nur zu Komplikationen, hab ich dir gleich gesagt.«

»Ja, hast du mir gesagt. Ja, habe ich ignoriert. But Boy, what a Night«, schwärmte Alyxandra mit einem wohligen Seufzer. »Schaut mich nicht so vorwurfsvoll an. Ihr hättet bei dem Typen genauso gehandelt.«

Ich lachte und lauschte dem Gespräch meiner Freundinnen über ihre letzten Eroberungen. Daran beteiligen konnte ich mich nicht, da ich Männer, wie Melanie vorhin richtig angedeutet hatte, privat momentan ignorierte. Ich mochte Männer, keine Frage, aber aktuell hielten sie mich einfach davon ab, mein Geschäft am Laufen zu halten. Und das war mir wichtiger als eine belanglose Liebschaft mit einem Feriengast. Und unter den hier ansässigen Männern fiel mir niemand ein, der für eine längerfristige Beziehung in Frage kam. Ab und an flirtete ich mal mit einem Mann, aber für mehr blieb mir keine Zeit.

»Was meinst du, Isabella?« Melanie riss mich aus meinen Gedanken und deutete auf den Tee und den Cocktail vor mir. Ich war so in meine Gedanken vertieft gewesen, dass ich nicht mitbekommen hatte, wie der Kellner die Getränke brachte. Geschweige denn, dass sich Ella zu uns gesetzt hatte.

»Wie bitte?«

»Träumerin«, sagte Ella und knuffte mich in die Seite. »Ob du mit uns anstoßen willst?«

Ich griff nach meinem Cocktail und hob das Glas. »Worauf trinken wir?«

Es war ein Ritual, das wir bei jedem Treffen pflegten, und jeder kannte die Antwort auf meine Frage.

»Auf weitere zwei Wochen, die wir erfolgreich gemeistert haben«, erwiderten alle im Chor.

Jeder nippte an seinem Glas, nur Melanie trank einen großen Schluck, hielt kurz inne und nahm noch einen. Irritiert beobachtete ich meine beste Freundin. Auch wenn ich Tamina, Ella und Alyxandra ebenfalls als gute Freundinnen bezeichnete, so fühlte ich mich ihnen nicht mit der gleichen Intensität verbunden wie mit Melanie, die ich seit der Schulzeit kannte. Ich hatte sie während meiner Ferien kennengelernt, die ich regelmäßig bei meiner Großmutter verbrachte. Eines schönen Ferientages, ich war zwölf und Melanie dreizehn, hatte ich am Strand gesessen und in einem Buch über ein Mädchen gelesen, das dreißig Minuten in die Zukunft schauen kann, und Melanie hatte sich neben mich in den Sand fallen lassen und gefragt: »Und? Ist es gut?«

»Ja, bislang schon.«

Sie hatte mir das Buch aus den Händen genommen und den Klappentext gelesen. »Krass, wenn man weiß, was gleich passieren wird, oder?«

»Ja, schon irgendwie.« Ich war zu verdutzt, um das fremde Mädchen zu fragen, wer sie war, und antwortete einfach. Im Folgenden verloren wir uns in einem mehrstündigen Gespräch über Bücher, Filme und Geschichten allgemein, und teilten uns später, weil unser beider Taschengeld für mehr nicht reichte, eine Kugel Zimteis, bevor wir uns für den nächsten Tag verabredeten. Seitdem waren wir unzertrennlich und sehnten die Ferien herbei. Denn ich wohnte zwar in der Nähe, aber nicht nah genug, um mich nachmittags mit Melanie zu treffen.

»Isabella, sag mal, hast du schon jemanden eingestellt?«, wollte Ella wissen.

Ich stellte meinen Cocktail ab. »Bisher nicht. Die Bewerber sind alle nicht geeignet. Vor einer Woche habe ich eine Bewerbung von einem Studenten bekommen, die komplett mit Kaffee bekleckert war.« Ich seufzte, als ich daran dachte. »Was denkt der sich bloß dabei?«

Amüsiert schüttelte Ella den Kopf. »Wenn du möchtest, kann ich bei meinen Kellnerinnen mal nachhaken. Die kennen sicher jemanden, der sich ein paar Euro dazuverdienen will.«

Dankbar nickte ich ihr zu. »Das wäre super.«

»Wird Zeit, dass du Unterstützung bekommst. Sonst kommen wir nie mehr pünktlich zu den Treffen.« Melanie zwinkerte mir zu, ehe sie einen weiteren Schluck trank.

»Ich schaffe das schon. Meine Großmutter hat die Bäckerei schließlich auch jahrelang allein geleitet.«

Mein Alleinunternehmerdasein war ein ewiger Diskussionspunkt bei unseren Mädelsabenden. Seit einiger Zeit drängten meine Freundinnen mich immer mehr dazu, eine Hilfskraft einzustellen. Ab und an beschäftigte ich zwar eine Aushilfe, vor allem während der Sommerferien, irgendwelche verlässlichen Schüler, deren Eltern schon bei meiner Oma im Laden geholfen hatten. Doch ich wusste nicht, ob ich dazu bereit war, die Verantwortung zu übernehmen, die es mit sich brachte, wenn man jemanden fest einstellte. Derjenige wäre auf meine Liquidität und Zuverlässigkeit angewiesen, und wenn ich das Gehalt nicht rechtzeitig bezahlte, würde derjenige in Bedrängnis kommen. Auf diese Weise für ein anderes Leben als für mein eigenes verantwortlich zu sein, schreckte mich ab. Manchmal fragte ich mich, ob ich zu viel nachdachte. Immerhin beschäftigte jede meiner Freundinnen Angestellte, alle außer Melanie sogar mehrere, und keine hatte ein Problem damit.

»Deine Großmutter musste sich damals auch noch nicht mit dem Finanzamt, dem Gesundheitsamt und wer weiß wie vielen Behörden herumärgern«, warf Alyxandra ein und nippte an ihrem zweiten Kaffee. »Heutzutage muss man viel mehr Papierkram ausfüllen als vor fünfzig Jahren. Allein damit könntest du jemanden Vollzeit beschäftigen.«

Ich schüttelte den Kopf. »Das ist es nicht. Ich möchte es gern allein schaffen. Das macht es leichter.«

Ein leises Stöhnen neben mir lenkte mich ab. Melanie hatte ihren Kaffeebecher abgestellt und rieb sich mit der freien Hand über die Brust. Ihr Gesicht war verzogen, als hätte sie Schmerzen.

»Alles in Ordnung?«, fragte ich und legte ihr eine Hand an den Oberarm.

»Ja, schon gut. Das ist nur der Stress«, winkte sie ab und lächelte gleich darauf wieder. Doch ich konnte sehen, dass sie die

Schmerzen, die sie anscheinend quälten, lediglich wegsperrte. »Seitdem alle auf den Klimaschutz achten, gehen die Bestellungen nach oben. Ich beschwere mich nicht, wenn das Geschäft läuft, aber ab und an eine kleine Pause wäre gut.«

»Was ist denn mit Biggi? Hilft sie dir nicht mehr?« Ella legte ihr Handy beiseite und beobachtete Melanie neugierig.

»Doch, Biggi ist klasse. Aber auch sie schafft nur ein bestimmtes Kontingent am Tag. Und wenn ich ehrlich bin, ist es nicht die Produktion, die schleift, sondern meine Verwaltung und Logistik.« Melanie zuckte mit den Schultern, schob die Kaffeetasse beiseite und widmete sich ihrem Radler. »Aber das geht wieder vorbei.«

»Wie wäre es denn, wenn *du* jemanden einstellst, der die Verwaltung für dich erledigt?«, drehte ich den Spieß um. »Einen Mini-Jobber, der dich unterstützt.«

»Vielleicht mache ich das wirklich.«

Erstaunt betrachtete ich Melanie. So schnell ging sie sonst nie auf meine Vorschläge ein. Was war nur los mit ihr? Ich nahm mir vor, sie auf dem Heimweg darauf anzusprechen, falls es etwas war, das die anderen nicht erfahren sollten.

Wir redeten noch eine Weile über Angestellte und wie schwer es war, kompetentes Personal zu finden. Es war ein gemütlicher Abend, wie jedes Mal, wenn wir uns trafen. Bis weit nach Mitternacht, als das Restaurant längst geschlossen hatte, saßen wir beisammen und plauderten.

Wie immer gingen Melanie und ich im Anschluss gemeinsam nach Hause. Die kühle Nachtluft des aufkommenden Sommers erfrischte meine Gedanken, die nach dem vierten Cocktail etwas benebelt waren.

»Was war das vorhin eigentlich mit deinen Brustschmerzen?«, fragte ich meine Freundin, kurz bevor wir ihre Wohnung erreichten.

»Welche Schmerzen?«, wiegelte sie ab, mied jedoch meinen Blick.

Ich hielt sie am Arm fest, sodass sie stehen bleiben und sich zu mir umdrehen musste. »Du weißt genau, wovon ich spreche. Ist alles in Ordnung bei dir?«

»Natürlich. Mir könnte es nicht besser gehen.« Melanie schnaubte. »Du machst dir zu viele Sorgen, Isa. Mir geht es gut. Wirklich.«

Auch wenn sie die Worte voller Überzeugung sagte, nagte ein winziger Zweifel an mir, und das konstante Gefühl, dass etwas nicht stimmte, blieb.

»Und jetzt ab ins Bett mit dir, Küken.« Melanie scheuchte mich mit den Händen beiseite. »Die letzten Meter schaffe ich allein.«

Ich zögerte kurz, ehe ich sie umarmte und mich von ihr verabschiedete. »Gute Nacht.«

»Gute Nacht, Isabella.« Melanie klang unbeschwert und winkte mir zum Abschied.

Kapitel 2 – Maximilian

»Endlich Feierabend«, murmelte ich und steckte mir die Kopfhörer ins Ohr, während ich den Hof überquerte und zu meinem Stellplatz vorn an der Straße ging. Die Charts spielten leise genug, damit ich die Umgebung wahrnahm, aber laut genug, um die Gedanken auszublenden.

Ich ließ die Scheune und damit meinen offiziellen Arbeitsplatz und gleichzeitig inoffiziellen Wohnsitz hinter mir. Das alte Hofgebäude gehörte meinem Onkel, und er ließ mich darin wohnen. Er war Immobilienvermittler und Vermieter, und ich arbeitete für ihn als Mädchen für alles. Unser Arrangement bestand darin, dass mich mein Onkel anrief, wenn es in seinen Häusern oder Wohnungen etwas zu reparieren gab, Klempneraufgaben oder Hausputz anstanden, er mir einen entsprechenden Auftrag erteilte und danach bezahlte. Daneben hatte ich ein paar feste Aufgaben wie die Gartenpflege der noch nicht vermittelten Grundstücke, was mich täglich ein paar Stunden beschäftigte, ohne dass es ein regelmäßiger Job gewesen wäre, bei dem man morgens um neun Uhr anfing und um siebzehn Uhr den Stift fallen ließ.

Alles in allem kam am Ende des Monats keine übermäßig große Summe zusammen, aber es reichte, um mich über Wasser zu halten.

Ich erreichte die Straße und sog die salzige Ostseeluft ein, die den ganzen Ort erfrischte und die ich morgens nach dem Aufstehen besonders gern auf der Zunge schmeckte. Sie erinnerte mich daran, was für ein entspanntes Leben ich führte, und genau so sollte es bleiben. Natürlich war es nicht perfekt. Dafür fehlten mir ein paar Millionen auf dem Konto und mein Sohn in meiner Nähe, doch das waren beides Dinge, die sich nicht ändern ließen.

Ein Grinsen stahl sich auf mein Gesicht, als ich an meiner Maschine ankam, meinem ganzen Stolz. Eine vollständig restaurierte 1977 BMW R100 RS, die straßentauglich und zugelassen war. Es hatte mich vier Jahre meines Lebens und all mein Erspartes gekostet, aber nun lief sie und brachte mich überallhin.

»Hi Max«, begrüßte mich Tilda, die Nachbarin meines Onkels, mit einem koketten Lächeln. Sie war mit einem deutlich älteren Mann verheiratet, der die meiste Zeit im Ausland arbeitete, und flirtete gern. Ich hatte nichts dagegen, auch wenn es definitiv dabei bleiben würde. Eine verheiratete Frau brachte zu viele Verstrickungen und Probleme mit sich, die ich mir nicht aufhalsen wollte.

»Hi Tilda«, erwiderte ich und setzte meinen Helm auf. Ich konnte ihre Blicke auf mir spüren und schmunzelte. In ein paar Tagen würde ihr Mann von seiner Geschäftsreise zurückkommen und ihr teure Kimonos und die neusten technischen Spielereien aus Japan schenken, wo er viel Zeit verbrachte. Ich hingegen war froh, wenn ich morgen mein Essen bezahlen konnte.

»Nimmst du mich irgendwann mal auf deiner Maschine mit?« Tildas Stimme drang gedämpft durch den Helm zu mir durch.

»Klar. Wenn ich Zeit habe, machen wir das«, antwortete ich wie jedes Mal. Ihr genügte dieses lose Versprechen, das mir Aufschub gab bis irgendwann.

»Ich freue mich darauf.«

Bevor Tilda mich in ein Gespräch verwickeln konnte, startete ich mit einem einzigen harten Kick den Motor und fuhr los. Die Straßen und Gassen des Ostseebads waren verwinkelt und klein, ideal für mein Motorrad. Ich schlängelte mich hindurch, legte mich in die Kurven, genoss die Einheit, die die Maschine und ich bildeten. Die BMW zu fahren bedeutete Freiheit, und jene Menschen, die behaupten, nur Fliegen sei schöner, sind noch nie Motorrad gefahren. Mochten sich ab und an die Anwohner über den Krach beschweren – meine BMW würde ich für nichts und niemanden aufgeben.

An diesem Tag wollte ich zu einer Werkstatt einige Orte weiter fahren in der Hoffnung, dort ein fehlendes Teil für meine Maschine zu finden. Der Weg führte mich von der Ostsee weg landeinwärts. Malerische Küstenstraßen wie im Film sucht man in der Realität an der Ostsee fast überall vergeblich. Stattdessen bretterte ich eine Allee entlang, die Melodie in meinen Kopfhörern mitsummend.

Um den Abend ein wenig zu genießen, wählte ich nicht den direkten Weg, sondern nahm eine kleinere Straße durch die Ortschaften hindurch, brauste an reetgedeckten Häusern vorbei. Auf meiner Maschine vergaß ich die Sorgen und Probleme, die mich im Alltag immer wieder einholten. Wenn die Landschaft an mir vorbeiflog, war ich frei und konnte für den Moment vergessen.

Die Werkstatt, die ich eine halbe Stunde später erreichte, befand sich in einem Hinterhof, der von der Straße aus schlecht einsehbar war, sodass sie nur entdeckte, wer wusste, wo sie sich befand. Das hatte den einfachen Grund, dass sie kein angemeldetes Gewerbe war.

Holger, der Betreiber, besaß eine große Halle auf seinem Hof, die er nutzte, um Auto- und Motorradteile zu lagern. Wer etwas Bestimmtes suchte, der konnte sich dort umschauen und sein Glück versuchen. Manchmal half Holger bei der Suche, doch meistens war man auf sich allein gestellt. Zumindest lagerte er inzwischen die Ersatzteile nach Auto und Motorrad getrennt; als ich die Werkstatt vor zwei Jahren durch den Tipp eines Kumpels entdeckt hatte, stand ich vor einem heillosen Durcheinander und niemand, nicht einmal Holger, hätte sagen können, ob sich unter dem Stapel von Auspuffrohren nicht doch eine Zündspule für meine BMW verbarg.

»Maximilian«, begrüßte mich der dickbauchige, bärtige Mann in dem blauen Overall, den er immer trug. Wäre mir Holger auf der Straße begegnet – in Jeans und Hemd gekleidet, hätte ich ihn sicher nicht erkannt.

Wir schlugen die Hände ineinander. »Holger, alles klar bei dir?«

»Der Ischias nervt seit einigen Tagen, aber das ist nix, was ein guter Korn nicht richten kann.« Holger deutete auf die Scheune. »Suchst du was Bestimmtes?«

»Ja, ich brauche einen neuen Vergaser für die Zündapp.«

»Du schraubst immer noch daran? Hast du sie nicht bald mal fertig? Selbst meine Mutter wäre schneller.« Holger steckte die Fäuste in die tiefen Taschen seines Blaumanns. »Und die sitzt im Rollstuhl.«

»Die arbeitet aber vermutlich nicht nebenbei.« Ich zwinkerte ihm zu und machte einen Schritt auf die Scheune zu. »Hast du eine Idee, wo ich so ein Teil finde?«

Holger zog aus seiner rechten Tasche ein Feuerzeug und aus der linken sein Zigarettenetui hervor. Beides war mit schwarzen Flecken übersät und sicherlich das letzte Mal direkt nach dem Kauf sauber gewesen. Er steckte sich eine Zigarette an und betrachtete mich unter seinen wulstigen Augenbrauen. Holger war ein Bär von einem Mann und aus zweierlei Gründen niemand, mit dem ich mich anlegen wollte. Erstens hatte er zwölf

Jahre in der Bundeswehr gedient und war so manches Mal auf Auslandseinsatz gewesen. Angeblich in Afrika, aber das hatte ich nur aus seinen Andeutungen geschlossen. Details verriet Holger grundsätzlich nicht. Und zweitens war er der einzige Händler im Umkreis, der die Teile besaß, die ich brauchte. Zumindest zu Preisen, die ich mir leisten konnte. In den offiziellen Werkstätten verlangten sie eine unverschämte Summe für die alten Ersatzteile und wollten sie meistens auch noch selbst einbauen. Natürlich bestand die Möglichkeit, sich die Teile übers Internet zusammenzusuchen, doch das hatte den Nachteil, dass ich sie vor dem Kauf nicht auf eventuelle Makel untersuchen konnte. Holger blieb die einzige Option.

»Bist du denn wieder flüssig?« Die Frage kam nicht überraschend, trotzdem schluckte ich.

»Weißt du, Holger, was bedeutet schon …«

»Also nicht«, brummte er und drehte mir den Rücken zu. Er zog an der Zigarette und machte sich auf den Weg zu seinem Büro.

»Hey, du weißt doch, dass ich meine Schulden bei dir immer bezahle.« Ich eilte ihm hinterher.

»Ich kann dir nicht ständig alles vorstrecken. Du bist bereits der Kunde mit den meisten Schulden.«

»Nur weil ich so ein *guter* Kunde bin.« Ich setzte ein strahlendes Lächeln auf. »Komm schon, Holger. Ich such mir einen weiteren Job und stottere die Kohle bei dir ab. Auf mich kannst du dich verlassen.«

Holger blieb stehen und verzog das Gesicht, die Zigarette hing locker in seinem Mundwinkel. »Ich kann mich zumindest darauf verlassen, dass du wiederkommst.« Er stöhnte, machte kehrt und schlenderte zur Lagerhalle, in der er seine Ware aufbewahrte. »Ein letztes Mal. Dann musst du erst mal was abbezahlen.«

»Versprochen. Ich kümmere mich gleich heute Abend darum.«

»Wenn nicht, schicke ich dir Erpel auf den Hals.«

Ich verkniff mir ein Schmunzeln. Erpel war ein Deutscher Schäferhund, der zwar lauter bellte als jeder andere, den ich kannte, aber noch nie jemandem etwas getan hatte. Im Gegenteil. Erpel war das entspannteste Tier, das man sich vorstellen konnte, was vielleicht auch daran lag, dass ich mich mit ihm von Anfang an gut gestellt und stets ein Leckerli für ihn in der Tasche hatte.

»Er kann mich zerfleischen oder was auch immer er gern tut.«

»Ach«, brummte Holger und winkte ab. »Wahrscheinlich springt er dich nur an und schleckt dir das Gesicht, bis dein dämlicher Dreitagebart freiwillig abfällt.«

Ich hob eine Hand an mein Kinn. »Was hast du gegen meinen Bart?«

»Das ist kein Bart, das ist pure Faulheit.« Holger deutete auf seine eigene Gesichtsbehaarung, einen Vollbart, der ihm beinahe bis zur Brust reichte. »Das, Junge, ist ein Bart, der seinen Namen verdient. ZZ Top wären stolz auf mich.«

Ich runzelte die Stirn und fragte mich, wen er meinte, als er jedoch nichts weiter erklärte, nickte ich nur und lächelte. Immer mit Holger gut stellen. Ein Lebensmotto, das mir so manchen Rabatt eingebracht hatte.

Holger schloss das Lager auf und machte mir das Licht an. »Irgendwo hinten rechts in der Ecke findest du mit Glück dein Teil.«

»Danke schön. Ich komm nachher zu dir ins Büro.«

Holger grunzte zum Abschied, ehe er davonschlenderte, die Zigarette noch im Mund und die Hände in der Tasche. Diesmal lief er zu den Garagen, in denen er die Autos parkte, die er gerade reparierte.

»Na dann mal los«, motivierte ich mich selbst und klatschte in die Hände.

Eine Stunde später und auf einem anderen Stapel, als Holger vermutet hatte, fand ich endlich das passende Ersatzteil. Es war zerkratzt und ein wenig verbeult, aber nichts, was sich mit einem Hammer und etwas Polieren nicht ausbessern ließ. Zufrieden klemmte ich mir den Vergaser unter den Arm und ging zu Holger ins Büro hinüber.

»Was kriegst du dafür?«

»Lass mal schauen. Ist schon recht alt, aber auch selten«, murmelte Holger und griff nach der nächsten Zigarette.

»Komm schon. Wir wissen beide, was der Vergaser wert ist.«

»Na, meinetwegen. Zweihundert Euro, und er gehört dir.«

Ich schnaufte und rieb mir den Hinterkopf. Meine schulterlangen Haare verfingen sich in meinen Fingern. Ich hätte sie längst mal wieder schneiden lassen sollen. »Eigentlich hatte ich gehofft, dass es nicht mehr als hundertachtzig Euro kostet. Ich muss ihn ja noch polieren und alles.«

Holger zog eine seiner buschigen Augenbrauen hoch, ehe er den Kopf schüttelte. »Ehrlich, du bist schlimmer als meine Ex-Frau. Die ist auch chronisch pleite, kauft sich aber trotzdem alles Mögliche, weil sie es ›unbedingt braucht‹.«

Bei dem Wort Ex zog eine düstere Sturmwolke über meine Gedanken. Ich war nie verheiratet gewesen, doch es gab eine bestimmte Ex-Freundin, auf die ich nicht gut zu sprechen war.

Das wusste Holger, er seufzte und deutete auf einen Zettel. »Soll ich es anschreiben?«

Ich nickte und hob den Vergaser zum Gruß. »Bis zum nächsten Mal.«

»Hoffentlich bis bald. Ich will mein Geld sehen, Maximilian. Sonst komme ich bei dir vorbei. Und ich weiß nicht, was dein Onkel dazu sagt.«

Diese Drohung überschattete die Wolke über meinen Gedanken. Mein Onkel wusste zwar, dass ich an meinem Motorrad schraubte, von den Schulden jedoch hatte er keine Ahnung, und das sollte auch so bleiben. Obwohl er sich um mich kümmerte, mich sozusagen unter seine Fittiche genommen hatte und mir ein Dach über dem Kopf gewährte, war er streng, besonders was finanzielle Dinge betraf. »Ein Mann muss von seiner Hände Arbeit leben können«, lautete sein Leitspruch, und ich hatte es nur ein einziges Mal gewagt, im Scherz hervorzuheben, dass er als Immobilienmensch strenggenommen weniger mit den Händen, als mehr mit dem Hirn arbeitete.

»Schon gut. Ich besorge dir das Geld«, sagte ich zu Holger. »Versprochen. Ich will mir sowieso noch einen zweiten Job suchen, um jetzt im Sommer öfter was mit Henry unternehmen zu können.«

»Ah, dein Junge kommt zu dir?«

»In ein paar Wochen. Ich kriege ihn jedes Jahr für zwei Wochen während der Sommerferien.« Bei dem Gedanken an meinen Sohn wurde mir warm ums Herz. Ich hatte ihn gern um mich, doch leider erlaubte meine Ex viel zu selten, dass ich ihn sah. Sie behauptete, mein Lebensstil sei nicht gefestigt genug, um dem Jungen ein angemessenes Umfeld bieten zu können. Vollkommener Quatsch. Mit mir verbrachte Henry die beste Zeit, wie er selbst jedes Mal beteuerte. Wir zockten bis spät in die Nacht am Computer und schauten seine liebsten Youtube-Channels. Trotzdem wollte ich ihm dieses Jahr mehr bieten. Er war inzwischen acht Jahre alt, und ich plante einen Wochenendbesuch im Hansapark, um dort so lange Achterbahn zu fahren, bis uns übel werden würde.

»Dann drück ich dir die Daumen, dass du schnell was findest. Soll ich mich mal umhören?«

»Das wäre super. Am besten etwas abends oder nachts. Tagsüber muss ich für meinen Onkel arbeiten.«

»Klar. Ich halte Ausschau. Vielleicht findet sich ja was.«

Ich nickte Holger dankbar zu, verstaute den Vergaser in meinem Rucksack und schwang mich auf meine Maschine. Die Sonne ging langsam unter, und ich brauste durch ein Farbspektakel, das seinesgleichen suchte. Viel Zeit, den Anblick zu genießen, blieb mir allerdings nicht, denn ich musste dringend an den Computer. Die Jobbörsen der Umgebung riefen nach mir.

Es gab immer wieder Wochen, in denen bei meinem Onkel kaum Aufträge für mich anfielen, und in solchen Phasen verdiente ich mir mit kurzfristigen Engagements nebenbei ein paar Euro dazu. Dadurch kannte ich die Kniffe der Minijob-Anbieter inzwischen, wusste, wo sie inserierten. Vor einem Jahr hatte ich es mal mit einer Instagram-Seite versucht, auf der ich meine Arbeitszeit anbot, bekam jedoch nur seltsame Angebote von Fitness- und Lifecoaches, die mir »eine ganz neue Perspektive« boten. Also hatte ich weitergesucht und mich bei eBay angemeldet. Dort gab es mehr Hilfesuchende, als ich zunächst erwartet hatte.

Auch heute begann ich meine Suche dort, klickte mich durch die Gesuche und fand eine ältere Frau, die nach einem Beinbruch Hilfe bei der Gartenarbeit und beim Einkaufen brauchte. Sie bot fünf Euro pro Stunde, wenn man ihre Anweisungen genau befolgte. Obwohl mir der Nachsatz zu denken gab, klang es nach leicht verdientem Geld. Ein paar Wochen lang ein oder zwei Stunden am Abend Rasenmähen, Unkraut zupfen und Lebensmittel kaufen, und ich hatte genug Geld zusammen, um zumindest Holger zu bezahlen. Und wenn ich zusätzlich einen Job für die Wochenenden fand, konnte ich den Urlaub mit Henry finanzieren.

Allein der Gedanke an meinen Sohn ließ mich lächeln. Beinahe zwei Monate hatte ich ihn nicht gesehen und hätte ihn am liebsten sofort abgeholt. Leider wohnte seine Mutter nicht gerade in der Nähe, und auf dem Motorrad durfte ich ihn nicht mitnehmen, weil sie es für zu gefährlich hielt. Als ich ihn doch einmal mitfahren ließ, nachdem er stundenlang darum gebettelt hatte, hielt sie mir einen Vortrag, zitierte Unfallstatistiken mit Todesfällen und drohte mir am Ende damit, mir auch das letzte bisschen Umgangsrecht zu entziehen, wenn ich es noch einmal wagte, Henry diesem »vollkommen hirnrissigen Risiko auszusetzen, nur damit *du* deinen Spaß hast«.

»Es hat ihm genauso gefallen, und ich fahre vorsichtig«, hatte ich erwidert und Henrys Blick gemieden, der zwischen uns stand und traurig von einem zum anderen schaute.

»Mit einem Motorrad kann man nicht vorsichtig fahren. Was wenn dich ein Autofahrer übersieht?« Sie ratterte erneut irgendwelche Fallzahlen herunter und funkelte mich böse an. »Ich verbiete dir, meinen Sohn auf dem Motorrad mitzunehmen.« *Meinen* Sohn. Pah.

Meine Faust ballte sich um die Maus. Wie automatisch glitt mein Blick zu dem eingerahmten Bild neben dem Computer. Darauf waren Henry und ich zu sehen, wie wir in einem Rutschenpark bei selbstauslösender Kamera eine steile Röhre hinabgeschliddert waren. Henry jubelte und hatte die Hände nach oben gerissen, während ich ihn fest in meinen Armen hielt. Es war ein wundervoller Nachmittag gewesen, vier Jahre her, kurz bevor Lisa und ich uns getrennt hatten.

Henry hatte gerade erst Geburtstag gehabt, als Lisa mit einem Mal immer unzufriedener wurde. Sie forderte mich auf, mehr im Haushalt zu helfen, mich mehr in die Familie einzubringen, mich mehr um Henry zu kümmern. Dabei war *sie* es, die den Großteil des Tages unterwegs war, um zu arbeiten, während ich dank einer Teilzeitstelle in einer Spielothek tagsüber zu Hause bleiben konnte, den Haushalt schmiss und mich darum kümmerte, dass Henry in den Kindergarten kam.

Nach wie vor packte mich der Zorn, wenn ich daran dachte, und ich musste ein paarmal tief durchatmen, ehe ich mich wieder entspannte. Lisas Vorwürfe waren nicht gerechtfertigt, auch wenn all ihre Freunde, mit denen ich mich immer gut verstanden hatte, auf einmal das Gegenteil behaupteten.

Inzwischen war ich froh, nicht mehr Teil ihres Lebens zu sein und lediglich dann mit ihr zu tun zu haben, wenn ich mit Henry telefonierte oder er mich besuchen durfte.

Bald war es wieder so weit. Ich würde ihn mit der Bahn abholen und hätte ihn zwei herrliche Wochen lang um mich. Die Sehnsucht nach ihm biss mir ins Herz und blieb stecken. Je öfter ich an Henry dachte, desto schlimmer wurde es. Am meisten jedoch schmerzte mich Lisas regelmäßiger Vorwurf, dass ich mich nicht um meinen Sohn kümmern wolle, was man daran sähe, wie selten ich mich blicken ließe. Wenn ich einwandte, dass ich Henry jederzeit zu mir genommen hätte, gern auch mehrmals pro Woche, mir jedoch schlicht das Geld für die Bahntickets fehlte, grinste sie kalt und sagte: »Siehst du. Anderen Väter sind ihre Söhne wichtig genug, dass sie sich einen anständigen Job suchen.«

»Boa, *du* bist es doch, die mir regelmäßige Besuche untersagt!«

»Ja, weil *du* meinem Sohn nichts zu bieten hast, Maximilian.«

Ein Seufzer verließ meine Kehle, wie so oft, wenn ich an Henry und die Zeit dachte, die mir verlorenging. Und ich schwor mir nicht zum ersten Mal, dass ich eines Tages genug

Geld verdienen würde, um alles mit ihm unternehmen zu können, was er sich nur wünschte.

Mein Blick glitt zurück zum Computerbildschirm. Bis es so weit war, würde ich eben so viele Mini-Jobs annehmen, wie ich erledigen konnte.

Kapitel 3 – Isabella

»Wir treffen uns an der Eisdiele, in Ordnung?« Melanie hatte gefragt, ob ich Lust hatte, mit ihr eine »Abkühlung zu genießen«, was ich nicht ausschlagen konnte, da es nicht weit von ihrer Wohnung das beste Eis der ganzen Gegend gab. Hergestellt von einem Italiener, der nicht müde wurde, herumzuexperimentieren und jeden Tag andere Geschmackssorten bot. Mal gab es Karamelleis, mal Smarties-Eis, und neulich hatte er es mit einer Kiwi-Ananas-Kreation versucht. Egal was er auftischte, es war so lecker, dass ich mich nie entscheiden konnte, ob ich eine der altbewährten Sorten oder eine neue ausprobieren sollte. Meist endete es damit, dass wir uns jede drei Kugeln bestellten, um im Anschluss mit vollen Bäuchen in die gemütlichen Korbmöbel zu sinken.

»In Ordnung. Kommt Leni auch mit?«, fragte ich nach. »Ich habe einen neuen Cupcake für meine beste Testerin.«

Melanie stöhnte und lachte zugleich. »Was ist es diesmal?«

»Eine Kreation mit eisblauem Frosting und Vanillecreme obendrauf, in Form eines Elsa-Zopfes.«

»Du weißt, dass sie den lieben wird, oder?«, erwiderte Melanie. »Egal wie er schmeckt. Du verwöhnst sie viel zu sehr.«

»Es ist doch nur ein Cupcake!« Ich lachte und wusste, dass meine beste Freundin recht hatte. Aber wozu waren Patentanten da, wenn nicht zum Verwöhnen?

»Sie schon, aber was ist mit *meinen* Nerven, wenn ich sie nach dem Zuckerschock am Abend ins Bett bringen muss?«

»Die Wirkung von Zucker lässt irgendwann nach, und dann ist man müde und schlapp. Du musst also nur lang genug warten«, erklärte ich voller Überzeugung.

Eine junge Familie trat ein.

»Ich muss Schluss machen. Wir sehen uns um kurz nach sechs an der Eisdiele.«

»Bis nachher. Wir freuen uns.«

Ich legte auf und steckte das Handy zurück in meine pastellblaue Schürze mit dem lachsfarbenen, rundgewellten, schwarz umrandeten Logo darauf. »Willkommen im *Cupcakes by the Sea*. Was kann ich für Sie tun?«

»Hallo, ich habe zwei Kuchenliebhaberinnen zu befriedigen, und uns wurde Ihr Laden empfohlen.« Der Vater deutete hinter sich, wo sich die Mutter und Zwillinge in Lenis Alter ans Fenster setzten. »Was schmeckt denn besonders gut?«

Ich deutete auf das Sortiment in der Auslage. »Hier haben wir die Klassiker. Einfache Schoko-Cupcakes mit bunten Streuseln oder glutenfreie Carrot-Cupcakes.« Bereits während ich ihm die verschiedenen Sorten vorstellte, merkte ich, in welche Richtung er tendierte. Cremefrosting für ihn, Streuseltopping für die Kinder und etwas Veganes für seine Frau. Ich reichte ihm ein Tablett, auf dem ich die georderten Cupcakes auf bunten Tellern arrangierte.

Je weiter der Nachmittag voranschritt, desto leerer wurde die Auslage. Und schließlich konnte ich absperren und zu meiner Verabredung mit Melanie aufbrechen. Den Cupcake für Leni verstaute ich in einer Transportbox, die perfekt in meine Handtasche passte und das gute Stück sicher verwahrte.

Als ich bei der italienischen Eisbude eintraf, saßen Melanie und Leni bereits an einem Tisch im Außenbereich und winkten mir, als sie mich sahen.

»Tante Bella!« Leni rannte freudestrahlend auf mich zu.

»Wir haben heute im Kindergarten am Strand mit Seetang geworfen. Und ich hatte ganz viel davon in meinen Haaren.« Sie plapperte drauflos und berichtete mir von ihrem Tag, bevor ich überhaupt dazu kam, sie zu begrüßen.

Am Tisch angekommen beugte ich mich zu Melanie, und wir umarmten uns. Dabei fiel mir auf, wie blass sie war. Leni erzählte von einer riesigen Monsterqualle und einem Stock, den sie zur Verteidigung benutzt hatte, während ich Melanie leise fragte: »Alles gut? Du siehst fertig aus.«

»Ach, die Arbeit, das Kind. Es war ein anstrengender Tag.« Sie sprach leise, hob kurz die Arme und ließ sie wieder sinken. »Du hörst ja, was sie heute erlebt hat. Ich durfte mir das schon sieben Mal anhören.«

»… da hat Frau Meissner uns die Stöcke weggenommen und weit ins Meer geworfen. Greta wollte ihren zurückholen, aber sie hatte keine Gummistiefel an.«

Amüsiert lauschte ich Lenis Erzählung, bis sie schließlich mit den Worten »So war das heute« endete.

»Das war ja ereignisreich. Habt ihr mit dem Seetang etwas vor? Wollt ihr morgen im Kindergarten damit basteln?«

Leni zuckte mit den Schultern. »Weiß nicht. Frau Meissner hat nur gesagt, wir sollen den Seetang in eine Tüte packen. Mama, holen wir jetzt ein Eis?«

»Aber sicher doch, kleiner Schlumpf. Was möchtest du für eines?« Schwerfällig erhob sich Melanie von ihrem Stuhl.

»Erdbeere!«, rief Leni so laut, dass es vermutlich auch der Verkäufer im Inneren schon gehört hatte.

»Gut. Ich bin gleich wieder da. Wartest du hier mit Tante Bella?«

Leni nickte und griff nach meiner Hand. »Mama sagt, du hast ein Geschenk für mich?«

Ich griff in meine Handtasche und zog die Transportbox heraus. Leni wusste genau, was sich darin befand – es war beileibe nicht die erste solche Schachtel, die ich ihr mitbrachte.

Lenis Augen begannen zu strahlen, und sie grapschte danach, ohne zu überlegen. »Ein Cupcake!«, brüllte sie und lachte wie ein kleiner, hysterischer Kobold. »Juhu!«

»Willst du ihn auspacken? Ich bräuchte deine Meinung, ob er gut aussieht und schmeckt.«

»Natürlich, Tante Bella. Ich bin immer für dich da«, sagte sie mit so ernster Stimme, als ginge es nicht um ihre Meinung, sondern um mein Leben.

»Danke schön. Ich freue mich, dass du mir hilfst.«

Langsam und bedächtig öffnete sie die Box, obwohl ich ihr die Neugier an der Nasenspitze ansah. Als ich Leni das erste Mal einen Cupcake mitgebracht hatte, war die Transportbox jener kindlichen Ungeduld zum Opfer gefallen, die Geschenkpapier zerreißt, Pappdeckel zerstört und Briefumschläge niedermacht. Zahlreiche Transportbehälter später hatte Leni endlich gelernt, dass sie kaputtgingen, wenn sie nicht vorsichtig war, was sie schade fand, weil sie das bunte Muster auf der Pappe liebte.

Vorsichtig schob sie den Deckel auseinander, und kaum erblickte sie das eisblaue Topping, quietschte sie vergnügt. »Das ist Elsas Zopf! So was hab ich ja noch nie gesehen!«

Ihre übersprudelnde Freude über so etwas Einfaches wie einen Cupcake wärmte mein Herz, und ich konnte nicht anders, als zu lächeln. »Gefällt er dir?«

»Der sieht toll aus. Darf ich ihn essen?«

»Darum möchte ich doch bitten«, erwiderte ich und half Leni, den Cupcake unbeschadet aus der Box zu heben.

Genüsslich biss sie hinein. Die Vanillecreme verteilte sich über ihre Lippen, aber sie leckte sie sofort weg. »Der schmeckt.«

»Ach, das freut mich.«

Während Leni den Cupcake genoss, schaute ich ins Innere

der Eisdiele. Melanie stand in der Schlange und wartete darauf, dass sie drankam. Vor ihr warteten nur noch zwei Personen. Ich richtete meine Aufmerksamkeit wieder auf Leni, die mit strahlenden Augen jeden Krümel des Cupcakes vom Tisch auflas und in den Mund steckte. So sollte es sein!

Auf einmal hörte ich aus dem Innern der Eisdiele eine Frau aufschreien, und um uns herum brach Unruhe aus. Verwirrt schaute ich mich um. Was war los? War das Eis leer, oder hatte jemand kein Geld, um zu bezahlen? Das kam ab und an mal vor. Aber meistens half dann irgendjemand in bester Urlaubsstimmung aus. Spätestens Melanie würde das tun.

»Tante Bella, wo ist denn Mama?«, fragte Leni.

Ich deutete auf die Schlange im Inneren des Ladens, doch die hatte sich aufgelöst und war zu einer Menschentraube geworden, die sich um etwas in ihrer Mitte herum drängte. Melanie konnte ich nicht sehen.

»Bestimmt ist sie da drin und gibt unsere Bestellung auf«, beruhigte ich Leni.

Die Unruhe in der Eisdiele nahm zu. »Was ist mit ihr?« und »Ist ein Arzt hier?«, hörte ich aufgeregte Stimmen fragen. Ich konnte nicht sagen, was mich dazu trieb, mich zu erheben und ein paar Schritte auf den Verkaufsraum zuzugehen. Als ich den rotblonden Haarschopf auf dem Boden erblickte, sackte mir sämtliches Blut in die Beine, und ich taumelte. Diese Haare hätte ich überall erkannt. Dieses Haar, das auf der Anhöhe einer Düne im Ostseewind flattern konnte wie die Flagge eines Königreiches.

Irgendetwas war mit meiner besten Freundin. Sie lag auf dem Boden, und zwei Menschen knieten neben ihr.

»Melanie«, hauchte ich kraftlos. Ich wollte hinlaufen, als mir Leni einfiel. Sie saß auf ihrem Stuhl und leckte sich die Finger ab, an denen noch die Reste der Glasur klebten.

»Leni, warte mal kurz hier«, sagte ich mit der ruhigsten Stimme, die ich zustande brachte.

»Ich will nicht allein bleiben. Das soll ich nicht, hat Mama gesagt.«

Ich schwankte, ehe ich die Arme zu ihr ausstreckte. »Gut, dann komm bitte her.«

»Was ist, Tante Bella?«

Ich ging zu ihr und hob sie auf meine Arme. Sie schlang ihre klebrigen Finger um meinen Hals und schaute mich an. »Wo wollen wir hin?«

»Wir müssen mal nach deiner Mutter schauen.«

»Hat sie ihre Medikamente wieder vergessen?« Leni klang unbekümmert und suchte die Umgebung ab. »Sie hat mir gesagt, dass sie die in ihrer Handtasche hat, ich aber nicht da rangehen darf.«

»Medikamente?« Ich sah Leni an, während wir in die Eisdiele eilten. »Was für Medikamente?«

Leni hob die Arme an. »Keine Ahnung. Die, die Mama nehmen muss.«

»Lassen Sie mich bitte durch. Das ist meine Freundin«, rief ich, als die Menschenmenge dichter wurde. Nur mühsam kam ich voran. »Machen Sie Platz.«

»Tante Bella?« Jetzt schwang Unsicherheit in Lenis Stimme mit. Ich versuchte sie anzulächeln, doch es wollte mir nicht gelingen. Die Sorge, die sich in meinem Innern ausbreitete, lähmte meine Gesichtsmuskeln.

»Melanie.« Ich kniete mich neben sie und die beiden Menschen, einen Mann und eine Frau. Melanies Augen flatterten, und sie rieb sich über die Brust.

»Kennen Sie die Frau?«, wollte der Mann wissen.

»Das ist meine beste Freundin.« Ich legte eine Hand an Melanies Schulter und rüttelte sanft. »Melanie, was ist los?«

»Hören Sie, ich bin Arzt. Treten Sie bitte beiseite und kümmern sich um Ihre Tochter. Das ist das Beste, was Sie aktuell machen können.«

»Das ist nicht meine Tochter, sondern ihre«, entgegnete ich. »Was ist mit ihr?«

»Können Sie mir etwas zur Vorerkrankung Ihrer Freundin sagen?« Der Arzt hielt die Hand an Melanies Handgelenk und tastete nach ihrem Puls.

»Warum liegt Mama auf dem Boden?« Leni schob sich an mich heran und starrte mit erschrecktem Gesichtsausdruck auf ihre Mutter hinab.

»Sie ruht sich kurz aus«, sagte ich reflexartig. Fahrig fuhr ich mir über die Augen. Mein Verstand wollte nicht so schnell arbeiten, wie ich es von ihm verlangte. Es war, als ob auf einmal eine zähflüssige Masse sämtliche Erinnerungen ummantelte, sodass ich sie nicht greifen konnte. »Sie ist kerngesund, bis auf ein paar normale Erkältungen im letzten Winter.«

»Sonst irgendetwas, das ich wissen müsste? Schwangerschaften? Krankheiten? Allergien?« Der Arzt tastete über Melanies Oberkörper.

»Sollten wir nicht einen Krankenwagen rufen?« Ich atmete, hatte aber dennoch das Gefühl, keine Luft zu kriegen. Mir fiel es schwer, die Kontrolle über meine Gedanken zu behalten und nicht in Panik zu verfallen.

»Das habe ich schon getan.« Der Arzt redete mit ruhiger Stimme auf mich ein. »Können Sie meine Fragen beantworten? Ich möchte Ihrer Freundin helfen. Das kann ich aber nur, wenn ich alles weiß.«

»Sie hat, glaube ich, eine Allergie gegen Paracetamol, aber Ibus kann sie nehmen.« Ich drückte Leni an meine Schulter, wollte verhindern, dass sie das schmerzverzerrte Gesicht ihrer Mutter weiterhin ansah.

Ich selbst würde es nicht mehr vergessen, so tief hatte es sich bereits in meinem Hirn eingebrannt. Noch nie zuvor hatte ich so viel Schmerz in der Mimik eines Menschen gesehen, und ich konnte mir nicht einmal vorstellen, was Melanie in diesem Moment durchmachte.

»Tante Bella, ich will zu Mama.« Lenis Stimme hatte sich gewandelt und war fordernd geworden. Ich kannte die Anzeichen. Wenn sie ihren Willen nicht bekam, würde sie gleich anfangen zu weinen. Das Jammern in ihrer Stimme klang bereits durch.

»Gleich, Schätzchen. Warte kurz. Sie braucht einen Moment Ruhe. Was für ein Eis möchtest du denn?«

»Habe ich doch schon gesagt!«, meckerte sie und hob ihren Kopf. Mit sanfter Gewalt drückte ich sie zurück an meine Schulter. »Erdbeere. Lass mich runter.«

»Du musst kurz bei mir bleiben, Leni.« Ich spürte, wie das Zittern in meiner Stimme Leni zusehends verunsicherte.

»Lass mich sofort runter.« Sie strampelte auf meinem Arm, drückte sich von mir, sodass ich sie kaum halten konnte.

»Leni, hör zu. Deiner Mama geht es nicht gut. Sie muss vom Doktor untersucht werden. Du musst bei mir bleiben, damit wir ihn nicht stören. Verstehst du das?« Ich hatte keine Ahnung, wie viel Ehrlichkeit eine Vierjährige vertragen konnte, wusste mir jedoch nicht anders zu helfen.

Leni hielt in ihren Bewegungen inne und sah mich aus zusammengekniffenen Augen an. »Hat sie ihr Aua in der Brust wieder?«

Da sich Melanie immer wieder stöhnend mit der Hand über den Oberkörper fuhr, wusste Leni offenbar mehr als ich.

»Was für ein Aua hat sie denn da?«

Im Augenwinkel nahm ich den Arzt wahr, der auf Melanie einredete und versuchte, ihr eine Antwort zu entlocken. Doch sie reagierte nicht. Es schien, als ob der Schmerz sie weit weggetragen hätte.

Alles in mir wollte zu ihr, sich neben sie knien, ihre Hand fassen, sie schütteln, selbst mit ihr sprechen. Doch ein letzter Funken Verstand erinnerte mich daran, dass sie bei dem Arzt in besseren Händen war.

»Weiß nicht. Sie hat nur manchmal Aua da.«

»Besteht vielleicht doch eine Vorerkrankung des Herzens?«, mischte sich der Arzt ein.

Ich schüttelte den Kopf, ohne dass ich den Blick von Leni abwandte. »Nicht dass ich wüsste. Leni, war deine Mama in letzter Zeit öfter beim Arzt?«

Leni nickte, und in ihre Augen traten Tränen. »Aber ich soll das nicht verraten, hat sie gesagt.« Sie schlug sich die Hand vor den Mund und schaute zu ihrer Mutter. »Entschuldige, Mama. Das wollte ich nicht.«

Ihre helle Stimme und das leichte Lispeln trafen direkt in mein Herz. »Deine Mama wird das sicher verstehen. Alles ist gut, Leni. Komm her. Wir warten hier, bis es deiner Mama besser geht. Schhhh.« Behutsam strich ich ihr über den Kopf, was meinen zitternden Fingern eine Aufgabe gab.

Es dauerte zwei weitere Minuten, ehe der Rettungsdienst eintraf. Mittlerweile war Melanie in Bewusstlosigkeit abgedriftet, wie der Arzt den Sanitätern mitteilte. Meine beste Freundin lag vor mir, als ob sie schliefe, und ihr blasses Gesicht auf den blauen Fliesen bildete einen schmerzlichen Kontrast zu diesem friedlichen Eindruck.

Immer noch strich ich über Lenis Haare, murmelte beruhigende Worte, die ich selbst nicht glaubte. Warum war Melanie ohnmächtig? Weshalb nahm sie heimlich Medikamente? Wann war sie beim Arzt gewesen und wieso? Fragen über Fragen, die wie ein Hagelschauer auf mich einprasselten.

»Der Doc sagt, Sie gehören dazu?«, riss mich schließlich einer der orange-rot gekleideten Männer aus meinen Gedanken.

Um ihn klarer zu erkennen, blinzelte ich die Tränen weg, die sich in meine Augenwinkel geschlichen hatten. Die grauen Haare des Mannes und die Falten um seine Augen verliehen ihm etwas Beruhigendes, und ich spürte, wie sich mein Herzschlag, der in den vergangenen Minuten davongaloppiert war, ein wenig beruhigte. Nun würde alles gut gehen.

»Ähm, ja. Das ist Melanies Tochter, und ich bin ihre beste Freundin«, stotterte ich.

»Wollen Sie mit ins Krankenhaus fahren?«

Ich nickte, vertraute meiner Stimme nicht mehr. Krankenhaus? So schnell? Die Sanitäter waren doch erst vor ein paar Sekunden angekommen. Als ich jedoch einen Blick zu Melanie warf, hatte man ihr bereits einen Beatmungsschlauch angelegt, eine Infusion gelegt und EKG-Elektroden aufgeklebt, die Signale an ein piepsendes Gerät sandten.

Der freundliche Sanitäter deutete auf den Krankenwagen. »Wir bringen sie ins Kreiskrankenhaus. Sie können mit der Kleinen nachkommen.«

Ich rieb mir die Stirn. »Das geht nicht. Ich habe keinen Kindersitz für Leni in meinem Auto. Ich kann sie nicht mitnehmen.«

Der Sanitäter schaute uns an und nickte. »Dann fahren Sie bei uns mit.« Er führte uns zum Rettungswagen und setzte mich mit Leni auf die Bank im Behandlungsbereich. Kurz darauf wurde Melanie auf einer Trage ins Innere geschoben. Der zweite Sanitäter stieg zu uns und stellte sich mit Namen vor, den ich sofort wieder vergaß. Selbst Lenis Worte bekam ich erst beim dritten Mal mit.

»Wo fahren wir hin?«

»Ins Krankenhaus, Mäuschen. Da hilft man deiner Mama«, erklärte der Sanitäter, während er sich auf einem Sitz neben der Trage anschnallte.

Wir fuhren los. Sofort ertönte das Martinshorn auf dem Dach des Rettungswagens, und Leni hielt sich die Ohren zu.

»Das ist ganz schön laut.«

»Keine Sorge.« Der Sanitäter griff in eine Seitentasche, die an der Wand des Behandlungsraums angebracht war, und zauberte ein strahlend weißes Einhorn hervor. »Hier, das ist Sternchen. Es wird auf dich aufpassen.« Aufmunternd lächelte er Leni zu, doch die presste sich weiterhin die Hände auf die Ohren und starrte den Mann skeptisch an.

»Sie nimmt keine Sachen von Fremden an«, erklärte ich automatisch.

Der Sanitäter nickte und steckte Sternchen zurück in die Tasche. »Das ist sehr gut. Meine Tochter soll das auch nicht tun.«

Mein Verstand klarte einen Moment lang auf, und ich stellte die einzige Frage, die wirklich relevant war: »Sagen Sie mir, was mit Melanie ist? Hat sie einen Herzinfarkt?«

»Es tut mir leid, aber darüber kann ich nicht mit Ihnen sprechen. Das muss ein Arzt im Krankenhaus machen. Wir stellen keine Diagnosen. Wir helfen im ersten Angriff und transportieren.«

»Bitte, ich möchte nur wissen, was sie hat.«

Die Augen des Mannes waren voller Mitleid, dennoch schüttelte er den Kopf. »Tut mir leid. Ich *darf* Ihnen nichts sagen.« Er zögerte, als wollte er etwas ergänzen, ließ es dann aber doch bleiben.

Ich starrte zu Melanie hinüber. Das Martinshorn dröhnte in meinen Ohren, und ich spürte, wie der Wagen dahinraste, von links nach rechts schaukelte, wenn er eine Kurve nahm.

Dennoch gelang es mir, all das auszublenden und für einen Augenblick halbwegs normale Gedanken zuzulassen. Immer wieder kam dieselbe Frage in mir hoch: Warum hatte Melanie nichts gesagt? Wusste sie nicht, was mit ihr los war? Oder gab es etwas, das sie mir verschwiegen hatte, wie es Lenis Äußerungen annehmen ließen? Andererseits war Leni erst vier und hatte vielleicht einiges missverstanden.

Ein Stöhnen von der Trage lenkte mich ab.

»Melanie, hörst du mich? Wir sind hier«, rief ich eilig. Sie sollte wissen, dass sie nicht allein war.

»Leni?« Ihre Stimme war heiser und mit dem Martinshorn und den Fahrgeräuschen im Hintergrund beinahe nicht zu hören. Sämtliche Sinne von mir waren jedoch auf Melanie konzentriert, sodass ich sie sogar gehört hätte, wenn sie in einer vollen Konzerthalle geflüstert hätte.

»Mama!« Leni wollte von meinem Schoss springen, ich hielt sie davon ab.

»Wir müssen angeschnallt bleiben, kleiner Schlumpf.«

»Warum?«

»Weil wir noch fahren«, erklärte ich, ehe ich mich an Melanie wandte. »Was ist passiert, Melanie? Was ist los mit dir?«

»Ich …« Kraftlos sackte meine Freundin zusammen. Ihre Atmung ging schwerer als vorher. »Feier das Leben, Isabella. Feiere es. Versprich mir das. Trauere nicht um das, was du nicht ändern kannst«, keuchte sie atemlos.

»Bitte, reden Sie nicht mit ihr«, mischte sich der Sanitäter ein. »Das strengt sie zu sehr an. Wir sind gleich im Krankenhaus. Da wird Ihnen alles Weitere erklärt.«

Wir bogen ab, und der Fahrer stellte das Martinshorn aus. In diesem Augenblick ruckte Melanie hoch und sog heftig die Luft ein. »Isa?«

»Wir sind immer noch hier«, beeilte ich mich zu sagen.

»Pass auf Leni auf. Versprich mir das.« Melanies Brustkorb hob sich nur langsam, und es schien ihr Mühe zu bereiten, einzuatmen.

»Ich kümmere mich um sie, bis du wieder fit bist. Natürlich. Melanie. Ich bin für dich da.«

Sie unterdrückte einen schmerzerfüllten Schrei, doch der Ansatz war deutlich zu hören. Leni fing an zu weinen, und ich drückte die Kleine an mich, hielt ihr die Ohren zu. »Was ist los?«

Der Sanitäter beugte sich über die Trage. »Können Sie mir sagen, ob Sie eine Vorerkrankung des Herzens haben? Hatten Sie schon einmal einen Herzinfarkt?« Über die Braunüle in ihrer Hand injizierte er Melanie eine klare Flüssigkeit.

»Kein Herzinfarkt«, murmelte sie, und ihr Kopf sackte langsam zur Seite. »Aortenaneu…«

Gleich darauf fing der Kasten an zu piepen, mit dem Melanie über die Elektroden verbunden war. Leni rutschte auf meinem Schoss hin und her, wollte sich befreien, doch ich klammerte mich an sie, als wäre sie mein Anker. Dabei hätte ich ihrer sein müssen.

»Was passiert mit ihr?«, wiederholte ich meine beständigen Fragen.

Im selben Moment bremste der Wagen abrupt, und von außen riss jemand die Tür auf.

»Notarzt, sofort«, rief der Sanitäter dem Mann zu, während er aus dem Wagen sprang und die Trage herauszog.

»Sagen Sie mir doch endlich, was los ist!«, verlangte ich mit einer erstaunlich kräftigen Stimme, während ich mit Leni auf dem Arm ebenfalls ins Freie kletterte.

»Geben Sie mir ein paar Minuten. Ihre Freundin muss sofort behandelt werden«, erwiderte der Sanitäter und schob die Trage in die Notaufnahme des Krankenhauses. Dort standen zwei Pfleger und eine Ärztin bereit, die Melanie in Empfang nahmen.

Ich hetzte hinterher, wollte mitbekommen, was gesprochen wurde, doch im Wartezimmer direkt neben mir weinte ein Kind. Erst als ich an der geöffneten Tür vorbei war, verstand ich mehr. Die Pfleger hoben Melanie von der Trage auf ein Krankenhausbett, während der Fahrer des Rettungswagens die Infusion an einen bereitgestellten Tropf hängte. Alles wirkte wie in einer der Fernsehserien, die meine Großmutter so gern schaute. Einstudiert wie die Choreografie aus einem Drehbuch, und doch so surreal, dass ich es nicht glauben konnte.

»Blutdruck sackt weiter ab. Glasgow-Koma-Scale von 7. Patientin eingetrübt. Sie murmelte etwas von einem Aortenaneurysma, aber die Freundin konnte mir keine Vorerkrankungen nennen.«

»Medikamentengabe bisher?«

»Novalgin gegen die Schmerzen und NaCl für den Volumenmangel.«

»Volumenmangel?«, murmelte ich und versuchte zu begreifen, worüber die Männer mit der Ärztin sprachen. Diese hob Melanies Augenlider an, leuchtete in ihre Augen.

»Pupillenreaktion vorhanden, aber Hypotonie.« Die Ärztin drehte sich zu einem der Pfleger. »Geben Sie ihr fünf Milligramm Adrenalin, und sagen Sie im OP Bescheid. Wir kommen in fünf Minuten mit einem Notfall rein.«

Mein Herz stoppte für den Bruchteil einer Sekunde. Ich drückte Leni an mich, um nicht vor Angst loszuschreien. Für die Kleine musste ich stark sein. Ich durfte mir nicht anmerken lassen, was mit ihrer Mutter passierte.

Dann ging auf einmal alles sehr schnell. Einer der Pfleger verschwand mit Melanie und der Ärztin in einem Fahrstuhl, der andere kam auf mich zu. »Sind Sie die Freundin der Patientin?«

Ich nickte, während Leni an meiner Schulter weinte. Ich gab beruhigende Geräusche von mir, wartete auf eine Erklärung des Pflegers.

Der berührte mich einfühlsam am Oberarm. »Bitte nehmen Sie im Wartezimmer Platz. Sobald wir mehr wissen, werden wir Sie informieren.«

»Können Sie mir nicht irgendetwas sagen? Die Sanitäter wollten sich nicht festlegen.«

»So wie es aussieht, scheint ein Aneurysma im Herzen Ihrer Freundin geplatzt zu sein. Sie wird jetzt notoperiert. Das kann eine Weile dauern. Gibt es jemanden, den Sie anrufen können, der mit Ihnen wartet?«

Ich schüttelte den Kopf. »Nein. Niemand.«

»Dann nehmen Sie bitte Platz. Sobald wir mehr wissen, kommt jemand zu Ihnen.«

»Was bedeutet das alles?«, murmelte ich, während der Pfleger sich abwandte und zu demselben Fahrstuhl eilte, in dem Melanie vor wenigen Augenblicken verschwunden war.

Einige Sekunden lang stand ich mit Leni auf dem Arm im Gang der Notaufnahme und starrte dem Mann hinterher. Das geschah wirklich, auch wenn ich es nicht fassen konnte. Eben noch saßen Melanie und ich in unserer Lieblingseisbude. Und jetzt wurde sie notoperiert.

Als eine ältere Dame in einem Rollstuhl an mir vorbei zum Empfangstresen der Notaufnahme wollte, bemerkte ich, dass ich im Weg stand. Ich streichelte Leni über den Rücken und ging mit ihr zu dem Wartebereich, in dem das Kleinkind immer noch weinte, wenn auch inzwischen leiser.

»Tante Bella, wo haben die Mama hingebracht?«, schniefte Leni und wischte sich mit ihrem Jackenärmel über die Augen.

»Alles gut, kleiner Schlumpf. Die Ärztin kümmert sich jetzt um sie.«

»Warum?«, fragte Leni und nestelte am Knopf meiner Strickjacke herum.

»Warum was?« Meine Gedanken konnten Leni nicht folgen, versuchten nach wie vor zu sortieren, was geschehen war.

Lenis Atmung stolperte, als sie tief einatmete, wie Kinder es tun, wenn sie bitterlich geweint haben. »Warum kümmert sich die Ärztin um Mama?«

»Du hast doch gesagt, dass Mama ein Aua hat. Das schaut sich die Ärztin an.«

»Und dann geht es Mama besser?« Leni schob die Lippen vor, als ob sie einen Entenschnabel formen wollte, und sah mich an.

»Bestimmt. Die Ärztin kümmert sich gut um deine Mama. Komm mal her. Lehn dich bei mir an und ruh dich etwas aus. Wir werden ein bisschen warten müssen.«

Leni nickte und kuschelte ihren Kopf an meine Schulter. Es dauerte nicht lange, bis sie einschlief.

Ich hingegen konnte nicht einmal an Schlaf denken. Meine Finger zitterten so sehr, dass ich sie fest ineinander verhakte, damit ich Leni nicht weckte. Doch je mehr ich versuchte, das Zittern zu unterdrücken, desto schlimmer schien es zu werden. Also ließ ich es an jenem Bein zu, auf dem Leni nicht saß. Stumme Tränen der Angst rannen über mein Gesicht, während sich die Sorgen in meinem Inneren zu einem riesigen Gebilde auftürmten.

Kapitel 4 – Maximilian

Ich saß in meinem Spielesessel, als es an der Tür klingelte. Verwirrt schaute ich zur Uhr. Halb sechs. Ich erwartete keinen Besuch. Oder hatte ich eine Verabredung vergessen? Ich legte den Controller beiseite, lief um das Motorrad, das neben meinem Tisch stand, weil ich zurzeit daran schraubte. Seit ich das neue Teil von Holger verbaut hatte, sprang die Maschine nicht mehr an, und ich hatte noch nicht herausgefunden, woran das lag. Vermutlich musste ich früher oder später noch einmal in die Werkstatt. Dank der alten Frau, der ich beim Einkaufen und im Garten geholfen hatte, würde ich Holger zumindest die letzte Rechnung bezahlen können.

Ich ging zur schmalen Seitentür, die mir als Eingang diente. In einer Scheune zu leben, war mit diversen Widrigkeiten verbunden, allem voran Wind, der sich durch die kleinsten Ritzen und vor allem die Lücken zwischen Türen und Boden hindurchzwängte. Also hatte ich mir einen Windfang vor die Tür gebaut, in dem ich außerdem meine dreckigen Arbeitsklamotten aufhängen konnte. Es gab keinen Spion und erst recht kein Fenster, durch das ich einen ersten Blick auf meinen Besucher hätte werfen können. Dementsprechend überrascht war ich, als ich die Tür öffnete.

Mit allem hätte ich gerechnet. Einem Nachbarn, der sich Eier ausleihen wollte, oder meinem Onkel mit einer Last-Minute-Aufgabe für mich. Nun, genau genommen stand tatsächlich mein Onkel vor der Tür, aber nicht allein. Zwei Polizisten begleiteten ihn. Verwirrt hielt ich in der Bewegung inne, sodass die Tür nur zur Hälfte offen stand.

»Maximilian, schön dass du da bist. Diese netten Herren hier haben ein paar Fragen an dich.«

Ich schluckte den größer werdenden Kloß in meinem Hals herunter und nickte. »Klar, kommen Sie rein.« Ich stieß die Holztür auf und führte die Männer durch den Windfang. »Kann ich Ihnen etwas anbieten? Wasser? Cola?«

»Nein, danke«, erklärte der ältere Polizist, dessen Haare schütter waren. Seine Geheimratsecken waren ähnlich ausgeprägt wie die meines Onkels, der den Polizisten in meinen Wohnraum hinein folgte.

Ich räumte rasch zwei Stühle frei, auf denen einige getragene Hemden lagen und der Stapel Altpapier, den ich bereits vor einer Woche wegwerfen wollte.

»Entschuldigen Sie die Unordnung«, beeilte ich mich zu sagen, um die unangenehme Stille zu überbrücken. »Ich habe nicht mit Besuch gerechnet.«

»Schon okay, Herr West. Wir müssen uns nicht setzen«, sagte der Jüngere der beiden Uniformierten. Er konnte nicht viel älter als ich sein. Mitte, Ende zwanzig, dunkelhäutig und mit so entschlossenem Blick, dass ich augenblicklich aufhörte aufzuräumen.

»Onkel Wolfgang, willst *du* dich setzen?« Dass die Polizisten stehen blieben, löste eine innere Unruhe in mir aus, die ich mir nicht erklären konnte. Es war, als ob sie sich einsatzbereit hielten, um mich jederzeit überwältigen zu können, und ich überlegte fieberhaft, weshalb sie mich befragen wollten. Ich hatte weder etwas gestohlen, noch hatte ich jemanden betrogen. Oder ging es um die Mini-Jobs, die ich annahm? Verfolgte die Polizei nicht angemeldete Tätigkeiten? Mit einem Mal wurde mir heiß. Immerhin half ich schon seit Langem, wo ich konnte, gegen Bezahlung, und alles am Staat vorbei. Ging es darum? Hatte mich einer der letzten Arbeitgeber verpfiffen? Das war das Einzige, was mir einfiel, das man mir vorwerfen konnte. Andererseits belasteten sich die Auftraggeber ja selbst, wenn sie zugaben, mich ohne Sozialleistungen abzuführen beschäftigt zu haben.

Ich biss mir auf die Zunge und versuchte mir nicht anmerken zu lassen, was ich dachte, wollte mich nicht verraten.

»Maximilian, diese Herren wollen dir wie gesagt ein paar Fragen stellen.« Mein Onkel trat neben mich, verschränkte die Arme vor der Brust und schaute die Polizisten offen an. »Allerdings weiß ich nicht, zu welchem Thema. Wären Sie so freundlich, uns aufzuklären?«

Uns? Wollte mein Onkel mir etwa beistehen? Dass er nicht viel von der Staatsgewalt und ihren Behörden hielt, wusste ich. Ständig schimpfte er darüber, dass man ihm eine Genehmigung verweigerte oder bürokratische Steine in den Weg legte. Allerdings war es eine Sache, seinem Ärger zu Hause Luft zu machen, und eine andere, den Beamten so offenkundig entgegenzutreten. Oder wollte er lediglich Familienzusammenhalt demonstrieren?

Das wäre ungewöhnlich für ihn, für den ausschließlich Leistung zählte und Verwandtschaft egal war, und ich wusste nicht, ob ich mich über seine Unterstützung freuen sollte. Denn genauso unvermittelt, wie er sie in diesen Augenblick bekundete, konnte er sie mir auch wieder entziehen.

»Wir haben vor einigen Tagen eine illegale Werkstatt in der Nähe ausgehoben, und dabei ist Ihr Name aufgetaucht, Herr West.«

Mein Herz sackte mir in die Knie, und ich musste mich dazu zwingen, normal weiterzuatmen, obwohl ich am liebsten die Luft angehalten hätte. »Was? Wie das?«

»Das haben wir uns auch gefragt und sind hergekommen, um die Sachlage zu klären.« Der jüngere Polizist musterte mich abschätzig. »Kennen Sie einen Holger Müller?«

Ich schaute ihm ins Gesicht, tat so, als ob ich überlegen müsste, bevor ich den Kopf schüttelte. »Der Name ist mir bisher nicht untergekommen, tut mir leid. Wer ist das?«

»Das ist der Name des Betreibers der Werkstatt. Wir haben einen anonymen Tipp erhalten, dass dort illegale Geschäfte betrieben werden, und als wir die Örtlichkeiten durchsuchten, fanden wir eine Liste von angeschriebenen Waren«, erläuterte der Beamte, während sein älterer Kollege den Blick durch meine Wohnscheune gleiten ließ, bis er schließlich an meiner Zündapp hängen blieb. Ich spürte Schweißperlen im Nacken.

»Auf jener Liste fand sich auffällig oft der Name Maximilian West.« Der jüngere Polizist hielt inne, bemerkte den Blick seines Kollegen, und einen Augenblick lang starrten wir zu dritt auf meine Maschine. Nur mein Onkel stand weiterhin mit verschränkten Armen da und fixierte die Beamten. »Sie sind der einzige Maximilian West in der näheren Umgebung. Deswegen müssen wir Sie befragen.« Es kostete den Beamten sichtlich Mühe, sich vom Anblick meines Motorrads loszureißen und sich wieder mir zuzuwenden.

Seine ausführliche Erklärung hatte mir die Möglichkeit gegeben, mich zu sammeln. Mein Vater behauptete immer, dass ich ein guter Schauspieler geworden wäre. Zumindest hatte er das gesagt, bevor er mit seiner neuen Freundin nach Mallorca ausgewandert war, um dort eine Cocktailbar zu eröffnen. Seither hatten wir nur noch sporadischen Kontakt, und ich konnte nicht einmal raten, was er heute von mir hielt.

»Was genau wollen Sie denn wissen, meine Herren?«, mischte sich Onkel Wolfgang ein.

»Laut besagter Liste waren Sie vor einer Woche, am Mittwochabend, gegen neunzehn Uhr in dieser Werkstatt. Stimmt das?«

Ich prustete die Luft aus, als ob ich nach einem längeren Tauchgang aus der Ostsee aufgetaucht wäre. Holger notierte sich die genauen Uhrzeiten, zu denen ich bei ihm gewesen war? Ernsthaft? »Ich war noch nie in dieser Werkstatt.«

Der ältere Polizist nickte zur BWM rüber. »Hübsche Maschine, Herr West. Wo haben Sie denn die ganzen Teile dafür her? Sie kümmern sich doch selbst um dieses Schätzchen?«

Mein Werkzeugset lag ausgebreitet auf dem Boden neben dem Vorderrad, leugnen war also zwecklos.

»Ja, alte Maschinen zu restaurieren ist mein Hobby«, gestand ich und setzte ein Lächeln auf, von dem ich hoffte, dass es arglos wirkte. »Ich bestelle im Internet, da kriegt man alles, und das zu günstigen Preisen.«

Der ältere Polizist nickte. Kurz war ich versucht, ihn zu fragen, ob er ebenfalls Motorrad fuhr, als der Jüngere fragte: »Wo waren Sie am Mittwochabend?«

Mist. Spielten sie Good Cop und Bad Cop, um mich in Sicherheit zu wiegen? Diese Strategie war doch so abgedroschen, dass niemand ernsthaft erwarten konnte, nicht durchschaut zu werden, oder?

Bei dir hat sie doch gerade gut funktioniert, schoss es mir durch den Kopf, und ich überspielte die aufsteigende Nervosität, indem ich mir das Kinn rieb und abermals Nachdenken simulierte. »Keine Ahnung. Mittwoch sagen Sie?« Ich tastete meine Shorts ab, aber mein Handy war nicht darin. Also schaute ich mich um. Es lag in der Ritze meines Sessels. »Ich schaue mal im Kalender nach. Moment.«

Jede Sekunde, die ich mir erkaufen konnte, war wertvoll, um mir eine Geschichte einfallen zu lassen, wo ich an dem

Abend gewesen war. Eventuell hätte ich einfach die Wahrheit sagen sollen; dass ich hin und wieder bei Holger einkaufte, nichts Großes, nur ein paar Teile. Ich konnte behaupten, nicht gewusst zu haben, dass die Werkstatt nicht angemeldet war. Aber nun hatte ich bereits einen anderen Weg eingeschlagen, und es war zu spät für eine Umkehr. Außerdem wusste ich nicht, welche Strafe auf den Kauf bei Schwarzmarkthändlern stand. Und selbst wenn es nicht einmal einen Eintrag in mein Führungszeugnis gäbe, so wollte ich um jeden Preis verhindern, dass meine Ex von der ganzen Sache erfuhr. Egal wie groß der Vorwurf wäre, mit dem die Polizisten am Ende vom Hof fuhren, Lisa würde ihn gegen mich verwenden. So wie sie alles gegen mich verwandte, das sich halbwegs dazu eignete. Als mein Sohn noch kleiner gewesen war, hatte sie mir eine Weile lang seine Besuche verweigert mit der Begründung, dass ich mich nass rasierte und die Klingen, die ich dafür benutzte, zu gefährlich seien für Henry. Erst als ich einen elektrischen Rasierapparat kaufte, ihn ihr vorzeigte und ihr die Klingen aushändigte, gab sie nach.

»Im Kalender steht nichts«, ließ ich die Polizisten mit Blick auf mein Handy wissen. »Also war ich vermutlich zu Hause oder habe gearbeitet.«

»Um neunzehn Uhr arbeiten Sie noch, Herr West? Was machen Sie beruflich?« Der ältere Polizist führte die Befragung weiter, während der jüngere sich Notizen machte.

»Ich arbeite bei meinem Onkel in der Firma.« Ich staunte selbst, wie ruhig meine Stimme klang, obwohl mir das Herz bis zum Hals schlug. »Ich helfe ihm, die Immobilien flottzumachen, die er ersteht.«

Mein Onkel nickte eifrig und legte den Arm um mich. Da er einige Zentimeter größer war, kam ich mir vor, als wäre ich fünf Jahre alt und er würde mich zum Toben in den Schwitzkasten nehmen. »Das stimmt. Seit zwei Jahren ist er bei mir und sehr fleißig.«

Ich lächelte meinem Onkel dankbar zu und wartete auf die nächste Frage. Innerlich stellte ich mir selbst ein Dutzend, um bereits mögliche Antworten zu finden.

»Kann jemand bestätigen, dass Sie zu Hause waren? Oder arbeiten?« Der Polizist deutete auf Onkel Wolfgang.

Für einen kurzen Moment entstand Stille in der geräumigen Scheune. Einzig das Zwitschern der Vögel auf dem ehemaligen Heuboden war zu hören. Onkel Wolfgang sah mich mit durchdringendem Blick an, bevor er sich durch das grauweiße Haar fuhr. »Natürlich. Mittwoch sagten Sie? Das war doch der Abend mit der geplatzten Wasserleitung in Haus 7, oder?«

Dankbar griff ich nach dem Strohhalm, den er mir reichte. »Stimmt. An dem Abend habe ich das Rohr geflickt.«

In Wirklichkeit meldete der Hausmeister den Schaden erst am nächsten Morgen, also hatte ich die Reparatur erst am Donnerstag vorgenommen, aber das würden die Polizisten wegen solch einer Bagatelle hoffentlich nicht nachprüfen.

»Können Sie sich denn vorstellen, warum Ihr Name auf der Käuferliste der Werkstatt steht?« Der ältere Polizist blickte mich mit einer Miene an, die ich nicht deuten konnte. Keine Ahnung, ob er mir meine Antworten bislang abkaufte oder nicht. Sicherlich war der Typ im Pokern ein Ass.

Aber gut, ein bisschen spielen konnte ich ebenfalls. Ich zuckte mit den Schultern und löste mich von meinem Onkel, um meine Arme vor der Brust zu verschränken. »Da müsste ich raten. Vielleicht hat jemand meinen Namen benutzt?«

»Wieso ausgerechnet Ihren?«, wollte der jüngere Polizist wissen und schaute von seinen Notizen auf.

»Was war es denn, wofür da angeschrieben wurde?« Ich wusste, dass Holger nie aufschrieb, was bei ihm gekauft wurde, sodass ich mit dieser Frage in sicheren Gewässern blieb und gleichzeitig »bewies«, dass ich keine Ahnung von der Werkstatt hatte.

»Das stand nicht dabei. Nur die Summe, das Datum mit Uhrzeit und der Name.« Der Ältere setzte seine Mütze auf und verdeckte so den Blick auf seine Geheimratsecken.

»Also, ich habe wirklich keine Ahnung. Ich hoffe aber, dass Sie denjenigen finden, der meinen Namen verwendet hat.« Ich verzog das Gesicht, als wäre mir soeben etwas klar geworden. »Nicht dass der das noch woanders gemacht hat.«

»Wir suchen weiter, keine Sorge.« Der Jüngere verstaute seinen Block und den Stift in der Innentasche seiner Jacke.

»Vielen Dank für Ihre Zeit«, sagte der Ältere und tippte sich gegen die Mütze. »Wenn Ihnen noch etwas einfällt, melden Sie sich bitte bei uns auf der Wache.«

»Natürlich. Wenn ich was hören sollte, sage ich Bescheid.«

Zusammen mit meinem Onkel begleitete ich die Polizisten durch den Windfang nach draußen. Vor der Tür blieb ich einen Moment lang stehen, beobachtete, wie die Beamten über den gepflegten Rasen des Grundstücks gingen und schließlich hinter der modernen Stadtvilla, in der mein Onkel lebte, auf der Auffahrt verschwanden.

Erst dann stöhnte ich auf und ließ meine Schultern nach vorn sacken.

»Maximilian, was hast du angestellt?« Fort war die Freundlichkeit aus der Stimme meines Onkels, fort der Familienzusammenhalt. Sein grimmiger Blick durchbohrte mich, dass ich den Kopf senkte.

»Gar nichts, ich schwöre es. Kann ja keiner ahnen, dass Holger erwischt wird.«

»Du hast dort also eingekauft?« Onkel Wolfgang verschränkte die Arme vor seiner eindrucksvollen Brust. Er trainierte immer noch regelmäßig und war für sein Alter gut in Form. Zwei- bis dreimal im Jahr lief er sogar einen Marathon.

Kurz überlegte ich, ob ich ihn anlügen sollte, sah jedoch keinen Grund dafür. Immerhin hatte er mich soeben gerettet und mir ein Alibi verschafft.

»Je weniger du weißt, umso besser«, entschied ich mich daher zu sagen. »Aber danke, dass du mir den Arsch gerettet hast. Ich schulde dir was.«

»Allerdings.« Der Blick, den er mir zuwarf, verhieß nichts Gutes. Vermutlich würde ich in den nächsten Tagen mehr Aufgaben übernehmen müssen. Die Ferienzeit stand an, und seine Angestellten hatten nach und nach alle Urlaub. Manchmal musste ich dann im Büro aushelfen. Grundsätzlich hatte ich nichts dagegen, aber je mehr ich bei meinem Onkel arbeitete, desto weniger Zeit blieb mir, um andere Jobs anzunehmen. Desto weniger Geld konnte ich für Henry sparen.

»Schwebt dir schon etwas vor?« Ich wagte es nicht, ihm ins Gesicht zu schauen, sondern schloss lieber ergeben die Augen.

Onkel Wolfgang zögerte einen Moment und taxierte mich. »Vielleicht. Ich sage dir in den nächsten Tagen Bescheid. Bis dahin kannst du dir überlegen, ob du in solchen Läden einkaufen solltest, sofern du das Sorgerecht für deinen Jungen irgendwann mal wiederbekommen willst.«

Erschrocken zuckte ich zusammen. »Wie bitte?«

»Du hast mich schon verstanden«, erwiderte mein Onkel, machte auf dem Absatz kehrt und ließ mich allein vor der Scheune stehen.

»Du sagst aber Lisa nichts, oder?«

Er hielt inne und rief über die Schulter. »Warum sollte ich? Dann sehe ich meinen Großneffen ja gar nicht mehr. Aber reiß dich am Riemen, Maximilian. Du bist siebenundzwanzig und hast dein Leben nicht im Griff. Vielleicht solltest du dich mal fragen, warum das so ist.«

Mir blieb der Mund offen stehen, während ich zusah, wie mein Onkel in seinem Haus verschwand. Erst als das Licht im Arbeitszimmer anging, bewegte ich mich und zog mich in die Scheune zurück. Kopfschüttelnd schloss ich die Tür hinter mir. »Was war das denn gerade?«, murmelte ich und warf mich auf meinen Sessel.

Ich starrte den Bildschirm an, konnte mich jedoch nicht mehr auf das Spiel konzentrieren. Hatte mein Onkel mir unterschwellig gedroht? Ach was, er liebte Henry, freute sich auf seine Besuche und gab jedes Mal den gutmütigen Großonkel, der Süßigkeiten zusteckte und kleinere bis mittlere Geschenke machte.

Aber was meinte mein Onkel damit, dass ich mein Leben in den Griff kriegen sollte? Ich hatte eine Wohnung, mehrere Jobs und ein Hobby, das ich liebte. Was erwartete er denn noch von mir?

Ich seufzte. Vermutlich war das wieder nur so ein Spruch von ihm gewesen. Nicht jeder ist zum aufstrebenden Ehrgeizling geboren, und ich war glücklich so, wie es war. Mein Leben konnte kaum besser laufen. Abgesehen von der Tatsache, dass Lisa mir nur selten erlaubte, Henry zu sehen.

Ich lehnte mich mit den Ellbogen auf die Knie und legte den Kopf in die Hände. In meiner Brust zog es heftig, so sehr vermisste ich meinen Sohn. Nach ein paar Minuten, in denen ich mich zwang, ruhig zu atmen, hörte das Zittern auf. Nur noch ein paar Wochen. Dann begannen endlich die Ferien, und ich konnte ihn wiedersehen, mit ihm spielen und stundenlang mit ihm von einer Luftmatratze in die Ostsee springen.

Ich richtete mich auf und nickte mir selbst aufmunternd zu. Ja, darauf freute ich mich sehr. Henry und ich würden eine tolle Zeit haben. Dafür würde ich schon sorgen.

Kapitel 5 – Isabella

»Auf Melanie«, stammelte ich und hob mein Wasserglas. Meine Finger zitterten, und ich hatte Mühe, nicht in Tränen auszubrechen.

»Auf Melanie.« Ella, Alyxandra und Tamina stimmten mit ein und erhoben ihre Gläser ebenfalls.

»Wo auch immer sie jetzt ist«, fügte Ella leise hinzu und kippte ihren Whiskey im nächsten Moment herunter.

»Ich kann es nicht fassen.« Tamina hatte sich speziell für die Beerdigung schwarze Taschentücher besorgt. Mit einem tupfte sie sich das Gesicht ab, doch es flossen augenblicklich neue Tränen ihre Wangen herunter. »Sie war doch erst achtundzwanzig. Das ist doch nicht normal.«

Ich stellte mein Glas auf meinem Balkontisch ab, nahm sie in den Arm und spürte die Beben, die Tamina immer wieder erschütterten. Ich biss mir von innen auf die Lippen, versuchte, die Fassung zu wahren und nicht genauso in Tränen auszubrechen. Was nützte es, wenn wir alle heulten und niemand etwas sagte?

»Mein Opa ist mit einundachtzig an einem Aneurysma im Oberschenkel gestorben«, sagte Ella nachdenklich. »Hat die Schlagerparade gesehen, ist aufgestanden, und vorbei war es. Keine Schmerzen. Einfach tot.«

»Das Glück hatte Melanie nicht«, erwiderte ich durch Taminas Haare hindurch, was einen erneuten Schluchzer in ihr auslöste. In mir drin hörte ich den Schrei, der sich in meinen

Gehörgang gebrannt hatte. Niemals würde ich vergessen, wie gequält Melanie mich angesehen hatte.

Stumm saßen meine Freundinnen auf meinem Balkon und starrten auf die Ostsee hinaus. Jede von uns hing ihren Gedanken nach. Ich ließ Tamina los, die sich langsam beruhigte und nur noch leise schniefte.

»Wisst ihr noch, als Melanie das erste Mal bei uns auftauchte?«, fragte Ella, die den Stammtisch der selbstständigen Frauen vor einigen Jahren ins Leben gerufen hatte.

Ich nickte. Es war auch mein erster Besuch gewesen. »Wir waren völlig unvorbereitet und dachten, dass ihr superanstrengende Businessfrauen seid, die nur für ihr Geschäft leben.«

Ich schmunzelte beim Gedanken an das Gespräch, das Melanie und ich auf dem Weg zu dem Treffen geführt hatten. Lange hatten wir überlegt, ob wir überhaupt hingehen sollten, zu diesem »Beisammensein von Unternehmerinnen«, wie Melanie die Zusammenkünfte genannt hatte. Beim Friseur war sie mit Alyxandra ins Gespräch gekommen, die auf dem Stuhl neben ihr gesessen hatte und darauf wartete, dass die neue Farbe in den Haaren trocknete.

»Es geht dabei um Austausch«, hatte Melanie erklärt. »Der Ort ist klein, und es kann nicht schaden, andere Selbständige hier zu kennen. Vielleicht haben die ein paar Tipps für uns.«

Ich hatte den Laden meiner Großmutter gerade erst gekauft und war noch dabei gewesen, alles zu renovieren, und Melanies Geschäft hatte erst angefangen, Ertrag abzuwerfen.

»Na, hoffentlich gucken die nicht auf unsere Ein-Frau-Unternehmen herab«, erwiderte ich. »Denen geht's doch vermutlich in erster Linie ums Geld.«

»Wer weiß.« Melanie zuckte die Achseln. »Wir können ja immer noch gehen, wenn's uns zu blöd wird.« Sie hatte sich bei mir untergehakt, und gemeinsam betraten wir das *Mit Mann und (Sch)Maus*.

»Superanstrengende Businessfrauen?«, fragte nun Alyxandra und schnaubte. »Das trifft es nun wirklich nicht, wenn man bedenkt, wie viel Alkohol wir jedes Mal vernichten.«

»Vor allem Melanie, als sie keine Antibiotika mehr nehmen musste nach ihrem Hörsturz vor einem Jahr und endlich wieder trinken durfte«, schmunzelte Tamina wehmütig. »Ihr wart schon weg, aber ich habe noch zwei Stunden mit ihr in der Bar gesessen. Und am Ende des Abends hatte der Barkeeper keinen Ouzo mehr.«

Wieder schwiegen wir, erinnerten uns an Momente, die wir mit Melanie verbracht hatten. Für die anderen drei beschränkten sich diese Erlebnisse auf den Zeitraum der letzten zweieinhalb Jahre. Ich hingegen blickte auf Ereignisse aus der Hälfte meines Lebens zurück.

Melanie war bei mir gewesen, als der erste Liebeskummer über mich hereinbrach. Obwohl sie so weit weg wohnte, war sie mit Eis und Taschentüchern vor meiner Tür aufgetaucht, hatte mich in den Arm genommen und getröstet.

Ich hatte eine Woche lang heimlich die Schule geschwänzt, um Melanie nach einer Blinddarm-OP täglich zuerst im Krankenhaus und dann zu Hause besuchen zu können, und opferte mein gesamtes Taschengeld für die Bus- und Bahnfahrten dorthin. Als meine Eltern das herausfanden und mir eine Standpauke hielten, war es Melanie, die sie besänftigte.

Ich dachte an Daniel und Patrick, die wir eines Sommers kennenlernten und mit denen wir uns abends am Strand trafen, Lagerfeuer machten und im Sand tanzten. Wir tranken viel zu viel Alkohol, und Melanie hielt mir die Haare, während ich in die Brandung kotzte. Und sie jagte Daniel zum Teufel, als er versuchte, mich zu küssen, obwohl ich nicht wollte.

Wir hatten gerade das Abitur bestanden, als Melanies Eltern beschlossen, in die Karibik auszuwandern, um ihren Lebensabend dort zu verbringen. Für einige Wochen zog sie zu meinen Eltern und mir, und ich half ihr, alles zu regeln, damit sie hierbleiben konnte.

Wir teilten so viele Erinnerungen, dass es keine schönste oder beste gab, also ließ ich die anderen von ihren liebsten Erlebnissen erzählen, während ich nur dasaß und zuhörte.

»Hey, Isabella, was wird dir von Melanie in Erinnerung bleiben?« Die drei sahen mich fragend an. Sie wussten natürlich, dass Melanie und ich uns ewig kannten, und erwarteten jetzt bestimmt ein besonderes Highlight.

»Dass sie die beste, beste Freundin ist, die man sich wünschen kann«, erwiderte ich ausweichend. Was sollte ich anderes sagen? Dass mir ihre positive Art unendlich fehlen würde? Wie riesig das Loch war, das ihr Verlust in meinem Herzen hinterließ? Ich hatte keine Geschwister, was ich als Kind häufig bedauerte, bis ich Melanie kennenlernte. Seit unserem ersten Ostseesommer war sie wie eine Schwester für mich gewesen. Zusammen durch dick und dünn, trotz der räumlichen Entfernung.

Ich schloss die Augen, weil der Druck in meinem Herzen anstieg und ich Angst hatte, dass er die Tränen hinauspressen würden. Wieso nur? Wieso hatte sie nicht mit mir gesprochen? Wieso hatte sie nichts von dem Aortenaneurysma in ihrem Herzen erzählt?

»Hat eigentlich einer von euch gewusst, dass sie krank war?«, fragte Tamina, als hätte sie meine Gedanken gelesen.

Alle schüttelten den Kopf und starrten mich an.

»Nein.« Ich musste gegen einen dicken Kloß in meinem Hals anschlucken und räusperte mich. »Ich auch nicht.«

Ella machte ein nachdenkliches Gesicht. »Meint ihr, wir hätten etwas tun können, wenn sie es uns gesagt hätte?«

Ich drehte das Glas in meiner Hand, das inzwischen leer war. »Der Arzt, mit dem ich gesprochen habe, sagt Nein. Solch ein Aneurysma kann ewig halten oder schon nach wenigen Sekunden platzen. Melanie hat gewusst, dass sie sterben wird, aber nicht wann. Es hätte auch alles gut gehen können und sie wäre so alt wie dein Opa geworden.« Mit dem leeren Glas zeigte ich auf Ella.

»Sie hätte es uns sagen können. Wir sind doch ihre Freundinnen«, schimpfte Tamina und wischte sich erneut über die verquollenen Augen.

Alyxandra und Ella nickten.

»Das war nicht ihre Art.« Ich presste die Lippen aufeinander und holte tief Luft, bevor ich weitersprach. »Ich hätte es auch gern gewusst, glaubt mir, aber Melanie hat das Leben genossen. Sie hat es immer gefeiert. Hätte sie sich uns anvertraut, was meint ihr, wie wir reagiert hätten?«

Die Sonne glitt gen Horizont, und hätte man in dieser Sekunde eine Stecknadel auf meinem Balkon fallen gelassen, hätte der Aufprall wie ein Donnerschlag geklungen. Jeder von uns war bewusst, dass wir Melanie nie wieder so behandelt hätten wie vorher. Das brauchte keine von uns auszusprechen.

»Deswegen hat sie geschwiegen. Wir hätten eh nichts machen können und bloß Mitleid gehabt. Und das hätte sie gehasst«, erklärte ich leise, ehe ich aufstand, um mir von der schmalen, weißen Gartenanrichte Wasser aus der Karaffe nachzufüllen.

Das Möbelstück hatten Melanie und ich auf einem Flohmarkt gefunden. Sie hatte damals nach Kinderkleidung für Leni gesucht, und ich hatte eine Auszeit von den vielen Renovierungsarbeiten gebraucht und sie begleitet. Stundenlang schlenderten wir von einem Stand zum nächsten, bis sie die Anrichte entdeckte, begeistert meinen Arm packte und rief:

»Wow, die ist perfekt für deinen Balkon! Komm, ich kauf sie dir!« Noch bevor ich protestieren konnte, hatte sie einen Geldschein gezückt und die Anrichte bezahlt. Gemeinsam schleppten wir das Teil zu meiner Wohnung, mit unzähligen Pausen, weil wir zwischendurch ein Sauerstoffzelt gebraucht hätten.

Ich hing der Erinnerung nach, strich mit der Hand über die hölzerne Oberfläche. Erste Farbsplitter lösten sich. An einem freien Abend in den nächsten Monaten würde ich sie neu streichen müssen, damit sie den nächsten Winter hier draußen überstand.

»Was passiert jetzt eigentlich mit Leni?« Alyxandras Frage war der zweite Donnerschlag. Niemand hatte eine Antwort darauf.

»Im Moment ist sie bei einer vorläufigen Pflegefamilie untergebracht. Und soweit ich es richtig verstanden habe, versucht das Jugendamt einen Verwandten in der Nähe ausfindig zu machen«, sagte ich, während ich gleichzeitig bezweifelte, dass das von Erfolg gekrönt sein würde. Melanie hatte nie etwas von Verwandten erzählt. Es gab einzig ihre Eltern in der Karibik, und dorthin hatte sie ihre Tochter nie schicken wollen.

»Leni gehört in ihren Kindergarten, zu ihren Freunden und nicht in ein Land, in dem sowohl die medizinische Versorgung als auch das Bildungssystem fragwürdig sind«, hatte sie stets erwidert, wenn ihre Eltern sie fragten, ob sie und Leni nicht ebenfalls auswandern und zu ihnen ziehen wollten.

»Und wenn das nichts wird?«, hakte Tamina nach.

Ich zuckte mit den Schultern. »Dann wird Leni wohl in eine Pflegefamilie oder Einrichtung kommen. So wie jetzt.« Mir brach es das Herz, wenn ich daran dachte, dass die Kleine nicht mehr in meiner Nähe wohnte. Nachdem die Ärztin mir im Flur des Krankenhauses erzählt hatte, dass die OP nicht erfolgreich gewesen war, hatte ich Leni mit zu mir genommen und ihr ein Kuschelbett auf dem Sofa bereitet. Sie war sofort eingeschlafen.

Am nächsten Morgen war eine Frau vom Jugendamt aufgetaucht und hatte Leni mitgenommen. Ich hatte darum gebeten, dass sie bei mir blieb. Aber die Sachbearbeiterin meinte, sie müssten erst die Formalitäten regeln und nach einem Blutsverwandten schauen, ehe sie andere Optionen in Betracht ziehen dürften.

Ich hatte kaum die Chance gehabt, mich von meinem Patenkind zu verabschieden. Leni hatte bis dahin vermutlich gar nicht verstanden, was mit ihrer Mutter passiert war; ich hatte ihr lediglich gesagt, dass Mama nicht mitkommen könne. Nun konnte ich nur hoffen, dass ihr jemand schonend beigebracht hatte, was geschehen war.

»Pflegefamilien in Deutschland sind besser als die in Amerika«, sagte Alyxandra und nickte wissend. »Meine Großcousine väterlicherseits ist in einer Pflegefamilie da drüben. Was mir mein Vater manchmal erzählt, da schlackern dir die Ohren.«

Ich trank einen Schluck von dem kalten Wasser. Gestern war Melanies Beerdigung gewesen, und es hatte den ganzen Tag geregnet. Heute hingegen herrschte mildes Sommerwetter. Die Sonne schien seit den Morgenstunden, als wollte Melanie uns sagen: »Genug geheult, das Leben geht weiter.«

Aber ich wusste nicht, wie ich weitermachen sollte. Seit meiner frühen Jugend war Melanie an meiner Seite gewesen. Ohne sie in dieser Runde zu sitzen fühlte sich falsch und kalt an. Als ob ich halbseitig gelähmt wäre. Und das machte mich unruhig. Ich spürte, wie meine Beine anfingen zu wippen. Ich musste mich bewegen, musste hier raus, ehe sich die Gespräche zu sehr von Melanie entfernten und sich der übliche Alltag einschlich. Das ertrug ich jetzt nicht.

»Entschuldigt mich kurz«, murmelte ich und stand auf,

während meine Freundinnen sich weiterhin über Pflegefamilien unterhielten. Ich ging ins Schlafzimmer und setzte mich auf die Bettkante. Die Leere des Raums entsprach in etwa der meines Verstandes in diesem Augenblick. Ich saß nur da und dachte an nichts. Ab und an raste Melanies Schmerzschrei an mir vorbei, und ich zuckte, aber mehr auch nicht. Einzig das Rauschen in meinen Ohren und die Unruhe begleiteten mich, während ich versuchte, mein Inneres zu beruhigen. So leer mein Verstand auch war, so voll war mein Herz. Unvermittelt schluchzte ich, als mir bewusst wurde, dass ich Melanie nie wiedersehen würde. Es war wie ein Tsunami, dem ich nicht entkommen konnte. Er überrollte mich, und nirgendwo war eine Boje, an der ich mich festhalten konnte. Alles wurde fortgerissen und hinterließ in mir nichts als ein Trümmerfeld.

Wie lange ich so auf meinem Bett gesessen hatte, konnte ich nicht sagen. Irgendwann klingelte es an der Tür. Wer mochte das sein? Ich erwartete keinen Besuch, und die Post musste längst durch gewesen sein.

Ich wischte die Tränen aus meinem Gesicht, schlich kraftlos zur Tür und öffnete sie. Verwundert starrte ich den Mann an, der im Hausflur stand.

»Tante Bella!«

Bevor ich begriff, wer vor meiner Tür stand, warf sich jemand in meine Arme. Jemand Kleines. Instinktiv griff ich zu und hob das Kind hoch. Es drückte mir einen Kuss auf die Wange, und endlich begriff ich, wer sich da an mich klammerte und mir ins Gesicht strahlte.

»Leni«, hauchte ich, und ihre Freude schaffte es, durch das Trümmerfeld in mir zu dringen, sodass ich zumindest ein kleines Lächeln für sie hinbekam.

»Sind Sie Frau Isabella Kramer?« Der Mann vor meiner Tür trug einen schicken schwarzen Anzug, war vielleicht Ende vierzig und hatte einige Kilos zu viel auf den Rippen. In seinen Händen hielt er einen Aktenkoffer.

»Ja. Und Sie sind?«

»Mein Name ist Colmar, Vincent Colmar. Ich bin der Notar, der für die Testamentseröffnung von Frau Melanie Seeliger verantwortlich ist.« Er neigte den Kopf ein Stück weit, während ein Lächeln über seine Lippen huschte, das aufrichtig schien. »Wie ich sehe, kennen Sie die kleine Leni bereits.«

»Sie ist mein Patenkind. Natürlich kenne ich sie«, erwiderte ich schroff. Mir war nicht nach Small Talk. Ich seufzte. »Entschuldigen Sie bitte. Es ist keine leichte Zeit.«

»Isa, wer ist denn da?«, hörte ich Alyxandra vom Balkon rufen.

»Ich komme gleich, wartet kurz«, rief ich über die Schulter hinweg. Auf der anderen Seite lag Lenis Kopf, und ihre Wärme zu spüren verscheuchte einen Teil der Kälte, die ich eben noch empfunden hatte.

»Darf ich kurz hereinkommen? Das, was ich mit Ihnen zu besprechen habe, sollte besser nicht im Flur abgehandelt werden.« Herrn Colmars weiche, fast samtige Stimme lullte mich ein, und ich nickte.

»Worum geht es denn?« Ich führte ihn ins Wohnzimmer, Leni weiterhin auf dem Arm. Auf keinen Fall würde ich sie wieder loslassen. Nicht jetzt. Nicht heute.

»Es geht um die Testamentseröffnung Ihrer Freundin. Sie fand heute statt, und da es abgesehen von Leni keine lebenden Verwandten gibt, die auf die Schnelle zu finden waren, wurde das Testament im Beisein der aktuellen Pflegeeltern eröffnet.«

Ich setzte mich auf die weiß-braune Couch, die ich mir zu meinem Einzug vor zwei Jahren geleistet hatte und seitdem innig liebte. Sie war kuschelig und bequem, ohne zu weich zu sein.

Der Notar ließ sich auf der langen Seite des L-förmigen Sofas nieder und legte seinen Aktenkoffer auf meinen Tisch ab. Leni klammerte sich an meinen Hals, als wäre ich ein Drachen, den sie nicht loslassen durfte. Ich hielt sie ebenso fest, um ihr das Gefühl zu geben, dass sie nicht allein war, dass ich nicht davonfliegen würde, sobald sie mich losließ. Gleichzeitig spürte ich, wie sie mir Halt gab.

»Die Worte im Testament sind eindeutig und sofort zu vollziehen. Deswegen bin ich hier.«

»Warum genau?«, fragte ich, als er einige Papiere aus seinem Aktenordner hervorzog.

»Sie sollen die Vormundschaft für Leni Seeliger erhalten.«

»Bitte was?« In meinen Ohren rauschte es, und ich musste die Augen schließen, weil ich das Gefühl hatte, andernfalls vom Sofa zu kippen.

»Frau Seeliger hat festgelegt, dass im Falle ihres Ablebens Sie die Vormundschaft für Leni übernehmen sollen, bis diese achtzehn Jahre alt ist«, hörte ich Herrn Colmar sagen. »Diese Anordnung soll unverzüglich vollstreckt werden, sobald das Testament von mir für rechtsgültig befunden wurde. Deswegen bin ich hier. Um Ihnen Leni zu bringen.«

Es dauerte, bis ich den Sinn der Worte erfasste.

»Melanie hat in ihrem Testament bestimmt, dass ich mich um Leni kümmere?«, fragte ich schließlich. »Keine Pflegefamilie, kein Heim oder ihre Eltern? Ich?« Ich öffnete die Augen und hielt die Luft an, wusste nicht, was ich denken, geschweige denn sagen sollte.

Der Notar nickte. »Mit sofortiger Wirkung, sofern Sie einverstanden sind. Sie müssen jedoch nichts ›erben‹, was Sie nicht wollen. Sie haben die Möglichkeit, das Testament anzufechten oder das Erbe auszuschlagen.«

Mein Mund klappte auf, und unwillkürlich legte sich mein

Arm fester um Leni. »Sie wissen schon, dass wir hier über eine Vierjährige reden und nicht über den hässlichen Porzellanhund, der in Melanies Flur gestanden hat, oder?«

Herr Colmar nickte. »Mir ist klar, dass wir über ein Menschenleben reden. Es ist jedoch meine Pflicht, Sie über alle Optionen aufklären.« Der Notar zögerte. »Ihrer Reaktion entnehme ich, dass Sie nichts von dieser Verfügung wussten?«

Ich schüttelte den Kopf. »Wusstest du das, Leni?«

»Was denn?«, fragte sie leise und hob den Kopf. Mit großen Augen sah sie mich an.

»Du hast nicht zugehört, über was der Mann und ich uns unterhalten haben?« Ein warmer Schauer rann meine Wirbelsäule hinunter, und ich lächelte.

»Ich hab dein Herz gezählt.«

»Schon gut. Willst du noch ein wenig weiter meinem Herzen zuhören? Ich muss mit Herrn Colmar noch ein paar Sachen klären, okay?«

»Darf ich mir einen Pudding aus deinem Kühlschrank holen? Bei der Frau hab ich keinen bekommen.«

»Klar. Bringst du mir auch einen mit?« Es war ein Ritual, das wir uns angewöhnt hatten. Eine Art Begrüßung, wenn Leni bei mir übernachtete oder nur den Nachmittag verbrachte. Wir beide auf der Couch mit einem Pudding. Ich hatte immer welche auf Vorrat, denn mit dem Pudding startete unsere gemeinsame Zeit.

»Ja.« Leni sprang von meinem Schoss und rannte in Richtung Küche.

Ich schaute zum Balkon, wo Alyxandra, Tamina und Ella neugierig ihre Hälse reckten, um zu sehen, wer mit mir im Wohnzimmer saß. Ich bedeutete ihnen mit einem Kopfschütteln, dass sie sich raushalten sollten.

Der Notar räusperte sich. »Haben Sie irgendwelche Fragen?«

»Tonnenweise«, schnaubte ich. »Aber vorerst will ich nur eines wissen: Darf Leni wirklich bei mir bleiben? Ab jetzt?«

»Ja, so lautet der Wunsch von Frau Seeliger. Es gibt natürlich Formulare und Behördengänge zu erledigen, um die Vormundschaft rechtsgültig zu machen, aber sobald das erledigt ist, darf Leni bei Ihnen bleiben. Solange Sie wünschen.«

»Und niemand kann sie mir wegnehmen?«

»Der Vater hat die Vaterschaft ausgeschlagen und somit keine Rechte. Und der Staat würde sie nur holen, wenn Sie Leni vernachlässigen. Ansonsten hat niemand ein Anrecht, sobald alle Verfahren geklärt und genehmigt sind.« Der Notar schaute zur Tür, schien darauf zu warten, dass Leni zurückkam. »Sind Sie denn einverstanden, Leni ab sofort bei sich aufzunehmen? Es ist eine große Aufgabe, und jeder könnte verstehen, wenn Sie darüber erst einmal nachdenken wollen oder es gar able…«

»Auf keinen Fall!«

Leni, die in der Tür aufgetaucht war, zuckte zusammen, weil ich so laut gerufen hatte. »Wirst du geärgert, Tante Bella?«

»Nein, gar nicht, komm her, kleiner Schlumpf.« Ich breitete meine Arme aus, und sie kletterte auf meinen Schoß. Während sie sich zurechtrutschte und gleichzeitig mit zwei Puddingbechern und Löffeln balancierte, wandte ich mich wieder an Herrn Colmar. »Entschuldigung, aber allein der Gedanke, dass ich Melanies Wunsch ablehne, sorgt für Übelkeit in mir. Ich gehe davon aus, dass Sie Leni bisher nicht gefragt haben, oder?«

Der Notar nickte und schaute zu der Vierjährigen. »Sie ist zu jung, um eine solche Entscheidung fällen zu können. Ein echtes Mitspracherecht über ihren Aufenthaltsort wird Kindern frühestens ab zwölf gewährt.«

»Ich frage sie trotzdem«, entschied ich. Herr Colmar lächelte.

In diesem Moment drückte mir Leni einen Löffel in die Hand. »Hier, Tante Bella.« Einer der Puddingbecher folgte.

Eine Welle der Zuneigung überfloss mich, gleichzeitig traten mir Tränen in die Augen, als mir bewusst wurde, dass das Puddingritual mit diesen Bechern sein Ende fand, weil Leni in Zukunft *immer* bei mir sein würde und wir unmöglich jeden Tag Pudding essen konnten. Sie würde mit mir leben. Als mein Kind.

Ich drückte ihr einen Kuss auf den Scheitel und trocknete mir das Gesicht. »Ich muss dir eine Frage stellen, bevor wir unseren Pudding essen, und ich möchte, dass du dir deine Antwort gut überlegst.«

»So wie damals? Als wir den Film ausgesucht haben?« Leni saß mit dem Rücken zum Zimmer und schaute mich neugierig an. Keine Spur von Trauer in ihrer Miene. Vermutlich hatte sie noch nicht verstanden, was geschehen war, dass ihre Mutter nicht nach ein paar Tagen wiederkam, so wie sonst, wenn Melanie eine Messe besuchte. Wie auch? Leni war erst vier Jahre alt.

»Genauso wie im Kino«, stimmte ich ihr zu. »Als wir uns einmal entschieden hatten, konnten wir es uns nicht mehr anders überlegen, weiß du das noch? Wir mussten bis zum Ende im Saal sitzen bleiben und durften nicht in den anderen Film gehen.«

Leni nickte lebhaft. Erst hatte sie dagegen protestiert, weil sie *Barbie* genauso gern gesehen hätte wie *Petterson und Findus*, doch schließlich war sie in die Geschichte eingetaucht und achtzig Minuten später glücklich aus dem Kino spaziert.

»In Ordnung.« Ich legte ihr sacht meine Hände auf die Schultern und blickte sie an. »Leni, möchtest du bei mir wohnen?«

Leni ließ den Puddingbecher sinken und vergrub ihr Gesicht an meinem Hals. »Und wo soll Mama schlafen?«, murmelte sie nach einigen Sekunden.

Es war, als ob von einem Moment auf den anderen sämtliche Luft aus mir entwich. Meine Brust fiel ein, und ich musste nach Atem ringen, als wäre ich ein Fisch an Land. Ich wusste nicht, was ich sagen sollte, bis mir ein Gedanke kam. Ich streichelte Leni über den Kopf und flüsterte ihr ins Ohr: »Deine Mama wohnt für immer in unseren Herzen und schläft auch dort. Was hältst du davon?«

Mit einer jähen Bewegung stieß sich Leni von mir ab. »Das ist Quatsch. Mama ist viel zu groß.«

Ich schmunzelte und nickte. »Da hast du wohl recht, kleiner Schlumpf. Dann überlegen wir uns gemeinsam etwas anderes, in Ordnung?«

Wieder nickte Leni. »Können wir jetzt den Pudding essen?«

»Erst musst du meine Frage beantworten.«

Leni überlegte angestrengt, und ich konnte sehen, dass sie vergessen hatte, was ich von ihr wissen wollte. »Möchtest du bei mir wohnen?«

»Au ja.«

Ein kleiner Teil von mir jubelte innerlich. Noch vor einer Stunde hatte ich geglaubt, Melanie vollständig verloren zu haben. Doch ihre Tochter war noch da, und ich würde ihr Vormund werden. Es war, als ob das Universum mein Flehen erhört hatte, mir wenigstens irgendetwas von Melanie zu lassen.

Der weit größere Teil meines Verstands fragte sich jedoch, ob ich mir das auch gut überlegt hatte. Und je lauter dieser Teil wurde, desto mehr verklang der Jubel. Hatte ich überhaupt nachgedacht, oder handelte ich aus der Trauer heraus? *Wollte* ich die Verantwortung für ein Kind übernehmen? Hatte ich Zeit, mich mit Leni zu beschäftigen und sie angemessen zu fördern, so wie Melanie es getan hatte?

Panik wallte in mir auf und drohte mich zu überspülen. Erneut blieb mir die Luft weg, während sich Leni an meine Brust schmiegte und den Pudding öffnete.

»Du musst deinen auch aufmachen, Tante Bella«, sagte sie und deutete auf den Becher in meiner Hand.

Ich zwang mich zu einem Lächeln, von dem ich nicht wusste, ob es mir gelang. »Danke, Liebes.«

Herr Colmar räusperte sich. Falls er mir die Panik ansah, so sagte er nichts. Stattdessen zeigte er mir die ersten Formulare, die ich unterschreiben musste, damit Leni schon mal bei mir bleiben durfte, bis meine Vormundschaft rechtskräftig war.

Zögernd griff ich nach dem Stift, den er mir hinhielt.

War ich bereit?

Kapitel 6 – Maximilian

Seit dem Besuch der beiden Polizisten musste ich immer wieder an Holger denken. Ob man ihn wohl verhaftet hatte? Ich traute mich nicht, zur Werkstatt zu fahren, weil ich – zugegebenermaßen etwas paranoid – dachte, die Polizei könnte mich verfolgen und auf diese Weise doch noch meinen Kauf nachweisen. Also las ich täglich die Zeitung, fand aber keine nützlichen Informationen.

Anderthalb Wochen lag es nun schon zurück, dass mein Onkel mit den Beamten vor meiner Tür gestanden hatte. Seitdem hatte ich ihn kaum zu Gesicht bekommen. Normalerweise besuchte er mich mehrmals pro Woche, um meine Aufgaben für die nächsten Tage zu regeln oder weil es eine Arbeit gab, die schnell erledigt werden musste. Dass er so lange mit keinem Sonderauftrag vorbeigekommen war, verunsicherte mich. Hatten ihn meine Einkäufe bei Holger derart verärgert, dass er mich bestrafen oder sogar loswerden wollte? Ein Gedanke, der mich zusammenzucken ließ. Ohne Onkel Wolfgang, seine Aufträge und seine Scheune wäre ich ganz schön aufgeschmissen.

Als hätte er meine Gedanken gelesen, klopfte es in dem Moment an der Tür. In einem Rhythmus, den nur mein Onkel benutzte; eine Marotte, weil er so stolz darauf war, das Morsealphabet flüssig genug zu beherrschen, um verständliche Nachrichten absetzen zu können. Bei welcher Gelegenheit er hoffte, diese Fähigkeit einsetzen zu können, hatte ich nur ein einziges Mal gefragt.

»Komm rein, ich bin zu Hause«, rief ich und wischte mir mit einem Lappen die öligen Finger ab. Wie so oft hatte ich die freie Zeit genutzt, um an meiner Maschine zu arbeiten – dieses Mal musste der Ölfilter gewechselt werden.

»Maximilian, schön, dass es dir gut geht. Wie war dein Tag?«

Ich stopfte den Lappen in die Hosentasche meines Blaumanns und ging zum Waschbecken, um mir die Hände zu schrubben. Fürs Schrauben würde ich heute Abend keine Zeit mehr haben. Jedes Mal, wenn sich mein Onkel nach meinem Wohlbefinden erkundigte, hatte er eine Aufgabe für mich. Je freundlicher er dabei war, desto umfangreicher oder dringender war sie.

»Gut, ich habe die Hochbeete in Haus 13 gewässert. Ich glaube, die Vorbesitzer haben dort Kartoffeln angepflanzt. Irgendetwas sprießt. Soll ich die Pflanzen rausreißen oder drin lassen?«

»Lass sie. Das wirkt gemütlicher auf die Interessenten.«

»In Ordnung. Möchtest du was trinken?« Der Kühlschrank stand direkt neben dem Waschbecken, sodass ich nur einen Schritt machen musste und bereits meine Hand auf den Griff legte.

»Nein, danke. Beim nächsten Mal wieder. Heute habe ich es eilig.« Mein Onkel blieb stehen, statt sich wie üblich in meinen Sessel zu setzen.

»Was soll ich diesmal erledigen?«

»Es ist eine etwas … brisante Aufgabe, bei der ich auf deine Diskretion vertrauen muss.« Er zog eine Akte hinter seinem Rücken hervor, die mir bisher nicht aufgefallen war.

»Okay«, antwortete ich langgezogen. Das war selbst für meinen Onkel neu. Normalerweise reichte er mir einen Zettel mit einer Adresse, wenn überhaupt. Meistens bekam ich nur eine WhatsApp oder einen kurzen Anruf mit den Instruktionen.

»Kann ich mich auf dich verlassen?«

Ich zögerte. »Es ist aber nichts Illegales, oder?«

»Nicht mehr, als in einer illegalen Werkstatt Teile zu kaufen und dann die Polizei zu belügen.«

Ich hielt in meinen Bewegungen inne, und die Cola, die ich mir gerade aus dem Kühlschrank genommen hatte, zitterte in meinen Händen. »Ähm …« Ich wusste nicht, was ich darauf antworten sollte. Wollte er mich erpressen? Mit dem Wissen, das er über mich hatte? Oder war es lediglich ein Vergleich, damit ich wusste, auf was ich mich einließ?

»Also, es ist nichts Illegales«, ergänzte Onkel Wolfgang nach einigen Sekunden, in denen es totenstill in meiner Scheune war. »Es ist mehr ein Gefallen, verbunden mit der Bitte, es niemandem zu sagen.«

Ich atmete erleichtert auf. Obwohl ich seit geraumer Zeit für ihn arbeitete und Tür an Tür mit ihm wohnte, fiel es mir manchmal schwer, meinen Onkel einzuschätzen. Und niemals hätte ich Poker mit ihm gespielt. »Dann schieß mal los.«

»Vor über zwei Jahren habe ich ein paar Immobilien an der Promenade gekauft. Der Plan sah vor, dort ein Hotel zu bauen.«

Ich überlegte kurz, konnte mich jedoch nicht daran erinnern, dass mein Onkel je mit mir über seine Langzeitprojekte gesprochen hätte. Ich war der Typ für kurzfristige Angelegenheiten.

»Aber?«, hakte ich nach, als er nicht weitersprach.

»Es gibt da einen Laden, der nicht verkaufen will. Ich hatte die Vorbesitzerin beinahe so weit aufzugeben, als sich auf einmal die Enkeltochter bereit erklärte, das Geschäft zu übernehmen.« Er seufzte. »Diese Bäckerei ist das letzte Grundstück, das ich noch brauche, um die nötige Fläche zu haben.«

»Kannst du das Hotel nicht kleiner gestalten?«, fragte ich

nach, winkte jedoch gleich darauf ab, als ich verstand, wo das Problem lag. »Es liegt in der Mitte?«

»Exakt. Ohne das Grundstück platzt der gesamte Deal.«

Ich öffnete meine Cola mit dem Flaschenöffner und setzte mich auf meinen Sessel. »Und wie kann ich helfen?«

»Das ist der Gefallen, um den ich dich bitten möchte.« Mein Onkel trat näher und reichte mir die Akte aus seiner Hand. Ich stellte die Flasche neben mich in den Getränkehalter, den ich an dem Sessel befestigt hatte, und schlug den Ordner auf.

Das Gesicht einer jungen, nicht unattraktiven Frau lächelte mir entgegen. Darunter standen ihr Name und der ihres Shops. *»Cupcakes by the Sea?«* Ich runzelte die Stirn. »Davon habe ich gehört. Die soll verdammt leckere Sachen machen.«

»Das ist das Problem. Ihr Laden brummt, weil sie aus der Bäckerei einen hippen Shop gemacht hat. Und da kommst du ins Spiel.«

»Inwiefern? Ich meine, wenn du sie bereits bearbeitet hast, wird sie sich von mir genauso wenig umstimmen lassen.« Ich hatte meinen Onkel nie in einer Verhandlung oder einem Verkaufsgespräch erlebt, doch nach dem zu schließen, was ich andere über ihn sagen hörte, musste er ein harter Hund sein. Natürlich – andernfalls wäre er kaum der erfolgreichste und größte Immobilienhai der Region.

»Du sollst sie nicht zum Verkauf überreden.« Mein Onkel schnalzte ungeduldig mit der Zunge. »Das hab ich schon zur Genüge versucht. Und wenn sie *mir* nicht nachgibt, brauchst *du* es gar nicht erst versuchen.«

Ich verkniff mir einen bissigen Kommentar und schluckte meinen Ärger über seine Äußerung mit der Cola runter.

»Der Laden sucht eine Aushilfe für die Nachmittagsstunden, und ich möchte, dass du dich auf die Stelle bewirbst, um den Shop und die Besitzerin auszuspionieren.«

Oha. Bei dem Wort »spionieren« kribbelte es aufgeregt meinen Nacken hinunter. »Du meinst, ich soll undercover gehen?« Das war mal etwas anderes als Hecken schneiden. »Was genau soll ich herausfinden?«

Mein Onkel musterte mich mit seinem unergründlichen Blick. »Welche Schwächen sie hat, wie der Laden läuft, ob es einen Grund gibt, warum sie doch verkaufen würde. Solche Sachen.«

Ich runzelte die Stirn. »Also wirklich nur ein bisschen spionieren? Nichts anderes?« Das klang nicht sonderlich schwer. Im Gegenteil – ein Grinsen stahl sich auf mein Gesicht, als mir aufging, dass ich nicht nur Gehalt von meinem Onkel fürs Aushorchen beziehen würde und dafür eine Weile lang das Rasenmähen sein lassen konnte, sondern darüber hinaus zusätzlich für die Arbeit im Cupcake-Shop bezahlt werden würde. Es wäre der ideale Zweitjob!

»Genau. Ich will wissen, wie ich die Frau in den Verhandlungen angehen kann, damit ich sie zu einem Verkauf bringe. Nichts weiter.«

»Und was krieg ich dafür?« Ich versuchte, mir meine Euphorie nicht anmerken zu lassen, und bemühte mich um eine lässige Miene. »Es scheint dir ja sehr wichtig zu sein.«

»Ich bezahle dir neben deinem normalen Gehalt fünfhundert Euro.«

»Wie lange soll ich denn in dem Shop arbeiten?«, hakte ich nach und runzelte die Stirn. Wenn es nur für ein paar Tage war, wäre das eine gute Bezahlung. Für mehrere Monate hingegen nicht.

»Das kommt darauf an, wie schnell du etwas herausfindest, das ich gegen die Besitzerin verwenden kann.« Mein Onkel verschränkte die Hände hinter dem Rücken. »Je effizienter du vorgehst, desto schneller bist du draußen.«

Ich überlegte hin und her. Es war meinem Onkel wichtig, und der Job klang simpel. Frauen redeten gern in meiner Gegenwart. Manchmal war das ein Segen, manchmal ein Fluch. Besonders wenn ich an eine Quasselstrippe geriet, die kein Ende fand.

Ich schaute erneut auf das Deckblatt. Diese Isabella erschien mir nicht wie eine Frau, die viel redete. Im Gegenteil, mit ihrer einfachen Frisur und dem schlichten Make-up, falls sie überhaupt geschminkt war und nicht einfach von Natur aus über einen rosigen Teint verfügte, wirkte sie wie eine pragmatische, schüchterne Frau. Es sollte nicht allzu schwierig werden, sie auszuhorchen.

»Sagen wir tausend Euro pro Monat, und wir kommen ins Geschäft«, schlug ich vor.

Mein Onkel schüttelte den Kopf. »Das nutzt du bloß aus, und ich erfahre nie, was ich wissen will.« Er verengte die Augen und schob die Arme nach vorne, um sie vor der Brust zu verschränken. »Vereinbaren wir einen zeitlichen Bonus. Wenn du in dieser Woche noch etwas gegen sie findest, das ich nutzen kann, kriegst du fünftausend Euro.«

Mir fiel die Kinnlade herunter, und ich musste mich dazu zwingen, meinen Mund zu schließen. »Und was, wenn ich länger brauche?«

»Für jede weitere Woche streiche ich dir tausend Euro.« Onkel Wolfgang schaute mich herausfordernd an. »Beginn ist jeweils am Montag. Also, diese Woche fünftausend. Ab kommenden Montag nur noch viertausend und ab Montag die Woche darauf noch drei.«

Ich pfiff und nickte. »Das nenn ich mal einen Anreiz.« In meinen Fingerspitzen kribbelte es, als wollten sie jetzt schon die Scheine zählen, die ich verdienen konnte. Mit dem Geld wären die Ferien mit Henry mehr als gesichert. Damit könnte ich sogar mit ihm ins Legoland nach Dänemark fahren und hätte obendrein genug übrig, um Weihnachten in diesem Jahr zu einem ganz besonderen Fest werden zu lassen.

»Die erste Woche kann aber erst zu zählen anfangen, wenn ich tatsächlich die Bewerbung abgebe. Ich muss sie ja noch schreiben und neue Fotos machen lassen und so weiter. Das ist ja dann keine volle Woche mehr.«

»Wenn du dein Geld verdienen willst, musst du dich anstrengen.« Onkel Wolfgang zuckte mit den Schultern. »Der Deal bleibt. Diese Woche starten wir, denn diese Kuchenlady sucht zu sofort eine Aushilfe. Außerdem war ich so frei und habe deine Bewerbung bereits vorbereitet.« Er deutete auf die Akte. Ich schob das Deckblatt beiseite und fand ein Anschreiben und einen Lebenslauf, den ich rasch überflog. Unter meinen aktuellen Tätigkeiten fand ich die Begriffe »Grünanlagen-Management«, »Instandhaltungs- und Wartungsservice« sowie »Hygiene-Fachkraft«. Wow. So formuliert hörten sich meine Tagelöhnertätigkeiten wahnsinnig professionell an.

»Du musst nur noch ein Foto von dir aufkleben. Dann kannst du sie abgeben«, meinte mein Onkel und wedelte mit der Hand.

»Danke, ein Foto kann ich morgen früh im Rathaus machen. Da steht ein Automat«, überlegte ich laut. »Soll ich die Bewerbung persönlich abgeben? Meinst du, das wirkt besser, als sie mit der Post zu schicken?«

»Auf jeden Fall. So kannst du deinen Charme spielen lassen und die Frau schon mal für dich einnehmen.« Mein Onkel zwinkerte mir zu, ehe er sich umdrehte und zur Tür marschierte.

»Das sollte ich hinbekommen. Ist ja meine Spezialität.«

Mein Onkel verschwand aus der Scheune, und ich starrte auf die rote Mappe in meiner Hand. Wenn ich das schaffen würde … der finanzielle Gewinn wäre unglaublich! Ich musste mich gleich dransetzen und mehr über die Frau und den Laden herausfinden.

Ich legte die Akte auf meinen Schoß und griff nach meinem Handy. Nach kurzer Suche fand ich die Rezensionen für das *Cupcakes by the Sea*. Es gab beinahe fünfzig auf Google. Die meisten überschlugen sich vor Empfehlungen und schwärmten von der Wärme und Behaglichkeit, die die Cupcakes bei ihnen auslösten. Und jede zweite erwähnte die aufmerksame Besitzerin.

Ich hob amüsiert eine Augenbraue. Das würde ein Kinderspiel sein. Wenn diese Isabella wirklich eine so freundliche Frau war, konnte ich sicher zu ihr vordringen. Alles, was ich brauchte, war eine gute Geschichte, warum ich mich ausgerechnet jetzt und in meinem Alter für Cupcakes interessierte.

Ich legte das Handy beiseite und grübelte. Wieso sollte ein Mann das tun? Aus Langeweile? Fresssucht? Nein, das waren beschissene Gründe für eine Jobwahl. Nur Gutes vom Laden gehört? Schon besser, aber nicht überzeugend. Weil ich zwischen zwei Jobs stand und im Sommer ein bisschen Geld verdienen wollte. Ja, das wäre eine Erklärung. Ich könnte ihr etwas vorschwärmen von einem Traumjob, den ich ergattert hatte, allerdings erst im Herbst antreten könnte. Eine Frau, die Cupcakes herstellte und den Untertitel *Süße Verführung* für ihren Laden gewählt hatte, war sicher eine Träumerin, die für solche Geschichten ein Ohr und ein Herz offen hatte.

Erneut betrachtete ich das Deckblatt mit dem Foto der Besitzerin. Bewusst über den Weg gelaufen waren wir uns bisher nicht, auch wenn der Ort klein war und ich von ihrem Laden gehört hatte. Vermutlich war ich sogar das eine oder andere Mal daran vorbeigeschlendert, ohne das Geschäft zu beachten. Kuchen oder Cupcakes waren nichts für mich. Ich gehörte der salzigen Fraktion an und bevorzugte Cracker oder ab und an mal Salzlakritz. Aber was waren schon Vorlieben in Anbetracht von fünftausend Euro? Abgesehen davon, dass mich diese Isabella ganz sicher nicht fürs Naschen einstellte.

»Ja, das wird was!« Die Worte klangen entschlossen und voller Selbstbewusstsein, als ich sie aussprach. Das Geld würde ich mit links verdienen. Als Verkäufer zu arbeiten, war ja nichts Besonderes. Was konnte da schon schiefgehen?

Kapitel 7 – Isabella

Ich lag im Bett. Neben mir, dicht an mich gekuschelt, schlief Leni. Es war bereits die zweite Nacht in Folge, in der sie zu mir geschlichen war. Zwar hatte sie keine Albträume, wie sie mir versicherte, aber sie wollte nicht allein sein. Das sagte sie nicht, ich konnte es jedoch spüren. So, wie sie sich an mich drängte, als wollte sie für immer in meinen Armen bleiben.

Die Sonne war noch nicht aufgegangen, dennoch konnte ich nicht mehr schlafen. Zu viel ging mir durch den Kopf. In einer Hauruck-Aktion hatten Ella, Tamina, Alyxandra und ich Lenis Kinderbett aus Melanies Wohnung geholt und bei mir aufgebaut, damit sie etwas Vertrautes für die Nächte hatte. Dazu ihre Kleidung, Kuscheltiere, Spielsachen und Geschirr. Wir hatten alle vier Autos gebraucht, um den spontanen Umzug zu vollziehen.

Ich war dankbar für die Hilfe der anderen, auch wenn ich wusste, dass mindestens Ella eigentlich keine Zeit gehabt hatte. Ihr Restaurant war beliebt und besonders in den Abendstunden gut besucht. Trotzdem hatte sie nicht ein einziges Mal auf die Uhr geschaut, weder ihr Handy gezückt noch in einer anderen Weise hektisch gewirkt. Nein, an diesem Nachmittag, an dem Leni bei mir einzog, hatte es für meine vielbeschäftigten Freundinnen kein Wenn und Aber gegeben, und ich spürte eine tiefe Dankbarkeit dafür, dass Melanie und ich den »anstrengenden Businessfrauen« vor zwei Jahren eine Chance gegeben hatten.

»Mama«, murmelte Leni in diesem Moment und klammerte sich an ihren Stoffhasen, der schon ganz zerkuschelt aussah.

Der Druck in meinem Herzen stieg an und drohte, es platzen zu lassen. Wieso nur war Melanie gestorben? Das war nicht gerecht. Die Trauerwelle überrollte mich, und ich schluchzte lautlos. Jedes Mal, wenn ich das Gefühl hatte, dass ich allmählich in den Alltag zurückkehrte, ohne regelmäßig von einem lähmenden Gefühl der Verzweiflung überspült zu werden, drängte sich mir eine Erinnerung an Melanie auf, die ich nicht von mir stoßen konnte. Und sobald ich meine Freundin vor mir sah, sie lachen hörte oder daran zurückdachte, wie wir gemeinsam ihre erste eigene Wohnung in einer Farbe strichen, die eigentlich dezent ocker sein sollte, sich nach dem Trocknen jedoch als grellorange herausstellte, oder mit vierzehn die Kaninchen ihres bärbeißigen Nachbarn stahlen, weil er sie schlachten wollte, bekam ich keine Luft mehr und schluchzte unvermittelt los. Das Wissen, dass das Leben jederzeit von einer Minute auf die andere vorbei sein konnte, jagte mir plötzlich Angst ein, und manchmal stand ich minutenlang da, unfähig mich zu bewegen und der Panik nah.

Das Abstruse daran war, dass ich mich an eben diese Erinnerungen klammerte wie Leni sich an ihren Stoffhasen. Gleichzeitig quälten sie mich, weil ich genau wusste, dass sie nur das waren: Erinnerungen. Nie wieder würden neue Erlebnisse mit Melanie dazukommen. Nie wieder würde ich ihre bissigen Kommentare zu meinem Liebesleben oder meinen Geschäftsentscheidungen hören. Nie wieder …

Leni trat mit einem Fuß nach der Decke und sagte erneut: »Mama.« Ihre Augenbrauen waren zusammengezogen, als hätte sie Schmerzen. Anscheinend begriff ihr Unterbewusstsein langsam, dass Melanie weg war, während sie tagsüber die meiste Zeit umherhüpfte, als wäre ihre Mutter nur ein paar Tage unterwegs.

»Shhhh.« Ich strich ihr die ins Gesicht gefallenen Haare hinters Ohr und streichelte ihren Kopf.

Es dauerte nicht lange, da schlief Leni wieder tief und fest. Ich hingegen starrte an die Zimmerdecke oder aus dem Fenster. Die ersten roten Streifen nahmen ihren Platz am Himmel ein. Es würde ein schöner Tag werden. Vielleicht konnte ich mit Leni nach dem Kindergarten etwas unternehmen. Großmutter hatte mir bereits angeboten, sich ab und an mal um den Laden zu kümmern, sofern ihr Ischias es zuließ.

Um mich von meinen Gedanken abzulenken, griff ich nach meinem Handy und scrollte durch die neusten Instagram-Beiträge zu meinem Laden. Normalerweise munterte mich die Freude der Menschen auf, die sie beim Genuss meiner Cupcakes offensichtlich empfanden. Doch im Moment waren es nur Bilder, an denen ich vorbeiscrollte.

Als ich das Mailprogramm öffnete, fand ich im Posteingang des *Cupcakes by the Sea* drei Bestellungen für das noch weit entfernte Wochenende. Es war schön, so gefragt zu sein, und die Formulierungen, mit denen die Kunden die »fantastischen Träume aus Teig« oder meine »Kunstwerke, eigentlich viel zu schade zum Essen« reservierten, schmeichelten mir. Trotzdem, wenn ich in mich hineinhorchte, war da nichts. Keine Freude, kein noch so kleines Schmunzeln.

Im nächsten Moment stutzte ich. Ich hatte zu meinem privaten Account gewechselt, und an oberster Stelle leuchtete mir eine E-Mail von einem fremden Absender entgegen, was mich insofern verwunderte, weil ich diese Adresse nur an Freunde und Verwandte weitergab.

Die Nachricht stammte von einer Astrid Fresen und trug den Betreff »Löffelliste«. Ich runzelte die Stirn. Was sollte das denn bitte sein? Eine Werbe- oder Phishing-Mail, die über das gehackte E-Mailsystem einer Bekannten hereingekommen war?

Dass sich Hacker Zugriff auf fremde Accounts und Adressbücher verschafften und dann dubiose E-Mails darüber verschickten, kam ja durchaus häufiger vor, und ich erhielt manchmal E-Mails von Menschen, deren Absender ich zwar zuordnen konnte, deren Inhalt jedoch nichts mit der Person zu tun hatte, die ich kannte.

Wollte mir hier vielleicht jemand Besteck verkaufen? Es gab keinen Anhang, sondern nur Text in der E-Mail, weswegen ich mich traute, sie zu öffnen.

Moin Isa,

keine Angst, das hier ist keine Nachricht aus dem Jenseits, auch wenn es sich für dich vielleicht so anfühlt. Wenn du diese Nachricht bekommst, bin ich vermutlich durch das nervige Ding in meiner Brust gestorben.

Schlagartig war ich wach und schlug die Hand vor den Mund. Das war eine E-Mail von Melanie! Unwillkürlich richtete ich mich auf und schob Leni ein Stück von mir weg, um den Text zu lesen. Das konnte doch nicht sein. Melanie war bereits vor vier Tagen beerdigt worden. Ich war auf der Trauerfeier gewesen. Wie war es möglich, dass ich jetzt Post von ihr erhielt? Schnell las ich weiter.

Ich habe eine alte Bekannte gebeten, diese Mail an dich zu schicken, wenn es so weit sein sollte.

Zuallererst: Entschuldige, dass ich dir nichts gesagt habe. Ich wollte nicht, dass du mich mit dem verzweifelten Blick anschaust, den du vermutlich in diesem Augenblick draufhast.

Erwischt, dachte ich, und ein wehmütiges Schmunzeln glitt über meine Lippen. Während ich die E-Mail las, hörte ich Melanies Stimme. In ihrer ganz speziellen Art sprach sie zu mir. Selbst nach ihrem Tod. Es waren solche Details, für die ich meine Freundin so sehr liebte. Umso mehr schmerzte es mich, dass ich ihre Stimme nie mehr hören würde. Mir blieb nur die Erinnerung.

Dann hoffe ich, dass der Notar inzwischen bei dir war und dir Leni gebracht hat. Wir haben zwar nie darüber gesprochen, aber ich kann mir niemand Besseren für meine Tochter vorstellen. Ich hoffe, dass ihr beiden gut miteinander klarkommen werdet. Denn Leni liebt ihre Tante Bella über alles. Und das nicht nur wegen der Cupcakes. ;)

Ich ließ das Handy sinken, um Leni zu betrachten. Für den Augenblick schlief sie friedlich, klammerte sich noch immer an ihren Hasen und schnarchte leise. Ein warmer Schauer rieselte durch meinen Bauch, und ich wusste, dass ich Leni ebenso liebte. Als Patentante war es meine Aufgabe, mich um sie zu kümmern, auch wenn ich noch keine Ahnung hatte, wie ich die neue Situation langfristig bewältigen sollte. Für ein paar Tage oder sogar ein oder zwei Wochen ließen sich meine Verpflichtungen für den Laden sicher einschränken, doch darüber hinaus? Ich konnte mich kaum darauf verlassen, dass meine Großmutter sich jeden Nachmittag in den Laden stellte – nicht umsonst hatte sie das Geschäft aufgegeben. Nein, wenn ich nachmittags für Leni da sein wollte, und daran gab es nichts zu rütteln, blieb bloß eine Alternative: Ich musste so schnell wie möglich jemanden einstellen, der mich unterstützte. Nur dann hätte ich die Chance, mich angemessen um Leni *und* den Laden zu kümmern.

Ein schlechtes Gewissen breitete sich in mir aus. Eigentlich sollte ich Leni an allererste Stelle setzen. Sie war es, die jetzt meine volle Aufmerksamkeit brauchte. Ein Laden war ja nur ein Geschäft, hatte keine Gefühle. Und doch hing mein Herz am *Cupcakes by the Sea*. Es war wie mein Kind. Ich musste mich darum kümmern, damit es überlebte. Kaum dachte ich das, kuschelte ich mich enger an Leni. Ich konnte doch nicht wirklich ein Geschäft mit einem Kind vergleichen. Das war absurd.

Ich schüttelte den Kopf und hob das Handy mit der geöffneten E-Mail, um weiterzulesen.

Aber das ist nicht der Grund, warum ich dir schreibe. Um ehrlich zu sein, habe ich lange mit mir gehadert, ob ich dir überhaupt schreiben soll, aber so wie ich dich kenne, igelst du dich zu Hause ein und triffst dich vermutlich nicht einmal mit Alyxandra, Ella und Tamina. Gleich vorweg: Hör auf damit! Du bist nicht allein und wirst es auch nicht sein, wenn du es nicht willst. Sieh zu, dass du deinen kleinen, knackigen Hintern hochbekommst und rausgehst.

Leni schlang ihre dünnen Arme um mich und drückte fest zu. Sie murmelte etwas, das ich nicht verstand. Ihre Gesichtszüge waren entspannt, und doch rann mir bei ihrem Anblick eine Träne die Wange hinunter. Sie sah ihrer Mutter jetzt schon so ähnlich, dass ich Melanie in ihrem Gesicht erkannte, und ich wusste nicht, ob mich das traurig machte oder tröstete.

Melanies Worte hallten in mir nach. Natürlich verschanzte ich mich in meiner Wohnung und ging nur zur Arbeit heraus. Ich hatte gerade erst meine beste Freundin verloren und nahm es ihr ein wenig übel, dass sie mich aufforderte, das zu ignorieren.

»Du hast leicht reden«, murmelte ich. »Wie soll ich einfach weitermachen, wenn du nicht da bist?«

Nie wieder würde mein Leben so sein wie vor ein paar Wochen, als Melanie noch lebte und meine größte Sorge der Frage galt, welchen Cupcake ich zum Wochenangebot küren wollte. Nun war ich Ersatzmutter für ein vierjähriges Kind und las die E-Mail einer toten Freundin.

Und weil ich weiß, dass du das nicht von allein schaffen kannst, habe ich eine Aufgabe für dich. Eigentlich sind es ein paar, aber wir gehen es Schritt für Schritt an, ja?

Der Bekannten, die dir diese E-Mail in meinem Namen geschickt hat, habe ich eine Liste und weitere E-Mails für dich hinterlassen. Mach dir keine Mühe, meine Helferin zu finden. Du kennst sie nicht, und der Name in der E-Mailadresse ist falsch. ;)

Die Liste, von der ich spreche, nenne ich meine »Löffelliste«. Denn darauf stehen Dinge, die ich noch erledigen will, bevor ich den Löffel abgebe. Vermutlich habe ich ein paar der Sachen bereits abgehakt, wenn du die Nachricht bekommst. Ich versuche, sie regelmäßig zu aktualisieren, aber du weißt ja, wie das mit der Zeit ist.

Gegen meinen Willen stahl sich ein kleines Lächeln auf mein Gesicht, und ich schüttelte den Kopf. Selbst im Tod schaffte Melanie es noch, mich aufzumuntern. Dabei wollte ich gar nicht fröhlich sein. Ich wollte trauern und zugleich eine starke Schulter für Leni sein, wenn ihr aufging, dass ihre Mutter nie mehr wiederkam. Wie sollte ich rausgehen und einfach weitermachen, wie Melanie es von mir verlangte?

Es ist relativ einfach. Am Ende dieser E-Mail findest du eine Aufgabe. Die sollst du erfüllen. Und wenn du sie erfüllt hast, machst du ein Foto als Beweis. Diesen Beweis schickst du an diese E-Mail-adresse zurück. Meine alte Bekannte wird dir dann den nächsten Punkt auf der Liste mitteilen. Natürlich weiß ich, dass du nicht dazu verpflichtet bist mitzumachen, aber ich hoffe, dass du einer Toten keinen Wunsch abschlagen kannst. ;)

Ich zögerte, wusste nicht, ob ich weiterlesen wollte. Lenis Beine zuckten an meiner Hüfte, und ich streichelte ihr beruhigend über den Kopf. Es war noch zu früh für sie, um aufzustehen.

Ich schloss die Augen, um nachzudenken. Melanie verlangte etwas von mir, das sie selbst nicht mehr geschafft hatte. Einerseits war ich versucht, ihrem Wunsch nachzukommen. Immerhin hatte sie einiges an Mühe auf sich genommen, um die E-Mails vorzubereiten. Es schien ihr ernst zu sein.

Andererseits hatte ich Angst vor dem, was Melanie verlangen würde. Rausgehen und weiterleben erschien mir ja bereits zu viel. Was, wenn ich eine Aufgabe nicht erfüllen konnte? Oder wenn ich etwas falsch machte? Melanie enttäuschte?

Eine dumme Vorstellung, schalt ich mich selbst. *Melanie wird kaum vorbeikommen, um sich bei dir zu beschweren.*

Dennoch ging mir der Gedanke nicht aus dem Kopf, und es dauerte einige Minuten, ehe ich mich dazu entschied, weiterzulesen. Wenn mir die Aufgaben zu schwer vorkamen, konnte ich immer noch beschließen, sie nicht zu erfüllen. Nur eine alte Bekannte von Melanie würde davon wissen.

Du aber auch, sagte eine leise Stimme in meinem Kopf.

Da ich nicht weiß, ob du diese E-Mail nicht für einen schlechten Scherz hältst, will ich dir einen Beweis dalassen. Etwas, das nur du und ich wissen. Niemand sonst auf der Welt. Erinnerst du dich an unseren ersten Sommer? Du warst noch eine ungezogene Göre, die bei ihrer Großmutter die Sommerferien verbrachte. Es gab die-

sen Nachmittag, an dem du keine Lust auf irgendwas hattest und mir mit deiner Rumhänglaune gehörig auf den Zeiger gegangen bist. Bis wir diesen Würfel fanden. Ich sage nur: Im Namen der Muschel.

Ich schluchzte und presste die Lippen aufeinander, um Leni nicht zu wecken. Hätte ich Zweifel am Absender dieser E-Mail gehabt, wären sie jetzt aus dem Weg geräumt. Dieser Brief kam von Melanie, denn von dem Würfel hatten wir nie jemandem erzählt. Es war unser Geheimnis, von dem wir uns geschworen hatten, es mit ins Grab zu nehmen. Unwillkürlich wurde mir bewusst, dass Melanie genau das getan hatte. Sie hatte ein Versprechen eingelöst, das wir vor über zehn Jahren mit Spucke, überkreuzten Händen und einem Fingerschnipsen besiegelt hatten.

Beim lustlosen Stöbern in der Düne waren wir auf einen Holzwürfel gestoßen, dessen Seiten offenbar selbst eingravierte Symbole zeigten. Aus reiner Langeweile hatten wir ihn zum Fund des Jahrhunderts erklärt und näher angeschaut. Es gab eine Muschel, eine Leiter, eine Flammenzunge, einen alten Wikingerhelm, zwei sich verschränkende Hände und ein Kleid. Anfangs rätselten wir nur herum, was die Zeichen wohl bedeuteten und wer sie in den Würfel geschnitzt haben mochte. Irgendwann kam ich auf die Idee, den Würfel entscheiden zu lassen, was wir tun sollten.

Melanie war sofort Feuer und Flamme gewesen. »Ja, der Würfel ist unser Orakel. Und wir dienen ihm. Leg los.«

Als hätten wir ein großes Geheimnis entdeckt, zitterten wir vor Aufregung, als ich den Würfel in die Hände nahm, schüttelte und einmal darauf pustete, bevor ich ihn auf die Pflastersteine des Dünenweges fallen ließ. Er kullerte ein Stück, bevor er liegen blieb und die Muschel zeigte. Ohne uns abzusprechen, waren uns die Bedeutungen der Symbole klar. Muschel bedeutete eine Aktion am Strand; bei einer Leiter wollten wir irgendwo hinaufklettern, wobei unsere Wahl zunächst auf einfache Dinge fiel wie den Apfelbaum im damaligen Schrebergarten meiner Oma oder das Garagendach der kleinen Pension *Ostseefreude*. Einmal gingen wir in die Kletterhalle im Nachbarort, und schließlich wagten wir uns auf das Einkaufswagenhäuschen eines Supermarktes, von dem uns der Filialleiter mit wüsten Beschimpfungen verjagte, und auf das Dach des höchsten Hotels. Gut, dorthinauf waren wir strenggenommen mit dem Fahrstuhl gefahren; uns an der strengen Rezeptionistin vorbeizuschleichen, genügte uns jedoch als Nervenkitzel zur Erfüllung des Orakels.

Würfelten wir die Flamme, machten wir ein Lagerfeuerpicknick. Der Helm schickte uns in das stinklangweilige Wikingermuseum, und immer, wenn eine von uns ihn würfelte, versuchten wir zu schummeln, indem wir sagten, der Würfel läge auf Kippe. Dreimal beugten wir uns dem Orakelspruch, was uns einen misstrauischen Blick des Mannes an der Museumskasse einbrachte. Wir nuschelten etwas von »Referat für die Schule« und versteckten uns im hintersten Saal hinter ein paar Pelzen, um unsere Anspannung herauszukichern.

Bei den verschränkten Händen hatten wir beschlossen, etwas zu unternehmen, das sich Hand in Hand bewerkstelligen ließ. Nachdem wir die naheliegenden Optionen wie spazieren gehen oder Inliner fahren erledigt hatten, probierten wir, Hand in Hand zu rudern, schwimmen zu gehen und beim Töpfernachmittag in der Keramikstube eine Tasse zu kreieren. Sie wurde etwas windschief, bekam aber einen Ehrenplatz in Melanies Zimmer.

Am liebsten würfelten wir jedoch das Kleid, denn das forderte uns auf, shoppen zu gehen.

Weil ich die Muschel als Erstes gewürfelt hatte, begannen wir jede Aktion mit einem feierlichen: »Im Namen der Muschel!«, was den Tagen eine würdevolle Aura verlieh.

Voller Wehmut dachte ich an diese Zeit zurück, in der wir arglos und ohne Scheu einfach gelebt hatten und dem, was wir taten, durch einen einfachen Spruch Bedeutung verliehen. Keine Verpflichtungen, keine Sorgen.

Zu deiner Aufgabe, liebe Isa. Wie du weißt, habe ich Höhenangst. Dennoch habe ich mir immer gewünscht, einmal von der Seebrücke in die Ostsee zu springen. Jeden Sommer habe ich die Springer beobachtet, mich aber selbst nie getraut. Es sind nur ein paar Meter, und die Ostsee ist tief genug, und trotzdem hat mein innerer Schweinehund mich davon abgehalten. In diesem Fall Pech für dich, denn nun wird es deine erste Aufgabe: Springe von der Seebrücke hinunter, und mach ein Foto von dir als Beweis. Ob vorher oder hinterher bleibt dir überlassen. Ich vertraue darauf, dass du nicht schummelst.

Von der Seebrücke springen? Es war verboten, hielt die besagten Springer jedoch nicht davon ab, es trotzdem zu tun. Ich hatte es in meiner Jugend auch ein paar Mal gemacht, fühlte mich mittlerweile aber zu alt dafür. Lieber schwamm ich morgens vor der Arbeit ein paar Runden in der Ostsee, sobald das Wasser warm genug war.

»Mama«, murmelte Leni neben mir, und ich streichelte erneut ihren Kopf. Lange würde sie nicht mehr schlafen.

Ich weiß, dass dich diese Nachricht unvorbereitet trifft, aber ich wollte dir etwas hinterlassen, das nur für dich ist. Abgesehen von meiner Tochter. ;)

Wir beide kennen uns schon so lange, und ich wüsste nicht, was ich ohne dich machen sollte. Seit ich die Diagnose bekam, musste ich mich mit meiner eigenen Sterblichkeit beschäftigen. Und da ist mir klargeworden, dass ich zu sehr an weltlichen Dingen festhalte und die wirklich wichtigen Dinge im Leben als zu selbstverständlich hingenommen habe. Deswegen möchte ich dir klar und deutlich sagen: Danke für all die Jahre, die du an meiner Seite warst. Es mag vielleicht kitschig klingen, aber sofern ich nicht in der Hölle schmore, werde ich immer in euren Herzen sein. Ich hoffe, dass ihr mich nicht vergesst. Gib Leni einen Kuss von mir, und drück sie fest.

Ich liebe euch,
eure Melanie

Stumme Tränen rannen meine Wangen hinunter. Um Leni nicht zu erschrecken, unterdrückte ich die Schluchzer, während mein Oberkörper unkontrolliert zuckte. Ich weiß nicht, was mich mehr erschütterte: die Worte meiner toten besten Freundin oder die Tatsache, dass ich überhaupt eine E-Mail von ihr bekommen hatte.

Eine ganze Weile lang starrte ich aus dem Fenster und ließ den Tränen freien Lauf. Die Sonne war inzwischen weit über den Horizont gekrochen und schien hell in mein Zimmer hinein. Am Himmel war nicht eine einzige Wolke zu erkennen, ganz so, als ob Melanie alle beiseitegeschoben hatte, um mir beim Lesen ihrer Nachricht zuzusehen. Ich lächelte nach draußen bei dem Gedanken.

In der E-Mail hatte Melanie die Hoffnung geäußert, ich möge einer Toten ihren letzten Wunsch nicht abschlagen. Und kaum dachte ich daran, dass sie mich beobachtete, konnte ich gar nicht anders, als ihrer Bitte nachzugeben. Denn mir wurde klar, dass ich mit jeder erledigten Aufgabe weitere E-Mails von

Melanie bekommen würde. Es war, als ob ich eine Chance bekam, mich von ihr zu verabschieden, ohne dass sie da war. Und tief in mir spürte ich, dass ich genau das brauchte. Ich brauchte meine Freundin. Dringend. Denn auch wenn ich Leni liebte, wusste ich in meinem Innersten, dass ich nicht bereit war, Mutter zu sein. Normalerweise bekam eine Frau neun Monate Zeit, um sich an den Gedanken zu gewöhnen, die Verantwortung für ein anderes Leben zu übernehmen. Ich hatte ein paar Minuten gehabt. Vielleicht konnten Melanies E-Mails mich dabei unterstützen, für Leni das zu sein, was sie verloren hatte.

Ich starrte hinaus in die Sonne und zwinkerte gegen das Licht. Für unser beider Wohl hoffte ich, dass Melanie mir irgendwie helfen würde.

Kapitel 8 – Maximilian

Ich scrollte durch die Anzeigen der Agentur für Arbeit. Hin und wieder hatte ich Glück und fand dort Ausschreibungen, in denen eine Urlaubsvertretung gesucht wurde; kurzfristige Jobs für wenige Wochen, mit denen sich rasch der eine oder andere Hunderter verdienen ließ. Ich wollte mich nicht auf die fünftausend Euro verlassen, die mir mein Onkel in Aussicht gestellt hatte. Wenn ich länger brauchte, als ich jetzt annahm, am Ende irgendetwas schieflief oder sich mein Onkel irgendwas anderes einfallen ließ, um den Bonus zu kürzen, wollte ich nicht ohne gefüllte Sommerkasse dastehen.

Meine Ex behauptete regelmäßig, ich wäre ein Tunichtgut, aber genau das Gegenteil war der Fall. Ich arbeitete mir die Finger wund, um Henry tolle Ferien zu bieten.

»Ich werde es dir beweisen, Lisa«, knurrte ich vor mich hin, während ich die Anzeigen Seite für Seite überflog. »Mein Sohn wird die besten Ferien aller Zeiten haben.«

Auf der fünften Seite stieß ich tatsächlich auf eine interessant klingende Anzeige. Ein Steuerbüro suchte für zwei Wochen in den Abendstunden jemanden, der Papiere wegsortierte. Das klang nicht besonders schwer, und ich könnte es bequem nach meinen sonstigen Tätigkeiten erledigen. Ich klickte auf den Bewerbungsbutton und schickte meinen Lebenslauf ab.

Es dauerte einen Moment, ehe die Daten hochgeladen waren, da die Leitung in der Scheune nicht die beste war. Onkel Wolfgang weigerte sich, ein festes Kabel aus dem Haus zu mir legen zu lassen – »Junge, ich reiß doch nicht den ganzen Boden auf für deine Übergangssituation. Wenn's dir nicht gefällt, such dir eine Wohnung.« –, und so hatte ich einen Vertrag mit einem Funkempfänger via Satellit abgeschlossen. Nicht die schnellste Leitung, aber besser, als mit dem Datenvolumen des Handys zu surfen.

Mittlerweile hatte ich mich mit der Langsamkeit meiner Internetverbindung arrangiert. Während der Rechner arbeitete, nutzte ich die Zeit, um mir einen Kaffee zu kochen, Old School mit Filter und blubbernder Maschine. Irgendwann hatte mich mal ein Besucher gefragt, warum ich keinen dieser stylischen Kapselautomaten benutzte, die heutzutage jedermann in seiner Küche stehen hat und die dir den Hochlandkaffee aus Äthiopien mit feiner Schaumkrone innerhalb von Sekunden ins Latte-Glas spucken.

»Hast du dir mal ausgerechnet, was ein Pfund Kaffee in Kapseln verpackt kostet im Gegensatz zum stinknormalen Pulver?«, hatte ich meinen Gast gefragt und eine verwirrte Miene geerntet. Manchmal kam ich mir vor, als wäre ich der einzige Mensch auf Erden, der chronisch pleite war und darauf achten musste, wie viel er für die einfachsten Dinge ausgab. Und ich fügte an: »Außerdem ist das unnötiger Plastikmüll, den man vermeiden kann.«

Das zufriedene Ping der abgeschickten Bewerbungsunterlagen holte mich zurück an den PC. Ich überlegte, ob ich nach weiteren Angeboten suchen sollte, entschied mich jedoch dagegen. Es war sinnvoller, die Rückmeldung aus dem Steuerbüro abzuwarten, denn bei einer Zusage hätte ich immerhin drei Jobs, denen ich dann nachkommen musste, womit meine Tage ausreichend gefüllt wären: morgens Hausmeisterservice für Onkel Wolfgang, nachmittags Cupcake-Verkauf auf der Promenade, abends Papierkram im Büro.

Ich griff nach der Akte, die mein Onkel mir mitgebracht hatte. Das Bild der Ladenbesitzerin, Isabella Kramer, lag obenauf. Eine durchaus attraktive, junge Frau. Es wunderte mich, dass ich sie noch nie auf einer der vielen Partys der Stadt gesehen hatte – die Grübchen in ihren Wangen wären mir mit Sicherheit aufgefallen. Entweder war sie älter, als sie aussah, und ging nicht mehr auf Partys, oder sie war eine Stubenhockerin.

Ich zuckte mit den Achseln und legte das Bild beiseite. Es spielte keine Rolle, wer sie war. Später würde ich die Bewerbung bei ihr abgeben, hoffentlich eine Zusage erhalten und im Folgenden alles zusammentragen, was es Wissenswertes über sie in Erfahrung zu bringen gab.

Ich leerte den Kaffee und ging zu der alten Pferdebox, deren Seitenwände ich mit OSB-Platten verlängert und die ich mit einer schwarze Plane abgedeckt hatte – fertig war der Kleiderschrank. Für die Abgabe der Bewerbungsmappe wollte ich entsprechend gekleidet sein und zog mein bestes unifarbenes Hemd hervor. Dazu wählte ich Hosenträger und eine dunkle Jeans, die meinen Knackarsch betonte. Kurz überlegte ich, ob ich mir zusätzlich eine Fliege umbinden sollte, aber das wäre wohl zu viel des Hipster-Guten. Also ließ ich sie im »Schrank« und griff nach der dunkelbraunen, eng anliegenden Lederjacke, die das Outfit vervollständigte. Zufrieden betrachtete ich mich im Spiegel und nickte mir zu. Jetzt sah ich aus wie jemand, der in ein modernes Cupcake-Geschäft gehörte. Fehlte nur noch der Job selbst. Aber den würde ich kriegen. Was Onkel Wolfgang anging, das funktionierte, und meinem Charme würde Isabella nicht widerstehen können.

Ich verließ die Scheune, stieg auf mein Motorrad und fuhr in die Stadt, wo ich das Bike in einer Nebenstraße parkte und die letzten Meter zum Cupcake-Shop zu Fuß ging. Eine Parkbank stand auf der gegenüberliegenden Seite des Ladens vor der Düne und lud dazu ein, in der vormittäglichen Sonne die erste Wärme des aufkommenden Sommers zu genießen.

Ich setzte mich, die Bewerbungsunterlagen am Rücken unter der Lederjacke verborgen.

Scheiße, du hast das Foto vergessen, schoss es mir durch den Kopf. *Dein Lebenslauf ist bildlos.*

»Ach«, murmelte ich. »Muss ja kein Nachteil sein. Außerdem geh ich ja persönlich hin.«

Betont gemütlich schaute ich mich um, als wartete ich auf jemanden. Dabei ließ ich meinen Blick immer wieder über den Cupcake-Laden wandern. Die helle, freundliche Fassade fügte sich liebevoll zwischen die allesamt höheren Nebengebäude, die mit ihren dunkelroten Steinen weniger einladend wirkten und durch schmale Grünstreifen voneinander getrennt waren. Links vom *Cupcakes by the Sea* befand sich eine Modeboutique, rechts eine kleine Pension.

Es war früher Vormittag, und bisher hatte ich vier Menschen in Isabella Kramers Laden gehen sehen, die jeder kurze Zeit später mit einer kleinen, liebevoll bedruckten Pappbox, wie ich sie sonst nur von Donuts kannte, wieder herauskamen. Alle trugen ein Lächeln auf den Lippen.

Kopfschüttelnd wartete ich eine halbe Stunde und beobachtete weiter. Immer wieder war der Laden für kurze Zeit leer, und eine alte Frau lief hinter dem Tresen auf und ab, um die Auslage neu zu gestalten oder aufzufüllen. Die junge Ladenbesitzerin hatte ich noch nicht gesehen. Vermutlich saß sie irgendwo in einem Büro und kümmerte sich um den Papierkram, den so ein Geschäft mit sich bringt.

Nach fast einer Stunde auf der Bank erhob ich mich schließlich und zog die Bewerbungsmappe hervor. Die letzten Kunden waren vor einigen Minuten gegangen, und die alte Frau befand sich allein im Laden. Ich konnte nicht ewig auf Isabella warten und musste sie eben mit meiner Bewerbung überzeugen statt mit meinem Charme. Hoffentlich hatte Onkel Wolfgang überzeugende Worte gefunden – vielleicht hätte ich sein Anschreiben lesen sollen, überlegte ich, zuckte dann aber mit den Schultern. Ach was, die Sache war ihm so wichtig, dass er sicherlich sein Bestes gegeben hatte.

Als ich eintrat, bimmelte ein zartes Glöckchen über der Eingangstür.

»Guten Tag«, begrüßte ich die Frau mit dem locker sitzenden Dutt am grauen Hinterkopf. Sie notierte gerade etwas in einem großen Buch. Aus der Nähe erinnerte sie mich ein wenig an Granny von den *Looney Tunes*. Vorn auf ihrer Nase saß eine schmale Lesebrille und drohte bei jeder Bewegung vornüberzurutschen. Die helle Bluse war bis oben zugeknöpft, und um den Hals trug die Frau eine Kamee, auf der sich in Weiß das Porträt einer unbekannten Frau abhob. Ich überragte sie um gut einen Kopf; dafür war sie deutlich kompakter gebaut als ich.

Als ich ihr in die Augen schaute, musste ich unwillkürlich lächeln. Es war wie ein Reflex, dem ich nur zu gern nachgab. Meine Großeltern waren gestorben, als ich noch klein gewesen war, und ich erinnerte mich kaum an sie. Manchmal blitzten kurze Erinnerungen auf. Ein alter, weißhaariger Mann, der mir einen Bonbon gibt und mir über den Kopf streicht, aber mehr auch nicht. Diese alte Frau, deren Lachfalten bis in ihre Augen hineinzureichen schienen, wirkte so glücklich, dass vermutlich selbst Krankheiten an ihr abprallten, und ich spürte den Impuls, sie »Omi« zu nennen und an mich zu drücken.

»Guten Tag, junger Mann. Willkommen im *Cupcakes by the Sea*. Was kann ich für Sie tun?«

Selbst ihre Stimme fing mich wohlig weich ein. Sie sprach mit dem typisch norddeutschen Akzent, den ich so liebte. Sie wäre die perfekte Märchentante, die einmal pro Woche in der örtlichen Buchhandlung Kindern Geschichten vorträgt. Ihr hätte sogar ich zugehört, dabei mochte ich bereits als Kind lieber Filme als Bücher.

»Ich habe gehört, dass Sie eine Verstärkung für die Nachmittage suchen«, erklärte ich und hob die Bewerbungsmappe hoch. »Ich würde gern meine Bewerbung ins Rennen werfen.«

Die Augen hinter der schmalen Brille leuchteten auf. »Sie wollen hier arbeiten? Das ist aber schön. Geben Sie mal her, junger Mann.«

»Mein Name ist Maximilian, aber alle nennen mich Max«, sagte ich mit meinem charmantesten Lächeln und reichte die Mappe über den Tresen. »Ist die Chefin da?« Demonstrativ schaute ich mich um.

»Meine Enkelin ist heute Vormittag verhindert. Deswegen vertrete ich sie. Aber keine Sorge, ich gebe die Mappe gern weiter. Welche Erfahrungen haben Sie denn im Verkauf von Backwaren, Max?«

Die alte Frau klang, als machte sie das nicht zum ersten Mal. Hatte Wolfgang nicht etwas davon gesagt, dass die Enkelin der früheren Besitzerin den Laden übernommen hatte? Damit hätte ich die Frau vor mir, die nicht an ihn hatte verkaufen wollen. Überrascht hob ich die Augenbrauen. Die Frau sah nicht so aus, als ob sie sich gegen jemanden wie meinen Onkel wehren konnte. Auf mich wirkte sie wie die Art von Frau, die bei einer Familienfeier auf ihrem Lieblingssessel sitzt, die Stricknadeln in der Hand und ein Dutzend Enkelkinder zu ihren Füßen, die alle miteinander spielen, während sie geduldig erträgt, wie Spielzeugautos ihre Beine hochfahren, Schokoladenfinger an ihrem Hosenbein zupfen und sich immer wieder ein Gesichtchen zwischen ihre strickenden Arme schiebt und irgendwas fragt, das mit »Du-hu, Omaaaa?« beginnt.

Ich brauchte einen Moment, um den Gedanken zu verscheuchen. Noch immer beobachtete sie mich und wartete auf eine Antwort. »Ähm, ich habe einige Erfahrung in den verschiedenen Ferienjobs sammeln können, die ich früher gemacht habe. Und in den letzten Jahren habe ich immer mal wieder in unterschiedlichen Läden ausgeholfen.«

»Das ist schon mal gut. Allerdings fragte ich nach dem Verkauf von Backwaren, Max.« Sie sprach leicht ermahnend zu mir, lächelte jedoch weiterhin sanftmütig.

»Oh, Entschuldigung. Tatsächlich habe ich keinerlei Erfahrung damit, aber ich lerne schnell. Und ich bin gewillt zu arbeiten.«

»Wunderbar. Wissen Sie, davon gibt es heutzutage viel zu wenige junge Leute. Meine Isabella ist da wirklich eine Ausnahme. Die ist schon immer ein Arbeitstier gewesen, und es wäre schön, wenn sie tatkräftige Unterstützung bekäme. Sie hätte es verdient.«

»Mit Ihnen hat Ihre Enkelin ja bereits kompetente Unterstützung«, sagte ich und zwinkerte Isabella Kramers Oma zu.

»Ach, ich alte Schachtel kann ab und an aushelfen, meine morschen Knochen lassen jedoch längst nicht mehr so viel zu, wie ich gern wollte.«

»So morsch sehen Sie nicht aus, Frau Kramer.«

»Charmeur, aber vielen Dank. Soll ich meiner Enkeltochter noch etwas ausrichten?«

»Nur, dass ich mich sehr freuen würde, wenn ich hier arbeiten könnte. Ich stehe ab sofort zur Verfügung. Wenn Sie also heute Abend anruft, kann ich morgen anfangen.«

»Das sage ich ihr. Ich schaue mir die Unterlagen gleich mal an. So einen feschen Burschen könnten wir hier gut gebrauchen.«

Amüsiert hob ich eine Augenbraue. »Feschen Burschen?«

»Ach, Sie wissen schon, was ich meine. Als ich den Laden noch geführt habe, hatte ich immer einen jungen, adretten Mann als Aushilfe. Sie können ja mal raten, an welchen Tagen die Hausfrauen ihre Brote gekauft haben.« Sie zwinkerte zurück, und ich lachte.

»Schlaue Geschäftstaktik. Wie lange hatten Sie den Laden denn?« Auch wenn Onkel Wolfgang mir aufgetragen hatte, die neue Besitzerin auszuhorchen, war es sicher kein Fehler, die alte ebenfalls zu befragen. Ich stützte mich mit einem Ellbogen auf den Tresen und schaute sie interessiert an. Vielleicht konnte ich durch die Alte mehr über Isabella herausfinden. Großeltern reden schließlich gern über ihre Familien.

»Über vierzig Jahre war ich stolze Besitzerin der *Bäckerei an der Düne*. Aber irgendwann ist es Zeit, die nächste Generation an die Reihe zu lassen.«

»Und jetzt leitet Ihre Enkelin die Laden? Im Internet habe ich nur Gutes gelesen.« Ich deutete auf die für meinen Geschmack zu kitschige Einrichtung. Zugegeben, in sich wirkte sie stimmig und hatte etwas Weiches, das gut zu so etwas Stylisch-Süßem wie Cupcakes passte, dennoch war mir die Einrichtung zu weiblich. Als Mann fehlte mir das Raue an den Wänden, etwas, das zu dem unbeherrschten Meer vor der Tür passte. Hier drin kam man sich eher vor wie in einer Bonbonblase.

»Sie hat das Familiengeschäft in das neue Jahrtausend geführt. Etwas, das ich vor langer Zeit verpasst habe. Und ich bin sehr stolz auf sie.«

Ich nickte und klopfte auf den Tresen. »Das können Sie auch sein. Der Laden sieht toll aus.«

»Danke schön. Werde ich ihr ausrichten.« Die Freude, die aus den Augen der Alten strahlte, war ansteckend. »Genießen Sie den Tag, Max.«

»Das werde ich. Vielen Dank. Und Sie ebenfalls, Frau Kramer.«

Ich verließ den Laden, und als sich die Tür hinter mir schloss, merkte ich, dass ich lächelte. Ein Schnauben begleitete mich auf dem Weg zu meiner Maschine. Darum also verließen alle Kunden den Laden so glücklich; weil Isabellas Großmutter eine liebenswerte Omi war. Ich konnte nur hoffen, dass ich einen ordentlichen Eindruck hinterlassen hatte. Mein Bauchgefühl sagte mir, dass die Meinung dieser Alten nicht unerheblich ins Gewicht fiel, wenn es um die Auswahl einer Aushilfe für den Nachmittag ging.

»Max«, hörte ich hinter mir und blieb überrascht stehen. In einem maßgeschneiderten, schwarzen Anzug kam mir Jannis entgegen, der Sohn eines Geschäftspartners meines Onkels, mit dem ich gern einen trinken ging. Vor allem, weil er meistens die Runden bezahlte. Ich wusste nicht, ob er Mitleid mit mir hatte und ich eine Art soziales Projekt für ihn war – solange ich am Wochenende meine Biere bezahlt bekam, sollte es mir recht sein.

»Jannis, was machst du denn hier? Müsstest du nicht irgendein Hotel oben in der Bucht neu gestalten oder so?« Am letzten Wochenende hatte er mir erzählt, dass er die ganze Woche über unterwegs sein würde.

»Ich musste in die Firma und ein paar Papiere für den Zulieferer holen. Der braucht die für die Einfuhr der Teppiche.« Jannis deutete auf mein Outfit. »Und was machst du hier? Jährliches Hipster-Treffen?«

»Schön wär's. Ich arbeite für Wolfgang. Geheimmission.« Ich grinste und deutete auf den Strand. »Genau genommen bin ich gerade durch und wollte mich ein bisschen auf die Seebrücke setzen. Willst du mitkommen?«

»Wäre nett, aber leider muss ich gleich wieder los. Der Zulieferer will die Sache so schnell wie möglich geklärt haben, sonst schickt er seine Lkws nicht los. Und das würde den Zeitplan durcheinanderbringen. Du weißt ja.«

»Zeit ist Geld«, sagte ich und machte eine reibende Bewegung mit Daumen und Zeigefinger. »Den Spruch kann ich nicht mehr hören. Mein Onkel predigt nichts anderes.«

»Weiß ich doch. Aber recht hat er.« Jannis hob die Hand und winkte. »Ich muss los. Aber lass uns morgen auf ein Bier treffen. Ich habe da ein paar Mädels, die ich dir vorstellen muss. Sie residieren im Hotel meines Vaters, und ihnen ist ständig langweilig.«

»Sag Bescheid.«

Jannis nickte und war schon um die nächste Ecke verschwunden. Zurück blieb ein leichter Hauch seines schweren Parfums. Nur ein paar Schritte weiter, und ich roch die frische Luft der Ostsee. Es war ein schöner Tag, den ich weder mit Gartenarbeit noch mit Reparaturen verbringen wollte. Ein entspannender Spaziergang am Strand bis zur Seebrücke würde mir guttun. Das hatte ich lange nicht gemacht.

Ich lief über den Dünenweg hinweg, zog Schuhe und Socken aus und stapfte barfuß durch den Sand. Noch hatte ihn die Sonne nicht zu sehr aufgeheizt, sodass es sich angenehm anfühlte. Die kleinen Körner zwischen meinen Zehen waren wie eine Entspannungsmassage. Mit jedem Schritt spürte ich die Ruhe der Ostsee auf mich übergehen. Egal was für Stress ich vorher gehabt hatte – Gedanken an Henry und wie ich unsere gemeinsame Zeit finanzieren sollte, meine Einkäufe in einer illegalen Werkstatt, Lisas Vorwürfe –, hier fühlte ich mich frei. Mit einer der Gründe, warum ich das Arrangement mit meinem Onkel nicht so einfach aufkündigen würde, auch wenn mein Leben einem Flickenteppich glich. Die Ostsee hatte eine beruhigende Wirkung auf mich wie kaum etwas anderes.

Minute um Minute wanderte ich, bis ich die Seebrücke erreichte. Während der Hauptsaison flanierten zu jeder Tageszeit zahlreiche Touristen darüber, die zum Ausflugsboot wollten, das am Ende der Brücke ablegte, oder die einfach die Aussicht genossen und ein paar Erinnerungsfotos schießen wollten. Jetzt jedoch, außerhalb der Saison und dann noch unter der Woche, war kaum etwas los. Mir kamen ein Pärchen älterer Leute und eine Familie mit zwei nicht schulpflichtigen Kindern entgegen. Aber ansonsten war der Steg angenehm leer. Ich schloss für einige Schritte meine Augen und lief auf das Ende der Brücke zu. Die frische Luft durchströmte meine Lunge, als ich mich auf die Brüstung lehnte und auf die Weite der Ostsee starrte. Bis zum Horizont nichts als Meer, so weit das Auge reichte. Die Wellen schlugen sanft gegen die Brückenpfeiler und rollten leise gurgelnd weiter in Richtung Strand. Es war so friedlich.

Auf einmal hörte ich ein leises Schluchzen nicht weit von mir. Als ich mich umdrehte, sah ich jedoch nichts. Erst nachdem ich ein paar Schritte nach links machte, erkannte ich, was ich bisher übersehen hatte.

Da stand eine Frau mit dem Rücken zu mir hinter der Brüstung. Bekleidet und tränenüberströmt. Offenbar bereit, jeden Augenblick zu springen. Mein Herz sackte ab.

Kapitel 9 – Isabella

Das Meer unter mir rauschte ohrenbetäubend laut. Ich hatte einige Stunden mit mir gehadert, ehe ich zur Brücke gegangen war. Leni war im Kindergarten, und meine Großmutter hatte angeboten, den Laden zu hüten, während ich »etwas für Melanie« erledigte, wie ich ihr gesagt hatte.

Jetzt stand ich allein auf der Seebrücke und fragte mich, welcher Teufel mich ritt. Von der Seebrücke zu springen war nichts, das man mal eben machen sollte. Vor allem nicht, wenn man gerade die Verantwortung für ein kleines Kind übernommen hatte. Ich klammerte mich an die Brüstung und schüttelte den Kopf. Das war verrückt.

Hinter mir ragte ein Pfeiler auf, sodass man mich vom Ende der Brücke nicht sehen konnte. Die Familie und das ältere Pärchen hatten sich auf den Rückweg gemacht und mich mit dem Meer und meinen Gedanken allein gelassen. Ein Zustand, den ich lange nicht erlebt hatte. Immer wenn ich in den vergangenen Monaten zum Strand gegangen war, hatte mich jemand begleitet. Mal war es Melanie gewesen, manchmal Leni, ab und an die anderen Mädels.

Wieder wurde mir bewusst, wie sehr ich Melanie vermisste. Ihre Nähe hatte mir stets die Entschleunigung gegeben, die ich selbst nicht fand. War ich hibbelig, weil eine Bestellung beim Großhändler auf sich warten ließ, während sich in meinem Bestellbuch Aufträge für Firmenfeiern und eine Hochzeit stapelten, die Steuererklärung anstand und der Wirtschaftsprüfer sich angekündigt hatte, genügte ein kurzer Spaziergang an ihrer Seite, damit ich durchatmete und die Dinge eins nach dem anderen anging, statt mich mit Überlegungen zu quälen, wie ich alles auf einmal schaffen konnte.

»Hektik bringt nichts«, hatte Melanie stets gesagt, und: »Ärgere dich über nichts, das du nicht ändern kannst.« Dann hatte sie gelächelt, ihre Arme um mich gelegt, und meine innere Unruhe hatte sich gelegt.

Melanie war meine Seelenpartnerin gewesen. Und nun war sie weg.

Tränen schlichen sich in meine Augenwinkel, die nichts mit dem aufkommenden Wind zu tun hatten. Die Gedanken an Melanie ließen mich jedes Mal mit ihnen kämpfen. Dabei behaupteten doch immer alle, dass es mit der Zeit besser werden würde. Es *musste* einfach besser werden, vor allem wegen Leni an meiner Seite. Für sie musste ich stark sein. Wie sollte die Vierjährige den Tod ihrer Mutter bewältigen, wenn ich bei jeder Gelegenheit in Tränen ausbrach? Nein, meine primäre Aufgabe in den nächsten Monaten bestand darin, meinem Patenkind ein stabiles Umfeld zu bieten. Und wenn ich es dann noch schaffte, sie irgendwie großzuziehen, wäre ich glücklich.

Meine Gedanken wanderten in die Zukunft, und ich fragte mich, wie mein Leben in ein paar Jahren aussehen würde. Hätte ich zusätzlich zu Leni eigene Kinder, oder würde sie mir reichen? Wie sehr würde Leni an Melanie denken, sie vermissen? Konnte ich die Erinnerung frisch halten, damit Leni ihre Mutter nie vergaß? Oder war das der verkehrte Weg? Sollte ich sie lieber nicht regelmäßig erinnern?

Die Fragen schlugen über mir zusammen wie die Wellen des Meeres. Ich drohte in ihnen zu ertrinken und schnappte mit einem Schluchzen verzweifelt nach Luft.

In Momenten wie diesen wünschte ich, ich hätte engeren Kontakt zu meinen Eltern gehabt. Aber meine Übernahme der Bäckerei hatte zu einem Streit geführt, infolgedessen wir uns auseinanderlebten. Sie hatten es mir übelgenommen, dass ich nicht zur Renteneinstiegsfeier meines Vaters kommen konnte, weil die Neueröffnung des Geschäfts anstand und noch zu viel zu erledigen gewesen war, als dass ich mir ein freies Wochenende hätte gönnen können.

»Mama, ich habe alles investiert, was ich habe«, hatte ich versucht zu erklären, »wenn ich den Start versaue, bleibt mir nichts mehr. Ich komme euch besuchen, sobald die ersten Wochen gelaufen sind, ja?«

»Du musst selbst wissen, wo deine Prioritäten liegen.« Mit diesen Worten hatte meine Mutter aufgelegt. Und war nicht zur Eröffnungsparty des *Cupcakes by the Sea* gekommen.

Als ich meine Eltern einige Wochen später besuchen wollte, hatten sie gerade einen Kurztrip gebucht; Weihnachten darauf verbrachten sie in Ägypten; den Geburtstag meiner Mutter beschlossen sie »mal nur zu zweit zu verbringen«. Einmal war mein Vater vorbeigekommen, um sich den Laden anzuschauen. Den Cupcake, den er probierte, fand er »in Ordnung, aber ein bisschen süß«, und zur Einrichtung fiel ihm ein: »Deiner Mutter wäre das zu bunt.«

Es kam nicht in Frage, sie um Hilfe zu bitten, auch wenn meine Mutter lediglich halbtags arbeitete und damit die optimale Betreuungsperson für Leni gewesen wäre. So blieb mir nur Oma, die mir helfen konnte.

»Sie müssen das nicht tun!«, hörte ich auf einmal hinter mir.

Ich schrak zusammen und hätte beinahe die Brüstung losgelassen. Mit einem Ruck drehte ich mich um und sah einen jungen Mann hinter mir stehen. Er hatte beide Arme ausgestreckt, als wollte er mich jeden Augenblick auffangen.

»Doch, muss ich«, antworte ich immer noch in Gedanken versunken.

Die Augenbrauen des Mannes wanderten nach oben, als ob er überrascht war, dass ich auf ihn reagierte. Dann fing er sich und redete weiter. »Es gibt für alles eine Lösung. Glauben Sie mir. Kommen Sie zurück auf die Brücke, dann helfe ich Ihnen.«

»Was?« Ich runzelte die Stirn und schüttelte den Kopf, um auch die letzten Gedanken vorerst in meinem Herzen einzusperren.

»Ich möchte nicht, dass Sie springen«, sagte der Fremde und streckte eine Hand zu mir aus. Es fehlte nicht viel, und er hätte mich erreicht.

Da wurde mir klar, wie die Situation auf einen Außenstehenden wirken musste. Ich, ganz allein, weinend auf der Seebrücke. Zu allem Überfluss trug ich auch noch meine Straßenkleidung, weil ich meinen Badeanzug nicht gefunden hatte, sodass ich beschloss, angezogen zu springen. Melanie hätte das gefallen.

Rasch wischte ich mir mit dem Hemdärmel über die Augen und zwang mich zu einem Lächeln. Vermutlich misslang es grandios. »Keine Sorge. Ich will mich nicht umbringen, falls Sie das denken.«

»Nicht?« Seine Stirn legte sich in tiefe Falten.

»Nein, wirklich nicht. Keine Sorge. Ich will nur runterspringen.« Erneut versuchte ich ein Lächeln, aber an seinem Gesichtsausdruck erkannte ich, dass es kaum besser gelang als der erste Versuch. Ich öffnete den Mund, um ihm zu erzählen, warum ich hier stand, schloss ihn jedoch gleich wieder. Das ging ihn nichts an. Ich wollte diese Verbindung zu Melanie nicht preisgeben. Meine tote beste Freundin schrieb mir E-Mails mit Aufgaben – das konnte ich nicht mit einem wildfremden Mann teilen, egal wie freundlich er aussah.

»Das geht hier außerdem gar nicht«, sagte ich deshalb. »Umbringen, meine ich. Das Wasser dort unten ist zu friedlich. Es gibt weder Steine noch eine gefährliche Strömung. Und zu tief, um irgendwo aufzuschlagen, ist es auch.« Ich zuckte mit den Schultern. »Hier springen alle naselang Leute runter.«

Der Mann beließ seine Hand, wo sie war. »Sie wirken aber nicht besonders glücklich«, meinte er. »Bitte, kommen Sie auf die Brücke und beruhigen Sie sich. Ich möchte nicht, dass Ihnen etwas zustößt.«

Seine Besorgnis rührte mich. Ich musterte ihn, um festzustellen, ob ich ihn kannte, eventuell schon einmal in meinem Laden bedient hatte. Seine Haare waren etwas zu lang und sahen aus, als ob er zu faul war, sich einen Termin beim Friseur zu holen. Trotzdem war er nicht unattraktiv; seine dunklen Augen leuchteten leidenschaftlich. Er wirkte wie jemand, der für das brannte, was er liebte.

Unvermittelt fuhr mir ein Stich ins Herz und ließ mich keuchen. Genauso wie Melanie. Ihren Seifenhandel hatte sie voller Leidenschaft betrieben. Gerade in der Anfangszeit war sie tagelang nicht aus ihrer kleinen Werkstatt gekommen, sondern hatte neue Düfte und Kombinationen ausprobiert, bis sie die richtigen Materialien zusammenhatte.

Kurz überlegte ich, nun doch zu springen, um mich der Situation zu entziehen, entschied mich jedoch dagegen. Am Ende sprang der Typ mir noch hinterher, weil er tatsächlich glaubte, dass ich mich umbringen wollte. Auch wenn das absurd war, denn es stimmte: Vor allem Jugendliche des Ortes nutzten die Seebrücke gern als Sprungbrett für ein Bad im Meer. Und zahlreiche Feriengäste taten es ihnen nach. Noch nie hatte es hier einen Unfall oder gar Selbstmordversuch gegeben.

Dennoch hatte ich noch immer nicht den Mut aufgebracht, die Brüstung loszulassen. Ich seufzte. »Schon gut. Ich komme kurz rüber.«

»In Ordnung. Ich bin übrigens Max.« Der Fremde wirkte erleichtert, als ich seine Hand nahm und mich von ihm über die Brüstung ziehen ließ.

»Isabella. Moin.«

»Moin. Hier.« Behutsam legte Max mir seine Jacke um die Schultern.

Obwohl ich nicht fror, nahm ich sie dankbar an. Sie war vorgewärmt und schützte mich gegen den Wind, der an meinen Haaren zog.

»Ist wirklich alles in Ordnung?«

»Ja, natürlich. Ich weiß nicht, wie du darauf kommst, dass ich mich umbringen wollte. Wie gesagt – dafür ist die Brücke nicht hoch genug.«

»Na ja, du hast geweint und standst da so allein und versteckt hinter dem Pfeiler. Außerdem bist du bekleidet, da dachte ich …« Mit einem Schulterzucken schaute er mich an. »Lieber einmal mehr eingreifen, als dass man zu spät kommt. Stell dir vor, du wärst eine Springerin gewesen, mit Bleigurt oder so, und ich hätte dich ignoriert. Das hätte ich mir meinen Lebtag nicht verziehen.«

»Ich kann dir versichern, dass ich keinen Bleigurt drunter habe und nichts dergleichen vorhatte. Nur …« Ja, nur was? Wie erklärte ich ihm, was ich hatte tun wollen? Meine Finger tasteten in meiner Hosentasche nach meinem Handy. Es war wasserdicht und hatte eine gute Kamera. Damit hatte ich das Beweisfoto schießen wollen.

Doch das war vorerst hinfällig. Solange dieser Max vor mir stand, würde ich sicher nicht den Mut finden, um zu springen. Vor Zuschauern zu performen, gehörte nicht zu meinen Stärken.

Melanie hatte mir immer wieder vorgeschlagen, an einem Backwettbewerb teilzunehmen. »Boa, mit deinen Ideen und Kunstwerken steckst du jede Jury in die Tasche!«

Vermutlich hätte ich tatsächlich eine Chance auf Erfolg gehabt, aber nur solange mir niemand beim Backen über die Schulter schaute. Sobald ein Kampfrichter die Zubereitung überwachte, fühlte ich mich unsicher und würde vergessen die Eier zu trennen, die Schokolade im Wasserbad aufkochen lassen oder die Sahne zu Butter schlagen.

»Nur was?«, fragte Max und riss mich aus meinen Gedanken.

Schnell, ich brauchte eine Ausrede. Etwas, das nah genug an der Wahrheit war, um glaubwürdig zu sein. »Ich habe eine Wette abgeschlossen, und die wollte ich heute gewinnen.«

»Von der Seebrücke springen als Wette?« Max hob eine Augenbraue, und ich merkte, dass ihm die Erklärung nicht reichte.

»Na ja, ich wollte Leni überzeugen«, log ich, dass sich die Holzbalken der Brücke unter mir bogen, »sie möchte unbedingt in den Hansapark, hat aber bereits Angst vor dem Aussichtsturm.« Immerhin das stimmte. Leni besaß einen grundsoliden Respekt vor Höhen und verweigerte alles, was höher als das Klettergerüst auf dem Spielplatz war. Und auch da traute sie sich nur hinauf, weil sie vor den anderen Kindern kein Feigling sein wollte. »Sie hat mit mir gewettet, dass ich mich nicht traue, hier herunterzuspringen. Wenn ich es mache, hört sie auf, nach dem Hansapark zu quengeln, und wir fahren zum Pferdehof einige Dörfer weiter. Wenn nicht … tja, dann muss ich ein Heidengeld für einen Freizeitpark ausgeben, nur damit wir kein einziges Fahrgeschäft benutzen.«

Max machte ein ungläubiges Gesicht. »Und du hörst auf deine Tochter und lässt dich auf solch eine Wette ein?«

Ich zuckte mit den Schultern und wich seinem Blick aus. Nicht nur, weil ich log, sondern auch, weil er *Tochter* gesagt hatte. *Leni ist nicht meine Tochter*, wollte ich ihm entgegenbrüllen. Wollte ihm sagen, dass sein Irrtum schmerzte, obwohl es sich zugleich richtig anfühlte. Leni war Melanies Tochter und würde es immer bleiben, doch irgendwie war sie nun auch meine geworden.

Schlagartig wurde mir bewusst, dass ich eine Mutter war. Unterschwellig hatte ich es gespürt, wusste natürlich, dass ich die Verantwortung trug, aber es ging so viel weiter. Für Leni war ich nun die Mama, auch wenn sie mich nicht so nannte.

Die Erkenntnis legte sich wie eine Korsage um meine Brust und zog kräftig an den Bändern, um mir die Luft abzuschnüren. Mühsam atmete ich tief ein und sagte: »Sie ist vier. Hast du schon mal versucht, mit einer Vierjährigen zu diskutieren?«

Er nickte. »Ich habe einen achtjährigen Sohn.«

Überrascht starrte ich ihn an. »Wirklich?«

»Wieso wundert dich das?«

»Ach, du siehst nicht so aus, als ob du einen Sohn hättest«, erwiderte ich unbedacht und merkte zu spät, dass ihn diese Aussage verletzte. Er wandte sich von mir ab und starrte aufs Meer hinaus. »Entschuldige, so war das nicht gemeint. Du bist nur zu tadellos gekleidet, um ein Vater zu sein.« Zumindest in meiner Vorstellung waren die Klamotten von Vätern, die sich um ihre Kinder kümmerten, nie so picobello sauber wie Max' Hemd, das einem Werbespot für Feinwaschmittel entnommen wirkte.

»Nicht jeder Vater hat seinen Sohn bei sich zu Hause«, murmelte Max nachdenklich, ehe er mich wieder mit seinen dunklen Augen ansah. Das leidenschaftliche Feuer darin hatte ich mit meiner Aussage zu einer schwelenden Glut gelöscht.

»Es tut mir leid. Ich wollte dir nicht zu nahe treten.« Ich seufzte. »Es ist wohl besser, wenn ich jetzt springe und du deines Weges gehst. Ich will dich nicht länger aufhalten.«

Max schüttelte den Kopf. »Nein, du konntest es ja nicht ahnen. Schon gut.« Er wischte sich mit der Hand übers Gesicht und verscheuchte damit den traurigen Ausdruck, der sich darauf ausgebreitet hatte. »Es war mein Fehler. Ich mische mich in Dinge ein, die mich nichts angehen. Du wirst schon wissen, was das Richtige für deine Tochter ist.«

»Danke«, erwiderte ich nur, wusste nicht, was ich sonst sagen sollte. »Es war schön, dich kennengelernt zu haben, Max.« Ich hielt ihm die Hand zum Abschied hin, wollte mich angemessen von meinem »Lebensretter« verabschieden, wenn ich ihn schon beleidigt hatte.

»Weißt du was?« Auf einmal grinste er und trat neben mich an die Brüstung. »Ich werde mit dir springen.«

»Wie bitte?« Verdutzt starrte ich ihn an. »Wieso das?«

Er schlug mit der flachen Hand auf das Geländer der Seebrücke und starrte hinunter. »Nenn es Intuition oder Schicksal, aber ich glaube, dass du nicht allein springen solltest. Außerdem habe ich diesen Sprung sicher schon eintausend Mal gemacht. Ich könnte dir also behilflich sein.«

»Musst du nicht arbeiten?«, wollte ich wissen. »Ich meine, du siehst so aus, als ob du gerade nur eine Pause machst.«

»Nein, heute ist quasi mein freier Tag«, erklärte er und winkte ab. »Mach dir darüber keine Gedanken. Ich habe nichts weiter vor. Und wenn ich einer Frau in Not helfen kann, bin ich sofort zur Stelle.«

»Das habe ich gemerkt«, sagte ich und spürte ein Schmunzeln auf den Lippen. »Auch wenn diese Frau gar nicht in Not war.«

»Na ja«, erwiderte er und zwinkerte mir zu. »Darüber lässt sich streiten. Also, was sagst du? Springen wir gemeinsam?«

Ich starrte den fremden Mann an. »Meinst du das wirklich ernst?« Ich konnte mir einfach nicht vorstellen, dass jemand mit einer Frau von einer Brücke springen wollte, die er gerade erst kennengelernt hatte.

»Sonst hätte ich es nicht vorgeschlagen. Komm schon. Das wird witzig. Dieses Jahr bin ich noch nicht gesprungen. Dann hätte ich das gleich von meiner Liste abgehakt.«

Liste. *Löffelliste.* Ich musste den Blick von ihm abwenden, kaum dass der Schmerz erneut wie eine der Wellen unter mir über mein Gesicht rollte. Doch schließlich nickte ich. Die letzten Worte, die ich mit Melanie im Krankenwagen gewechselt hatte, kamen mir ins Gedächtnis. *Lebe dein Leben, Isabella. Versprich es mir.*

»In Ordnung. Springen wir gemeinsam«, sagte ich, bevor ich weiter nachdenken konnte. Melanie hatte von mir gewollt, dass ich das Leben genoss. Etwas anderes hatte sie nie verlangt. Und genau das würde ich zumindest einmal tun, bevor der Alltag mich zurückforderte. In ein paar Stunden musste ich Leni vom Kindergarten abholen und mich um sie kümmern. Bis dahin konnte ich meiner besten Freundin einen Gefallen tun. Auch wenn ich nicht sicher war, ob ein Sprung von der Seebrücke dazu taugte, ihn zu *genießen.*

»Du willst sicher mit den Füßen voran springen, oder?«, fragte Max und grinste dabei so schelmisch, dass ich unwillkürlich an einen kleinen Jungen denken musste.

»Mit einem Kopfsprung jedenfalls nicht.« Ich hob abwehrend die Hände. »Wenn du das machen willst, bitte sehr, ich sicher nicht.«

»Keine Sorge«, erklärte er und hielt mir seine Hand hin. »Ich springe auch mit den Füßen voran. Wenn du möchtest, kann ich dich während des Falls festhalten.«

Seine Hand halten? Ein Teil von mir wollte sich dagegen wehren, doch mein Herz sagte mir, dass es mir helfen würde. Aus einem mir unerfindlichen Grund vertraute ich ihm. Vielleicht weil er eine wildfremde Frau vor dem vermeintlichen Selbstmord hatte retten wollen? Vielleicht weil er so freundliche, aufgeschlossene Augen hatte? Ich konnte es nicht sagen. Nur dass ich seine Hand gern ergreifen wollte.

Doch vorerst brauchte ich beide, um über die Brüstung zu klettern. Erneut klammerte ich mich an das Holz und wartete, bis er hinterhergeklettert kam. Hinter uns waren inzwischen wieder ein paar Leute auf der Seebrücke aufgetaucht, die uns verwirrt anstarrten, aber keiner von ihnen unternahm etwas. Ein Vater hielt seinen kleinen Sohn davon ab, ebenfalls über das Geländer zu klettern. Eine Vorbildfunktion übernahmen wir in diesem Augenblick definitiv nicht, doch das war mir egal. Ich holte mein Handy raus.

»Willst du den Sprung festhalten?«, fragte Max verwirrt.

»Das war Teil der Vereinbarung.« Ich drückte auf den Knopf für das Video. Ein Foto zu schießen wäre im Fallen zu kompliziert, und bewegte Bilder sagten mehr als alle Fotos. Kurz hielt ich die Linse auf mich, ehe ich das Handy vor meiner Brust festklammerte.

Max hielt mir erneut seine Hand hin. »Bereit?«

»Nein?« Ich wollte nicht springen. Alles in mir sträubte sich dagegen. Genau in dem Moment, da ich beschloss, zurück hinter die Brüstung zu klettern, ergriff Max meine Hand, und ich verlor das Gleichgewicht. Ich kippte nach vorne, ein Schrei löste sich aus meiner Kehle, als ich abwärtsfiel. Mein Magen fühlte sich schwerelos an. Ich streckte meine Beine aus, sodass ich kerzengerade in die Tiefe stürzte.

Und dann tauchte ich ein in das kühle Ostseewasser. Ich schloss den Mund, schmeckte dennoch das Salz auf der Zunge. Es brannte leicht in meinen Augen, aber ich behielt sie offen, wollte sehen, wohin ich tauchen musste.

Ich löste meine Verbindung zu Max und machte ein paar

kräftige Armzüge. Gleich darauf durchbrach ich die Wasseroberfläche und prustete Luft aus. Erneut schrie ich. Diesmal jedoch nicht vor Aufregung, sondern vor Freude. Ich war wirklich gesprungen.

Direkt neben mir tauchte Max auf. Seine langen Haare hingen ihm ins Gesicht. Mit einem gekonnten Kopfschwung und der passenden Handbewegung beförderte er sie nach hinten. »Na, alles heil überstanden?«

Ich nickte. »Danke, dass du mit mir gesprungen bist.«

»Wohl eher gefallen. Auf einmal ging es ganz schön schnell«, sagte er und lachte.

»Ja, irgendwie habe ich wohl das Gleichgewicht verloren.« Ich schob meine Haare ebenfalls aus dem Gesicht und spürte dem Adrenalin nach, das in meinem Kreislauf für ein lautes Summen sorgte. Was für ein Kick. Auch wenn das Wasser nicht so warm war, wie ich erhofft hatte, spürte ich die Kälte kaum. Dieser Sprung war äußerst belebend gewesen.

»Das habe ich gemerkt. Ich hoffe, du hast alles aufgenommen. Ich weiß nicht, ob ich in den nassen Klamotten noch mal da rauf möchte.« Er deutete zur Seebrücke hinauf, von wo aus uns der kleine Junge entgegenwinkte. Max winkte zurück.

Ich legte den Kopf schief, während ich mich mit leichten Beinbewegungen über Wasser hielt. »Hast du überhaupt ein Handtuch dabei, mit dem du dich abtrocknen kannst?«, fragte ich.

Max zuckte mit den Schultern und wandte sich langsam gen Strand. »Nein, aber das geht schon. Ich lege mich in den Sand und lasse die Sonne ihre Arbeit verrichten.«

Amüsiert schüttelte ich den Kopf. Max schien ein sehr entspannter Zeitgenosse zu sein, was mich verwunderte. Die meisten Männer, die hier lebten, waren tagsüber eingebunden und hatten keine Zeit, um aus einer Laune heraus in die Ostsee zu springen und im Anschluss mindestens eine Stunde am Strand zu verbringen, um dort zu trocknen.

»Ich habe zwei Handtücher eingepackt. Du kannst gern eines davon haben, wenn du möchtest.«

»Das wäre super. Aber nur, wenn du es nicht brauchst.«

Gemeinsam schwammen wir zum Strand. Ich kam vor ihm an, was mich nicht wunderte, da ich eine gute Schwimmerin im Freiwasser war. Erstaunlich fand ich hingegen, dass Max nur wenige Meter nach mir aus dem Wasser stieg. Die meisten Badenden beschränkten sich aufs Planschen in der Ostsee, taten sich jedoch schwer damit, richtig darin zu schwimmen.

»Ich bin neugierig – bist du hier aus dem Ort?«, fragte ich ihn, während ich ihm den Weg zu meinen Handtüchern zeigte, die ich vorsorglich am Rand der Dünen abgelegt hatte. »Du bist mir noch nie aufgefallen.«

»Ich wohne im Nachbarort«, erwiderte Max. »Und meide die gängigen Touri-Routen. Aber du und deine Tochter – ihr wohnt hier?«

Ich nickte, wollte ihm nicht zu viel von mir verraten. Auch wenn ich ihn sympathisch fand, war er doch ein Fremder. »Sie ist im Kindergarten. Ich hole sie nachher ab. Was machst du denn so?«

Er zögerte einen Moment. »Ich habe schon alles gemacht. Aktuell bin ich zwischen zwei Anstellungen und genieße das Leben. So ein Tag am Meer erschien mir da genau richtig, um die Gedanken frei zu kriegen.«

Ich zog mein Hemd aus, behielt nur mein nasses T-Shirt an, wrang es aus, ebenso wie meine Jeans. Gleich darauf ließ ich mich in den angenehm vorgewärmten Sand nieder. Mit dem Handtuch rieb ich meine Haare trocken. »Von welchen Gedanken willst du dich denn befreien?« Es war eine einfache Frage, doch schien sie bei ihm mehr auszulösen, als ich beabsichtigt hatte.

Er machte ein gequältes Gesicht, fuhr sich mit der Hand durch die Haare. »Ach, es schwirrt mir so einiges im Kopf herum«, wich er aus.

Kurz überlegte ich, ob ich nachbohren sollte, aber beließ es schließlich dabei. Wenn er darüber hätte reden wollen, wäre er nicht so ausweichend gewesen. Stattdessen wechselte ich das Thema, wollte meinem Helfer nicht zu sehr auf den Schlips treten.

»Ich habe ja festgestellt, dass es drei Typen Menschen gibt, die an der Ostsee leben. Zu welchem davon gehörst du?«

»Drei? Müsste ich, um eine Wahl treffen zu können, nicht alle drei Optionen kennen?«, fragte er und rieb sich die Haare, indem er den Kopf vornüberbeugte.

»Das wäre ja gemogelt. Nein, sag mir einfach, warum du hier lebst, und ich sage dir, zu welchem Typ du gehörst.« Es war der beste Weg, um einen der Einheimischen näher kennenzulernen.

Er richtete sich auf und starrte einen Moment lang auf das Meer hinaus, ehe er antwortete. »Um ehrlich zu sein, war es eine pragmatische Lösung. Mein Vater ist nach Spanien ausgewandert, und ich wollte damals nicht mit. Also bin ich zu meinem Onkel gezogen, der mir einen Job angeboten hat. Da habe ich jetzt eine Weile gearbeitet.«

»Also bist du keiner von diesen Neureichen, die sich vom Meer ein schönes Leben versprechen, und auch keiner, der schon immer hier gewohnt hat.« Ich nickte wissend und schmunzelte, als ich im Augenwinkel seinen neugierigen Blick bemerkte.

»Und das bedeutet? Welcher Typ bin ich?« Er drehte sich elegant in den Schneidersitz und wartete auf meine Antwort.

»Du bist ein Geflüchteter.«

»Ich glaube nicht, dass ich mich so bezeichnen würde.«

Ich winkte beschwichtigend ab. »Ich nenne es so in Ermangelung eines anderen Worts. Menschen, die vor irgendetwas davonlaufen und sich bis ans nächstmögliche Ende der Welt flüchten. In diesem Fall die Ostseeküste. Hier leben sie dann mit dem Blick auf den Horizont und warten darauf, dass das Meer ihnen sagt, was sie als Nächstes tun sollen.«

»Das wäre in meinem Fall aber eine verdammt langsame Antwort. Ich wohne schon ein paar Jahre hier.« Max nahm das Handtuch und legte es sich über die Schultern. »Und ich bin ja nicht direkt weggelaufen, sondern habe nur einen Ort zum Wohnen gesucht.«

»Und den hättest du nirgendwo sonst in Deutschland finden können?«, fragte ich provokant.

Max öffnete den Mund, schloss ihn aber gleich wieder.

»Beweisführung hiermit abgeschlossen.«

»Und warum bist *du* hier?« Max grinste mich an. »Gehörst du zu den Neureichen oder den Einwohnern?«

»Weder noch. Ich zähle ebenfalls zu der Kategorie Geflüchtete. Aber das zu erklären, würde jetzt zu weit führen.«

»Ich habe Zeit.« Er deutete an sich herunter. Der Sand klebte an seinen klitschnassen Klamotten. Wenn wir nur durch die Sonne trocknen wollten, würden wir noch einige Zeit hier sitzen.

»Ein anderes Mal vielleicht.« Diesmal war ich es, die seiner Frage auswich. »Erzähl mir lieber, woher du so gut in der Ostsee schwimmen kannst.«

Die nächste Stunde verbrachten wir am Strand und unterhielten uns über Belanglosigkeiten, wie nur zwei Wildfremde es können. Und doch fühlte es sich warm und geborgen an, wie ich so mit diesem Mann dasaß. Irgendwann legte sich Max der

Länge nach in den Strand und verschränkte die Arme hinter dem Kopf, während ich eine kleine Hügellandschaft baute. Dabei redeten wir, ohne etwas Tiefgreifendes über unsere Leben zu verraten. Es war befreiend. Als ob diese Aneinanderreihung von Belanglosigkeiten all die Last von meinen Schultern nahm, die sich in den letzten Tagen aufgetürmt hatte.

Als wir uns – halbwegs getrocknet und von Sand befreit – voneinander verabschiedeten, fühlte ich mich so leicht wie seit dem Vorfall in der Eisdiele nicht mehr. Ich hielt mein Telefon in der Hand und lächelte. Darauf hatte ich den Beweis für die Erledigung der ersten Aufgabe. Noch heute Abend würde ich das Video abschicken und hoffte, dass ich bald eine neue Nachricht von Melanie bekam.

Beschwingt von diesem Gedanken ging ich zurück in meinen Laden.

Kapitel 10 – Maximilian

Was für ein erstes Treffen mit Isabella. Besser hätte es nicht laufen können. Auf dem Motorrad hatte ich mehr Gas gegeben als nötig, aber irgendwie musste ich meine Freude herauslassen. Tatsächlich hatte ich nicht gewusst, wer sie war, bis ich ihr ins Gesicht gesehen hatte. Diese Grübchen auf den Wangen waren unverkennbar. In Natura war sie sogar noch attraktiver als auf dem Bild. Als ich sie erkannte, wäre mir beinahe ihr Name herausgerutscht, und ich hatte mir auf die Zunge beißen müssen, es nicht zu tun – genauso wie später, als wir uns unterhielten. Es hatte mich viel Mühe gekostet, ihren Arbeitsbereich nicht anzusprechen. Sonst hätte ich zugeben müssen, dass ich mich gerade in ihrem Laden beworben hatte. So konnte ich bei einem eventuellen Bewerbungsgespräch überrascht tun, wenn ich sie sah.

Alles in allem war es also gut gelaufen; wir hatten uns über Gott und die Welt unterhalten, was erstaunlich erfrischend gewesen und mir zu meiner Verwunderung leichtgefallen war.

Kaum war ich zu Hause, sprang ich unter die Dusche, um das Salz von meiner Haut zu waschen. Der Vormittag mit Isabella war so locker gewesen, dass ich mich tatsächlich erfrischt fühlte, als ich mich auf meinen Sessel schmiss. Aus einer Laune heraus schrieb ich meinen Kumpel Jannis an, irgendwie war mir nach Feiern zumute, und mit ihm konnte man das definitiv. Und wenn er auch noch ein paar Frauen mitbrachte, mit denen wir den Abend verbringen konnten, umso besser.

Es dauerte nicht lange, und Jannis bestätigte unser Treffen für morgen Abend. Wir wollten uns in der Hotelbar seines Vaters treffen. Dort befand sich eine Lounge, in der es die besten Drinks weit und breit gab. Wir schrieben eine Weile hin und her, tauschten uns über Jannis' Projekt aus, ehe ich unter dem Vorwand, arbeiten zu müssen, aufhörte zu antworten. Es reichte, wenn ich mir morgen alles zu seiner Arbeit und seinem tollen Leben anhören durfte.

Stattdessen zockte ich einige Stunden an der PlayStation, bevor ich mich an mein Bike setzte und den restlichen Abend daran schraubte. Es war ein wirklich guter Tag gewesen, und ich hoffte, dass die nächsten nicht minder gut wurden. Vor allem, wenn Isabella mich einstellte und ich das Geld von Wolfgang bekam.

*

»Max!«, rief Jannis und winkte mir zu. Er stand hinter dem Tresen der Hotelbar und mixte einen Cocktail. In seinem dunkelblauen Business-Anzug, dem weißen Hemd, bei dem er die obersten Knöpfe lässig offen trug, und seiner zurückgegelten Frisur wirkte er wie ein Bartender, der die oberen Zehntausend bediente. Neben ihm stand der eigentliche Barkeeper, der sich nur ab und an anmerken ließ, dass er Jannis am liebsten aus seinem Arbeitsbereich vertrieben hätte. Ansonsten ertrug er den Sohn seines Arbeitgebers mit stumpfer Ignoranz.

»Hi, Jannis, wie geht's?«

»Bestens. Hast du schon was gegessen? Wenn nicht, kann ich dir was bestellen. Heute gibt's mit Trüffeln und Pinienkernen gefüllte Süßkartoffeln und mit Orangenduft gewürztes Pulled Pork.«

»Später vielleicht. Hatte auf dem Weg hierher einen Dönerteller.« Jedes Mal kam er mir mit dem abgehobenen Essen, das die Sterneküche des Hotels anbot, dabei wäre mir eine Currywurst mit Pommes lieber gewesen.

»Ah, du Banause weißt gar nicht, was dir entgeht.« Er stellte den Shaker beiseite und kam hinter dem Tresen hervor. »Bier?«

»Gern.«

»Erzähl mal, wie war dein Besuch auf der Seebrücke? Hast du ein paar nette Möwen getroffen?«, witzelte Jannis und deutete dem Barkeeper an, zwei Bier zu servieren.

In der mit schweren Eichenmöbeln und weißen Dekorkissen verzierten Lounge war nicht viel los. Die meisten Besucher des Hotels saßen vermutlich beim Abendessen. Erst später würden sich die Tische füllen, aber so wie ich Jannis kannte, würden wir dann bereits auf dem Weg in einen Club sein. Das Hotel nutzte er nur, um ein paar erste Bier zu trinken, ehe er loszog. Für gewöhnlich entschied ich spontan, ob ich mitfuhr, machte es von der Aussage über die Bezahlung des Abends abhängig. Wenn ich selbst zahlen musste, verabschiedete ich mich, sobald Jannis sich aufmachte – seine Clubs waren mir einfach zu teuer.

Beim ersten Mal hatte ich den Fehler begangen und ihn ins *Devil's House* begleitet – eine In-Kneipe, in der das Bier fünfzehn Euro kostete. Das Schlimme war, dass es keine Getränkekarte gab und man die Rechnung erst am Ende des Abends bekam, sodass ich nichts Böses ahnte und schließlich gefühlt meinen halben Monatslohn aufwenden musste. Seither war ich vorsichtig geworden.

»Ach, die Möwen waren nicht sehr gesprächig.« Ich wusste, dass er mich veräppelte, ließ mich aber gern darauf ein. Tatsächlich hatte ich den Tag ja genossen. Nicht nur, weil ich Isabella durch eine Fügung des Schicksals dort getroffen hatte.

Wobei ich mich immer noch fragte, was sie wirklich auf der Seebrücke gewollt hatte. Ich glaubte ihr zwar, dass sie nicht vorgehabt hatte, sich umzubringen – wie sie selbst gesagt hatte, funktionierte das an der Seebrücke nicht. Außerdem wirkte sie in unserem Gespräch in keiner Weise deprimiert oder verzweifelt. Doch die Geschichte mit der Wette kaufte ich ihr nicht ab. Nein, irgendetwas anderes hatte sie hinter die Brüstung der Seebrücke getrieben; immerhin hatte sie weinend dort gestanden. Nun, wenn ich den Job in ihrem Laden ergatterte, würde ich es rausbekommen, und vielleicht steckte etwas dahinter, mit dem ich bei Onkel Wolfgang kassieren konnte.

»Dir hätte der Ausflug auch gutgetan«, sagte ich zu Jannis. »So ein bisschen Entschleunigung hilft immer, um Halt zu finden.«

»Ach, wer braucht schon Halt, wenn er stattdessen mit hundertachtzig über die Autobahn fahren kann?«

»Gibt's da nicht 'ne neue Geschwindigkeitsbegrenzung?«, fragte ich, obwohl ich genau wusste, dass vor einer Woche entsprechende Schilder aufgestellt worden waren.

»Kann sein. Ich war zu schnell, um das zu sehen.« Jannis zwinkerte mir zu und hob das Bierglas, das der Barkeeper eben bei uns abgestellt hatte.

Wir stießen an, und ich nahm einen großen Schluck. Das kühle Gebräu rann meine Kehle hinunter, und ich merkte, wie die Entspannung einsetzte. Ein paar Bier mehr, und ich würde mir Jannis' Angebereien den ganzen Abend anhören können, ohne etwas zu sagen.

»Aber hör mal, die Mädels, von denen ich dir erzählt habe, sind heute Abend unterwegs und treffen uns erst später. Ich hoffe, das ist kein Problem für dich?«

»Nein, warum sollte es das sein?«

»Na, weil du morgen wieder arbeiten musst, oder?« Jannis deutete nach oben. »Ich habe morgen frei und kann ausschlafen.«

»Ich muss erst am späten Nachmittag ein paar Hecken schneiden. Bis dahin habe ich nichts vor.« Es sei denn, Isabella lud mich zu einem Vorstellungsgespräch ein. Bisher hatte sie noch nichts von sich hören lassen, was mich ehrlich gesagt verwunderte. Es hatte dringlich geklungen, wie ihre Oma über den Aushilfsjob sprach, und die alte Dame hatte mich gemocht; da war ich sicher. Ich konnte nur hoffen, dass Isabella einfach noch nicht dazu gekommen war, sich mit meiner Bewerbung zu beschäftigen.

»Das klingt entspannt. Und was ist mit deiner Geheimmission? Meintest du das ernst gestern?«

Ich öffnete den Mund, wollte schon so tun, als wäre ich James Bond, aber dann erinnerte ich mich daran, dass mein Onkel ein Geheimnis aus der Sache machen wollte, und es war besser, wenn ich mich daran hielt. Jeden Verstoß gegen unsere Abmachung würde er dazu nutzen, mir mein Geld im Erfolgsfalle zu kürzen oder gar nicht zu zahlen. Also nahm ich einen Schluck Bier, um mir eine Ausrede einfallen zu lassen, und sagte dann das Erste, was mir in den Sinn kam. »Quatsch. Kennst mich doch. Ich bin nur das Mädchen für alles und kein James Bond.«

Jannis lachte. »Aber du wärst es gern, oder? Spion für einen Tag? Welcher Junge träumt nicht davon? Ein Kumpel aus den USA hat mir einen Link geschickt. Dort gibt es SpyGames. Du meldest dich bei dem Anbieter an und wirst in ein Live-Rollenspiel eingebunden. Du und andere, die die Pakete gebucht haben, werden auf Missionen geschickt, die ihr erfüllen müsst. Nachrichten überbringen oder andere Spione enttarnen. Dazu bekommst du alles Mögliche an Ausstattung gestellt. Wenn ich das nächste Mal für ein paar Wochen in Amerika bin, werde ich das mal ausprobieren.«

Ich nickte. Schon am Anfang unserer Freundschaft hatte ich festgestellt, dass es bei Jannis am einfachsten war, wenn man seinen Ideen zustimmte. Die meisten davon setzte er sowieso nicht um, weil er zu schnell das Interesse daran verlor. »Klingt cool. In Deutschland gibt es so was nicht, oder?«

»Zumindest habe ich nichts Vergleichbares gefunden. Ich bleibe aber am Ball. Hättest du Bock auf so was?«

»Klar, wenn ich im wahren Leben schon kein Spion sein kann, dann vielleicht bei so einem Spiel.« *Solange ich es nicht bezahlen muss*, fügte ich in Gedanken hinzu.

»Als Spion kriegt man immer die besten Mädchen.«

»Ich habe tatsächlich eine Frau auf der Seebrücke kennengelernt«, platzte es aus mir heraus. Keine Ahnung, warum ich das sagte. Immerhin gehörte Isabella ja zu meinem Auftrag, den ich auf keinen Fall verraten durfte.

Jannis verschluckte sich fast an seinem Bier. »Und das sagst du erst jetzt?« Er lehnte sich lässig mit einem Ellbogen auf den Tresen und schaute mich erwartungsvoll an. »Erzähl schon. Wer ist sie? Kenne ich sie? Ist sie aus der Gegend?«

»Ich glaube nicht, dass du sie kennst, auch wenn sie seit etwas mehr als zwei Jahren hier wohnt. Ist für ihren Job hergezogen.«

»Wie sieht sie aus? Schicke Blondine?«

Ich verzog das Gesicht. »Komm schon. Es geht nicht immer nur um Blondinen. Auch andere Haarfarben sind attraktiv.«

»Also eine Rothaarige.« Jannis nickte langsam und bedächtig. »Die sind wild. Vor zwei Jahren habe ich eine Rothaarige gedatet, die …«

»Sie ist brünett«, unterbrach ich ihn, ehe er mit seinen Weibergeschichten anfangen konnte. Ein paar Frauen, die neben uns am Tresen saßen, starrten uns bereits seltsam an. Jannis störte das nicht. Sie entsprachen nicht seinem Beuteschema – sie wirkten zu intelligent und selbstbewusst –, also ignorierte er sie.

»Oh, okay. Wer es mag.« Jannis leerte sein Bierglas und bestellte das Nächste beim Barkeeper. »Wie ist sie denn so?«

»Echt nett«, erwiderte ich zu meinem eigenen Erstaunen. »Sie scheint ein herzensguter Mensch zu sein.«

Jannis hob eine Hand. »Und du magst sie?«

»Sie ist mir zumindest nicht unsympathisch«, gab ich zu und zuckte mit den Schultern.

»Triffst du sie wieder?«

Ich rechnete es Jannis hoch an, dass er sich ab und an auch für mein Leben interessierte. Für gewöhnlich war er der Typ Mensch, der viel lieber von sich erzählte, als anderen zuzuhören, obwohl er nie etwas preisgab. Ich kannte viele Geschichten von ihm, wie er sich jedoch dabei gefühlt hatte oder wie es ihm ging, erfuhr man nur selten. Jeder in der Gegend in unserem Alter kannte Jannis, er hatte hunderte Bekannte, doch vermutlich nicht viele Freunde. An manchen Tagen glaubte ich, dass ich zu dem engeren Kreis zählte, weil wir öfter was unternahmen, aber dann erfuhr ich Dinge von wildfremden Personen aus Jannis' Leben, die mich daran zweifeln ließen.

»Um ehrlich zu sein, weiß ich das noch nicht. Wir haben jedenfalls keine Nummern ausgetauscht.«

»Wieso das nicht? In der heutigen Zeit kannst du so was nicht dem Schicksal überlassen.«

»Warum nicht?« Amüsiert betrachtete ich die Entrüstung auf seiner Miene. Dabei stimmte ich ihm voll und ganz zu. Darauf zu hoffen, dass man sich zufällig wiedertraf, war kindisch und den romantischen Filmen der heutigen Zeit geschuldet.

»Das funktioniert doch nie. Oder hast du schon mal erlebt,

dass sich zwei Liebende in einer Millionenstadt ständig über den Weg laufen und tatsächlich wiederfinden? Ich treffe ja auch nie dieselben Menschen beim Einkaufen. Und wir wohnen in einem kleinen Ort.«

»Schon gut, Jannis. Ich bin deiner Meinung. Sie war nett, aber ich suche nichts Ernstes. Im Moment habe ich dafür keine Zeit. Du weißt doch, dass Henry im Sommer zu mir kommt, und in unserer Männer-WG wäre eine Frau nur fehl am Platz.«

»Ach ja, dein Junge. Wie geht es ihm? Hat sich die Lage zwischen dir und Lisa entspannt?« Jannis griff nach dem zweiten Glas Bier und zog sich einen Barhocker heran.

»Von einer Form der Entspannung sind wir weit entfernt.« Ich seufzte, knickte an einem Bierdeckel herum, der auf dem Tresen lag. »Ich frage mich, wie lange sie mir noch misstrauen will. Ich habe ihr nichts getan. Wenn ich sie wenigstens betrogen hätte …«

»Ganz ehrlich?«, sagte Jannis und legte mir eine Hand auf die Schulter. »Es ist egal, ob es eine Beziehung oder eine Freundschaft ist. Egal ob Männer oder Frauen. Wenn ich eines gelernt habe, dann dass, wenn es im Argen auseinandergeht, jeder nachtragend ist. Erinnerst du dich an Niklas?«

Ich nickte. Jannis hatte ihn ähnlich wie mich kennengelernt, nur dass Niklas zur oberen Schicht unseres Kurorts gehörte und sein Bier selbst zahlte. Eine Weile waren wir zu dritt umhergezogen, bis Jannis und Niklas eines Tages über ein Mädchen in Streit geraten waren, auf das sie beide standen. Es war eine Lappalie gewesen, aber die beiden hatten sich bis aufs Blut bekämpft, um bei der Frau Eindruck zu schinden. Es endete in einer Prügelei, die Jannis eine gebrochene Nase bescherte und Niklas einen angeknacksten Kiefer. Schlussendlich hatte die Frau beiden einen Korb verpasst, weil sie Gewalt verabscheute. Seither redeten sie kein einziges Wort mehr miteinander.

»Ich versteh schon, was du meinst, aber fair ist es trotzdem nicht.«

»Gräm dich nicht, alter Freund«, tönte Jannis wie ein weiser Mann. »Fair ist vieles nicht im Leben. Das kannst du nicht ändern. Stattdessen kannst du heute Abend deine Freiheit genießen.« Er erhob sein Bierglas. »Auf die Freiheit, das zu tun, was nur wir tun können.«

»Auf die Freiheit«, erwiderte ich und stieß mit ihm an, sodass ein Schluck seines Biers in mein Glas hinüberschwappte. In dem Moment, in dem ich es sagte, meinte ich es auch so. Die Freiheit, tun und lassen zu können, was ich wollte, würde ich nur für Henry aufgeben. Für niemand anderen.

Wie vermutet fuhren wir später in einen angesagten Club einige Städte weiter. Jannis stellte mich den angekündigten Frauen vor, die im Hotel seines Vaters wohnten, und ich flirtete mit einer von ihnen. Ich glaubte, ihr Name war Mandy oder Sandy. Sicher wusste ich es nicht, da der Club so laute Musik spielte, dass ich kaum ein Wort verstand.

Ich versuchte, ein Gespräch mit Mandy oder Sandy zu beginnen, aber sie wollte nur tanzen und nicht reden. Also tanzten und tranken wir zusammen. Immer wieder schlang sie ihre schlanken Arme um meinen Hals und zog sich eng an mich heran, bewegte ihre Hüfte an meiner, warf mir ihr Haar ins Gesicht. Schließlich deutete sie auf den Tresen, der in der Mitte der Tanzfläche stand, und zog mich mit sich.

»Willst du auch einen Shot?«, schrie sie gegen den Lärm an.

Ich nickte und zückte meine Brieftasche, um gentlemanlike den Drink zu bezahlen.

»Zweimal Tequila!«, rief Mandy oder Sandy der Barfrau zu, die mit ihren tätowierten Oberarmen und den kurzgeschorenen Haaren einen starken Kontrast zu dem ansonsten biederen Ambiente des Clubs bildete.

Meine Tanzpartnerin nahm meine Hand und strich mit der Zitronenscheibe meinen Daumen hinunter und den Zeigefinger wieder hinauf. Danach streute sie Salz auf die feuchten Stellen.

Erwartungsvoll sah sie mich an. »Du den Daumen, ich den Zeigefinger.«

Mir wurde warm, und ich wusste, was sie von mir wollte. Einen kurzen Augenblick lang fragte ich mich, ob ich ebenfalls wollte. Noch immer wusste ich nicht, wie sie hieß, spürte nichts in ihrer Gegenwart. Nicht mal ein belangloses erotisches Kribbeln, das Alkohol und die Nähe einer Frau sonst gern mal verursachten.

Was soll's. Jannis hatte recht – warum nicht einfach tun, was man tun kann?

Gerade, als ich bedeutungsvoll meine Augenbraue hob, um Mandy oder Sandy zu signalisieren, dass ich einverstanden war, tauchte für den Bruchteil eines Augenblicks Isabellas Gesicht vor mir auf. Auf einmal war es da und schob sich in meine Gedanken. War das die subtile Art meines Verstandes, mir mitzuteilen, dass ich nicht zu viel trinken sollte, falls ich am nächsten Tag ein Bewerbungsgespräch hätte?

Ich schloss die Augen und verscheuchte das Bild jener Person, die ich bespitzeln sollte. Vor mir stand eine attraktive Frau, die ich sicher nicht verscheuchen wollte, indem ich an die Arbeit dachte.

Ich spürte Mandys oder Sandys heißen Atem auf meiner Haut, und vergessen war der Auftrag meines Onkels. Ich senkte den Kopf, sodass ich an meinen Daumen kam. Mandy oder Sandy leckte genüsslich mit ihrer Zunge über meinen Zeigefinger hinab bis zu der Kuhle zwischen meinen Fingern, bis sich unsere Zungenspitzen begegneten. Einen kurzen Moment fühlte ich der prickelnden Ungewissheit des Augenblicks nach, wartete darauf, was sie als Nächstes tat. Ihr Blick verriet, was sie vorhatte. Gleich darauf berührten ihre Lippen meine, und wir versanken in einen salzigen Kuss, begleitet von lauter Musik und der johlenden Menge.

Der Tequila, den wir bestellt hatten, war nur noch eine teure Nebensächlichkeit.

Kapitel 11 – Isabella

»Komm schon, mien Deern. Du brauchst Hilfe«, sagte meine Großmutter nachdrücklich. »Ich sehe die Ringe unter deinen Augen. Die sind nicht erst da, seitdem die arme Melanie von uns gegangen ist.«

Die Erwähnung des Namens stach mir ins Herz, und ich rückte den Laptop auf meinem Schoß zurecht. Leni und ich waren nach Feierabend bei meiner Großmutter geblieben, um mit ihr gemeinsam zu Abend zu essen. Nun lag Leni auf einer Decke vor dem Fernseher im Nebenraum und schaute *Paw Patrol*, während ich das Video bearbeitete, das ich am Vortag auf der Seebrücke gedreht hatte. Gestern war ich nicht dazu gekommen, da Leni mit mir hatte kuscheln wollen und wir auf der Couch eingeschlafen waren. Nun wollte ich den Moment nutzen, um es endlich loszuschicken. *Hoffentlich kommt bald eine Antwort*, dachte ich und drückte auf den Senden-Knopf, ehe ich mich wieder der Unterhaltung mit meiner Großmutter widmete.

Ich wusste, dass meine Oma eine andere Sicht auf den Tod hatte als ich. Ihr fiel es längst nicht mehr so schwer, Freunde zu verabschieden, und sie war in einem Alter, in dem sie regelmäßig in der Zeitung bekannte Namen in den Todesanzeigen fand. Vielleicht fiel es einem leichter, sich mit der Endlichkeit des Lebens abzufinden, wenn man bereits siebzig, achtzig Jahre hinter sich hatte. Mir jedoch tat der Gedanke an Melanie noch immer schmerzlich weh.

»Du hast es doch auch jahrelang allein geschafft, den Laden zu betreiben«, widersprach ich.

»Ich hatte aber auch stets einen Mann an meiner Seite, der mich dabei unterstützt hat«, konterte meine Oma mit strengem Blick. »Du wirst ja schließlich auch nicht jünger, mien Deern.«

»Oma, im Augenblick ist es nun wirklich nicht sehr passend.«

»Ausnahmsweise gebe ich dir recht, trotzdem solltest du nicht mehr lange warten. Sonst endest du wie meine Freundin Adelheid. Die hat ihre besten Jahre an eine verlorene Liebschaft vergeudet, und danach waren alle guten Männer vom Markt.«

»Ach, Oma«, seufzte ich und schmunzelte.

»Sei nur froh, dass die Männer heutzutage mit vierzig wieder frei werden, weil kaum noch eine Beziehung länger hält, als bis die Kinder ins Grundschulalter kommen«, schimpfte sie. »Aber lenk nicht ab. Wir waren bei einem Angestellten für dich. Was ist denn mit diesem Maximilian? Der wirkte sehr nett, als er seine Bewerbung gestern abgegeben hat.«

»Ich weiß nicht. Die Bewerbung war zwar gut, aber er hat keinerlei Erfahrung im Backbereich.«

»Ach was, du backst doch eh selbst, und er verkauft nur. So oder so! Du brauchst Hilfe in den Nachmittagsstunden. Auf mich kannst du dich nicht ewig verlassen.«

»Das weiß ich doch, Oma. Das weiß ich doch.«

Es gab zwei Gründe, warum ich bisher niemanden ausgewählt hatte, obwohl es nun, seit Leni in meinen Alltag getreten war, immer dringender wurde. Erstens hatte es nicht eine einzige stimmige Bewerbung gegeben – die gestrige war die erste, die halbwegs vernünftig gewesen war –, und zweitens wagte ich es nicht, die Verantwortung für noch ein menschliches Wesen zu übernehmen. Leni in meiner Obhut war für mich selbstverständlich, auch wenn ich keine Ahnung hatte, wie man ein Kind großzog. Aber einen Erwachsenen?

Rein finanziell konnte ich mir einen Angestellten leisten. Zumindest im Moment. Doch wie sah das in den Wintermonaten aus, wenn der Umsatz generell zurückging?

»Was also hindert dich? Du weiß genau, dass du jemanden brauchst, und ich habe dir gesagt, dass dieser Junge von gestern nett war. Den perfekten Angestellten wirst du nicht finden. Als Arbeitgeber muss man Kompromisse machen. Oder hast du all meine Tipps vergessen?«

Ich legte den Laptop auf den Küchentisch, an dem wir saßen, und schüttelte den Kopf. »Natürlich nicht. Ohne deinen Rat wäre ich nie so weit gekommen.« Doch einen Mann einstellen, der keine Ahnung vom Backen hatte?

»Tu es. Falls er nicht ordentlich arbeitet, kannst du ihn immer noch rausschmeißen, und ich helfe dir wieder.« Sie streckte mir die Hand hin, als ob sie einen Vertragsabschluss besiegeln wollte. Es war ihre Art, ein Versprechen zu geben, ohne die Worte auszusprechen.

Ich vertraute dem Urteil meiner Großmutter und schlug ein. »In Ordnung. Dann rufe ich ihn morgen an.«

»Was du heute kannst besorgen …«, sagte Großmutter und stand auf, als aus dem Nebenzimmer die Abschiedsmelodie der *Paw-Patrol*-Folge erklang. »Ich bleibe kurz bei Leni und ziehe sie schon mal an. Dann kannst du mit ihm telefonieren. Er sagte, er könne sofort anfangen.«

»Na gut. Dann machen wir das so.« Ich griff nach meinem Handy und ging zur Kommode, auf der meine Großmutter die Bewerbung abgelegt hatte. Mir fiel auf, dass kein Foto auf dem Lebenslauf klebte, was ungewöhnlich war, aber letztlich keine Rolle spielte. Rasch tippte ich die Handynummer ein und wartete auf eine männliche Stimme am anderen Ende. Stattdessen ging die standardisierte Mailbox ran. »Hinterlassen Sie eine Nachricht nach dem Piepton.«

Es fiepte, und ich holte tief Luft. »Hallo, hier ist Isabella Kramer von *Cupcakes by the Sea*. Ich rufe an, um Sie zu einem Vorstellungsgespräch morgen Vormittag einzuladen. Wenn es Ihnen passt, seien Sie bitte kurz vor Ladenöffnung um zehn Uhr da. Ich freue mich auf Sie. Auf Wiedersehen.«

Ich legte auf und fühlte mich wie jedes Mal nach einem Gespräch mit einer Maschine, als hätte ich mich lächerlich gemacht.

»Komm, Leni, den zweiten Schuh schaffst du auch noch«, hörte ich aus dem Wohnzimmer und musste schmunzeln. Offensichtlich hatte nicht nur ich Probleme damit, die Vierjährige zum Anziehen zu bewegen.

Als wir die Wohnung meiner Großmutter schließlich verließen, war es draußen noch hell, und Leni sprang an meiner Hand auf und ab, erzählte mir zum zweiten Mal von dem Kuchen, den es heute im Kindergarten zum Frühstück gegeben hatte, weil jemand Geburtstag gehabt hatte.

»Papageienkuchen mit Streuseln. Der war soooo lecker.« Sie zählte auf, wer wie viele Stücke gegessen hatte, ehe sie ruhiger wurde und normal neben mir her schlenderte. Kurz vor meiner Wohnung blieb sie stehen. »Bringst du mich nicht nach Hause?«

Ihre Frage stach mir ins Herz. Ich wollte ihr sagen, dass meine Wohnung ihr neues Zuhause war, dass ihr und Melanies altes Heim in den folgenden Tagen leergeräumt und die Sachen verkauft werden würden. Aber ich fürchtete, dass diese Nachricht Leni aus der Bahn werfen würde. Und mir fehlte die Kraft, um stark zu sein. Der Shop hatte heute einen ungewöhnlichen Besucherandrang erlebt, und ich hatte keine ruhige Minute gehabt und sehnte mich nach meiner Couch. Und doch stand Leni in diesem Moment vor mir, blickte mit ihren großen Augen zu mir auf und wartete auf eine Antwort.

»Heute nicht, kleiner Schlumpf. Du schläfst bei mir.«

Bitte frag nicht, wie lange noch. Bitte frag nicht, wie lange noch, ging es mir durch den Kopf, während ich den Schlüssel in meiner Handtasche suchte.

»Kann ich dann gleich *Paw Patrol* gucken?«

Auch wenn ich wusste, dass es erziehungstechnisch die falsche Antwort war – schließlich hatte sie bei meiner Oma bereits zwei Folgen gesehen –, nickte ich. »Klar, kleiner Schlumpf. Ich mach's dir an. Aber danach geht es ins Bett.«

Leni nickte heftig, und ich war froh, dass sie selbst das Thema gewechselt hatte. Allerdings bezweifelte ich, dass sie später anstandslos schlafen ging, egal wie viele Folgen der Helfer auf vier Pfoten ich sie schauen ließ. Das kannte ich schon von den vorangegangenen Abenden. Sie bettelte nach noch einer Folge und noch einer, und wider besseren Wissens hatte ich zu oft nachgegeben. Heute jedoch würde ich mich durchsetzen. Auch ich musste früh ins Bett, wenn ich für das Vorstellungsgespräch morgen fit sein wollte.

Trotzdem dauerte es gut zwei Stunden, bis ich endlich in meinem Bett lag, und mir ging die Frage durch den Kopf, ob es anderen Eltern ebenfalls so ging oder ob mir einfach die Routine fehlte.

Ich ließ mich auf mein Kissen sinken und prüfte ein letztes Mal meine E-Mails. Bisher war keine Antwort von Melanies Bekannten gekommen, auch jetzt nicht. Enttäuschung machte sich in mir breit. Ich hatte gehofft, sofort nach Erhalt meines Videos eine Nachricht zu bekommen, was natürlich dumm war. Immerhin hatte die Frau auch ein Leben und sicher Besseres zu tun, als den ganzen Tag vor ihrem Rechner zu sitzen und darauf zu warten, Nachrichten zu verschicken. Ich wusste nichts über mein Gegenüber, und wenn ich ehrlich war, interessierte mich Melanies Bekannte auch nicht, sondern ausschließlich die Nachrichten, die sie verschickte.

Obwohl ich nicht enttäuscht hätte sein sollen, war ich es. Ein wenig hatte ich gehofft, Melanies Worte noch vor dem Schlafen lesen zu können. Für einen kostbaren Moment dem Trugschluss anheimfallen, dass meine beste Freundin noch lebte und mit mir redete. Doch so musste ich mit meiner Sehnsucht nach ihr und meinen Gedanken allein schlafen gehen. Mit einem Seufzen drehte ich mich auf die Seite und wünschte, dass mir zumindest eine traumlose Nacht vergönnt war.

*

Ich schloss den Shop einige Minuten eher auf, auch wenn ich nicht wusste, ob der Bewerber meine Nachricht überhaupt abgehört hatte. Bisher hatte er sich nicht gemeldet. Zur Sicherheit wollte ich dennoch vorbereitet sein. Es gab mir die Möglichkeit, meine Küche zu ordnen, bevor Maximilian West auftauchte. Alles in der kleinen Backstube hatte seinen angestammten Platz. Links stand der Backofen für die Teigrohlinge, die ich morgens vorbereitete. Daneben erstreckte sich die fast drei Meter lange Arbeitsfläche in Marmoroptik. In zwei Regalreihen, die nicht viel kürzer waren, standen und lagen sämtliche Zutaten zum Backen und Verzieren. Von einfachen Schokoladenstreuseln bis hin zu dekorativen Rosen. Darunter hingen in eigens dafür montierten Magnetschienen die Küchenutensilien: Ausstecher in verschiedenen Größen und Formen, unterschiedlich geformte Teigschaber, eine wiederverwendbare Spritztüte mit Metallspitze und Kellen und Förmchen, die ich jeden Tag benutzte. Da ich allein arbeitete, hatte ich mir meine eigene Ordnung zugelegt, die für andere vielleicht wie ein unkontrolliertes Chaos wirken mochte, mir jedoch logisch erschien. Denn ich sortierte alles nicht nach den jeweiligen Arbeitsschritten, die anstanden, sondern nach der Häufigkeit der Nutzung.

Neben der Arbeitsfläche ragte der breite doppelflügelige Kühlschrank auf, den ich für die Rohlinge und Teigschüsseln brauchte.

Eine weitere Arbeitsfläche schloss sich an, direkt unter dem Fenster, wo die gebackenen Cupcakes auskühlen konnten, ehe ich sie verzierte. Auch das Spülbecken war dort eingelassen. Auf einer Anrichte hinter der Tür stand ein kleiner Gastrogeschirrspüler, damit ich nicht wie meine Großmutter alles per Hand waschen musste – dazu fehlte mir während des Tagesgeschäfts schlicht die Zeit. Gegenüber meiner Arbeitsfläche erhoben sich die Schränke und Hochschränke, in denen ich die Töpfe, Pfannen und Schüsseln aufbewahrte sowie alle Lebensmittel, die nicht kalt gelagert werden mussten.

Die Küche war nicht groß. Zwölf Quadratmeter laut Bebauungsplan, den ich in den Unterlagen meiner Großmutter gefunden hatte. Aber sie reichte, um das zu tun, was ich liebte.

Mit der Hand strich ich über die marmorierte Oberfläche und lächelte. Es waren einige Bestellungen reingekommen, die ich heute vorarbeiten musste. Damit konnte ich anfangen, solange der Bewerber nicht kam. Also band ich mir die Schürze mit meinem Logo um und die Haare zurück.

Ein kleines Baustellenradio versteckte sich in der Ecke des Regals neben dem Backofen. Ich schaltete es ein und sang leise die Songs mit. Wenn ich so wie jetzt in der Küche stand und summte, konnte ich mir selbst einreden, dass alles in Ordnung war. Dass die Welt sich normal weiterdrehte und ich keine Sorgen hatte.

Doch dann kam dieser eine Song, der mich kalt erwischte.

Sad Woman von Sam Lewis. Im letzten Jahr war er damit durchgestartet, und Melanie und ich hatten das Lied rauf und runter gehört. Wir hatten es geliebt und zu unserem Song 2020 gewählt.

Ich hielt in meinen Bewegungen inne und lauschte der samtweichen Stimme des jungen Sängers. Es war, als ob er mit seinen Worten alles in mir zum Stillstand brachte. Alles, bis auf meine Tränen. Die flossen ohne Vorwarnung meine Wangen herunter. Ich konnte weder mich, noch den Teig in der Schüssel vor mir rühren. Lautstark pochte mein Herz in meinen Ohren, als ich auf einmal laut schluchzte. Das löste die Starre auf, und ich hob die Hand an den Mund. Mir war egal, dass sie voller Mehl war, das ich nun einatmete, bis ich husten musste. Ich wollte nur den Fluss stoppen, der einfach nicht versiegte.

Um den Teig nicht zu versauen, trat ich einen Schritt nach hinten und ging in die Hocke. Mit dem Rücken rutschte ich am hohen Apothekerschrank hinunter und blieb zusammengekauert sitzen, schlang meine Arme um die Knie. Minutenlang saß ich so da, versuchte, Herr über meinen Körper zu werden.

Erst nach einer Weile kam ich wieder zu mir und konnte durchatmen, um die Tränen langsam zu ersticken. »Reiß dich zusammen, Isa«, murmelte ich mir selbst zu und stand auf. »Was soll denn der Bewerber denken, wenn er dich so sieht?«

Ich nahm mir eine der silbernen Servierplatten aus der Etagere, in der ich auf dem Tresen besondere Kleinigkeiten anbot, und prüfte mein Aussehen. Abgesehen von den geröteten Augen ging es. Ich musste einfach hoffen, dass er noch ein paar Minuten brauchen wür …

Es klingelte an der Tür.

Natürlich. Rasch stellte ich die Servierplatte beiseite und wischte mir die mehligen Hände an der Schürze ab. »Moment. Ich bin gleich da.« Erneut lehnte ich mich an den Apothekerschrank und atmete zweimal tief durch. Wie lange war es angemessen, einen Bewerber in so einem kleinen Laden warten zu lassen, fragte ich mich. Ein letzter Blick in die Servierplatte, und ich nickte mir selbst mehr verzweifelt als zufrieden zu.

»Entschuldigen Sie mein Aussehen«, sagte ich auf dem Weg aus der Küche und nahm die Schürze ab, um sie an den Haken neben der Tür zu hängen. Dort hing eine zweite identische Schürze, die ich für den Verkauf nutzte. Allerdings legte ich sie nicht um. Es war ja nur ein Gespräch.

Der Mann stand mit dem Rücken zu mir und betrachtete eines der Bilder auf der anderen Seite des Shops. »Das macht doch nichts. Ich habe mir solange ...« Er drehte sich um, zeigte auf das Gemälde, hielt jedoch mitten im Satz inne.

Ebenso erstaunt blieb ich hinter dem Tresen stehen. »Max?«

»Ach«, war alles, was er sagte. Ein charmantes Lächeln umspielte seine Lippen. »*Du* bist die Inhaberin des Cupcake-Shops?«

»*Du* bist der Bewerber? Ich dachte, du wärst zwischen zwei Jobs.« Nun war ich vollends verwirrt. Wieso stand auf einmal der Mann vor mir, der mich vor zwei Tagen vor einem vermeintlich selbstmörderischen Sprung von der Seebrücke retten wollte?

»Bin ich auch. Aber der nächste Job fängt erst in einigen Monaten an, und ich wollte nicht die ganze Zeit zu Hause rumsitzen.« Er trug diesmal keine Hosenträger und Hemd, sondern nur ein einfaches T-Shirt mit einer dünnen Strickjacke darüber. In der Hand hielt er eine Lederjacke, die sehr nach Motorradkluft aussah. Das passte zu einem Mann, der mit wildfremden Frauen von Brücken sprang.

»Also hast du nur einige Monate Zeit? Wie lang genau?«

Er warf die Jacke über seine Schulter und kam die wenigen Schritte zu mir an den Tresen. »Ist das schon das Bewerbungsgespräch, oder reden wir noch als die beiden Fremden, die sich zufällig wiedersehen?«

»Entschuldige bitte. Moment. Ich komme rum. Dann können wir noch mal anfangen.« Ich umrundete den Tresen und streckte ihm die Hand entgegen. »Hallo, ich bin Isabella Kramer, Inhaberin des *Cupcakes by the Sea.*«

Max' Mundwinkel zuckte amüsiert, ehe er meine Hand ergriff. »Hallo, ich bin Maximilian West und möchte mich auf den Job bewerben, den Sie ausgeschrieben haben. Freut mich, dass Sie mich eingeladen haben.«

Er starrte mich an, nun da wir so nah beieinanderstanden, sagte jedoch nichts weiter. Ich schüttelte seine Hand und deutete auf den nächstgelegenen Tisch.

»Schön, dass du kommen konntest. Ich hatte schon befürchtet, dass es zu kurzfristig wäre.«

»Nicht für mich.« Max wartete, bis ich saß, bevor er sich hinsetzte. »Ich hatte schon auf den Anruf gewartet.«

Ich lehnte mich nach hinten und verschränkte die Arme vor der Brust. »Warst du dir so sicher, dass du eingeladen wirst?«

»Um ehrlich zu sein, ja.« Max lehnte sich ebenfalls zurück. »Ich glaube, deine Großmutter mochte mich.«

Ich lachte. »Okay, wie kommst du darauf?«

»Sie hat mit mir geflirtet. Hemmungslos. Ehrlich. Es war mir schon fast unangenehm.«

»Es tut mir leid, dich enttäuschen zu müssen, aber du hättest keine Chance bei ihr«, erwiderte ich mit ernstem Gesichtsausdruck. »Sie ist nicht deine Liga.«

»Dem muss ich zustimmen. Eine klasse Frau.« Max nickte anerkennend und fügte leiser hinzu: »Genau wie ihre Enkeltochter.«

Einen Moment lang sah er mir tief in die Augen, und ich fragte mich, was er dort wohl zu finden glaubte. »Mit diesen

Sprüchen wirst du hier sicher keinen Job kriegen«, erklärte ich, um solchen möglichen Ideen seinerseits gleich einen Riegel vorzuschieben. Falls wir zusammenarbeiten würden, musste es klare Regeln geben.

»Entschuldige bitte. Das war unangebracht.«

»Gut, kommen wir zu deinem eigentlichen Besuchsgrund. Du willst hier also anfangen?« Neugierig betrachte ich ihn. »Warum?«

»Wie gesagt, ich suche einen Job für den Sommer. Ab September habe ich eine neue Anstellung in Aussicht, aber bis dahin will ich nicht untätig zu Hause herumsitzen.«

Ich verzog den Mund und überlegte. Wollte ich jemanden einstellen, der von vornherein nur einige Monate bleiben würde? Lohnte sich die Einarbeitung dann? Zugleich war mir bewusst, dass ich dringend Unterstützung brauchte, und die Bewerber standen nicht gerade Schlange.

»Wieso ausgerechnet hier? Du könntest sicher etwas anderes in deinem eigentlichen Bereich finden.« Ich stellte die Frage nicht, weil sie relevant war, sondern um Zeit zu gewinnen und mir bewusst zu werden, was ich wollte.

»Eben nicht. In der Gartengestaltung sind die Vorlaufzeiten so lang, dass ich bei der Umsetzung der Projekte nicht mehr dabei wäre, und das würde kein Gartendesigner machen, der etwas auf sich hält.« Er winkte ab und deutete um sich. »Als Verkäufer zu arbeiten bot sich an.«

»Bitte sag jetzt nicht, dass du hier arbeiten willst, weil du so gerne Cupcakes isst«, stöhnte ich mit einem Lächeln, hoffte jedoch, dass ich nicht mitten ins Schwarze getroffen hatte.

»Keine Sorge, ich esse zwar gern mal Kuchen, bin aber eher für salzigen Naschkram zu haben. An mir würdest du also keinen Verlust einfahren, weil ich zu viel probiere.« Er lehnte sich auf den Tisch und unterstützte seine Worte mit ausschweifenden Gesten. »Hör zu. Ich weiß, dass es viel verlangt ist, jemanden nur für kurze Zeit einzustellen, aber ich verspreche dir, dass ich gut arbeiten werde und schnell lerne.«

Ich antwortete nicht sofort, lauschte der Stille. Ich hatte die Erfahrung gemacht, dass es nicht immer Worte waren, die etwas aussagten, sondern das Schweigen dazwischen.

Maximilian sah mich erwartungsvoll an, und ich verkniff mir ein Schmunzeln, als ich bemerkte, dass er nervös auf seinem Stuhl hin und her rutschte. Ein paar Sekunden lang ließ ich ihn noch in der Luft hängen. Manche Menschen kamen mit dieser Stille nicht klar, empfanden sie als unangenehm und fingen an zu plappern, wenn die Pause zu lang wurde.

Melanie und ich hatten die Stille gepflegt, in den Abendstunden, wenn wir auf ihrem Balkon saßen, ein Glas Prosecco in der Hand und dem Sonnenuntergang zusahen.

Der plötzliche Gedanke an Melanie brachte mich aus dem Konzept. Für einige Minuten hatte ich nicht an sie gedacht, und das erschreckte mich. Lag das an Maximilian oder an der Ablenkung, die das Gespräch mit ihm brachte? Es war bereits das zweite Mal, dass ich ein paar sorgenfreie Momente mit ihm erlebt hatte, und mir kam der Gedanke, dass er vielleicht der Grund dafür sein könnte. Aber warum ausgerechnet Max? Er war nichts Besonderes. Nur ein Mann, dem ich zufällig begegnet war.

Ich schüttelte den Kopf. Solche Gedanken gehörten nicht in ein Bewerbungsgespräch.

»Alles in Ordnung?«, fragte er und lehnte sich weiter vor, als wollte er mich auffangen, falls ich umkippte.

»Ja, schon gut. Mir fiel nur gerade etwas ein«, sagte ich und schaute auf die Uhr, die über dem Eingang hing. »Gut, wenn du in die engere Auswahl kommen solltest, muss ich eines von dir wissen.«

»Meine Gehaltsvorstellungen?« Max zuckte mit den Schultern. »Ich dachte an …«

Ich unterbrach ihn und schüttelte den Kopf. »Dazu werden wir kommen, falls ich dich auswähle. Vorerst möchte ich nur eins klären: Kämst du damit klar, dass deine Vorgesetzte eine Frau wäre?«

Maximilians Kopf ruckte zurück, und er sah mich verwirrt an, ehe er lauthals loslachte. Erst als er merkte, dass ich ernst blieb, hielt er inne und verschluckte sich beinahe. »Oh, entschuldige. Ich dachte, das war ein Scherz. Nein, mich stört das überhaupt nicht. In der heutigen Zeit sollten solche Fragen gar nicht nötig sein.«

Zufrieden nickte ich. »In Ordnung. Noch eine letzte Frage: Wann könntest du anfangen?«

»Morgen früh. Wie gesagt, ich sitze sonst nur zu Hause herum und starre Löcher in die Luft.« Er deutete auf seine Jacke, die er über den Stuhl gehängt hatte. »Oder fahre zu schnell über die Landstraßen.«

Also hatte ich recht. Ein Motorradfahrer, der den regelmäßigen Adrenalinkick brauchte. Na, den würde er in meinem Laden nicht finden. »Okay. Es wäre nicht nötig, dass du den ganzen Tag da bist. Ich brauche erst gegen Mittag Unterstützung. Und am Nachmittag wärst du nach einer gewissen Einarbeitung manchmal allein, wenn ich Leni abhole.«

»Kein Problem. Die Verantwortung kann ich gern übernehmen.« Maximilian nickte ein wenig zu selbstbewusst, als müsste er sich selbst gut zureden. Ich beschloss, sollte ich ihn einstellen, die ersten Male Großmutter zu fragen, ob sie ihn im Auge behalten konnte, denn ich hatte wenig Lust, mir meinen guten Ruf durch eine überforderte Aushilfe zu versauen.

Einige Sekunden lang überlegte ich noch, wägte das Für und Wider ab, aber meine Oma hatte recht. Ich brauchte dringend jemanden, und zumindest wusste ich, dass Max ein hilfsbereiter Mann war. Blieb die Frage, wie gut er sich im Verkauf machte. Aber das würde ich wohl herausfinden. Denn er war die beste Wahl, die sich mir aktuell bot. Ich seufzte und beugte mich vor, um die Getränkekarte im Halter in der Mitte des Tischs zu richten.

»Gut, dann reden wir mal übers Geld.«

Kapitel 12 – Maximilian

Isabella hatte mich angestellt, und nun war ich auf dem Weg zu meinem ersten Arbeitstag im Cupcake-Shop. Wenn das einer meiner Bekannten erfuhr, wäre ich die Lachnummer des Abends. Andererseits – wer von ihnen sollte sich schon in einen Kuchenladen verirren? Und falls doch, wäre es für denjenigen ähnlich peinlich wie für mich. Ich war Motorradfahrer, Schrauber und trank gern Bier. Da hatte man keine Kumpels, die sich für bunt verzierte Gebäckteile interessierten.

Der Laden war noch nicht geöffnet, und Isabella hatte mir gesagt, dass ich klingeln sollte. Ich brauchte einige Minuten, bis ich die Klingel fand, die sich unter einem großen Briefkasten an der linken Seite des Hauses verbarg. Isabella kam aus der Küche und wischte sich die Hände an der Schürze ab.

Als sie mir die Tür öffnete, atmete ich erleichtert auf – sie sah gut aus, nicht unbedingt fröhlich, aber wenigstens gefasst. Gestern war sie mir seltsam aufgelöst entgegengetreten, mit einem geröteten Gesicht, als ob sie kurz vor unserem Treffen geweint hätte. Etwas, mit dem ich nicht umgehen konnte. Wenn Frauen weinten, fror etwas in mir ein. Ich wollte helfen, hatte aber keine Idee, wie oder womit.

Meine Ex hatte mir regelmäßig vorgeworfen, dass ich die Empathie eines abgefahrenen Traktorreifens hätte. Genauso stumpf und profillos. Vor allem Letzteres warf sie mir bei unserer Trennung mehrfach an den Kopf. Ich hätte zu wenig Ecken und Kanten. Mein Einwand, dass ein Reifen im Gegenteil besonders viele davon hat und deshalb erst in der Lage ist zu rollen, würdigte sie mit einem Schlag gegen meinen Oberarm.

»Ah, Max, schön, dass du pünktlich bist. Ich kann dich gleich in der Küche gebrauchen.«

»Küche?« Erschrocken blieb ich in der Tür stehen. »Ich dachte, ich soll nur im Verkauf helfen? Backen ist nicht meine Stärke«, gab ich ehrlich zu.

Isabella lachte. Scheinbar hatte sie heute bessere Laune als am Vortag. »Keine Sorge. Du sollst nur die fertigen Cupcakes in die Auslage sortieren. Ich zeige dir, wohin welche gehören.«

»Puh, Glück gehabt. Ich dachte schon, dass ich deine schönen Backwaren verschlimmbessern soll.«

»Komm, wir haben einiges vor heute. Es haben sich vier Gruppen angemeldet, und ich habe Bestellungen, die verpackt werden müssen, weil sie nachher gleich abgeholt werden.« Isabella winkte mir, ihr zu folgen.

»Hättest du das sonst alles allein bewältigt?«, fragte ich, während ich ihr am Tresen vorbei in die schmale Küche hinterherlief. Ich stutzte, als ich den Raum sah, der mir kaum größer vorkam als eine Pferdebox. Obwohl die Einrichtung zweckmäßig gestaltet war und den vorhandenen Platz optimal nutzte, fand ich die Küche viel zu klein für all die Gerätschaften. Zehn Quadratmeter mehr hätten ihr nicht geschadet.

Da kam mir eine Idee. Ich sollte ja möglichst viel über Isabella herausfinden. Aber vielleicht konnte ich sie auch dazu bringen, sich einen anderen Laden zu suchen, etwas Größeres, möglicherweise mit mehr Angestellten; immerhin schien das Geschäft gut zu laufen. Wenn sie umzog, hätte ich meinem Onkel geholfen, und eventuell war dann noch ein Bonus drin, wenn ich sie dazu brachte, die Immobilie über meinen Onkel zu erwerben. Ich nickte begeistert. Ausprobieren wollte ich es auf jeden Fall.

»Natürlich. Es ist mein Laden, und du bist mein erster Angestellter.« Isabella wusch sich die Hände und ging zurück zu der Rührschüssel, die gut gefüllt auf einer bemehlten Arbeitsfläche stand.

»Aber – wie hättest du das hingekriegt?«

Sie deutete auf das Waschbecken, und ich wusch mir ebenfalls die Hände.

»Ich wäre heute Morgen um vier Uhr aufgestanden, aber da du jetzt da bist, konnte ich bis um sechs schlafen. Das Wichtigste in unserem Beruf ist die Hygienevorschrift. Wenn du die Probezeit überstehst, schicke ich dich zum Infektionsschutzlehrgang. Der geht ein paar Stunden und wird vom Gesundheitsamt durchgeführt. Die Bescheinigung brauchst du als Angestellter, der mit Nahrungsmitteln umgeht.«

»Spannend. In Ordnung. Das kriege ich sicher hin. Was noch?«

Während sie den Quirl auf die niedrigste Stufe stellte, redete sie weiter. »Wir tragen immer eine Schürze. Das Logo des Ladens soll den Besuchern entgegenspringen, ohne dass wir darauf aufmerksam machen. Hier in der Küche trage ich eine andere, die schmutzabweisender ist. Die Schürzen vorne sind nur hübsch, schützen dich aber nicht vor verschütteten Getränken.«

»Apropos Getränke. Bietest du welche an?« Ich nahm mir die Schürze, die sie mir auf die mit Blechen vollgestellte Arbeitsfläche unter dem Fenster gelegt hatte.

»Wasser, Heißgetränke und ein paar gekühlte Softdrinks, mehr nicht. Die Maschine erkläre ich dir nachher. Vormittags kommen nicht so viele Kunden, die einen Kaffee wollen. Hier, pack bitte erst einmal die Cupcakes auf dem mittleren Blech in eine der Verpackungen, die oben auf dem Schrank liegen.«

Ich hob den Kopf und entdeckte verschiedene Stapel mit

zusammengefalteten Boxen, fein säuberlich nach Größe sortiert. Ich warf einen Blick auf das Blech. Vierzehn Cupcakes. Also griff ich mir die Verpackung für bis zu sechzehn und verstaute die einzelnen Kuchen nach und nach. »Was jetzt?«

»Jetzt nimmst du dir den Ordner hinter dir und suchst die Bestellung heraus. Ich habe eine Kopie davon dahintergeheftet. Die klebst du oben auf den Karton, und dann kommen die Cupcakes in den Kühlschrank. Im Anschluss arbeitest du die nächste ab. Schau einfach in den Ordner. Dort findest du alles.«

Ich blätterte mich durch die Papiere und arbeitete zu meinem Erstaunen vier weitere Bestellungen ab – der Laden lief noch besser, als ich angenommen hatte. Da auf den Kopien immer auch der Rechnungsbetrag stand, erfuhr ich, dass so ein Cupcake teurer als eine Packung Zigaretten war. Zumindest manche von ihnen. Ich staunte nicht schlecht, sagte aber nichts.

Im Hintergrund beschallte uns leise Musik. »Hast du jeden Tag so viel zu tun?«

Wenn ich meinem Onkel sagen konnte, welchen Umsatz der Laden in etwa machte, konnte er das bei Verhandlungen sicher gut nutzen. Bei dem Gedanken fühlte ich ein Ziehen im Magen und starrte auf den Cupcake, den ich gerade in den Händen hielt. Mit seinem kunstvoll verschlungenen Blumenblüten auf einer grünen Oberfläche aus – ja, was eigentlich? Zuckerguss? –, die verblüffend echt nach Wiese aussah, war das Gebäckstück ein echtes Kunstwerk, das ich nicht zerstören wollte. Behutsam setzte ich den Cupcake in seine Box und versuchte, das ungute Gefühl in der Magengegend auszublenden.

»Es gibt manchmal solche Tage. Heute ist ein durchschnittlicher Tag, was Bestellungen angeht. Meist sind es zwischen fünfzig und hundert Cupcakes, die abgeholt werden. Heute kommen erschwerend die vier Gruppen hinzu, die sich angemeldet haben. Wären die nicht, wär's ein entspannter Tag. So muss ich mich ins Zeug legen, um alles rechtzeitig fertigzukriegen.«

»Beeindruckend«, erwiderte ich ehrlich. »Dass du das alles bisher allein gemacht hast.«

»Danke. Wie lange brauchst du noch fürs Verpacken? Wir öffnen in einer halben Stunde, und ich muss dir noch das Kassensystem und die Sortierung der Auslage erklären.«

»Gleich fertig. Fünf Minuten.« Ich beeilte mich, wollte nicht schon am ersten Tag einen schlechten Eindruck hinterlassen. Kaum hatte ich die letzte Bestellung weggestellt, stand Isabella mit der Schürze für den Verkaufsraum vor mir.

»Ab hier beginnt dein Reich. Du wirst hauptsächlich verkaufen. Nur in Notfällen würde ich dich in der Küche um Hilfe bitten. Ansonsten ist das hier dein Territorium.« Sie schritt mir voran in den Verkaufsraum und erklärte mir die Kasse, ging ein paar Mal die Abläufe mit mir durch, damit ich wusste, wie sie funktionierte.

»Wie lange hast du den Laden schon?«, erkundigte ich mich, als wir mit der Kaffeemaschine fertig waren. Den ersten von mir aufgebrühten Kaffee durfte ich nehmen. Entgegen meiner sonstigen Filter-Meinung schmeckte er verdammt gut.

»Seit zweieinhalb Jahren etwa. Ich habe ihn von meiner Großmutter übernommen, als die in Rente gegangen ist. Vierzig Jahre lang betrieb sie hier eine Bäckerei. Jetzt wohnt sie oben und genießt ihren Ruhestand.«

»Außer wenn du sie einspannst«, sagte ich und holte ein weiteres Blech mit Cupcakes aus der Küche, das ich wegsortieren wollte.

»Sie bietet sich freiwillig an«, verteidigte sich Isabella und hob entschuldigend die Arme. »Wer wäre ich, wenn ich sie nicht aus ihrer Rentnerlangeweile befreien würde?«

Ich lachte und packte einen einfachen Blaubeermuffin auf die dafür vorgesehene Platte in der Auslage, die Isabella mit weißen muschelförmigen Tellern verziert hatte. Auch wenn mir sonst der Sinn für solche Details fehlte, musste ich zugeben, dass es schön aussah, was sie da gezaubert hatte, und ein stimmiges Gesamtbild ergab. Für meinen Geschmack glitzerten manche Cupcakes zu sehr oder waren mit zu vielen Marshmallows beladen, aber sie sahen verdammt lecker aus, und ich ertappte mich bei dem Gedanken, dass ich irgendwann mal einen davon probieren wollte.

»Warum ausgerechnet ein Cupcake-Shop?«, stellte ich meine nächste Frage. »Ich meine, du hättest doch einfach als Angestellte arbeiten können. Wieso gleich einen eigenen Laden aufmachen?«

Isabella hielt in ihren Bewegungen inne und strich sich mit dem Handgelenk über die Stirn, als müsste sie Schweiß wegwischen, dabei störte sie wohl nur eine Strähne, die sich aus ihrem Zopf gelöst hatte. »Um ehrlich zu sein, war das eine Bauchentscheidung. Meine Großmutter hatte mir angeboten, den Laden zu übernehmen. Das war einen Monat nach dem Abschluss meiner Ausbildung. Ich hatte mich auf verschiedene Jobs beworben, aber keiner davon sprach mich an, weil es nicht das war, was ich wollte.«

»Und was war das, wenn ich fragen darf?« Es war spannend zu beobachten, wie sich ihr Gesicht von eifrigem Ernst zu entspannter Träumerei wandelte. Man konnte zusehen, wie sie glücklich wurde, nur bei dem Gedanken an den eigenen Laden.

»Ich wollte ein Geschäft eröffnen, das zu keiner Kette gehört und für sich allein steht. In das die Menschen gehen, um glücklich zu sein, weil sie sich für ein paar Minuten dem Genuss hingeben, statt an ihre Sorgen zu denken.«

»Wow.« Erstaunt über solch einen Wunsch nickte ich. »Solch ein Ort klingt wundervoll. Hast du ihn dir erschaffen können?« Ich deutete um mich herum. »Ist das der Ort, wie du ihn dir vorgestellt hast?«

»Es ist beinahe perfekt«, erwiderte sie mit einem verspielten Lächeln und zwinkerte mir zu.

»Wieso nur beinahe?«, wollte ich wissen und spürte ein leises Kribbeln unter der Haut. Vielleicht war das ein weiterer Ansatz, den ich Wolfgang liefern konnte.

Isabella winkte ab. »Kleinigkeiten, die nicht wichtig sind. Utopische Vorstellungen.« Ein Klopfen an der Tür schreckte sie aus ihrem Tagtraum. »Beeil dich lieber. Die ersten Kunden stehen bereit.«

Eine Familie mit zwei Kindern stand vor dem Eingang und wartete darauf, dass Isabella öffnete. Mit einem Lächeln auf den Lippen ging sie zur Tür und schloss auf.

»Willkommen im *Cupcakes by the Sea*. Mein Kollege wird sich gleich um Sie kümmern.«

Isabella klemmte einen Holzkeil in Fischform unter die Tür, damit die sich nicht wieder schloss, ehe sie eine kleine Holztafel nach draußen stellte. Mit Kreide, die an einem Band an der Innenseite hing, schrieb sie das Tagesangebot auf und malte einen winzigen Seestern an den Rand.

Ich bediente in der Zwischenzeit die Kunden. Dass Isabella mich allein ließ, verwunderte mich, denn ich hatte damit gerechnet, dass sie mich bei den ersten Bestellungen beobachten würde und mir gegebenenfalls unter die Arme griff. War das ein Test? Oder wusste sie einfach nicht, wie man einen Angestellten einarbeitete? Sie hatte selbst gesagt, dass ich ihr Erster war. Ich verkniff mir ein Grinsen – was Einarbeitungen anging, hatte sie also schon mal deutlich weniger Erfahrung als ich.

Ich trat hinter die Theke und wandte mich mit einem Lächeln an die Kunden. So schwer würde das schon nicht werden.

Als der Feierabend näher rückte, musste ich meine Meinung revidieren. Leuten Kuchen zu verkaufen war anstrengender als gedacht. Jederzeit freundlich und zuvorkommend zu agieren, zu sehen, was wer an welchem Tisch gerade benötigte, und jeden Extrawunsch mit einer Herzlichkeit zu erfüllen, als täte man nichts lieber als das, erforderte eine Konzentration, die ich weder von der Gartenarbeit noch von Reparaturaufgaben kannte. Bei solchen Tätigkeiten schweifte ich mit den Gedanken gern mal ab und versank in ein automatisches Tun, das ich mir hier nicht leisten konnte. Außerdem taten mir die Füße und der Rücken vom Stehen weh, sodass ich nichts weiter wollte, als mich hinzulegen und zu entspannen.

Leider hatte Onkel Wolfgang mir eine Nachricht geschrieben, dass er mich heute Abend noch sehen wollte.

»In einer halben Stunde muss ich Leni bei meiner Oma einsammeln. Die hat sie heute vom Kindergarten abgeholt. Du kannst Feierabend machen«, sagte Isabella kurz vor 18 Uhr und schloss die Kasse ab.

»Danke«, sagte ich und nahm die Schürze ab.

»Und wie fandst du den ersten Tag?«

»Toll. Es macht Spaß, hier zu arbeiten.« Das war nicht einmal gelogen. Auch wenn ich ziemlich erschöpft war, hatte mir das Bedienen der Kunden Freude bereitet. Mit den Frauen hatte ich geflirtet, mit den Männern geschnackt, und auch wenn ich nicht jede Bestellung auf Anhieb richtig erledigte, so waren doch alle verständnisvoll gewesen. Nicht zuletzt Isabella, die sogar entspannt blieb, als ich bei der Bestellung eines

Latte Macchiatos versehentlich ein zu kleines Kaffeeglas unter die Maschine stellte und eine mittelschwere Überschwemmung auslöste.

Als ich mit einem Stapel Küchentücher den Boden wischte und mich mehrfach entschuldigte, grinste sie lediglich und meinte: »Schon gut, es ist dir so peinlich, dass es dir kein zweites Mal passiert.«

»Stimmt.« Ich lachte, und mir war ein Stein vom Herzen gefallen – andere Arbeitgeber reagierten weniger nachsichtig, erster Tag hin oder her.

»Sehr schön. Dann sehen wir uns morgen wieder.« Isabella winkte mir und ging in den kleinen Raum, den ich als ihr Büro identifiziert hatte. Darin standen ein Schreibtisch mit einem PC und ein schmaler Aktenschrank. Sie setzte sich an den Tisch, während ich erneut die Auslage durchging. Hatte ich alles ordentlich weggepackt? In Gedanken ging ich die Arbeitsschritte durch, die Isabella mir für das Aufräumen genannt hatte, und fand nichts, das ich falsch gemacht hätte.

Also griff ich nach meiner Jacke und machte mich auf den Weg zu meiner Maschine, die ich auf dem Hof hinter dem Haus hatte parken dürfen. Ich wollte gerade den Motor starten, als ich merkte, dass ich mein Handy in der Schürze vergessen hatte.

»Mist!«, rief ich und stieg wieder ab.

Ich wollte Isabella nicht stören und schlich leise in den Laden hinein, den sie noch nicht abgeschlossen hatte. Leichtsinnig, wenn man bedachte, dass die Kasse auf dem Tresen stand und sie aus dem Büro heraus den Verkaufsraum nicht einsehen konnte. Vielleicht sollte ich ihr den Tipp geben.

Ich trat zum Haken hinter dem Tresen, an dem die Schürze hing, die ich vorhin getragen hatte, und wollte gerade in die Tasche greifen, als ich ein Schluchzen hörte. Ich stockte und spürte, dass ich am liebsten rückwärts rausgestolpert wäre. Erst auf der Brücke, dann gestern vor meinem Vorstellungsgespräch, nun schon wieder. Vorsichtig machte ich einen Schritt nach vorn, sah, wie Isabella einen Fotorahmen in der Hand hielt und Tränen ihre Wangen hinunterrannen. Ich konnte eine lange rote Haarmähne auf dem Bild erkennen. Eine Frau? Verwirrt schloss ich die Augen. Isabella wirkte nicht, als ob sie auf Frauen stand. Obwohl ich mitnichten vorhatte, sie zu verführen, konnte das den Auftrag erschweren, da ich mich beim Aushorchen ja vor allem auf die Wirkung verlassen wollte, die ich als Mann auf Frauen ausübte. Na gut, versuchte ich es halt auf die freundschaftliche Schiene.

Ich öffnete den Mund und wollte etwas sagen, um auf mich aufmerksam zu machen, da erblickte ich Isabellas Großmutter, die die Stufen der Privatwohnung über dem Shop herunterkam. Sie sah mich und musste wohl erkannt haben, was in mir vorging, denn sie schüttelte den Kopf und deutete mir zu gehen.

»Sie hat gerade ihre beste Freundin verloren«, flüsterte die alte Dame, als sie an mir vorbeiging. »Sie braucht Zeit, um das zu verarbeiten. Gehen Sie nach Hause, und sprechen Sie Isabella nicht darauf an.«

Ich nickte, fischte mein Handy aus der Schürze und verließ den Laden so lautlos, wie ich ihn betreten hatte.

Die beste Freundin verloren. Jähes Mitleid flammte in mir auf. Es war immer hart, jemanden zu verlieren; auf viele Verluste konnte man sich jedoch zumindest einstellen, sich wappnen; etwa wenn es die eigenen Großeltern betraf, denen irgendwann die Eltern folgen. Die beste Freundin hingegen war vermutlich so alt gewesen wie Isabella. Also hatte sie entweder an einer schlimmen Krankheit gelitten, und Isabella hatte den Leidensweg als Freundin gewiss begleitet. Oder die Freundin war abrupt gestorben, und ihr Tod hatte Isabella kalt erwischt. Mit keinem von beiden war leicht klarzukommen. Dazu ihre Tochter und das Geschäft. Wow.

Das Mitleid in mir wuchs, und ich musste einen Moment lang gegen einen Kloß in meinem Hals anschlucken, der sich langsam hocharbeitete. Ein Teil von mir drängte zurück in den Laden, wollte Isabella sagen, wie leid es mir tat. Doch die Vernunft schickte mich auf direktem Weg zu meinem Motorrad. Ihre Großmutter konnte ihr sicher besser helfen.

Ich stieg auf meine Maschine, setzte meinen Helm auf und fuhr zu Onkel Wolfgangs Haus. Er hatte sich eine schicke Stadtvilla bauen lassen, für die er nicht einen Finger selbst gerührt hatte, wenn man von den Überweisungen an die Bauarbeiter absah. Dank seiner Verbindungen hatte mein Onkel für jedes Gewerk einen Handwerker an der Hand und brauchte kein Bauunternehmen zu beauftragen. Sogar ein Architekt, den er hatte nutzen können, stand auf der Lohnliste seiner Firma.

Große Fensterfronten im Wohnzimmer und bodentiefe Fenster im Obergeschoss durchbrachen die schneeweiße Putzfassade des Gebäudes. Die Einfahrt, die vom Tor zur Haustür führte, hätte eine zweispurige Fahrbahn erlaubt; der Vorgarten protzte mit seiner Gestaltung eines Star-Landschaftsarchitekten, der meinem Onkel einen Gefallen geschuldet hatte. Bonsais im zweifarbigen Kiesbeet, aufgelockert durch Holzelemente – für meinen Geschmack hatte das weniger von einem Garten als von der Außenanlage eines Baumarktes.

Noch bevor ich klingeln konnte, öffnete Onkel Wolfgang mir die Tür. »Ich habe dich erwartet, Junge. Komm rein.«

Wie immer roch es bei ihm nach Sommerbrise – jenem Duft, den seine Putzfrau seit Jahren zum Feudeln benutzte. Mein Onkel führte mich durch den langgezogenen Flur in das viel zu große Wohnzimmer, das ein gigantisches Sofa dominierte. An der gegenüberliegenden Wand erhob sich kein Fernseher, wie man erwartet hätte, sondern die neueste Beamer-Technologie. Ein Ultrakurzlaser, der neu mehrere Tausend Euro kostete. Sowieso strotzte das Wohnzimmer vor der aktuellsten Technik. Eine teure Soundanlage stand direkt neben der PlayStation 5, auf die ich neidisch war. Onkel Wolfgang hatte sich zum Verkaufsstart eine bestellt und mich bisher nur einmal damit spielen lassen. Er selbst besaß sie lieber, als dass er sie nutzte.

»Setz dich, Max. Scheinbar hat es ja geklappt mit meiner Bewerbung.«

»Ich denke, ich habe mich beim Vorstellungsgespräch gut geschlagen«, ergänzte ich. Von meiner zufälligen Begegnung mit Isabella auf der Seebrücke hatte ich ihm nichts erzählt. Sollte er ruhig glauben, dass ich den Job durch mein Können und nicht durch Zufall bekommen hatte.

»Sicherlich. Erzähl. Wie war's?«

»Ich habe einen ungefähren Einblick in den Laden und die Besitzerin bekommen. Mit Geld wirst du Isabella nicht kommen können.«

»Brummt das Geschäft so sehr?« Wolfgang goss mir eine goldbraune Flüssigkeit aus einer Karaffe ein, die auf einer Anrichte neben der Couch stand.

»Das kann ich noch nicht sagen, aber sie macht sich nicht viel aus Geld. Sie hat den Laden nicht eröffnet, weil sie damit reich werden will, sondern weil sie einen, ich zitiere, ›schönen Ort‹ erschaffen wollte.«

»Eine Träumerin.« Mein Onkel verzog angewidert das Gesicht und reichte mir das Glas. »Na, vielleicht habe ich trotzdem Glück. Diese Läden halten sich nie lange, weil die Besitzerinnen sich zu sehr auf ihren Traum und zu wenig auf die Wirtschaft konzentrieren.«

Er hielt mir sein Glas entgegen und wollte offensichtlich, dass ich ihm zuprostete. Ich zögerte, denn wenn ich ehrlich zu mir war, gefiel mir Isabellas Traum, und ich bewunderte sie dafür, dass sie ihn lebte. Für mich hatte es nie eine andere Option gegeben, als die, die sich mir aktuell bot: Als Mädchen für alles zu arbeiten und in einer Scheune zu leben. Abgesehen von dem Traum, im Lotto zu gewinnen und gar nicht arbeiten zu müssen, fehlte es mir an Fantasie für einen Wunsch. Und dieser eine scheiterte daran, dass ich kein Lotto spielte.

»Auf die Wirtschaft«, sagte ich daher nur und stieß mit seinem Glas an. Ohne zu wissen, was mein Onkel mir angeboten hatte, nippte ich an dem Getränk. Es schmeckte lieblich, weich und war nicht kaltgestellt. Ich kniff die Augen zusammen, um das Etikett der Flasche neben der Karaffe lesen zu können. *La Bota de Amontillado* stand da. War das nicht der teure Sherry, den Papa immer mit Onkel Wolfgang getrunken hatte?

Ich probierte einen zweiten Schluck und fragte mich, wie man für so etwas so viel Geld ausgeben konnte. Für meinen Geschmack tat's auch ein einfacher Johnny. Ich stellte das Glas auf den Untersetzer, den Onkel Wolfgang mir bereitgelegt hatte.

»Ich könnte ihren Traum zerstören«, begann mein Onkel mit sich selbst zu reden. »Machbar wäre das sicher, aber …« Er zögerte, als ob er in diesem Moment bemerkte, dass er nicht allein war. »Sonst noch was? Gibt es etwas in ihrem Leben, das ich gegen sie verwenden könnte?«

Um mir ein paar Sekunden zu erkaufen, griff ich erneut zu dem Glas, obwohl ich den Sherry nicht trinken wollte. Ich rollte es in der Hand und schaute in die Flüssigkeit hinab, als ob die Antwort auf die Frage, die mich beschäftigte, darin zu finden sei. Sollte ich ihm vom Tod der besten Freundin erzählen? Es war etwas sehr Persönliches und hatte nichts mit dem

Laden zu tun. Andererseits – war es nicht genau das, wofür er mich angestellt hatte?

»Ich weiß nicht.«

»Erzähl schon, Junge. Du willst doch das Geld haben, um mit deinem Sohn eine schöne Zeit zu verbringen. Oder etwa nicht?«

»Natürlich. Das weißt du doch.« Ich straffte mich und nickte. Was konnte er schon damit anfangen, wenn er von der toten Freundin wusste? Also erzählte ich ihm, was Isabellas Großmutter mir gesagt hatte.

»Ausgezeichnet. Also ist sie im Moment emotional verwundbar.« Mein Onkel exte den Sherry, stellte sein Glas beiseite und rieb sich die Hände. »Damit kann ich arbeiten.« Er stand auf und ging zu einem Schrank, in dem eine Geldbörse lag. Er nahm einen grünen Schein heraus und hielt ihn mir hin. »Eine erste Anzahlung dafür, dass du es geschafft hast, angestellt zu werden.«

Ich zog die Augenbrauen zusammen und wollte etwas erwidern, ließ es dann jedoch bleiben. Falls mein Onkel es beleidigend meinte, war es mir egal, solange ich das Geld bekam. Mit dem Schein konnte ich den neuen Auspuff kaufen, den ich für die Zündapp brauchte. Also steckte ich den Hunderter in mein Portemonnaie, fragte mich, ob ich in den vergangenen Jahren jemals solch einen Schein besessen hatte, und bezweifelte es.

»Gut gemacht, Max«, sagte mein Onkel mit einem zufriedenen Lächeln und schlug mir auf die Schulter. »Du machst dich besser, als ich erhofft hatte.«

Ich lächelte zwar zurück, aber meinte es nicht ernst. Zwar hatte ich den Auftrag angenommen, jedoch nicht darüber nachgedacht, dass mein Onkel mit *allen* Mitteln versuchen würde, Isabella niederzumachen.

Im Nachhinein betrachtet reichlich naiv. Zurückrudern konnte ich allerdings auch nicht mehr. Ich brauchte das Geld für Henry und mich. Dennoch. Als ich erneut in mein gefülltes Glas hinabsah, fragte ich mich, ob ich das Richtige tat.

Kapitel 13 – Isabella

Enttäuscht schloss ich mein E-Mailprogramm. Noch immer hatte ich keine Antwort erhalten. Seit zwei Tagen wartete ich auf eine neue Aufgabe, aber Melanies Bekannte rührte sich nicht. Hatte ich etwas falsch gemacht? In der E-Mail stand, dass ich ein Foto schicken sollte, doch ich hatte ein Video gemacht. Sollte ich also eine weitere E-Mail hinterherschicken, um sicherzugehen? Mit einem einzelnen Bild aus dem Video? Oder war das egal?

Ich stand von meinem Schreibtischstuhl auf und stolperte in Richtung Wohnzimmer. Auf halbem Wege stoppte ich und warf einen Blick in mein ehemaliges Arbeits- und Gästezimmer, das inzwischen zum Kinderzimmer umfunktioniert war und langsam, aber sicher Form annahm. Ich hatte es ähnlich eingerichtet wie Lenis altes Reich, in der Hoffnung, dass es sich für sie vertraut anfühlte. Meinen Schreibtisch hatte ich in mein eigenes Schlafzimmer gequetscht, sodass sich die linke Tür meines Kleiderschranks nicht mehr vollständig öffnen ließ, doch das war zu verschmerzen. Hauptsache, Leni ging es gut.

An ihrem Bett hielt ich an und vergewisserte mich, dass sie schlief, ehe ich weiterschlurfte und schließlich wenig elegant auf die Couch plumpste. Mir fehlte die Kraft für geschmeidige Bewegungen, und es schaute ja auch niemand zu. Also wurde ich einfach zu dem schweren Sack, nach dem sich mein Körper momentan anfühlte.

Minutenlang starrte ich den schwarzen Fernseher an, zu unmotiviert, die Fernbedienung zu suchen, die Leni vermutlich zwischen den Sofakissen versteckt hatte. Es war ein schöner Abend mit ihr gewesen. Wir hatten uns Milchreis gekocht, in eine Decke eingekuschelt auf meiner Couch gegessen und zwei Folgen ihrer Kinderserie geschaut. Danach hatte sie sich anstandslos ins Bett bringen lassen, was mich arg verwunderte, denn die Zeit zwischen meinem »Ab ins Bett, kleiner Schlumpf« und dem Moment, in dem ich tatsächlich das Licht ausschalten und Lenis Zimmer verlassen konnte, war bisher jeden Abend geprägt gewesen von vielen Unterbrechungen, Bitten und Jammern und heftigen Protesten. Zumindest dieser Teil des Alltags schien sich also langsam einzupendeln.

Ich lehnte mich zurück und schloss die Augen, ließ den Tag Revue passieren, als mein Handy in der Tasche meiner dünnen, schwarzen Strickjacke brummte.

»Hi Tamina«, meldete ich mich.

»Hey Süße, ich wollte mal hören, wie es dir geht.«

»Bescheiden, aber danke der Nachfrage«, antwortete ich ehrlich und ohne Sarkasmus. Die anderen trafen sich heute zu unserem Mädelsstammtisch, aber ich hatte mich abgemeldet.

»Können wir etwas für dich tun?«, hörte ich Ella aus dem Hintergrund. »Oder für Leni? Du weißt, dass ich sie auch mal einen Nachmittag lang nehmen kann, wenn du die Zeit brauchst.«

»Nein, schon gut. Melanie hat *mir* die Verantwortung übertragen. Da kann ich sie nicht ständig abgeben«, erwiderte ich und griff nach einem Kissen, um es fest gegen meinen Bauch zu drücken. Dabei wäre das die Lösung für einige meiner Probleme: Wenn wir Frauen des Stammtischs Leni gemeinsam großzogen …

Nein! Ich schüttelte den Kopf. Es ging nicht darum, was für

mich am besten war, sondern für Leni, und aktuell brauchte sie ein stabiles Umfeld und jemanden, der ihre neue Bezugsperson wurde. Das würde ich nicht erreichen, wenn ich sie jeden Tag woanders hingab. Egal wie viele Erleichterungen das für mich gebracht hätte. Das hätte Melanie niemals gewollt.

»Wir bieten es dir nur an. Leni könnte problemlos vier Mütter haben«, sagte Alyxandra aufmunternd.

»Die Idee klingt verlockend, wirklich, aber vorerst möchte ich allein für Leni da sein.«

»Gut, das verstehen wir. Können wir dir stattdessen vielleicht Arbeit abnehmen?«, wollte Tamina wissen. »In den nächsten zwei Wochen habe ich Urlaub und könnte dir im Laden helfen.«

»Ach, das habe ich noch gar nicht erzählt. Ich habe jemanden eingestellt. Einen jungen Mann, der für ein paar Monate aushilft.«

Max hatte seinen zweiten Tag gut gemeistert. Ich war erstaunt, dass er bereits die Namen der meisten Cupcakes kannte. Nur die ausgefallenen wie Moccachino-Zitronen-Sorbet gingen ihm noch nicht so leicht über die Lippen, was ich ihm nicht übelnahm. Ich war froh, dass ich ihn hatte. In ein oder zwei Wochen konnte ich ihn nachmittags sicher allein im Laden lassen. Das Bedienen der Kunden hatte er im Griff, und um die Kasse musste ich mir ebenfalls keine Gedanken machen. Erstens lohnten die Tageseinnahmen nicht, sich dafür einen Eintrag ins Führungszeugnis einzuhandeln. Und zweitens schien Geld für Max kein Problem zu sein. Als er heute sein Portemonnaie aus Versehen hatte fallen lassen, war mir der grüne Schein darin nicht entgangen. Wer einen Hundert-Euro-Schein besaß, der würde nicht aus der Kasse stehlen. Außerdem fuhr er eine alte Maschine, die nicht billig gewesen sein konnte.

»Oh, herzlichen Glückwunsch. Dann ist ja gut. Ich hatte schon überlegt, dir einen meiner Kellner auszuleihen«, rief Ella laut genug, dass es jeder im Restaurant mitbekommen haben musste. »Ich wünsch dir einen ruhigen Abend mit der Lütten, meine Küche ruft.«

Einen Moment lang herrschte Stille auf beiden Seiten der Leitung, ehe Tamina sich räusperte. »Also?«

»Was meinst du?«, fragte ich und drückte das Kissen fester.

»Brauchst du etwas? Irgendetwas? Du musst es nur sagen.«

»Ich denke nicht. Aber wenn, weiß ich ja, wo ich Hilfe bekomme.«

»Jederzeit. Selbst mitten in der Nacht. Ruf einfach an oder komm vorbei«, sagte Tamina. »Wir trinken heute auf dich und auf Leni.«

»Das ist lieb. Danke. Ich wäre gern gekommen, aber …«

»Wir hätten dich sofort wieder zurückgeschickt«, erklärte Alyxandra rigoros. »Melanie hat dir eine verdammt wichtige Aufgabe übertragen, und wir werden dich dabei unterstützen, wo es nur geht. Es ist Melanies Wunsch gewesen, und den respektieren wir.«

»Nochmals danke. Und genießt den Abend. Vielleicht schaffe ich es ja zum nächsten Treffen.« Leni hatte eine beste Freundin, bei der sie unbedingt mal übernachten wollte. Eventuell ließ sich das in nächster Zeit arrangieren, sodass ich abends ausgehen konnte.

»Wenn nicht, können wir uns genauso gut bei dir treffen. Schönen Abend noch.«

Ich legte auf und drückte das Kissen mit beiden Händen, bevor ich erneut meinen Posteingang prüfte. Noch immer leer.

Auf einmal fühlte es sich dämlich an, einer vollkommen Fremden etwas so Persönliches wie ein Video von mir im freien

Fall geschickt zu haben. Was hatte ich mir dabei gedacht? Was, wenn diejenige gar keine weiteren Nachrichten schicken wollte? Was, wenn sie ebenso trauerte wie ich und die ganze Sache ihren Schmerz ständig neu entfachte? Immerhin hatte sie Melanie ebenfalls gekannt.

Auf der anderen Seite hätte meine beste Freundin solch eine Aufgabe nicht einer willkürlichen Person überlassen. Nein, sie hatte Vertrauen zu ihr gehabt, also konnte ich es auch. Und vielleicht hatte ich ja am Morgen mehr Glück.

Die Sehnsucht nach meiner besten Freundin brannte sich tiefer und tiefer in mein Herz hinein, war längst zu einem dauerhaften Begleiter geworden, der mich langsam, aber sicher in Asche verwandelte. Asche, die beim kleinsten Windhauch davongetragen werden konnte.

Ich lehnte mich nach hinten, überstreckte den Kopf und schloss die Augen.

Ich hatte keine Ahnung, wie lange ich so dagelegen hatte. Vermutlich war ich eingenickt. Denn als ich den Schrei hörte, musste ich mich erst einmal orientieren, wo ich war.

Wohnzimmer. Aber wer schrie? Da ertönte der Ruf erneut.

»MAMA!«

Leni musste wach geworden sein. »Ich komme schon«, antwortete ich ihr und riss die Augen auf, während ich mich von der Couch aufrappelte. Es waren nur ein paar Schritte bis zu ihrem Zimmer, doch es reichte, damit Leni noch zwei Mal »Mama« rufen konnte.

Es war kein trauriger Laut, sondern einfach das Rufen eines Kindes, das nachts wach wurde und seine Mutter sehen wollte. Da Leni nicht das erste Mal bei mir übernachtete, kannte ich das bereits.

Vorsichtig öffnete ich die Tür und lugte hinein. Leni saß

aufrecht in ihrem Bett, das Nachtlicht eingeschaltet und starrte mich verschlafen an.

»Was ist denn, kleiner Schlumpf?«, fragte ich leise, wollte sie nicht noch mehr wecken, falls sie nur einen Albtraum gehabt hatte.

»Ich habe nach Mama gerufen«, sagte sie deutlich wach und verschränkte die Arme vor der Brust.

Es fiel mir schwer, meine Stimme beschwingt und leicht klingen zu lassen, als wäre nichts. »Mama ist nicht da, kleiner Schlumpf. Was möchtest du denn?«

»Ich will einen warmen Kakao, aber so wie Mama ihn immer macht«, schmollte Leni. »Du kannst das nicht. Mama soll den machen.«

Der Trotz in ihrer Stimme nahm zu, und ich wusste, dass ich nun vorsichtig sein musste, um sie nicht zu sehr zu reizen. Sonst hätte ich hier gleich ein Schreikind, das sich nicht so leicht beruhigen ließ.

»Leni, wir haben doch darüber geredet. Erinnerst du dich?«

»Nein, ich will nicht mit dir reden. Ich will zu meiner Mama.« Sie schob ihre Unterlippe vor. Im Schein ihres Nachtlichts konnte ich Tränen in ihren Augenwinkeln erkennen. Sie war schon längst über den Punkt hinaus, an dem ich sie mit Worten erreichen konnte. Die Müdigkeit, die Situation, alles krachte über uns zusammen, und ich durfte dem nicht nachgeben, musste stark sein für mein Patenkind. Dabei war es genau das, was mir unendlich schwerfiel.

Ich machte ein paar Schritte auf sie zu und kniete mich vor dem weißen Holzbett auf den Boden, um auf Augenhöhe mit ihr zu sein. Auch wenn es nicht der beste Zeitpunkt war, musste ich sie wohl erneut daran erinnern, dass Melanie nicht mehr lebte. Der Kloß in meinem Hals erschwerte mir das Atmen. Reden schien beinahe unmöglich.

»Leni, du kannst nicht zu deiner Mama.« Ich räusperte mich, um meine belegte Stimme freizubekommen, doch das machte es nur noch schlimmer. »Sie ist zu den Engeln gegangen und schaut von oben auf uns herunter.«

»NEIN!«, brüllte Leni. »Ich will sofort nach Hause. Ich will zu Mama.« Sie schleuderte ihre Decke auf den Boden, gefolgt von einem Teddybären, der quer durch den Raum flog. Ihre kleinen Fäuste schlugen auf das Bett ein. Sie heulte und schrie.

Hilflos saß ich daneben, hätte selbst gern gebrüllt und irgendetwas zertrümmert. Mich von der Verzweiflung mitreißen lassen, um den inneren Druck loszuwerden, der mir die Luft zum Atmen nahm.

Doch es ging nicht. Ich konnte mich nicht einfach davonspülen lassen und in meiner Trauer versinken. Melanies Tochter brauchte mich.

Ich versuchte, sie in den Arm zu nehmen, ihr den Trost zu spenden, den ich selbst brauchte.

Sie stieß mich weg, sodass ich das Gleichgewicht verlor und auf dem Hintern landete.

Leni prügelte auf ihr Kuschelkissen ein und schrie immer wieder dasselbe Wort.

Mama.

So sehnsuchtsvoll und fordernd, dass es mir das Herz zerriss. Ich schlug die Hände vor den Mund, um den lauten Schluchzer zu unterdrücken, der sich an dem Kloß in meinem Hals vorbeigeschlichen hatte. *Nicht den Halt verlieren,* redete ich mir immer wieder ein. *Sei stark für sie.*

Mühsam und mit einem Kraftakt rappelte ich mich vom Boden hoch, unterdrückte die Tränen und lehnte mich über das Bett, um Leni behutsam über den Kopf zu streicheln. Wenn sie nicht in den Arm genommen werden wollte, konnte ich ihr wenigstens zeigen, dass ich für sie da war.

Nur allmählich beruhigte sie sich, schluchzte immer noch so heftig, dass ihr Körper bebte.

»Tante Bella, ich will zu Mama.«

»Das geht nicht«, flüsterte ich mit brechender Stimme. »Sie ist zu den Engeln in den Himmel gegangen.«

»Ich will da auch hin. Ich will zu Mama.«

Nun konnte ich die Tränen nicht länger zurückhalten. »Leni, wir können nicht zu den Engeln. Erst wenn wir ganz alt sind, gehen wir dorthin und besuchen deine Mama. Sie wird sicher auf uns warten.«

Auf einmal hielt Leni inne. Sie riss die Augen weit auf, ihre Unterlippe und ihre Hände zitterten, als ich sie ergriff. Langsam drehte sie den Kopf und starrte mich so voller Verzweiflung an, dass ich wegschauen wollte. Die Panik in ihren Augen weckte meine eigene Hoffnungslosigkeit, und ich biss mir auf die Unterlippe.

»Aber dann bin ich ganz allein.«

Ich konnte nicht mehr an mich halten und schluchzte laut auf. Rasch nahm ich Leni in den Arm und drückte sie an mich. »Spürst du das?« Ich ließ die Trauer zu, die meine Stimme durchflutete, wollte ihr klarmachen, wie ernst ich meine Worte meinte. »Spürst du meine Umarmung, meine Liebe zu dir? Du bist auf keinen Fall allein. Ich bin hier. Ganz ruhig.«

Erneut schüttelte es ihren zarten Körper. »Ganz allein. Mama«, war alles, was ich verstehen konnte. In meinen Ohren rauschte es.

Mit einem Ruck hob ich Leni hoch, presste sie an mich. »Du wirst niemals allein sein, kleiner Schlumpf. Ich bin immer für dich da. Hörst du das? Ich verspreche es dir. Du bist nicht allein.«

Leni antwortete nicht, sondern schlang ihre Arme um meinen Hals und ihre Beine um meine Hüfte, vergrub ihr Gesicht an meiner Schulter. Minute um Minute weinte sie, bis mein Shirt am Hals komplett nass war. Ihre Fäuste drückten in meinen Rücken. Ich wiegte mich hin und her, hielt Leni an mich gepresst, ließ meine eigenen Tränen laufen.

Ich war erschüttert von der Sehnsucht, von ihrer Wut, von meiner Hilflosigkeit. So ein kleines Kind sollte sich nicht mit dem Tod auseinandersetzen müssen. Sie hatte das nicht verdient. Keiner von uns.

»Ich will Mama wiederhaben«, nuschelte sie immer wieder, doch ihre Stimme wurde nach einiger Zeit leiser. Auch der Druck ihrer Fäuste ließ nach. Einzig ihr Körper schüttelte sich bei jedem Atemzug.

Vorsichtig drehte ich mich um. Es hatte keinen Sinn, jetzt noch etwas anderes zu tun. Also nahm ich Leni und ging in mein Schlafzimmer, machte nur das orangefarbene Nachtlicht auf meinem Nachttisch an.

»Heute Nacht schläfst du bei mir im Bett«, flüsterte ich ihr mit belegter Stimme ins Ohr.

Leni rieb sich an meinem Hals, sagte nichts. Ob sie schlief, konnte ich nicht sagen. Ihre Atmung wurde ruhiger, als ich sie auf mein Kissen legte.

Meine Finger zitterten, als ich versuchte, mich umzuziehen, und zweimal fiel mir das Nachtshirt aus der Hand, bevor es mir gelang hineinzuschlüpfen. Schließlich löschte ich das Licht, ehe ich mich zu Leni legte.

»Mama«, murmelte sie schlaftrunken und drehte sich zu mir, schlang ihr Bein und einen Arm um mich. »Mama.«

Mein Hals brannte von dem Versuch, nicht zu schluchzen, doch ich wollte Leni auf keinen Fall wieder aufwecken. *Nicht den Halt verlieren,* dachte ich voller Verzweiflung. *Sei stark für Leni.*

Ebenso wie sie sich an mich klammerte, hielt ich mich an

ihr fest. Wir brauchten einander. Wir waren der Anker füreinander in dieser Nacht, um nicht an unseren Tränen und unserer Trauer zu ersticken.

Kapitel 14 – Maximilian

»Dahinten kannst du wieder auffüllen, sonst sieht der eine Elsa-Cupcake so einsam aus«, sagte Isabella und deutete auf die linke Seite der Auslage.

Eines musste ich ihr lassen, sie behielt stets den Überblick und wusste genau, wie sie ihre Ware am geschicktesten präsentierte. Der Verkaufstresen mit der Gebäckvitrine stand seitlich zur Tür, und ganz vorne hatte sie die Cupcakes und Muffins für die Kinder drapiert, damit sie bereits beim Betreten des Ladens ins Auge stachen. Daneben lockten die wuchtigen, großen Cupcakes und Cakepops, die jeder gern mal naschte. In der Mitte bot Isabella eine Auswahl an veganen und gesünderen Cupcakes aus Dinkelmehl. Und rechts außen, nahe der Tür zur Küche, fanden sich die Klassiker wie Schokolade oder Blaubeere.

»Mache ich sofort.« Es war mein dritter Tag im *Cupcakes by the Sea*, und ich glaubte, dass ich den Laden ganz gut schmiss. Isabella verabschiedete sich immer mal wieder für ein paar Minuten in ihr Büro oder in die Küche, überließ mir die Kunden. Ich vermutete, dass sie mich testete, und diesen Test würde ich mit Bravour bestehen.

Gerade war nicht viel los, und ich wollte die Chance nutzen, um mehr über Isabella zu erfahren. Wenn ich die volle Summe von meinem Onkel bekommen wollte, musste ich einen Gang höher schalten.

»So einen eigenen Laden zu betreiben ist doch sicher ein Risiko, oder?«, fragte ich daher.

Isabella schnaubte. »Warst du schon mal selbständig?« Eine Frage mit einer Gegenfrage zu beantworten, war unhöflich, wie mir meine Eltern beigebracht hatten, aber ich wollte mal nicht so sein.

»Bisher nicht. Mir fehlte das nötige Kleingeld.«

Isabella wischte sich ihre Hände an einem Handtuch ab und kam aus der Küche zu mir. »Ziehst du es denn in Erwägung?«

»Vielleicht. Wenn ich im Lotto gewinne und den finanziellen Rückhalt habe.« Ich zuckte mit den Schultern. Das war alles Neuland für mich. Bisher hatte ich nie darüber nachgedacht und antwortete rein intuitiv.

»Den braucht man auch.« Isabella deutete um sich. »Ich hatte Glück, weil meine Großmutter mir den Laden zu günstigen Konditionen verkauft hat, aber jeder Normalsterbliche muss erst einmal eine Immobilie finden, die sich finanzieren lässt. Als Nächstes musst du dich mit der Steuer und diversen Versicherungen herumschlagen. Und das ist nur der Anfang. Dazu kommen die Behörden, die ihren Teil vom Kuchen haben wollen, und die Lieferanten. Und wenn du genug einnimmst, um all das zu finanzieren, hast du selbst noch gar nicht gelebt.« Sie seufzte. »Alles nicht so einfach.«

»Klingt nicht so, als ob du das ewig machen wollen würdest«, bohrte ich weiter.

Doch Isabella zuckte nur mit den Schultern, erwiderte nichts. Ihre Finger spielten nervös mit einem Ring, den sie an der linken Hand trug. Er sah nicht aus wie ein Ehering, auch wenn ich diesbezüglich wenig Erfahrung hatte. Sie bemerkte meinen Blick und hörte auf, ihn zu drehen.

»Als was würdest du dich denn selbstständig machen?«, lenkte sie von dem unausgesprochenen Thema ab. Scheinbar bedeutete ihr der Ring etwas. Vielleicht das Geschenk einer verflossenen Liebe? Oder von ihrer toten Freundin? Um sie nicht vor den Kopf stoßen, fragte ich nicht nach, zumal der Ring für Onkel Wolfgangs Ziele kaum relevant sein durfte.

Ich holte tief Luft. »Ich würde einen Motorradhandel mit angeschlossener Werkstatt aufmachen«, erklärte ich, auch wenn ich wusste, dass dieser Wunsch nicht zu dem Profil passte, das mein Onkel in meiner Bewerbung von mir gezeichnet hatte. Da war mehr von Gartenpflege- und Gestaltung die Rede gewesen.

Obwohl ich mich für meinen Onkel hier eingeschlichen hatte, fiel es mir schwer, Isabella anzulügen. Und wenn ich sie sonst schon über manches täuschen musste, so wollte ich zumindest über mich, soweit es ging, die Wahrheit sagen.

»Okay. Wieso ausgerechnet dieser Wunsch? Du hast das nicht gelernt, oder?«

Isabella kannte meinen Lebenslauf, wusste, dass ich *nichts* gelernt hatte. Trotzdem fragte sie. Wollte sie die Unterhaltung am Laufen halten, weil sie sich gern mit mir unterhielt oder weil ich sie von ihren Sorgen ablenkte? Nach dem gestrigen Abend war der Gedanke nicht abwegig.

»Nein, nicht gelernt, aber die Leidenschaft begleitet mich, seit ich fahren kann.« Und noch ein paar Jahre länger. »Als ich jünger war, bin ich in der Feldmark auf der Schwalbe eines Freundes gefahren. Damals nur ein kleines Mofa, doch es war der Anfang meiner zweirädrigen Leidenschaft. Seither schraube und baue ich an meinen Motorrädern.«

»Moment, heißt das, das Motorrad draußen im Hof hast du selbst gebaut?«

Ich schüttelte den Kopf. »Nur restauriert. Es ist eine alte 1977 BMW R100 RS.« Neugierig wartete ich, ob ihr der Begriff etwas sagte, aber vor mir stand wie erwartet keine Kennerin. »Ich habe die Karosserie von einem Schrotthändler gekauft und jahrelang daran geschraubt, bis die Maschine wieder ganz war.«

»So viel Durchhaltevermögen, nur um ein bestimmtes Motorrad zu fahren? Sehr beeindruckend.«

»Es ist viel mehr als nur ein bestimmtes Motorrad, es ist *das* Motorrad schlechthin, und wenn du es selbst gebaut hast, dann … na ja, du kennst die Maschine dann einfach in- und auswendig, weißt genau, was ihr fehlt, wenn's mal nicht rundläuft …« Ich hielt inne, merkte, dass ich ins Schwärmen geriet, und schürzte die Lippen.

Isabella lächelte, auch ihr war aufgefallen, dass ich von einer Herzensangelegenheit sprach.

»Klingt fast, als wäre so ein Motorrad ein empfindsames Wesen«, schmunzelte sie.

Ich unterdrückte den Impuls, darauf zu antworten, die Verbundenheit zu meiner Maschine näher zu erläutern. Denn so gern ich auch über die Motorräder redete, für Onkel Wolfgang waren andere Informationen wichtig. Ich musste mehr über Isabellas Lage herausfinden, was er verwenden konnte, und machte eine wegwerfende Handbewegung. »Ach, es ist einfach ein Hobby. Längst nicht so beeindruckend wie dein Laden. Der läuft wirklich gut. Kein Wunder, bei der Lage.« Ich biss mir auf die Zunge. Nicht so vorschnell, sonst riecht sie den Braten noch, mahnte ich mich in Gedanken.

»Ja, da habe ich Glück.« Verlegen strich sie sich eine Haarsträhne hinter das Ohr. »So manch einer wollte meiner Großmutter das Geschäft abkaufen, aber wir haben uns geschworen, dass wir das niemals tun werden. Die Geschäftsräume sind jetzt so lange in Familienbesitz, dass es eine Schande wäre, diese Tradition einfach aufzugeben.«

»Stimmt.« Ich eilte in die Küche, um ein Blech mit frischen Cupcakes zu holen, die ich im knallbunten Teil der Auslage auf ihre Teller stellte. »Wer will die Räumlichkeiten denn kaufen?«, fragte ich scheinheilig nach. »Viel mehr als einen kleinen Laden kann man daraus ja nicht machen. Und Souvenirshops und so was gibt's schon genug auf der Promenade.«

Isabella schnaubte. Sie war damit beschäftigt, Bohnen in den Kaffeeautomaten zu schütten, was einen angenehmen Duft verströmte.

»Oh, mein kleines Häuschen hier ist sehr viel wert, wenn man gleich mehrere Immobilien rundherum kauft und etwas Größeres plant.« Sie knallte den Deckel des Bohnenfachs zu und verstaute den Sack mit den Bohnen in einem Vorratsschrank unter der Theke. Als sie wieder auftauchte, waren ihre Wangen gerötet. »Mich ärgern diese geldgierigen Heinis! Noch so ein großer Klotz verschandelt doch nur die Gegend. Außerdem würden dann viele schöne Läden von der Promenade verschwinden. Wo bleibt da noch der regionale Reiz?«

Mist, sie weiß von den Plänen meines Onkels, dachte ich, ließ mir aber nichts anmerken und hörte aufmerksam zu, während ich ein weiteres Blech Cupcakes aus der Küche an ihr vorbei in den Verkaufsraum trug.

»Haben denn die anderen Läden verkauft? Die müssen ja nicht, wenn niemand diesen Klotz will.«

»Weil sie damit eine finanzielle Sicherheit haben in Zeiten, in denen eine Reserve auf dem Konto wichtig und richtig ist.« Isabella ging von Tisch zu Tisch, wischte mit einem Lappen Krümel und Kaffeeränder fort.

»Klingt doch eigentlich ganz vernünftig. Warum hast du nicht verkauft?«, hakte ich nach und legte weitere Elsa-Cupcakes auf den Teller. »Dann hättest du ebenfalls mehr Sicherheit.«

Erneut schnaubte Isabella und warf sich das Handtuch, mit dem sie die Tische getrocknet hatte, über die Schulter. »Die Sicherheit, dass ich in ein bis zwei Jahren aus dem dann nur noch gemieteten Laden vertrieben werde, weil der neue Besitzer aus irgendeinem fadenscheinigen Grund Eigenbedarf anmeldet. Solche Immobilienfritzen denken, dass man sie nicht durchschaut, aber nicht mit mir! Dieses Gebäude bleibt das unserer Familie.« Die rosigen Flecken auf ihren Wangen ließen keinen Zweifel daran, dass sie es ernst meinte.

»Dann möchte ich nicht derjenige sein, der versucht, dir das Grundstück wegzunehmen.«

Wir unterhielten uns noch einen Moment lang über den Laden, aber ich erfuhr nichts mehr, das ich Wolfgang sagen konnte. Isabella war eine engagierte und vor allem überzeugte Eigentümerin, die er niemals aus dem Laden kriegen würde. Ein kleiner Teil von mir feierte sie dafür, und ich wünschte ihr, dass sie gegen meinen Onkel bestehen würde, auch wenn meine Erfahrung etwas anderes sagte. So manch einer, der sich mit ihm angelegt hatte, war inzwischen pleite oder hatte sich aus dem Geschäftsleben zurückgezogen. Mein Onkel war ein verbissener Terrier, wenn es um die Umsetzung seiner eigenen Pläne ging. So schnell gab er nicht auf.

Die Tür öffnete sich, und ein älterer Herr kam herein, grüßte freundlich und setzte sich an den Tisch ganz links am Fenster.

»Das ist Herr Liebig, der möchte einen Kaffee schwarz und den Cupcake des Tages«, flüsterte Isabella mir über die Schulter zu.

Inzwischen fielen mir die Handgriffe leicht. Während sich der Kaffee auf Knopfdruck dampfend selbst einfüllte, hob ich den Karotten-Cupcake mit Frischkäsehaube von seinem Präsentationsteller, drapierte ihn auf dem hellblauen Serviertellerchen und legte Gabel und Serviette dazu. Kaum war die Kaffeetasse voll, platzierte ich ein Schokolädchen daneben und stellte alles auf ein Tablett.

»So, der Herr, einmal Kaffee schwarz und das Angebot des

Tages für Sie.« Ich schenkte Herrn Liebig ein Lächeln, das er strahlend erwiderte.

Als ich mich umdrehte, um zum Tresen zurückzukehren, klingelte mein Handy mit dem einzigen Nachrichtenton, der immer laut gestellt war. *Zombie* von den Cranberries. Ich blieb abrupt stehen. Es gab nur eine Person, die in jeder Lebenslage läuten durfte. Lisa.

»Du bist nie erreichbar, nie!«, hatte sie mir bei unserer Trennung mehrfach an den Kopf geworfen. »Immer wenn ich dich mal brauche, hörst du dein Handy nicht oder gehst nicht dran. Weißt du, wie mich das ankotzt?!« Und als ich Henry das erste Mal übers Wochenende mit zu mir genommen hatte, rief sie mir hinterher: »Und wehe, wenn ich dich zwischendurch nicht erreichen kann. Dann bleibt Henry das nächste Mal bei mir. Verstanden?!«

Ja, ich hatte verstanden. Der neue Typ, mit dem sie zusammenlebte, war Gehilfe beim Staatsanwalt und hatte demonstrativ seinen Arm um sie gelegt, als ich mit Henry Richtung Bushaltestelle aufbrach. Seitdem war der Klingelton, der Nachrichten oder Anrufe von Lisa meldete, grundsätzlich auf laut gestellt.

Ich zog das Handy aus der Schürze und öffnete die App.

Du glaubst doch nicht wirklich, dass du Henry in den Sommerferien bekommst, wenn die Polizei dich als Verdächtigen verhört, stand dort geschrieben. *Er bleibt bei mir!*

Mein Herz blieb stehen. »Nein!«

»Bitte was, junger Mann?«, fragte Herr Liebig. »Sie müssen lauter sprechen. Meine Hörgeräte sind nicht mehr die besten.«

»Schon gut, ich meinte nicht Sie. Genießen Sie Ihren Kaffee«, beeilte ich mich zu sagen und ging zurück hinter den Tresen. Isabella saß mittlerweile im Büro, ich hörte ihre Tasten klappern. Wieder und wieder las ich die Nachricht, doch der Inhalt veränderte sich nicht, egal wie lange ich ihn anstarrte.

Wer hatte Lisa davon erzählt? Der Einzige, der wusste, dass die Polizei mich befragt hatte, war mein Onkel. Und der hatte geschworen, Lisa nichts zu sagen. Wie also hatte sie vom Besuch der Beamten erfahren? Hatte die Polizei sie angerufen? So groß war die Sache doch gar nicht, als dass jeder Angehörige befragt wurde, oder? Ich dachte, für so was fehlten der Polizei die Ressourcen. Aber wie sonst konnte Lisa davon wissen? Sie wohnte weit genug weg, um nicht durch einen der Nachbarn darauf aufmerksam gemacht worden zu sein.

Ich konnte es nicht fassen. Sie wollte mir Henry nicht geben, weil ich *befragt* worden war? Was für ein Blödsinn war das denn? Mit der freien Hand raufte ich mir die Haare und holte tief Luft. Auf einmal schien dieser winzige Laden noch kleiner geworden zu sein.

Ich wollte doch nur einen Sommer mit meinem Sohn verbringen. Selten genug überließ Lisa ihn mir außerhalb der Ferien, höchstens mal für einen Tag am Wochenende, was kaum reichte, um mehr als ein ferner Bekannter für ihn zu sein. Ich wollte mit ihm bis spät in die Nacht an der PlayStation zocken und fettige Chips essen, bis uns schlecht wurde. Ich wollte wissen, was in seinem Leben vorging, und nicht nur ab und an mal einen Brief geschickt bekommen mit einer knappen Notiz über das Neuste aus der Schule.

Wie konnte Lisa nur so herzlos sein und mir meine Zeit mit meinem Sohn verweigern? Das war nicht fair. Ich brauchte Henry, und er brauchte seinen Vater.

Ruckartig hob ich den Kopf, den ich – ohne es zu merken – in den Händen vergraben hatte. Ich musste zu Lisa und ihr erklären, was wirklich passiert war. Sie konnte mir nicht vorwerfen, dass ich befragt worden war. Ich war kein Verdächtiger.

Das durfte sie nicht glauben. Und vor allem Henry nicht. Ich traute ihr zu, dass sie ihm in dieser Sekunde brühwarm von seinem kriminellen Vater erzählte, nur um mich schlecht dastehen zu lassen.

Das konnte ich nicht zulassen. Ich musste hier weg. Sofort. Scheiß auf jedes Geld, das ich bekäme, wenn ich die Aufgabe zu Onkel Wolfgangs Zufriedenheit beendete. Denn was nutzten mir fünftausend Euro, wenn ich Henry nicht bekam, um sie gemeinsam mit ihm auszugeben?

Ich löste den Knoten meiner Schürze, zog sie hektisch über den Kopf. »Ich mache Pause«, rief ich und stürzte aus dem Laden.

Im Hinterhof wartete meine Maschine. Ich schwang auf den Sitz und bretterte los. Immer wieder musste ich mich beherrschen, nicht zu schnell zu fahren, so eilig drängte es mich, die Geschichte aus der Welt zu schaffen.

In meinen Gedanken ging ich alle Vorwürfe durch, die Lisa mir an den Kopf werfen konnte. Ich wollte vorbereitet sein, durfte ihr keinen Spielraum bieten. Zur Not musste ich mir einen Anwalt suchen und klären, welche Rechte ich hatte, meinen Sohn zu sehen. Lisa und ich teilten uns das Sorgerecht, da musste mir als Vater doch irgendwas zustehen.

Es dauerte knapp eine halbe Stunde, bis ich vor dem Haus meiner Ex stand. Ihr neuer Freund besaß eine schmale Doppelhaushälfte in einem Neubaugebiet, das noch nicht vollkommen erschlossen war. Allerdings lagen die Grundstücke so dicht an dicht, dass man den Nachbarn beim Frühstücken die Butter vom Brot klauen konnte, wenn man wollte.

Schön geht anders, dachte ich jedes Mal, wenn ich hier vorbeikam, auch wenn ich mich mit meinem Scheunenarrangement vielleicht nicht so weit aus dem Fenster lehnen sollte.

Trotzdem kam ich mir ehrlicher vor mit meiner behelfsmäßigen Wohnung, als so zu tun, als hätte und sei ich wer weiß was, obwohl ich lediglich eine Pappschachtel auf einem Handtuch besaß.

Ich stellte die Maschine in der Einfahrt ab und packte den Helm auf das Lenkrad, ehe ich zur Tür ging und klingelte.

Nervös trippelte ich mit dem Fuß auf dem steinernen Podest vor der Tür. Ein Gargoyle mit schief gelegtem Kopf und einem Willkommen-Schild in der Hand schaute mich skeptisch an, als wollte er mich fragen: Wirklich? Du erwartest hier eine Reaktion?

Ja, verdammt noch mal, ich wollte meinen Sohn sehen. Darauf freute ich mich schon seit Wochen. Diese Freude konnte, nein, durfte seine Mutter mir nicht nehmen.

»Lisa, ich weiß, dass du zu Hause bist. Dein Auto steht im Carport«, rief ich und hoffte gleichzeitig, dass keiner der Nachbarn mich hörte. Wer wusste schon, was sie denen über mich erzählt hatte?

»Was willst du hier, Max?« Lisas Stimme kam von hinter der verschlossenen Tür. »Wir wollen nichts mit einem Kriminellen zu tun haben.«

Ich schnaubte. Wie ich es erwartet hatte. »Ich bin kein Krimineller, Lisa. Das weißt du auch. Und ich bin hier, um das klarzustellen. Lass mich bitte rein, damit wir darüber reden können.«

»Ganz sicher lasse ich dich nicht mit dieser Laune rein. Du bist viel zu aggressiv.«

»Was …?« Ich verzog das Gesicht und hob die Arme. Vielleicht war ich nicht die Ruhe in Person, vom Stadium der Aggressivität jedoch weit entfernt. »Lisa, bitte, mach die Tür auf, ich will nur reden«, sagte ich in dem ruhigsten Tonfall, der mir möglich war.

»Aber ich nicht. Du kannst dir dein Besuchsrecht abschminken. Henry bleibt bei uns.«

»Uns?«, fragte ich verzweifelt. »Du kannst ihn nicht vor seinem Vater verstecken. Er vermisst mich, und ich vermisse ihn. Ich habe das Recht, ihn zu sehen.«

»Das Recht hast du verwirkt, als die Polizei bei dir klopfte.« Lisa hatte die Stimme erhoben. Im Nachbarhaus bewegte sich eine Gardine, und ich war mir sicher, dass die ältere Dame dahinter das Fenster ein Stück weit geöffnet hatte, um uns zuzuhören. Vermutlich schwebten ihre Finger bereits über dem Telefon, um rasch 110 wählen zu können.

»Das ist ein Missverständnis«, erklärte ich leise. »Mein Name tauchte auf der Käuferliste in einer illegalen Werkstatt auf – jemand hat sich für mich ausgegeben. Ich habe ein Alibi für die angegebene Zeit, und die Polizei hat es akzeptiert. Warum du nicht?«

»Weil ich dich kenne, Max. Illegale Werkstatt? Du hast dort sicher Teile für deine Räder gekauft. Also lüg mich nicht an. Ich kenne dich.«

Fast hätte ich »Ich dich auch« gebrüllt, weil ich auch mit geschlossener Tür zwischen uns ihren giftigen Gesichtsausdruck vor mir sah, mit dem sie mich anstarrte und zu verstehen gab, wie wenig sie von mir hielt. Die angewidert hochgezogenen Nasenlöcher, der verkniffene Mund und die viel zu stark geschminkten Augenbrauen. Als ich Lisa kennenlernte, war sie bildschön gewesen und hatte nur dezentes Make-up getragen. Dann hatte sie in einer Parfümerie angefangen, und ihr Style war aufwändiger, auffälliger und vor allem aufdringlicher geworden. In meinen Augen hatte es sie nicht schöner gemacht, was ich ihr vielleicht nicht hätte sagen sollen, obwohl ich fand, dass Ehrlichkeit in einer Beziehung das Wichtigste war.

Neben der Liebe natürlich.

»Ruf in der Station an. Die werden dir sagen, dass ich kein Verdächtiger bin. Und wer hat dir überhaupt davon erzählt?«

»Der Fall läuft über Svens Tisch.« Lisa tat immer so, als arbeitete ihr neuer Freund als Richter am Obersten Gerichtshof, dabei war Sven nur ein Gehilfe. Er hatte zwar Jura studiert, aber auch im dritten Anlauf das Staatsexamen nicht geschafft und schließlich keine andere Wahl gehabt. Die Möglichkeit, dass die Anklage gegen Holger von ihm bearbeitet werden könnte, hatte ich nicht bedacht. Meine Befragung musste in der Akte vorliegen, Sven hatte meinen Namen gelesen und daraus vermutlich falsche Schlüsse gezogen – oder ziehen wollen. Verdammt.

»Verschwinde oder ich rufe die Polizei.«

»Lisa, lass mich nicht betteln. Er ist auch mein Sohn.«

»Das hättest du dir vorher überlegen sollen. Und jetzt verschwinde, sonst erwirke ich eine Verfügung gegen dich. Genug Gründe lieferst du mir gerade.«

Ich lehnte mich mit dem Kopf gegen die Tür, wollte sie einschlagen, Lisa beiseiteschubsen und zu meinem Sohn rennen. Ich unterdrückte den Impuls. Gewalt verabscheute ich, und sie hatte recht. Damit hätte ich ihr den ultimativen Grund geliefert, das alleinige Sorgerecht zu beantragen, womit sie mir seit Jahren drohte.

Dennoch ließ mich die Verzweiflung diesen Gedanken zumindest in Erwägung ziehen. Es wäre schnell gemacht. Sven war vermutlich nicht zu Hause, Henry saß sicher in seinem Zimmer, um Hausaufgaben zu machen oder zu spielen.

»Lisa, ich flehe dich an. Tu mir das nicht an.«

»Verschwinde von hier, Max. Jetzt!« Die Eiseskälte in ihrer Stimme ließ mich rückwärts die Stufe herunterstolpern. Kopfschüttelnd blieb ich einige Schritte vor dem Haus stehen und starrte die Tür an. Mit Sicherheit wartete Lisa dahinter und beobachtete mich durch den Spion, bis ich endlich wegfuhr.

Ich zögerte, hob den Blick zu dem Zimmer, in dem Henry schlief. Da saß er. Ich konnte seinen Haarschopf sehen. Der Haltung nach hatte er sich auf eine Hand gestützt und saß sogar an einem Samstag am Schreibtisch und machte Hausaufgaben.

Ein warmer Schauer rieselte meine Wirbelsäule hinunter und sammelte sich in meinem Bauch. Mein Sohn. Zum Greifen nah und doch weiter entfernt als die paar Meter zwischen uns.

Einfach an Lisa vorbeistürmen und ihn in den Arm nehmen. Das wäre es. Ihm sagen, dass alles erlogen war, was seine Mutter über mich behauptete. Ihm erzählen, was ich in den Ferien mit ihm vorhatte, damit er Lisa überredete, ihn gehen zu lassen.

Stattdessen starrte ich nur nach oben und hoffte, dass er aus dem Fenster sah. Ein Blick, mehr konnte ich heute nicht erwarten. Alles, was ich mir in meiner Fantasie ausmalte, hätte langfristige Konsequenzen, die schwerer wogen als die Glücksgefühle, die mir eine Umarmung bescherten.

»Henry, schau aus dem Fenster«, murmelte ich und schickte den Wunsch, obwohl ich mich selbst als esoterischen Spinner belächelte, zu ihm hinauf.

Ob es nun Zufall oder doch mein Drängen war, das erfüllt wurde: Henry hob den Kopf und sah hinaus. Es dauerte einen Moment, ehe er mich erblickte. Und als ich die Freude in seinen Augen sah, wusste ich, dass er mich wirklich vermisste. Egal was seine Mutter ihm über mich erzählte – er liebte mich.

Er hob die Hand und winkte mir zu, bevor er sich erhob und mir ein Zeichen gab, dass er runterkommen wollte. Ich reckte ihm den Daumen entgegen, als ich Lisas Ruf hörte, dass er oben bleiben sollte.

Augenblicklich verdüsterte sich Henrys zartes Gesicht. Noch immer stand er an seinem Fenster und winkte mir, doch die Freude wich einer Traurigkeit, die mir das Herz brach.

Ich würde einen Weg finden, um Henry in den Sommerferien zu mir zu holen. Das musste ich. Ob mit einem Anwalt oder indem ich Lisa anrief und immer wieder darum bat. Irgendwie würde ich es schaffen. Nur um das freudige Lächeln meines Sohnes erneut zu sehen.

Mit diesem Entschluss stieg ich auf meine Maschine und fuhr nach Hause.

Kapitel 15 – Isabella

Verzweifelt schaute ich auf die Uhr. Wo blieb Max? Er hatte sich ohne Vorwarnung in die Pause verabschiedet und war nicht wiedergekommen. In gut einer Stunde musste ich Leni von einem Kindergeburtstag abholen und müsste den Laden dichtmachen, falls Max bis dahin nicht auftauchte. Was mich ärgerte, weil mir dadurch nicht unerhebliche Einnahmen verloren gingen. Zudem wäre die Zeitspanne, die ich brauchte, um Leni vom Geburtstag zu Großmutter zu bringen, ein guter Test gewesen, um zu sehen, ob mein neuer Mitarbeiter mittlerweile allein zurechtkam. In den vergangenen Tagen hatte ich ihn immer mehr machen lassen, was gut funktioniert hatte. Nun musste ich feststellen, dass er scheinbar nicht so zuverlässig war, wie ich dachte. Ob ihm etwas passiert war? Oder war das seine feige Art zu kündigen? Bisher war er mir wie ein grundehrlicher Mensch vorgekommen, der nicht auf solch gemeine Art verschwinden würde. Außerdem schien er sich wohlzufühlen im *Cupcakes by the Sea*.

Ich bediente eine junge Frau, die eine Bestellung abholte. Zwanzig Cupcakes, die sie für das Jubiläum ihres Chefs in der Pension nebenan brauchte. Als Nachbarschaftsbonus hatte ich einen weiteren kleinen Kuchen hinzugetan. Mit Sahne und Streuseln, sodass er aussah, als ob eine Konfettikanone explodiert wäre.

»Vielen Dank, Ihre Cupcakes sind wirklich klasse«, erklärte die Kundin, bevor sie den Laden verließ.

Mir blieb jetzt noch weniger als eine Stunde, ehe der Geburtstag endete. Eigentlich hatte ich längst bei Leni sein wollen, um sie nach der letzten Nacht nicht so lange allein zu lassen. Zwar hatte ich den Eltern des Geburtstagskindes von Lenis Zusammenbruch erzählt, und sie hatten verständnisvoll genickt und versprochen, ein besonderes Auge auf sie zu haben. Dennoch waren es harte Stunden gewesen, die wir gemeinsam durchgestanden hatten, und es tat mir in der Seele weh, dass sie sich nun vielleicht allein gelassen fühlte, weil ich nicht wie angekündigt nach einer halben Stunde wiedergekommen war, um bei der Feier dabei zu sein.

Zwei Stunden war Max nun bereits weg. Ich musste etwas unternehmen. So ging das nicht. Kurzentschlossen wählte ich Taminas Nummer.

»Hey Liebes«, begrüßte sie mich. »Alles gut?«

»Leider nicht. Mein Angestellter ist verschwunden und taucht nicht wieder auf«, fiel ich mit der Tür ins Haus. Die Zeit drängte.

»Oh, das ist ja doof. Hast du schon auf seinem Handy angerufen?« Tamina klang besorgt.

»Wir haben die Nummern nicht ausgetauscht, alles, was ich habe, ist eine E-Mailadresse. Darf ich dich um einen Gefallen bitten?«

»Klar, immer raus damit. Was kann ich für dich tun?«

»Könntest du herkommen und den Laden für eine Stunde betreuen? Jetzt sofort? Ich muss Leni abholen und zu meiner Oma bringen. Danach komme ich zurück und löse dich ab.«

Bevor Tamina Geschäftsführerin des Juweliergeschäfts wurde, war sie dort als Verkäuferin tätig gewesen, kannte sich also prinzipiell aus mit dem Verkauf von Waren, auch wenn Schmuckstücke zugegebenermaßen etwas anderes waren als Cupcakes. Dennoch – wie die anderen Mädels unserer Runde war sie ein ums andere Mal im *Cupcakes by the Sea* gewesen, hatte sich durch mein Sortiment probiert und wusste in etwa, wo sich was befand. Für einen Nachmittag würde es auf jeden Fall reichen.

Im Hintergrund hörte ich, wie Tamina in ihrer Schlüsselschale kramte. Sie hatte so viel Krimskram darin, dass sich jedes Mal eine interessante Geräuschkulisse ergab, egal was man hineinlegte oder herausnahm. »In einer Viertelstunde bin ich da. Und mach dir keinen Stress. Ich kann den Laden auch länger hüten, wenn du Zeit mit Leni verbringen möchtest.«

»Wir schauen mal, wie es ihr geht. Lass uns später reden. Fahr vorsichtig.«

Ich hatte nicht geglaubt, dass ich so schnell auf das Hilfsangebot meiner Freundinnen zurückgreifen musste. Max' Unzuverlässigkeit machte es jedoch notwendig, und das ärgerte mich maßlos. Ich hatte gedacht, dass ich mich auf ihn verlassen konnte, hatte ihm ein gutes Herz unterstellt, weil er mich auf der Seebrücke hatte retten wollen. Doch war das scheinbar nur ein kurzer Moment gewesen. Ich hätte ihn nicht einstellen dürfen, bloß weil er freundlich gewesen war. Ich hätte ausschließlich das Bewerbungsgespräch als Grundlage nehmen dürfen, das bei Tage betrachtet wenig beeindruckend verlaufen war. Stattdessen hatte ich auf meinen Bauch gehört, mich davon einwickeln lassen, dass Max mich augenblickweise von meinen Sorgen ablenkte.

Mein Handy vibrierte, und kurz glaubte ich, dass es Max war, der mir seine Abwesenheit begründen würde. Aber es war nur eine E-Mail von einem unbekannten Absender, vermutlich eine Bestellung. Die würde ich später bearbeiten. Im Moment galt meine Aufmerksamkeit hauptsächlich der Tatsache, dass ich Leni irgendwie pünktlich abholen musste, also starrte ich die Uhr über dem Eingang an, bis Tamina kam.

»Du bist ein Schatz. Danke schön.«

»Klar doch. Ich habe es dir ja angeboten. Na los, hol die Kleine ab, und dann macht euch einen schönen Nachmittag. Ich kümmere mich um alles. Du hast immer noch die elektronische Registrierkasse?«

Ich nickte. Tamina hatte mir schon vor einem Jahr vorgeschlagen, mit der Zeit zu gehen und auf ein moderneres Kassensystem mit Tablets umzustellen.

»Das ist doch viel praktischer«, hatte sie gemeint, »das speist dir alle Daten automatisch in dein Buchhaltungssystem, sodass du am Abend auf jeden Streusel genau weißt, was du verkauft hast. Das spart dir nicht nur Papierkram, sondern könnte auch dein Lagermanagement optimieren, weil dir das System genau sagt, wann du was nachbestellen musst.«

Ich hatte gelacht und erwidert: »Danke, aber das weiß ich auch so. Und ich mag meine alte Kasse.«

Tamina hatte mit den Schultern gezuckt und mir einen Na-wenn-du-meinst-Blick zugeworfen. Nun gab sie mir einen Kuss auf die Wange und scheuchte mich aus meinem eigenen Laden.

*

Am nächsten Morgen stand ich wie gerädert auf. Die halbe Nacht hatte ich wach gelegen, um zu überlegen, wie ich mit der Situation mit Max umgehen sollte. Dabei hatte ich wirklich andere Sorgen. Am einfachsten war es, ihm schlicht zu kündigen. Er war noch in der Probezeit, und es wäre kein Problem. Zwar hatte er sich bis zu seinem Verschwinden gut gemacht, und ich hätte mir eine längere Zusammenarbeit mit ihm vorstellen können, aber *so* ganz sicher nicht.

Nach dem Frühstück brachte ich Leni zu meiner Großmutter, wo sie den Sonntag verbringen sollte. Nachdem ich sie gestern vom Geburtstag abgeholt hatte, waren wir zum Spielplatz gegangen und hatten den Nachmittag dort verbracht. Ich wollte sie auspowern, damit sie die Nacht durchschlief, und der Plan war aufgegangen. Jedenfalls für Leni. Mir selbst hatten die Stunden an der frischen Luft nicht geholfen – Max' Verschwinden hatte mich Stunde um Stunde beschäftigt.

Im Cupcake-Shop grübelte ich weiter. Ich mochte Max als Menschen, fand seine offene und lockere Art beruhigend, und seine Nähe entspannte mich. Unser erstes Treffen auf der Seebrücke hatte mich überrascht, das Gespräch im Anschluss noch viel mehr. Nie hätte ich damit gerechnet, dass ein Mann, der wie ein Hipster gekleidet war, einfach so eine Brücke hinuntersprang, damit ich eine erfundene Wette gewann. Und erst recht nicht, dass er sich im Anschluss eine Stunde mit mir über die kleinsten Kleinigkeiten unterhielt, ohne dass es langweilig wurde.

Dennoch würde ich ihn rausschmeißen. Egal wie nett ich ihn fand.

Bis zur Öffnungszeit blieben mir zwei Stunden, in denen ich einige neue Cakepops backen musste. Der Vorrat neigte sich dem Ende, und gerade sonntags wollte ich lieber vorbereitet sein.

Im Shop war es ruhig. Weil mich ein leichter Kopfschmerz plagte, ließ ich das Radio ausnahmsweise aus, genoss die Stille meines Ladens und merkte nicht, wie die Zeit verging. Bis auf einmal jemand an der Tür klopfte. Verwirrt schaute ich auf, es war noch nicht Zeit zum Öffnen. Also ging ich in den Verkaufsraum, um zu sehen, wer störte.

Mir klappte der Mund auf, als ich Max vor der Tür stehen sah. Ich hielt hinter dem Tresen inne, überlegte, ob ich ihn hereinlassen sollte. Meine Entscheidung, ihm zu kündigen, stand fest, ich musste nur noch das Schreiben aufsetzen und verspürte wenig Lust, mich jetzt damit zu beschäftigen. Andererseits wäre ein persönliches Gespräch natürlich höflicher. Als ich gestern in den Laden zurückgekehrt war, um den Tagesabschluss zu übernehmen, hatte ich mit Tamina darüber geredet, die bereits einige Kündigungen ausgesprochen hatte. Auch sie empfand den persönlicheren Weg zwar als schwerer, aber dennoch als besser, um alles zu klären. Gerade wenn der Arbeitnehmer, den man loswerden wollte, eigentlich ein netter Kerl war.

Also öffnete ich die Tür, blieb jedoch im Eingang stehen, sodass Max nicht an mir vorbeikam. Ich sagte kein Wort, wollte hören, was er vorzubringen hatte.

Zunächst war er verwirrt, weil ich im Weg stand, schien nicht einmal zu wissen, dass er etwas Gravierendes falsch gemacht hatte. Doch dann machte er einen Schritt rückwärts und verzog betroffen das Gesicht.

»Bin ich gefeuert?« Ich setzte zu einer Bestätigung an, als er weiterredete. »Es tut mir leid. Wirklich. Es war ein absoluter Notfall. Bitte, Isabella, ich verspreche dir, dass es nicht wieder vorkommt.«

Obwohl es wahrscheinlich einer der abgedroschensten Sätze war, die es im Beziehungsgeflecht zwischen zwei Menschen gibt, brachte er meinen Entschluss ins Wanken. Max in die Augen zu sehen und zu sagen, dass er keinen Job mehr hatte, war härter, als Tamina angekündigt hatte. Ich war nicht darauf vorbereitet, hatte mir nicht überlegt, was ich ihm sagen sollte.

»Wieso bist du abgehauen? Das ist ein unverantwortliches Handeln«, sagte ich und verschränkte die Arme vor der Brust.

»Wie gesagt, es war ein Notfall. Ich musste los.«

»Hing ein Menschenleben davon ab?«

Max wirkte zerknirscht. »Nicht direkt. Es ging um meinen Sohn. Ich hätte den Laden nicht verlassen, wenn es nicht dringend gewesen wäre.«

Ich versuchte, hart zu bleiben, denn was kümmerten mich

seine Dringlichkeiten? Ich hatte meine eigenen, und er hatte mich in Bedrängnis gebracht. Allerdings hatte sich meine Sicht auf das Elternsein deutlich gewandelt, seit Leni bei mir eingezogen war. Ich seufzte. »Komm rein. Ich öffne erst in einer halben Stunde. Wenn du deinen Job behalten möchtest, erzählst du mir, was los ist. Dann gucken wir weiter.«

»Danke«, sagte er sichtlich erleichtert und legte die Handflächen wie zum Gebet aneinander, ehe er sich an mir vorbei in den Laden schob.

Wir setzten uns an denselben Tisch, an dem wir das Bewerbungsgespräch geführt hatten, und ich holte uns zwei Kaffee. »Also, was war mit deinem Sohn?«

Max nahm einen Schluck, bevor er antwortete: »Bei unserer ersten Begegnung habe ich ja schon erwähnt, dass mein Sohn nicht bei mir lebt. Er heißt Henry und ist ein echt cooler Junge. Leider gibt seine Mutter alles dafür, dass ich ihn nicht zu sehen kriege. Eigentlich sollte er in den Sommerferien zu mir kommen. Jetzt hat sie beschlossen, dass er es nicht darf. Aus einem völlig fadenscheinigen Grund, den ihr neuer Freund ihr geliefert hat.« Max vergrub das Gesicht in seinen Händen. »Wir haben nicht das beste Verhältnis, wie du dir denken kannst. Und ich musste gestern sofort zu ihr, um das zu klären. Henry ist mein Sohn, und ich will ihn sehen dürfen.«

Die Verzweiflung, die er mir so offen zeigte, erinnerte mich an Leni in der vorletzten Nacht. Auch sie hatte ihre Mutter so dringend sehen wollen, dass sie vermutlich aus der Wohnung gelaufen wäre, wenn sie gekonnt hätte. Doch es gab einen gravierenden Unterschied zwischen Leni und Max. Sie war vier Jahre und er ein erwachsener Mann, von dem man erwarten sollte, dass er etwas mehr Impulskontrolle besaß.

»Hat sie es denn eingesehen?«, hakte ich nach. »Darf Henry in den Ferien zu dir kommen?«

Noch immer hielt er sein Gesicht in den Händen versteckt und schüttelte den Kopf, sackte sogar ein wenig mehr in sich zusammen. »Ich hab alles versucht, doch leider ist sie nicht sehr einsichtig, wenn es um mich geht.«

»Ihr seid wohl nicht im Guten auseinandergegangen?«, fragte ich vorsichtig und überlegte gleichzeitig, ob ich das Thema so weit vertiefen durfte. Immerhin war ich seine Chefin. Andererseits ging es um seine Zukunft in meinem Laden, und sowohl für ihn als auch für mich hing manches davon ab, wie es um sein Seelenheil und damit seine Zuverlässigkeit bestellt war.

»Das kann man laut sagen. Aber ich habe sie nicht betrogen, falls du das denkst. Ihrer Meinung nach bin ich einfach nur ein fauler Sack, der nicht weiß, was er vom Leben will. Und das war sie irgendwann wohl über.« Max löste die Hände vom Gesicht und sah mich erschrocken an. »Entschuldige. Ich wollte dir nichts vorjammern. Das ist absolut unangebracht. Du bist mein Boss.«

Ein warmes Gefühl breitete sich in meinem Bauch aus, als mir klar wurde, dass er genauso dachte wie ich. Überrascht über diesen Moment fühlte ich ihm nach, genoss die Wärme, ehe sich das Hier und Jetzt darüber schob.

»Ich habe danach gefragt, und du hast ehrlich geantwortet. Das ist schon in Ordnung«, wiegelte ich seine Befürchtungen ab. »Was sagt denn dein Sohn zu der Situation? Kommt er damit klar?«

Max zuckte mit den Schultern. »Ich weiß nicht genau. Wenn er bei mir ist, wirkt er fröhlich, aber sicher bin ich mir nicht. Es kann sein, dass er nur gute Miene zum bösen Spiel macht. Manche der Streitereien zwischen Lisa und mir hat er mitbekommen, aber er lässt sich nichts anmerken. Ein tapferer Junge.«

Ich fragte mich, ob es so sinnvoll war, ein Kind als tapfer darzustellen, weil es seine Gefühle unterdrückte, behielt den Gedanken jedoch für mich. Ich unterdrückte im Moment selbst so viel, dass ich fürchtete, jeden Augenblick zu implodieren.

»Hätte es keine andere Möglichkeit gegeben, mit ihr zu reden? Per Telefon oder Nachricht, um das zu klären?«

Max legte die Hände auf den Tisch und rutschte rückwärts zurück, bis er an die Stuhllehne stieß. »Du kennst sie nicht. Sie wäre entweder nicht rangegangen oder hätte nicht geantwortet. Ich musste es auf direktem Weg versuchen.«

»Mit mäßigem Erfolg. Und nun steht dein Job auf der Kippe«, ergänzte ich ernst.

Max presste die Lippen zusammen und nickte. »Ich weiß. Wie gesagt, ich kann mich nur bei dir entschuldigen und versprechen, dass es nicht wieder vorkommt. Ich möchte dich bitten, mir eine zweite Chance zu geben. Von einem Elternteil zum anderen.«

Ich starrte ihn an und dachte nach. Zum Teil konnte ich seine Entscheidung nachvollziehen. Wenn etwas mit Leni passieren würde, ließe ich ebenfalls alles stehen und liegen. Jedoch hätte ich zumindest kurz Bescheid gegeben.

Max tat mir leid. Auch wenn er nach außen hin den lebensfrohen Mann gab, so schien sich sein Leben über steinigere Pfade zu winden, als man ihm ansah. Was meinen Respekt für ihn wachsen ließ.

Schließlich lehnte ich mich vor. »Du kannst den Job behalten, allerdings nur unter einer Bedingung.«

Max richtete sich auf wie ein beflissentlicher Schüler, wenn der Lehrer Aufmerksamkeit verlangt. »Alles, was du möchtest, Isabella.«

»Sollte solch eine Situation erneut vorkommen, möchte ich,

dass du zu mir kommst. So viel Zeit ist immer. Und ich verlange Ehrlichkeit von dir. Nicht mehr und nicht weniger.«

»Versprochen. Ich bin ab sofort absolut ehrlich zu dir. So etwas wird nicht mehr passieren. Mehr als meinen Sohn von mir fernzuhalten, kann sie nicht machen.« Er stieß ein trauriges Seufzen aus, das mich an Leni erinnerte.

Und da wurde mir etwas klar. Ich verlangte von ihm, was ich selbst nicht einhielt. Er dachte immer noch, dass Leni meine Tochter war. Das würde ich ändern müssen. Aber nicht jetzt. Mein Blick wanderte zu der Tür. In ein paar Minuten musste ich öffnen und war noch nicht fertig mit den Vorbereitungen. Also stand ich auf und ging zum Kleiderhaken, an dem Max' Schürze hing, nahm sie herunter und hielt sie ihm entgegen. »Hier, du kannst weiter bei mir arbeiten. Solltest du jedoch noch einmal einfach verschwinden, werde ich keine andere Wahl haben.«

Max nickte und sprang auf. Die Erleichterung stand ihm ins Gesicht geschrieben. »Danke, Isabella. Ich weiß gar nicht, wie ich das wiedergutmachen soll.« Er eilte mir entgegen und griff nach der Schürze.

Da kam mir eine Idee. »Aber mir fällt etwas ein.« Ich deutete auf den Laden. »Wenn du den Shop später für eine Stunde allein übernimmst, sodass ich mit Leni Mittagessen kann … Außerdem …« Ich zögerte. Wirkte es seltsam, wenn ich ihn darum bat? Ich fuhr mir durch die Haare und vertrieb die Zweifel. Er war Vater, sicher würde er mir helfen. »Außerdem würde ich mich freuen, wenn du mir ein paar Tipps in Sachen Kinder geben könntest.«

Er hob eine Augenbraue, und ich sah die Verwunderung in seinem Blick. Für ihn ergab meine Anfrage sicher keinen Sinn, immerhin hatte ich in seinen Augen eine vierjährige Tochter und mehr Erfahrung als er als Teilzeitvater. Wenn er wüsste …

Halb rechnete ich damit, dass er meine Frage für einen Scherz halten würde.

»Kein Problem. Sehr gern sogar«, erwiderte er stattdessen ernst. »Wir können uns heute Abend nach Geschäftsschluss darüber unterhalten. Ich habe noch nichts vor.«

Seine aufgeschlossene Art ließ mich lächeln. Ja, er war wirklich ein netter Kerl. Es war eine gute Entscheidung gewesen, ihn nicht sofort zu feuern, sondern sich anzuhören, was er zu sagen gehabt hatte.

Er drehte sich um und begann die Auslage im Tresen zu sortieren, beugte sich dabei leicht nach vorn. Unwillkürlich glitt mein Blick hinunter zu seinem Hintern, der sich auffallend knackig wölbte, wie ich feststellte. Als ich merkte, was ich tat, wandte ich mich hastig ab und ging in die Küche, um meinen Teig fertig zu machen. Er war mein Angestellter. Und wenn ich eines von Alyxandra gelernt hatte, dann dass man sich niemals für einen seiner Angestellten interessierte. Das führte nur zu Komplikationen. Mühsam zwang ich mich, den Teig zu kneten, doch ich konnte nicht verhindern, dass ich mich immer mal wieder zum Verkaufsraum umdrehte und Max neugierig betrachtete.

Kapitel 16 – Maximilian

Seit einer Woche arbeitete ich nun schon bei Isabella, und auch wenn mich jeder weitere Tag wertvolles Geld kostete, so war ich deswegen seltsamerweise nicht traurig. Die Tätigkeit im Cupcake-Shop war zwar anstrengender, als für Onkel Wolfgang zu arbeiten, aber es störte mich nicht. Im Gegenteil, ich spürte, dass mir Isabellas Nähe seltsam gut tat. Ihre warmherzige Art und der liebevolle Umgang, den sie mit ihren Kunden pflegte, waren erfrischend und lösten meine Sorgen. Immer wenn keine Kundschaft im Laden war, unterhielten wir uns über meinen Sohn und was ich machen konnte, um Lisa umzustimmen. Oder wir redeten über ihre Tochter, die ich bisher nur kurz kennengelernt hatte. Sie war ein aufgewecktes kleines Mädchen, das regelmäßig oben bei der Oma spielte. Ab und an kam sie herunter und fragte etwas oder wollte bei Isabella sein. Wenn gerade Zeit war, las Isabella manchmal ein kleines Buch vor oder ließ das Kind an einem Tisch malen. Wenn jedoch zu viel zu tun war, schickte sie Leni zurück nach oben, oft mit einem Cupcake in der Hand und den Worten: »Für dich, kleiner Schlumpf. Aber gib Oma ein Stück ab.«

»Klaro«, erwiderte Leni dann jedes Mal und bohrte noch im Hinausgehen den ersten Finger ins Gebäck. Seltsam war nur, dass sie ihre Mutter nicht »Mama« nannte, sondern »Bella«. Ich hatte zwei Kumpels, die ihre Eltern beim Vornamen nannten, einer von Kindesbeinen an, was ich als distanziert und kühl empfunden hatte.

Je länger ich bei Isabella arbeitete, desto öfter vergaß ich, dass es eigentlich nicht mein echter Job war. Es fühlte sich gut und richtig an, im *Cupcakes by the Sea* zu arbeiten. Wie die berufliche Heimat, die ich immer gesucht hatte. Und das verstörte mich. Ich liebte das Schrauben an meinem Motorrad. Die körperliche Tätigkeit und das Knobeln, wie man die Maschine noch verbessern konnte. Trotzdem war ich in diesem doch sehr weiblich angehauchten Geschäft glücklich.

Das wurde mir eines Morgens klar, als ich auf dem Motorrad zur Arbeit fuhr. Wenn ich die Gärten von Onkel Wolfgangs Immobilien pflegte, hatte ich kein schlechtes Gefühl, aber auch kein gutes. Es war ein Job, den ich erledigte, damit ich Essen auf den Tisch bekam. Heute Morgen jedoch war ich mit einem Lächeln auf meine BMW gestiegen und *freute* mich auf den Tag. Ein winziger Teil in meinem Herzen fragte mich leise, ob das an der Arbeit lag oder an Isabella, aber ich sperrte ihn sofort wieder weg. Sie war meine Chefin, und auch wenn ich sie mochte, durfte ich diesem Gefühl weder nachgeben noch es wachsen lassen. Außerdem würde ich ohnehin kündigen, sobald Onkel Wolfgang hatte, was er wollte. Und das würde schwer genug werden, auch ohne dass ich die freundschaftliche Ebene, auf der wir uns mittlerweile begegneten, vertiefte.

»Guten Morgen«, rief ich in den Laden hinein, als ich ihn betrat. Wie immer hatte Isabella morgens die Tür aufgeschlossen, aber das Geschlossen-Schild hängen lassen. Die meisten hielt das davon ab, einfach einzutreten und zu fragen, ob sie schon mal einen Kaffee bekommen konnten.

Ein hektisches Rascheln aus dem Büro verriet mir, dass Isabella nicht wie sonst in der Küche werkelte. »Ich bin gleich da.« Ihre Stimme klang fremd, leise Verzweiflung schwang darin mit und Scham.

Ich dachte an jenen Abend, an dem ich sie weinend an ihrem Schreibtisch hatte sitzen sehen, und an das verheulte Gesicht, mit dem sie mich zu meinem Vorstellungsgespräch begrüßt hatte. Etwas mehr als eine Woche war seitdem vergangen, und ich spürte, dass es mich bewegte, die Frau, mit der ich inzwischen so viele herzliche Stunden Seite an Seite gearbeitet hatte, aus der Bahn geworfen zu hören.

Zögernd überwand ich meine Scheu vor weinenden Frauen und machte einen Schritt auf das Büro zu, wollte schauen, ob es Isabella gut ging. Ich redete mir ein, dass es nur für die Aufgabe war, die Onkel Wolfgang mir gegeben hatte, und nicht an Isabella selbst lag.

Als ich um die Ecke blickte, wischte sie sich gerade mit einem Taschentuch über die Wangen. Sie bemerkte mich und hielt abrupt inne. Einige Sekunden lang starrten wir uns an. Sie wirkte wie ein verschrecktes Reh, das in die Scheinwerfer eines herannahenden Lastwagens schaut.

»Ist alles in Ordnung?«, fragte ich. »Kann ich dir helfen?«

»Ja, keine Sorge, Max. Alles ist gut.«

Mein erster Impuls war, zu nicken und ihr beizupflichten, aber da war eine Stimme in mir, die lauthals brüllte, dass es nicht stimmen konnte. Und bevor ich nachdenken konnte, sagte ich: »Das ist das dritte Mal, dass ich dich weinen sehe. Willst du darüber reden?«

Isabellas Hand verharrte in der Luft, und sie schob ihren Unterkiefer zur Seite, während sie die Lippen zusammenpresste. Sie spielte mit dem Taschentuch in der erhobenen Hand, zerknüllte es. Schließlich seufzte sie und sank in sich zusammen.

»Du hast recht. Ich erwarte von dir Ehrlichkeit, also solltest du sie von mir ebenfalls bekommen.« Isabella richtete sich wieder auf und atmete tief ein. »Leni ist nicht meine Tochter.«

Überrascht hob ich meine Augenbrauen. »Nicht? Aber sie lebt bei dir. Hast du sie adoptiert?«

Isabella schüttelte den Kopf, und eine neue Träne sammelte sich in ihrem Augenwinkel. »Leni ist die Tochter meiner besten Freundin, die vor drei Wochen an einem Aneurysma im Herzen gestorben ist. Ich habe das Sorgerecht übernommen.«

Ich schluckte schwer. Der Kloß, den ich aus ihrer Stimme hörte, schien in meinen Hals zu wandern. »Das tut mir sehr leid.« Dass ihre Freundin tot war, hatte ich ja schon von der Großmutter gehört, dazu die Verantwortung für ein trauerndes Kind zu übernehmen war allerdings noch mal eine ganz andere Hausnummer. »Kann ich irgendetwas für dich tun?«

Isabella verzog das Gesicht, als ob sie Schmerzen hatte. Im nächsten Moment schluchzte sie laut und drehte sich weg. Ohne nachzudenken trat ich zu ihr ins Büro und nahm sie in den Arm. Augenblicklich hörte sie auf zu weinen und erstarrte.

Ich löste mich von ihr und wich zurück. »Entschuldige, ich wollte dir nicht zu nahe treten.«

»Schon gut. Es war ja lieb gemeint. Ich habe nur nicht damit gerechnet. Danke.«

Eine peinliche Stille entstand zwischen uns. Ich vergrub die Hände in den Hosentaschen, wusste nicht, wohin sonst damit. »Kann ich dir denn irgendwie helfen?«

»Ich fürchte nicht. Damit muss ich allein zurechtkommen.« Isabella beugte sich zu ihrem Computer hinunter, drückte die Standby-Taste ihrer Tastatur, und der Bildschirm, auf dem E-Mails zu sehen gewesen waren, erlosch. Sie stand auf und richtete die Schürze, die sie bereits trug, strich darüber, bis alle Falten verschwunden waren.

»Niemand muss mit so einer Situation allein zurechtkommen. Wenn du Hilfe brauchst, bin ich gern da. Ich kann auf Leni aufpassen oder …« Ja, oder was? Wie könnte ich ihr noch helfen? Ich überlegte, und mir fiel nur eines ein. »Oder Tipps geben.«

»Das hast du schon gemacht und mir damit sehr geholfen. Das Zähneputzen läuft viel entspannter ab, seitdem wir mit Belohnungsstickern arbeiten.«

»Ich kann auch mal babysitten, wenn du möchtest«, bot ich an und wunderte mich über mich selbst. War es nur mein schlechtes Gewissen, weil ich Isabella ausspionierte, das in mir den Wunsch weckte, sie unbedingt unterstützen zu wollen, oder war da mehr? »Falls du mal einen Abend freihaben willst. Ich habe eine ungefähre Ahnung davon, wie es ist, wenn man allein für ein Kind verantwortlich ist.« Okay, das stimmte nur bedingt, denn Henry war nie lange genug bei mir, um erschöpft zu sein, wenn er wieder abfuhr. Und ich musste keinen Alltag mit ihm bestreiten, ihn nicht wecken, damit er pünktlich zur Schule kam, ihn abends nicht ins Bett schicken, wenn er noch spielen wollte. Trotzdem kannte ich das Gefühl, keine Möglichkeit zu haben, mal was zu unternehmen – auch wenn es bei mir oftmals schlicht am nötigen Kleingeld mangelte und nicht daran lag, dass ich alleinerziehend gewesen wäre.

»So kurz nach Melanies Tod will ich sie nicht in die Obhut eines ihr Fremden geben. Aber lieb, dass du es vorschlägst.«

Ich nickte und lehnte mich an den Türrahmen. »Wie geht es dir denn mit dieser Situation? Ist sicher nicht leicht, oder?«

Isabellas Unterkiefer bebte leicht, ehe sie sich räusperte. »Nein, das ist es nicht. Der Laden, Leni und …« Sie hielt inne, winkte ab. »Ach, egal. Ich komme schon klar.«

Da war noch etwas, das sie beschäftigte. Unmöglich zu übersehen. Aber sie wollte anscheinend nicht darüber sprechen, also beließ ich es dabei. Sollte sie später reden wollen, wäre ich für sie da.

Ich hielt inne. Der Gedanke überraschte mich. Ich wusste doch, dass dieser Job nur temporär war. Wie konnte ich ihr – wenn auch nur in meinem Kopf – versprechen, dass ich zur Stelle wäre? Die kleine Stimme in mir wurde lauter und schlug mir innerlich gegen die Stirn, als ob ich das Offensichtliche nicht sehen würde.

Ich mochte Isabella. Und das, obwohl sie das auserkorene Ziel meiner Spionageaktion war. Kaum wurde mir das klar, merkte ich, dass es stimmte. Ich wollte nicht, dass es ihr schlecht ging. Ich wollte, dass sie so fröhlich war wie die Kunden, nachdem sie den Laden verließen. Ich wollte, dass sie lächelte und gluckste wie Leni, wenn sie in einen frischen Cupcake biss und anschließend mit zuckerverschmierter Schnute verkündete: »Das ist leckerschmecker, Bella!«

Ja, ich wollte Isabella lächeln sehen, weil sie dann eine schöne Frau war und ihre Herzlichkeit mich berührte.

Mist, dachte ich. *Ich bin echt am Arsch.*

»Du musst nicht allein damit klarkommen«, sagte ich laut und stieß mich vom Türrahmen ab, um auf sie zuzugehen. Langsam diesmal, damit sie sich darauf vorbereiten konnte. Ich wusste nicht, was ich vorhatte, ließ mich von meinem Bauchgefühl leiten.

»Ich fürchte schon. Du kannst das nicht verstehen. Ich …« Sie brach ab und schloss die Augen, um tief durchzuatmen. Eine weitere Träne rollte ihre Wange hinunter.

Sie tat mir leid, und ich wusste nicht, was mich dazu trieb, aber auf einmal überkam mich dieses unbändige Gefühl, sie trösten zu wollen. Es strömte von meinem Bauch hinauf zu meinem Herzen und in meinen Verstand, wo es jegliche Vernunft ausschaltete.

Ich küsste sie. Ihre Lippen waren weich und zart wie ein Kissen, auf das ich mich nach einem langen Arbeitstag legen konnte, um zu entspannen und loszulassen. Isabella zu küssen, fühlte sich richtig an. So richtig wie seit langer Zeit nichts in meinem Leben.

Doch dann merkte ich, dass sie mich nicht zurückküsste. Im Gegenteil. Ihr Körper hatte sich versteift und war so hart wie der Türrahmen, an dem ich zuvor gelehnt hatte. Mir wurde klar, was ich tat, und ich zog mich zurück.

Isabella stand da und riss die Augen weit auf. »Was war das bitte?«, fragte sie verwirrt.

»Entschuldige. Ich dachte …« Ja, was hatte ich gedacht? Nichts. Ich hatte nicht nachgedacht, nur gehandelt. Ich wollte sie trösten, aber war das alles gewesen? Hatte ich mir mehr erwartet von dem Kuss? Wollte ich, dass sie mich ebenfalls küsste? Meine Gedanken drehten sich im Kreis, ohne dass ich eine einzige Antwort fand.

»Das war absolut unangebracht.« Hektisch wischte sie sich eine Träne aus dem Augenwinkel. »Ich glaube nicht, dass wir in dieser Art Beziehung zueinander stehen sollten.«

»Nein, du hast recht«, beeilte ich mich zu sagen. »Das sollten wir nicht. Ich weiß auch nicht, was mich geritten hat. Entschuldige vielmals. Ich …« Mit dem Daumen zeigte ich über die Schulter. »Ich sollte dann wohl mal alles vorbereiten. Sofern ich nicht gefeuert bin. Ich bin echt ein Idiot.«

»Schon gut.« Isabella hatte sich offensichtlich schneller gefangen als ich. Mir war das Ganze auf einmal fürchterlich peinlich. »Es ist lieb, dass du mich trösten wolltest, aber aktuell ist in meinem Leben kein Platz für einen Mann. Selbst wenn Chris Hemsworth hier auftauchen würde, könnte ich mich nicht auf ihn einlassen. Im Moment konzentriere ich mich voll auf Leni.«

»Verstanden. Es war ein Fehler. Und es tut mir leid. Soll ich gehen?«

Isabella wischte sich ein weiteres Mal über die Wangen, verscheuchte damit die letzten Tränen. Kurz überlegte sie, ehe sie den Kopf schüttelte. »Wenn du mir versprichst, dass das eine einmalige Sache bleibt und wir es nicht mehr ansprechen, kann ich darüber hinwegsehen.«

»Auf jeden Fall. Ich werde nie wieder davon reden.« Ich stolperte rückwärts gegen den Türrahmen, schlug mit der Schulter dagegen, bevor ich aus dem kleinen Büro verschwand.

»Tu dir nicht weh«, rief Isabella mir hinterher, aber ich war schon um die Ecke und lehnte mich in der Küche an die Arbeitsfläche. Wie dumm von mir. Das hätte mich mehr als nur den Job kosten können. *Ich habe sie ungefragt geküsst.* So was tat ein vernünftig denkender Mensch nicht. Verdammt, was war nur los mit mir?

Diese Frage beschäftigte mich den ganzen Tag, und auch wenn ich mich gern mit Isabella unterhalten und mehr über sie herausgefunden hätte, bekam ich keinen einzigen Ton heraus, sobald ich sie sah. Es war, als ob die Strafe für diesen kurzen Moment der Intuition der Stimmverlust war. Ich war zu Arielle geworden. Nur ohne den Kuss der wahren Liebe … Meine Mutter hatte diesen Film geliebt, und ich hatte ihn als kleiner Junge ständig mit ihr sehen müssen, obwohl ich nach *König der Löwen* und *Cars* bettelte. Es hatte dafür gesorgt, dass ich Rothaarige nicht sehr attraktiv fand.

Am späten Nachmittag bekam ich eine Nachricht von Onkel Wolfgang, dass er mich sehen wollte, und nach Feierabend fuhr ich zu ihm. Da ich nicht viel hatte, das ich ihm berichten konnte, würde es ein kurzes Gespräch werden, und ich wappnete mich für seinen vorwurfsvollen Blick und die abwertenden Kommentare, die mich sicherlich erwarteten. *Nicht mal das kriegst du hin.*

Vielleicht konnte ich im Anschluss bei Lisa anrufen und versuchen, mit Sven zu reden. Sie ging auf meine Beteuerungen nicht ein und wollte am liebsten gar nicht mit mir sprechen. Also hatte ich angefangen anzurufen, wenn sie arbeitete und nur Sven zu Hause war. Wenn ich ihn davon überzeugte, dass freie Zeit mit Lisa ja auch von Vorteil für ihn wäre, und er meiner Ex gut zuredete, hatte ich eventuell eine Chance, Henry doch noch in den Ferien zu sehen.

Ich klingelte, und Onkel Wolfgang machte gleich darauf auf. Wieder führte er mich in sein dekadentes Wohnzimmer. Diesmal jedoch bot er mir keinen Alkohol an.

»Setz dich«, sagte er streng.

Ich fühlte mich wie in der Schulzeit, wenn ich etwas angestellt hatte und beim Rektor vorstellig werden musste. Der hatte auch jedes Mal darauf bestanden, dass wir uns hinsetzten, auch wenn ich lieber gestanden hätte.

»Was gibt's Neues bei dir, Wolfgang?«, begann ich, obwohl ich ahnte, dass er mich nicht zum Smalltalk zu sich gerufen hatte. Doch was hätte ich sonst sagen sollen?

»Der Investor für das Hotel fragt mich, wie weit die Pläne vorangeschritten sind«, spielte Onkel Wolfgang den Ball an mich zurück. »Sag mir, Max, was soll ich ihm antworten?« Er lehnte sich auf seinem großen Sofa zurück, legte einen Arm auf die Rückenlehne und überschlug die Beine. Neugierig wartete er, dass ich redete.

»Dass du dran bist. Ehrlich. Ich versuche, mehr über den Laden herauszufinden, komme aber nicht ans Buchhaltungssystem heran.« Nicht, dass ich es versucht hätte, aber die Räumlichkeiten waren zu klein, und Isabella hätte es mitbekommen, wenn ich in das Büro gegangen wäre.

»Ich habe befürchtet, dass du das sagen würdest.« Onkel Wolfgang seufzte und massierte seine Stirn. »Nach dem guten

Start hatte ich gehofft, dass du schneller vorankommen würdest, aber inzwischen stagniert es.«

»Es ist halt viel zu tun im Laden, und ich kann sie ja auch nicht zu offensichtlich befragen«, verteidigte ich mich.

»Du weißt schon, dass du bei mir angestellt bist und nicht bei dieser Bäckerin?« Mein Onkel legte den Kopf schief und seufzte. »Ich bin davon ausgegangen, dass du mir ihre aktuellen Umsätze liefern kannst. Schließlich hättest du dafür gutes Geld bekommen. So aber wird das wohl nichts.«

»Ich versuche ja, mehr herauszufinden, aber …«

Onkel Wolfgang hob die Hand und brachte mich damit zum Schweigen. »Schon gut. Du musst dich nicht um Kopf und Kragen reden. Es reicht, wenn du mir zuhörst. Ich habe einen Vorschlag für dich.«

»Welchen?«, fragte ich vorsichtig.

Mein Onkel stand auf, strich sein weißes Hemd, das locker in der dunklen Jeans steckte, glatt und ging zu dem Vitrinenschrank, in dem eine kleine Geldkassette stand, wie ich wusste. »Wir können das Vorgehen beschleunigen. Wenn du machst, was ich dir sage, kriegst du deinen Anteil nächste Woche schon.«

Überrascht blickte ich ihn an, fragte mich, was er vorhatte. »Das wäre super. Was muss ich tun?«

Onkel Wolfgang schwieg, kramte in seiner Geldkassette herum und holte schließlich einen prall gefüllten Umschlag hervor sowie ein kleines, rundes Medikamentendöschen. »Du musst lediglich dieses Pulver in den nächsten Tagen in die Teigschüsseln kippen, und all unsere Sorgen sind vorüber.« Er hielt mir den Umschlag und das Döschen hin, doch ich zögerte, es entgegenzunehmen.

»Was ist da drin?«

»Ist das wichtig? Alles, was zählt, ist die Tatsache, dass du aus diesem Cupcake-Shop bald raus bist und mit deinem Sohn schöne Sommerferien verbringen kannst.« Er wedelte mit dem Umschlag, in dem sich vermutlich einige Geldscheine stapelten. »Und ich kriege mein Grundstück.«

»Ist das Gift?« Noch immer machte ich keine Anstalten, nach dem zu greifen, was mein Onkel mir hinhielt. »Denn wenn ja, mache ich nicht mit.«

»Wo denkst du hin? Ich will niemanden umbringen, Max. Bist du denn verrückt?« Mein Onkel machte ein Gesicht, als sei ich ein begriffsstutziges Kind, dem er etwas Einfaches beizubringen versuchte. »Es ist nur Abführmittel. Alle, die einen Cupcake essen, werden ein wenig Durchfall bekommen und denken, dass etwas nicht stimmt und das Gesundheitsamt einschalten. Ich habe dort einen Bekannten, der mir sagen wird, wann der Inspektor kommt, sodass du die Küche entsprechend präparieren kannst.«

»Das ist …« Mir fehlten die Worte, um zu beschreiben, was mir in diesem Moment durch den Kopf ging.

»Genial?«, beendete Onkel Wolfgang meinen Satz. »Ich weiß. So dürfte ich das Kuchenmädchen relativ schnell aus dem Laden kriegen. Dazu noch einige schlechte Rezensionen auf Google und anderen einschlägigen Seiten, und schon schmelzen ihre Reserven dahin.« Mit einem zufriedenen Grinsen legte mein Onkel Umschlag und Döschen auf dem Couchtischchen ab und setzte sich aufs Sofa. »Und dann trete ich als Retter in der Not auf den Plan, der ihr den Shop abnimmt.«

»Ich weiß nicht, ob das funktionieren wird«, merkte ich an, während ich versuchte, mir über meine Gefühle klarzuwerden. Spionieren war eine Sache, und sicher hatte ich den Job angetreten mit dem Ziel, meinem Onkel irgendetwas zu liefern, mit dem er Isabella aus dem Laden trieb. Allerdings war das gewesen, bevor ich sie kennenlernte. Bevor ich wusste, mit welchen

Umständen sie zu kämpfen hatte. Bevor ich den Menschen hinter dem Foto erblickte.

»Sicher klappt das. Nur ein wenig mehr Zuversicht, Max. Du als mein Spion wirst das schon schaffen, und ich erledige den Rest.«

Er schob mir das Döschen mit dem Umschlag entgegen. Auf dem milchigen Glastisch wirkte das blütenweiße Kuvert unschuldiger, als es tatsächlich war. Das Geld, das darin lag, würde mir bei allem helfen, was ich brauchte, zugleich jedoch würde es alles zerstören, was ich gerade mit Isabella aufbaute. Sei es nun die Freundschaft oder etwas anderes.

Dennoch nahm ich den Umschlag und das Medikament an mich. Wenn ich das Pulver nicht in den Teig mischte, würde Onkel Wolfgang jemanden finden, der es erledigte. Und der würde keine Rücksicht auf Isabella nehmen. Ich seufzte und steckte beides in meine Jackentasche. Sie würde mich hassen, wenn sie jemals herausfand, was ich im Begriff war zu tun.

Kapitel 17 – Isabella

»Und du kommst sicher klar?«, fragte ich die Babysitterin.

»Frau Kramer, ich hüte Leni bereits, seit sie zwei ist«, sagte Tessa. Ihre Zahnspange blitzte auf, als sie lächelte, und sie strich ihre blonden Haare über die Schulter. »Wir kommen schon zurecht.«

»Ich meine nur, weil die Umstände inzwischen andere sind«, erklärte ich und kontrollierte zum vierten Mal meine Handtasche, ob ich alles dabei hatte. Früher war ich einfach losmarschiert. Solange ich mein Portemonnaie dabei hatte, war ich für alles gerüstet. Doch seitdem ich für Leni verantwortlich war, hatte ich ständig das Gefühl, dass mein Kopf woanders war und ich irgendetwas vergaß.

»Ich weiß. Wenn etwas sein sollte, rufe ich Sie an.« Sie klopfte auf die Jackentasche ihrer dunkelgrünen Strickjacke, in der ihr Handy steckte. »Machen Sie sich keine Sorgen. Leni und ich sind ein eingespieltes Team.«

Obwohl Melanie Zeit ihres Lebens begeistert von Tessa gesprochen hatte und mehrfach betonte, wie viel Glück sie mit der Babysitterin hatte, zögerte ich. Es fühlte sich falsch an, zu diesem Treffen zu gehen. Leni lebte erst seit ein paar Wochen bei mir, und es fiel mir schwer, sie allein zu lassen.

Nein, sagte da die Stimme der Vernunft in mir. *Sie ist nicht allein. Tessa ist bei ihr und kümmert sich. Geh endlich und krieg den Kopf wieder frei.*

»In Ordnung. Aber ruf wirklich an, wenn sie traurig wird.

Das kommt in den seltsamsten Momenten. Gestern Abend hat sie angefangen zu weinen, weil ich das Brot nicht so geschnitten habe, wie ihre Mutter das gemacht hat. Sie wollte es als Zelt haben, aber ich weiß nicht, was sie damit meint.«

»Damit meint sie, dass das Toast in zwei Dreiecke geschnitten sein soll und nicht in der Mitte durch«, erklärte Tessa und lächelte. »Die Diskussion habe ich auch schon hinter mir.«

»Gut«, erwiderte ich nur und runzelte die Stirn. Wie kam es, dass eine Babysitterin, die meine Patentochter nur ein paar Mal im Monat gesehen hatte, besser Bescheid wusste als ich?

Ich ergriff die Türklinke, nickte Tessa ein letztes Mal zu und verließ die Wohnung, ehe ich es mir anders überlegte.

Der Weg zu Ellas Restaurant erschien mir unendlich lang, nun, da ich ihn allein zurücklegen musste. In den letzten zwei Jahren war ich ihn nie ohne Melanie gegangen. Immer hatte sie mich abgeholt und im Anschluss nach Hause gebracht, wenn wir uns kein Taxi geteilt hatten. Je näher ich dem Restaurant kam, desto mehr hatte ich das Gefühl, dass ich umkehren sollte. Nicht weil ich mich um Leni sorgte. Ich befürchtete, dass ich den Abend nicht genießen konnte. Zu viele Erinnerungen an Melanie hingen an diesen Treffen.

Aber ich hatte den Mädels angedeutet, dass ich mich blicken ließ. Immerhin waren die drei ebenfalls meine Freundinnen.

»Isa!«, begrüßte Ella mich, die am Tresen stand und ein Bier zapfte. »Möchtest du auch eins?«

Ich schüttelte den Kopf. »Nur eine Apfelschorle bitte.«

»Kommt sofort.« Sie gab den Auftrag an einen ihrer Kellner weiter und kam mit dem frischgezapften Bier hinter dem Tresen hervor. »Du bist die Erste. Tamina war am Strand und erzählte etwas von krebsroter Haut, die sie erst noch pflegen müsse. Und Alyxandra muss wohl länger arbeiten, weil eine ihrer Angestellten für den Empfang ausfällt. Aber sie kommen bald. Willst du schon mal etwas essen? Ich sag dem Koch Bescheid, und dann setze ich mich zu dir.«

»Hat er die Käsenachos, die Melanie so gern gegessen hat? Die würde ich nehmen. Mit Peperoni.« Wenn ich schon ohne Melanie hier sitzen musste, dann wollte ich zumindest eine Erinnerung an sie hochhalten.

»Aber sicher. Die haben wir immer vorrätig. Kommt sofort.« Ella lotste mich zu unserem üblichen Tisch, an dem ich auf einmal allein saß. Um mich herum herrschte Trubel, das Restaurant war gut besucht, aber ich fühlte mich so einsam wie nie zuvor. Dabei hätte ich nur das Telefon herausholen und damit spielen müssen, um mich abzulenken. Stattdessen starrte ich auf den Platz, auf dem Melanie das letzte Mal gesessen hatte, und versuchte ihr Bild heraufzubeschwören. Vor meinem inneren Auge sah ich sie mit einem Berg Nachos, dem Radler und ihrem Kaffee dort sitzen. Ein wehmütiges Lächeln glitt über meine Lippen.

»Du kannst ja doch noch lächeln«, sagte Ella leise neben mir.

Ich schrak aus meinem Tagtraum auf, hatte nicht mitbekommen, dass sie sich neben mich gesetzt hatte.

»Ich habe mir gerade Melanie dort drüben vorgestellt«, gestand ich ein.

»Sie fehlt in der Runde. Mit ihren Sprüchen und ihrer frechen Art hat sie unsere Abende immer bereichert«, stimmte Ella zu. Die Älteste aus unserer Mädelsrunde schob mir mein Glas zu. »Sie wird aber immer bei uns sein, solange wir sie in unseren Herzen bewahren.«

»Ella, kannst du mal kurz kommen?« Eine der Kellnerinnen winkte ihre Chefin heran.

Ella verdrehte die Augen. »Bin gleich wieder da.«

Ich nickte und holte nun doch das Handy heraus. Aber

nicht, um zu spielen, sondern um noch einmal die E-Mail zu lesen, die ich vor zwei Tagen morgens bekommen hatte. Es war der Morgen gewesen, an dem Max mich so unverhofft geküsst hatte. Noch immer war ich erstaunt darüber, wie ruhig ich reagiert hatte. In meinen Träumen hatte ich den Kuss einige Male durchgespielt. Mal hatte ich Max von mir gestoßen und ihm eine schallende Ohrfeige verpasst. Doch ein paar Mal hatte ich es zugelassen, war sogar auf den Kuss eingegangen. In diesen wenigen Träumen hatte ich die Tatsache akzeptiert, dass ich Max mögen könnte. Etwas, das ich aktuell nicht gebrauchen konnte. Besonders nicht nach der E-Mail, die ich an jenem Morgen erhalten hatte. Es war die ersehnte Nachricht von Melanie gewesen. Doch sie war anders, als ich erwartet hatte. Erneut begann ich zu lesen.

Liebe Isa,

schön, dass du die erste Aufgabe erfüllt hast. Ich hoffe, der Sprung hat sich so fantastisch angefühlt, wie ich es mir immer ausgemalt habe.

Ich hoffe auch, dass du mit Leni klarkommst. Sie kann ein Biest sein, aber zumindest eines mit flauschigem Fell und Rehaugen. Ich mache mir keine Sorgen, dass du sie nicht lieben könntest. Dafür bist du einfach die beste Patentante ever.

Tja, nun bin ich tot. Scheiße, was? Für mich ist die Zeit im Moment wohl nicht so schlimm wie für dich. Ich wünschte, ich könnte etwas tun, damit es dir besser geht. Du hast mir in all den Jahren, die wir uns kennen, immer den Rücken gestärkt, wenn ich eine Entscheidung treffen musste. Und nie die Worte »Hab's dir ja gesagt« gesagt, wenn es angebracht gewesen wäre. Stattdessen hast du mich in den Arm genommen und getröstet, wenn ich falsch entschieden hatte.

Ich weiß, ich bin tot, und so wie ich dich kenne, bist du ein einziger Trauerkloß. Aber das solltest du hinter dir lassen. Sei bitte nicht traurig, weil ich nicht mehr da bin. Manchmal wünschte ich, dass unsere Kultur mehr wie die der alten Azteken wäre. Die haben den Tod nicht betrauert, weil sie das als respektlos empfunden hätten, sondern ihn als Teil des Lebens betrachtet. Und dank dieser Einstellung und der Erinnerungen blieben die Verstorbenen Teil der Gemeinschaft. Vielleicht hilft dir diese Sichtweise.

Und das wird deine nächste Aufgabe sein: Tröste dich, wie du mich getröstet hast. Betrauere nicht meinen Tod, sondern feiere mein Leben!

Dieses Mal wird die Mail nicht so lang, es ist schon spät, und wer weiß, wann Leni mich wieder weckt. Gib meinem kleinen Schlumpf einen Kuss von mir, und liebe sie so, wie du es schon immer getan hast.

Deine Melanie.

»Was liest du da?«

Erneut riss Ella mich aus meinen Gedanken, und ich legte das Handy beiseite. Bisher hatte ich niemandem von den E-Mails erzählt. Dieser Teil der Trauer gehörte mir.

Tröste dich selbst. Das sagte sich so leicht. Wie sollte ich mich selbst unterstützen und das auch noch auf einem Foto festhalten? Obwohl … dieses Mal hatte Melanie nirgendwo geschrieben, dass ich einen Beweis erbringen musste für die Erfüllung der Aufgabe. War es so leicht? Sollte ich einfach *schreiben*, wie ich mich selbst tröstete?

Liebe Bekannte von Melanie, heute habe ich eine Packung Krokanteis direkt aus der Packung gelöffelt in der Erinnerung daran, wie Melanie und ich als Jugendliche unseren Frust angingen.

Ich behielt den Gedanken im Hinterkopf und legte das Handy beiseite.

»Nichts weiter«, antwortete ich Ella. »Wie kommst *du* klar?«

»Mal besser, mal schlechter.« Sie senkte den Blick. »Aber ich muss ja weitermachen. Melanie hätte nicht gewollt, dass wir in Trauer versinken und unsere Geschäfte vernachlässigen.« Sie hob ihr Bierglas und trank einen Schluck.

Das schlechte Gewissen plagte mich. Sicher hätte sie das nicht gewollt, aber genau das tat ich aktuell. Auch wenn der Laden nach außen hin reibungslos lief, so stapelten sich in meinem Büro die unerledigten Dinge. Rechnungen, die ich noch nicht überwiesen, Buchhaltungsbelege, die ich nicht einsortiert hatte, und einige unbeantwortete E-Mails. Statt das abzuarbeiten, saß ich manchmal stundenlang am Schreibtisch und starrte auf das Foto von Melanie oder einfach vor mich hin, öffnete meine inneren Schleusen und ließ die Trauer ein, was nicht selten damit endete, dass mir minutenlang die Tränen aus den Augen liefen und sich nicht wieder stoppen ließen. Hatte Melanie recht und ich klammerte mich zu sehr an das, was ich verloren hatte, anstatt das zu feiern, was mir geblieben war? Letzteres kam mir so viel geringer vor …

»Moin, Ladies«, tönte Tamina durch den Raum, als sie heranrauschte und sich mit Schwung zu uns setzte.

Ella betrachtete unsere Freundin, bevor sie feststellte: »Nicht so rot, wie ich es nach deiner Schilderung erwartet hatte.«

Tamina winkte ab. »Das liegt nur an dem feuchtigkeitsspendenden Make-up«, sagte sie und verzog das Gesicht. »Dir Kalkeimer brauche ich das ja nicht zu empfehlen. Du verlässt deine Höhle ja nie.«

Beide lachten und tauschten sich über Bräunungscreme und Make-up aus, bis Alyxandra dazu stieß. Gleichzeitig kamen meine Nachos. Frisch mit Käse und Peperoni überbacken dampften sie noch, als der Kellner den Teller vor mir abstellte.

»Ihr glaubt nicht, was mir gerade passiert ist«, plauderte Alyxandra drauflos, noch während sie sich hinsetzte. »Mein sexy Koch kam zu mir und hat mich nach einem Date gefragt.«

»Nein!«, entfuhr es Ella. »Und was hast du gesagt?«

»Na, gar nichts.« Alyxandra ließ sich auf ihren Stuhl sinken, hängte ihre Handtasche um die Lehne und zuckte die Achseln. »Ich bin seine Chefin. Das letzte Mal sind wir im Bett gelandet. Das will ich nicht noch mal riskieren.«

Ungläubig starrte ich die drei an. Sie redeten miteinander, als ob alles in Ordnung, als ob die Runde nun komplett war. Dabei fehlte Melanie. Das konnte ihnen doch nicht entgangen sein.

Während die drei weiterredeten und mögliche Auswege für Alyxandra diskutierten, wie sie die Avancen ihres Kochs unterband, ohne ihn als Küchenmeister zu verlieren, aß ich meine Nachos, hörte nur mit halbem Ohr zu. Ich konnte das nicht. Einfach so weitermachen, als ob nichts wäre. Das war, als würde ich Melanies Tod verleugnen. Undenkbar. Sie war ein Teil von mir, den ich niemals vergessen wollte.

Ich hatte den Nachoteller zur Hälfte geleert, als ich genug hatte. »Entschuldigt mich, Mädels, ich muss nach Hause. Mein Kopf explodiert gleich«, murmelte ich und stand auf.

»Migräne?«, fragte Tamina und tätschelte meinen Oberarm. »Das kann ich verstehen. Du hast im Moment so viel um die Ohren. Soll ich dich nach Hause bringen?«

Ich winkte ab. »Der Spaziergang wird mir guttun. Entschuldigt, dass ich nicht die beste Gesellschaft war.«

»Sei nicht albern, Isabella, wo, wenn nicht unter Freunden, darf man sein, wie man sich fühlt? Geh nach Hause und knuddel Leni von uns. Schön, dass du da warst.« Ella nahm mich in den Arm und drückte mich an sich. »Und wenn du mit Leni mal hier essen möchtest – kommt einfach rum. Für euch habe ich immer einen Tisch.«

»Danke. Darauf komme ich gern zurück.«

Ich verließ das Restaurant und ging an der Strandpromenade entlang, atmete tief durch. Das Verhalten der anderen ärgerte mich. Sie taten so, als ob Melanie nicht erst vor einem Monat, sondern bereits vor einem Jahr gestorben wäre. Wollten sie nicht an Melanie denken? Ignorierten sie den Tod, um ihn aus ihrer Realität zu verbannen? Es tat mir in der Seele weh, wie unbeschwert die Businessfrauen ihre Leben fortsetzten, als hätten sie nicht gerade eine tiefe Erschütterung erfahren. Oder hatten sie sich damit abgefunden? Die Trauer begraben und hingenommen, dass sich an dem Geschehenen nichts ändern ließ? Wenn ja – warum konnte *ich* das nicht?

All diese Gedanken ließen mich nicht mehr los, und ich spürte, dass ich mit jemandem darüber reden musste, wenn ich nicht daran ersticken oder verbittern wollte. Ich schaute auf mein Handy. Erst zwanzig Uhr. Ich hatte Tessa bis zweiundzwanzig Uhr gebucht, konnte also einen Umweg zu Großmutter machen – die einzige Person, bei der ich mir vorstellen konnte, mich anzuvertrauen.

Eine Viertelstunde später saß ich mit einer Tasse Kamillentee in der Hand auf ihrer Couch und schaute mir irgendeine Gartensendung an, die sie sich aufgenommen hatte. Wir redeten nicht, saßen nur nebeneinander und tranken unseren Tee. Für einen Moment fühlte es sich an, als ob das Leben normal wäre, so wie früher. Der Tee beruhigte den rotierenden Motor in meinem Kopf, und ich konnte mich wieder konzentrieren. Als ich wohlig seufzte, stellte meine Oma den Fernseher auf Pause und drehte sich zu mir.

»Und jetzt erzähl mir, warum du zu mir kommst, mien

Deern.« Ohne Umschweife direkt auf den Punkt. Das war der pragmatische Kern der Norddeutschen, den ich so sympathisch fand. Nicht lange um den heißen Brei reden, einfach schnacken.

»Wie schaffst du es, so locker mit dem Tod umzugehen?«, erwiderte ich entsprechend.

»Ach, mien Deern.« Meine Oma lächelte sanft. »Das ist der Lauf der Dinge. Irgendwann kommt man in ein Alter, da begegnet einem der Tod häufiger als die meisten Freunde. Er wird dir so allgegenwärtig, dass er seinen Schrecken verliert.«

»Aber ich fürchte ja den Tod gar nicht.« Ich stutzte. Bisher hatte ich mir darüber kaum Gedanken gemacht, aber es stimmte: Ich hatte keine Angst vor dem Sterben. »Mir macht die Trauer zu schaffen, Oma. Wie kann ich das Leben genießen, während ich Melanie so sehr vermisse? Wenn ich weiß, dass alles jeden Augenblick vorbei sein kann?«

»Dass du deine beste Freundin vermisst, ist logisch. Das werde ich nicht ändern können.« Sie blickte mich an mit ihrem typischen Großmutter-Blick, der sich warm um mich legte. »Du musst einen Weg finden, wie du mit ihr im Herzen weiterleben kannst. Sieh, Melanie ist ein Teil von dir. Solange du dich an sie erinnerst, wird sie nicht verschwinden.«

Meine Mundwinkel hoben sich, aber das Lächeln reichte nicht bis zu meinen müden Augen hinauf. »So etwas Ähnliches hat sie auch gesagt.«

»Dann war sie eine weise Frau.« Großmutter nahm ihre geblümte Untertasse mit dem blauen Rand und lehnte sich zurück. »Und was die Vergänglichkeit des Seins angeht, mien Deern, die musst du einfach akzeptieren. Du kannst dich zu Hause einigeln und hoffen, dass dein Leben ewig dauert. Oder du wagst dich hinaus und genießt es in vollen Zügen. Irgendwann wird es vorbei sein. Sei es mit fünfundzwanzig, fünfundfünfzig oder fünfundneunzig. Aber wenn du eines Tages zurückschaust, willst du dann sagen: ›Ich würde alles wieder so machen‹, oder willst du bereuen?«

Ich kaute auf meiner Unterlippe herum. »Du hättest Lebensberaterin werden sollen«, murmelte ich und legte meinen Kopf auf die Schulter meiner Oma.

»Als Bäckerin war ich das doch. Jahrelang kamen die Menschen in den frühen Morgenstunden zu mir und erzählten mir aus ihrem Leben. Einigen habe ich sicher den teuren Seelenklempner erspart.« Sie tätschelte mir mit ihrer freien Hand den Kopf.

Ich genoss die Ruhe, die ich in der Gegenwart meiner Großmutter empfand, und schloss die Augen.

»Wie läuft es eigentlich mit dem neuen Verkäufer?« Sie löste sich von mir, hob die Tasse an die Lippen und trank schlürfend einen Schluck.

»Max?«, fragte ich, ohne die Augen zu öffnen, und schmunzelte. »Er hat mich vorgestern geküsst.«

Meine Oma spuckte den Tee beinahe aus, als sie sich verschluckte. »Wie bitte? Und das erwähnst du jetzt erst?«

»Es war nichts. Ich habe ihn zurechtgewiesen, und wir reden nicht mehr darüber.«

Meine Großmutter stellte ihre Tasse auf den Tisch und starrte mich an. »Zurechtgewiesen? Hast du noch alle Sinne beisammen, Kind?«

»Wieso, hätte ich ihn rauswerfen sollen?«

Oma lachte laut los. »Du bist wirklich eine unverbesserliche Deern.«

Verwirrt setzte ich mich auf und blickte sie an. »Was meinst du?«

»Da kommt ein hübscher, junger Kerl vorbei und scheint dich zu mögen, und was machst du?«

Auch wenn meine Oma die Situation zum Lachen fand – ich empfand das anders und blieb ernst. »Es ist nicht der richtige Zeitpunkt, um mich auf einen Mann einzulassen.«

»Magst du ihn etwa nicht?«

Ich überlegte, was ich darauf antworten sollte, horchte in mich hinein. Max war freundlich und zuvorkommend, er lenkte mich von meinen Sorgen ab, brachte mich ab und zu sogar zum Lächeln. Definitiv mochte ich ihn; und ja, auch wenn er auf den ersten Blick nicht unbedingt mein Typ war, so musste ich doch zugeben, dass er gut aussah. Ich dachte an seinen knackigen Hintern, den ich letztens so ungeniert angestarrt hatte, und unterdrückte ein Grinsen. Trotzdem. Ich schüttelte sacht den Kopf. Mich in irgendeiner Weise persönlich auf ihn einzulassen, kam einfach nicht in Frage. Nach dem, was ich von ihm wusste, stapelten sich einfach zu viele Probleme in seinem Leben, die ich nicht auch noch schultern wollte.

»Dein Schweigen sagt mir mehr, als du ahnst.« Wieder lachte meine Oma. »Selbst wenn *du* die Antwort noch nicht kennst – dein Herz ist ihm gegenüber offenbar nicht abgeneigt.«

»Aber …«

»Papperlapapp!«, unterbrach mich meine Großmutter. »Lass dir das von einem alten Schlachtschiff wie mir gesagt sein. Wenn du alles nur dann zulässt, wenn es passt, wirst du nie den Richtigen finden und erst recht keine Kinder kriegen. Denn Träume passen nie zum Leben, mien Deern.«

»Wie kannst du das sagen? Schließlich hast du Kinder bekommen und deinen Laden trotzdem am Laufen gehalten.«

»Ja schon, aber als ich schwanger wurde, war es mitnichten der richtige Zeitpunkt. Der Laden hatte damals gerade Konkurrenz vom Bäcker in der Schillerstraße bekommen, und die ersten mobilen Backshops fuhren an der Promenade entlang.

Ich hätte mehr Werbung für den Laden machen müssen, Aktionen planen, Kunden binden. Stattdessen war ich schwanger und habe mich darum gekümmert. Natürlich hat es mich geärgert, dass ich das Geschäft vernachlässigen musste, und wir hatten ordentlich Einnahmeeinbußen deswegen. Hätte ich jedoch länger gewartet mit dem Kinderkriegen, wäre ich vielleicht zu alt gewesen. Oder irgendetwas anderes wäre geschehen, das meine Aufmerksamkeit im Laden erfordert hätte. Als später dann in jedem Supermarkt ein eigener Backshop eröffnete, waren meine Kinder groß, und ich konnte mich darauf konzentrieren, dieser neuen Herausforderung entgegenzutreten. Mit Kleinkindern zu Hause hätte ich keine Zeit gehabt, mir das Bonusprogramm auszudenken, die Wochenangebote auszuweiten, die alten Rezepte meiner Mutter auszuprobieren, die sich als wahrer Verkaufsschlager erwiesen.« Oma warf mir einen durchdringenden Blick zu, der sich tief in mein Inneres bohrte. »Weißt du, im Nachhinein lässt sich immer sagen, wann ein guter Zeitpunkt für irgendetwas gewesen wäre. Solange du jedoch drinsteckst, ist nie die richtige Zeit für etwas.«

Die grauen Haare meiner Oma waren zu einem lockeren Dutt nach hinten geschnürt. Vereinzelte Haare hingen heraus und reflektierten das Licht vom Fernseher. Hatte sie recht? Bislang hatte ich mich immer auf ihre Erfahrungen verlassen können, überlegte ich. Wieso sollte es diesmal anders sein?

»Pack die Gelegenheit beim Schopf und riskier mal was, mien Deern. So habe ich deinen Opa – Gott hab ihn selig – kennengelernt. Weil ich Ja sagte, als ein junger Bursche mich nach Feierabend zum Tanz einlud, obwohl ich wusste, dass ich am nächsten Tag um vier Uhr in der Backstube stehen musste. Was ist schon ein müder Tag im Austausch gegen eine fröhliche Nacht? Hör auf, alles kontrollieren zu wollen, sonst endest du als alte Jungfer.«

Damit schien das Thema für meine Großmutter beendet, denn sie drehte sich von mir weg und schaltete den Fernseher wieder ein. Mich hingegen beschäftigten ihre Aussagen weiterhin. Den Laden zu übernehmen hatte ich auch nicht geplant gehabt, und jetzt konnte ich mir ein Leben ohne ihn nicht mehr vorstellen.

Ich trank meinen Tee aus, stand auf und gab meiner Großmutter einen Kuss auf die Stirn, ehe ich mich auf den Heimweg machte. Eine leise Stimme in mir flüsterte immer wieder: *Vielleicht … Vielleicht hat sie recht.*

Kapitel 18 – Maximilian

Ich spielte mit dem Döschen in meiner Jackentasche herum. Seit fünf Tagen trug ich es nun schon mit mir herum, ohne dass ich seinen Inhalt eingesetzt hätte. Bislang hatte sich einfach keine günstige Gelegenheit ergeben, wie ich Onkel Wolfgang erklärte. »Wenn ich nicht allein im Laden bin, kann ich den Teig schlecht manipulieren – die Räumlichkeiten sind so klein, dass Isabella mich sofort erwischen würde. Abgesehen davon, dass *sie* es ist, die in der Küche arbeitet. Ich stehe vorn und bediene die Kunden.« Zu meinem Glück hatte er das eingesehen, wenn auch nur zähneknirschend.

Am Ende dieses Arbeitstages trug ich das Pulver nach wie vor unangerührt bei mir. Zwar hatte mich Isabella heute das erste Mal seit Tagen eine Stunde allein gelassen, um Leni irgendwo abzuholen, aber ich hatte es nicht übers Herz gebracht, ihren frisch angerührten Teig, der zum Ruhen im Kühlschrank stand, mit dem Abführmittel zu verunreinigen. Isabella hatte an genügend Fronten zu kämpfen. Und sie war eine tolle Frau, die mich mit mehr Nachsicht, Wohlwollen und, ja, Hochachtung behandelte, als Lisa es je getan hatte. Selbst zu unseren besten Zeiten nicht. Ich hatte meiner Chefin tatsächlich ein paar Erziehungstipps geben können, obwohl mir ja selbst die Erfahrung des Alltags fehlte, und sie hatte mir zugehört und meine Ratschläge ausprobiert. Und sie nicht gleich mit einem Aber-Einwand beiseitegewischt wie Lisa, die grundsätzlich allem misstraute, was nicht auf ihrem eigenen Mist gewachsen war. Mir wurde klar, dass Isabella mich auf Augenhöhe behandelte – und dass das sonst niemand tat.

»Max, warte mal«, rief sie gerade, als ich im Begriff war, den Laden zu verlassen. Ich hielt inne und wartete darauf, dass sie weiterredete. »Wir sollten uns demnächst mal zusammensetzen und überlegen, wie wir die Arbeitszeiten effizienter gestalten können. Ich denke, du bist so weit, dass du den Laden auch mal für längere Zeit ganz allein schmeißen kannst.«

»Oh klar … gern.« Stolz erfüllte meine Brust. Vielleicht war es kindisch, sich über dieses indirekte Lob zu freuen; immerhin war es keine große Sache, Cupcakes zu verkaufen. Andererseits kam es nicht oft vor, dass jemand wertschätzte, was ich tat. Onkel Wolfgang ging einfach davon aus, dass ich erledigte, was er mir auftrug, und äußerte sich lediglich, wenn etwas schiefging. Isabella hingegen bedankte sich häufig auch für Kleinigkeiten, und nun wollte sie mir die Verantwortung für ihren Laden überlassen, der ihr ganzer Stolz war und an dem nicht nur ihre Existenz, sondern auch ihr Herz hing. Das wiederum füllte mein Herz mit Wärme. Sie vertraute mir. Das war mehr wert als die Bezahlung, die mein Onkel mir anbot, damit ich Isabellas Kunden schädigte.

»Wie wäre es mit heute Abend?«, schlug ich vor. Leni schlief bei ihrer Großmutter, wie Isabella mir am Mittag berichtet hatte, und der Gedanke, noch eine Weile in ihrer Gesellschaft zu verbringen, fühlte sich weitaus verlockender an, als nach Hause in die Scheune zu fahren, die mir plötzlich dunkel vorkam neben den Bonbonfarben des *Cupcakes by the Sea*.

»Jetzt?« Isabella drehte sich zu ihrem Büro und schien zu überlegen. Vermutlich hatte sie noch einiges zu erledigen. Doch abrupt wandte sie sich wieder ab, als wäre ihr auf einmal etwas eingefallen. »Warum nicht? Gib mir ein paar Minuten, um den Rechner runterzufahren und die Kasse zu schließen.«

»Ich warte draußen vor der Tür.«

Fünf Minuten später stand sie neben mir, trug eine dünne Strickjacke und eine dazu passende schmale, hellbraune Handtasche.

»Darf ich dich was fragen?«, begann ich die Unterhaltung, bevor sie beruflich wurde.

»Wenn du mir sagst, wo wir uns besprechen wollen, klar.« Sie breitete die Arme aus. »Wir können überallhin, aber nicht zu weit weg, falls ich zu Leni muss.«

»Wie wäre es mit der Strandbar hinter der Düne?«, schlug ich vor und machte einen ersten Schritt in die Richtung. »Die ist nicht weit weg, und man hat einen tollen Blick aufs Meer.«

Sie nickte und folgte mir. »Was wolltest du mich denn fragen?«

»Wie kommst du mit der Situation klar?« Die Frage brannte mir seit einiger Zeit auf der Zunge, weil ich Isabella bewunderte für ihr Durchhaltevermögen. Auch wenn sie stets so tat, als würde sie alles ganz locker schaffen, konnte ich die Ringe unter ihren Augen sehen, die Erschöpfung, die nach ihr griff.

Isabella antwortete nicht.

»Wenn es zu persönlich ist, musst du nicht antworten«, sagte ich schließlich. »Ich … ich möchte nur helfen. Also, falls du noch Fragen zum Elterndasein hast oder so.« Wow, war ich das, der da so herumstammelte? Und war sie es, die in mir diese Verlegenheit weckte, die ich nicht von mir kannte?

»Das ist lieb von dir, danke. Vermutlich könnte ich dich den ganzen Abend mit Fragen bombardieren und würde nicht mal an der Oberfläche kratzen«, erwiderte sie und verzog die Lippen zu einem schiefen Lächeln, das mich ansteckte, sodass ich zurückgrinste.

»Aber du könntest anfangen, wenn es dir hilft. Für dich

ist es doch sicher nicht leicht, auf einmal Mutter zu sein. Ich meine, jeder andere hat Zeit, in die Aufgabe hineinzuwachsen.«

Sie seufzte. »Ja, es ist ein zweischneidiges Schwert. Einerseits liebe und kenne ich Leni seit ihrer Geburt. Andererseits war ich bisher immer nur die coole Tante, die mit ihr Blödsinn anstellen konnte. Ich habe ihr Süßigkeiten geschenkt und sie viel zu spät ins Bett geschickt. Und das war okay, weil es die Ausnahme und meine Rolle klar war. Jetzt aber trage ich die Verantwortung, und um ehrlich zu sein, macht mir das eine Heidenangst.«

Ich berührte sie am Oberarm, wollte ihr Trost spenden. »Damit bist du nicht allein. Selbst mich, der ich schon seit acht Jahren Vater bin, plagt ständig die Angst, zu versagen oder etwas falsch zu machen. Das gehört leider mit dazu. Mir wurde mal gesagt, dass diese Angst erst aufhört, wenn deine Kinder eigene Kinder haben.«

»Mach mir Mut.« Isabella ließ ein Geräusch hören, das irgendwo zwischen Lachen und Schnauben changierte. »Es wird also nicht besser werden?«

»Nein, nur anders«, erwiderte ich und schenkte ihr ein hoffentlich aufmunterndes Lächeln. »Du machst das sicher toll.«

»Im Moment bin ich mir da nicht so sicher. An einigen Tagen fühle ich mich hin- und hergerissen, als ob ich in zwei Welten zugleich leben möchte. Ergibt das irgendeinen Sinn für dich?«

Mehr als du ahnst, kommentierte ich stumm und nickte nur. »Du brauchst einen Ausgleich«, meinte ich und klatschte in die Hand. »Squash oder Cross Fit. Etwas, das dich auspowert. Dann fühlst du gar nichts mehr.«

»Die Idee ist nett, aber ich fürchte, eine weitere zeitraubende Tätigkeit ist das Letzte, das ich aktuell gebrauchen kann.« Sie presste die Lippen zusammen, starrte mich kurz an, ehe sie den

Blick abwandte. In ihren hellen Augen war für einen Augenblick Neugier aufgeblitzt, die ich nicht zuordnen konnte. Zu meinem eigenen Erstaunen genoss ich es, nicht all ihre Zeichen sofort deuten zu können. Isabella war anders als meine bisherigen Bekanntschaften, die immer deutlich zeigten, was sie wollten. Sie gab mir Rätsel auf, was ein aufgeregtes Kribbeln in mir auslöste.

»Kommst du denn damit klar, dass du aktuell zurücksteckst?«, hakte ich nach.

»Habe ich eine Wahl? Die Alternative ist, dass ich einem Kind, das gerade erst seine Mutter verloren hat, sage, dass es nicht in mein Leben passt. Und das wäre undenkbar. Denn dafür liebe ich Leni zu sehr. Ich will sie bei mir haben, auch weil sie das Letzte ist, was mir von Melanie geblieben ist. Das will ich nicht auch noch verlieren. Ich …« Sie stockte. »Entschuldige. Ich wollte dich nicht mit meinen Problemen belasten.«

»Ach was, erzähl es mir. Ich sehe doch, dass es dir guttut, wenn du darüber reden kannst. Mir wurde mal gesagt, dass ich ein guter Zuhörer sei.« Das war eine gnadenlose Lüge. Weder eine meiner Ex-Freundinnen noch jemand anders hatte jemals etwas solches behauptet. Viel eher das Gegenteil, aber das wollte ich Isabella nicht auf die Nase binden.

Sie lächelte, und das erste Mal seit einigen Tagen reichte es wieder bis zu ihren Augen hinauf. »Ein anderes Mal gern.«

Wir erreichten die Strandbar, und ich bestellte je ein Alsterwasser für uns beide. Gleich darauf stellte uns der Barkeeper zwei gut gefüllte Gläser auf den Tresen vor uns.

»Also, wie stellst du dir unsere Arbeitsteilung vor?«, fragte ich. »Du vormittags und ich nachmittags?«

Isabella nahm einen Schluck. Ein kleiner Schaumbart blieb an ihrer Oberlippe hängen, und ich musste den Impuls unterdrücken, ihn fortzuwischen. Mit meinem Daumen über ihre weiche Haut zu streichen …

»Wenn das für dich geht?« Sie räusperte sich. »Wenn ich gegen vierzehn Uhr den Laden verlasse, könnte ich Leni endlich früher abholen, und sie ist nicht immer die Letzte im Kindergarten oder muss mit einer Freundin mitgehen oder bei meiner Oma warten. Wenn du ab dreizehn Uhr da bist, kann ich dir alles übergeben.«

»Kriegen wir hin. Ich bin pünktlich da. Soll das für jeden Tag gelten, oder willst du die Wochenenden anders regeln?« Mein Blick glitt von Isabella zu dem Sonnenuntergang hinter ihr. Nur eine dünne Wolkenschicht stand am Himmel und war glutrot eingefärbt. Der Himmel brannte, und niemand löschte ihn.

So in etwa sah es auch in mir aus. Ich wusste, dass ich mitten auf ein brennendes Feuer zusteuerte und bald darin verglühen würde. Dennoch behielt ich meinen Kurs bei. Eigentlich hätte ich links oder rechts abbiegen sollen. Links: Ich sagte meinem Onkel, dass ich nicht mehr für ihn spionierte. Rechts: Ich mischte das Mittel in den Teig und sah zu, wie statt mir Isabella verbrannte.

»Die Wochenenden können wir flexibel gestalten. Ab und an bringe ich Leni sicher mit in den Laden, damit du mal einen Tag freihast, sonst habe ich bald die Arbeitsrechtler am Hals.«

»Schon in Ordnung. Ich brauche gar nicht so viel frei«, winkte ich ab. »Schließlich kann ich jeden Tag ausschlafen.« Ich hob mein Glas und prostete ihr zu. »Und somit abends mit wunderbaren Menschen ausgehen.«

Sie lächelte schüchtern und trank ebenfalls einen Schluck. Gleich darauf band sie ihre Haare zu einem Zopf zusammen. »Du bist ein Charmeur, hat dir das mal jemand gesagt?«

»Nur die Netten sagen das. Alle anderen bezeichnen mich als Schleimer.«

Isabella lachte. Fasziniert lauschte ich dem Geräusch und seufzte. »Das machst du viel zu selten«, sagte ich, bevor ich es aufhalten konnte.

»Einen Trinken gehen? Früher war das anders, aber jetzt trage ich die Verantwortung für ein Geschäft *und* ein kleines Mädchen«, erwiderte sie und zog eine entschuldigende Miene.

»Nein, das meinte ich nicht. Ich rede vom Lachen.« Eigentlich hatte ich geglaubt, ihr mit dem Kompliment einen Gefallen zu tun, doch stattdessen senkte sie betroffen den Kopf.

»Ich weiß. Aber aktuell ist es nicht so leicht, einen Grund zum Lachen zu finden.«

Na klasse, Max, dachte ich. *Stimmung zerstört.* »Ich glaube, dass du dein Lachen wiederfinden wirst. Es ist nämlich zu schön, um verloren zu gehen.«

Die Röte des Sonnenuntergangs floss vom Himmel direkt in Isabellas Wangen und färbte sie tiefrot. »Danke schön.« Sie nippte am Alsterwasser und stellte das halbvolle Glas dann beiseite. »Ich denke, ich werde zurück zu Leni gehen. Du willst ja sicher auch Feierabend machen.«

»Das hier ist keine Arbeit für mich«, erklärte ich amüsiert. »Ich sitze gern hier mit dir und genieße den Abend und das Rauschen des Meeres. Wenn du möchtest, kannst du bleiben.«

Sie zögerte, schaute hinaus auf die Ostsee und den Sonnenuntergang, dann schüttelte sie den Kopf. »So schön der Abend sicher werden würde, ich kann nicht. Ein anderes Mal vielleicht. Wenn die Zeit günstiger ist«, schob sie murmelnd hinterher.

»Ich verstehe das. Grüße Leni von mir.«

Sie wollte Geld hinlegen für ihr Bier, aber ich hielt sie davon ab. »Das bezahle ich. Schließlich werde ich es auch austrinken.« Ich zwinkerte ihr zu, und sie verließ mit einem Lächeln die Strandbar. Ich schaute ihr hinterher und freute mich, dass ich ihr ein paar Minuten der Ablenkung verschafft hatte. Immer wenn ich sie sah, stand sie unter Strom. Morgens der Laden, nachmittags Leni und abends der Papierkram. Nachts fiel sie vermutlich erschöpft ins Bett.

Auch wenn unser Arbeitsgespräch, oder was immer es gewesen sein mochte, kaum länger als zwanzig Minuten gedauert hatte, bildete ich mir ein, eine Veränderung in ihrer Haltung ausgemacht zu haben. Die ständig angespannten Schultern waren gelockert hinuntergesackt, ihre Hände, die tagsüber immer etwas erledigten, geraderückten oder sauber wischten, hatten still auf dem Tresen neben dem Bierglas gelegen, und Isabella hatte den Sonnenuntergang betrachtet, als hätte sie nie etwas Schöneres gesehen. Plötzlich wünschte ich mir, ihr mehr solcher Oasen im Alltag bieten zu können. Ein Ruhepol für sie zu sein. Jemand, an den sie sich anlehnen und durchatmen konnte.

Ich stöhnte. Stattdessen würde ich derjenige sein, der ihr noch mehr Stress aufhalste, wenn ich Onkel Wolfgangs Mittel einsetzte.

Ich drehte mich um und starrte wieder auf die untergehende Sonne, die kurz davor war, in der Ostsee zu versinken. Ich musste mich endlich entscheiden.

»Okay«, murmelte ich der Sonne entgegen. »Sei du meine Deadline. Bis du den Horizont erreicht hast, treffe ich meine Wahl.« Viel Zeit blieb mir nicht. Ich überlegte hin und her, wog das Für und Wider ab.

Und als die Sonne das Meer berührte, stellte ich das zweite Glas leer auf den Tresen, bezahlte die Rechnung und ging zu meinem Motorrad.

Ich hatte mich entschieden.

*

»Was heißt, du kannst das nicht tun?« Onkel Wolfgang stand in seinem Garten vor dem Korbsessel, in den er mich gelotst hatte. Die Nacht war bereits mild, und man konnte es draußen gut aushalten. Ich versank beinahe in dem weichen Stoff der Auflage.

»Das heißt, dass ich Isabella nicht schaden werde. Sie hat das nicht verdient.«

»Das fällt dir ja früh ein.« Onkel Wolfgang verschränkte die Arme vor der Brust und starrte mich mit einer hochgezogenen Augenbraue an. »Und wie gedenkst du, die Situation zu lösen?«

»Welche Situation?«, fragte ich ernsthaft verwirrt und deutete auf den niedrigen Korbtisch, auf dem der Umschlag mit dem Geld und das Döschen lagen. »Ich habe nichts getan bisher.«

»Dennoch hast du schon Geld von mir erhalten. Willst du mir das zurückzahlen? Und was machen wir mit der Tatsache, dass du ohne mein Wissen einen Job nebenbei angefangen hast?« Wie ein dunkler, furchterregender Turm ragte er über mir auf, stand nur einen Meter von mir entfernt.

Ich stockte. »Wie bitte?«

»Nun, du hast deine Urlaubstage dazu verwendet, um in diesem Kuchengeschäft zu arbeiten und Geld zu verdienen. Da ich dein Hauptarbeitgeber bin, muss ich diesem Nebenjob zustimmen. Schade, dass du dir keine schriftliche Einwilligung geholt hast.«

»Moment mal, erpresst du mich gerade?« Ich schüttelte den Kopf und wollte aufstehen, als er sich vor mich stellte.

»Wenn ich dich erpressen wollte, würde ich nicht deinen Job bei mir als Druckmittel benutzen.« Mein Onkel ließ die Maske fallen, die er in den letzten Jahren stets getragen und deren Existenz ich nur zu gern ignoriert hatte. Jetzt war ich gezwungen, mich seinem wahren Ich zu stellen, und das gefiel mir überhaupt nicht. »Nein, ich würde dir sagen, dass du gefälligst tust, was ich sage, weil ich sonst dafür sorge, dass Lisa alles erfährt, was du getan hast – angefangen vom regelmäßigen Einkauf bei einem illegalen Händler über die ständigen Verstöße gegen das Tempolimit bis hin zum Ausspionieren einer harmlosen Bäckerin. Im Grunde alles Bagatellen, gewiss, aber wir wissen beide, wie Lisa das auslegen wird. Und dann siehst du Henry nie wieder.«

»Das würdest du nicht tun!«, rief ich und schluckte den Kloß hinunter, der in meinem Hals klebte. Ich konnte nicht fassen, was ich hörte. Wollte er mich verarschen?

»Ich bin bereit, mir völlig Fremde mit Abführmittel zu vergiften. Was denkst du, wozu ich fähig bin?«, schnaubte Onkel Wolfgang verächtlich. »Ich dachte eigentlich, dass deine Moralvorstellungen meinen ähneln – verschmerzbare Opfer für ein höheres Ziel. Damit könntest du es weit bringen. So wie dein Kumpel Jannis.«

»Isabella hat es nicht verdient, ruiniert zu werden«, platzte es aus mir heraus. »Du hast keine Ahnung, was alles in ihrem Leben passiert. Du kannst ihr den Laden jetzt nicht nehmen.«

Mein Onkel lachte aus voller Kehle, sodass es über sein großes Grundstück hallte. »Ich fasse es nicht. Hast du dich etwa in sie verliebt?«

»Ach, Quatsch!«, widersprach ich, stand auf und schob meinen Onkel beiseite. »Ich habe nur Mitleid mit ihrer Situation.«

»Und was ist mit dem Mitleid für mich?« Onkel Wolfgang klang nach wie vor spöttisch, doch nun deutlich milder gestimmt. »Ich finde es ja schön, Junge, dass du dich für deine Mitmenschen interessierst, aber sie ist nur ein Job. Ich bin deine Familie. Findest du nicht, dass du mir da helfen könntest?«

»Es tut mir leid. Du hast Reserven, die du aktivieren kannst, und bist nicht darauf angewiesen, dass der Deal mit dem Hotelbau vonstatten geht. Meine Güte, dann baust du eben woanders.« Ich fuhr mir durch die Haare, breitete die Arme aus, ging einen Schritt auf meinen Onkel zu. »Isabella besitzt nur diesen Laden, und der ist für sie wie ihr eigenes Kind.« Ich schüttelte entschlossen den Kopf. »Du wirst dir etwas anderes für dein Hotel einfallen lassen müssen. Ich werde ihre Gäste jedenfalls nicht vergiften.«

Onkel Wolfgang steckte die Hände in die Taschen seiner teuren Anzughose und bedachte mich mit einem Blick, als spiele es keine Rolle für ihn. »Wie du willst. Dann werde ich Lisa für ein Gespräch besuchen. Was glaubst du, wird sie tun, wenn sie von deinen Mehrfachjobs erfährt? Dann hat sich das mit dem Besuch von Henry sicher ganz erledigt. Vielleicht sogar für immer.«

»Das kannst du nicht machen. Er ist mein Sohn.«

»Willst du ihn wiedersehen?«, fragte Wolfgang nun bitterernst und hielt mich am Oberarm fest, als ich im Begriff war zu gehen.

»Natürlich. Was für eine dumme Frage ist das bitte?«, antwortete ich und starrte ihm für einen Moment lang in die Augen. Er kannte mich lange genug, um zu wissen, dass ich alles für meinen Sohn getan hätte. Ich wiederum wollte immer noch nicht glauben, dass Onkel Wolfgang tatsächlich kaltblütig genug war, um Henry gegen mich einzusetzen. Immerhin war ich sein Neffe, Henry sein Großneffe; wir waren seine Familie, wie er selbst eben betont hatte.

»Erledige diesen Job, und ich sorge dafür, dass nichts Unangenehmes zu Lisa durchdringt.« Der Griff um meinen Arm verstärkte sich, und ich riss mich los.

Dennoch ging ich nicht weg. Was Onkel Wolfgang versprach, das hielt er. Im Positiven wie im Negativen. Außerdem verlor er nicht gern und würde tatsächlich seinen Großneffen opfern, um den Hoteldeal durchzuziehen.

Ich mochte Isabella, mit ihr war etwas in meinen Alltag eingezogen, das ich bis dahin nicht gekannt hatte. Wertschätzung verbunden mit dem Gefühl, etwas Sinnvolles zu tun, weil ich anderen eine Freude bereitete, indem ich ihnen duftenden Kaffee und süße Cupcakes an den Tisch brachte. Und ja, möglicherweise hegte ich leise Gefühle für Isabella.

Doch Henry liebte ich. Und auf keinen Fall wollte ich weitere Schwierigkeiten mit Lisa riskieren. Wenn Onkel Wolfgang über mich auspackte, und wer wusste schon, was er alles erzählen würde, liefe sie prompt zum nächsten Familiengericht, würde das alleinige Sorgerecht beantragen und sicher auch zugesprochen bekommen. Nein, das konnte ich nicht zulassen. Egal was ich für Isabella empfand: Mein Sohn kam an erster Stelle.

Ich ließ die Schultern sacken. »Versprichst du es? Versprichst du mir, dass Lisa nichts von alldem erfährt?«

»Hoch und heilig. Du musst nur tun, was ich dir aufgetragen habe.« Onkel Wolfgang sah äußerst zufrieden aus, während ich zurück zum Tisch trottete und den Umschlag und das Döschen wieder einsteckte. Alles für meinen Sohn.

Kapitel 19 – Isabella

Liebe Isa,

ich weiß nicht, ob dir diese Nachrichten so lästig sind wie die Anmachsprüche von Hanno. Erinnerst du dich noch an ihn? Hansen-Hanno mit den zotteligen Haaren? Er hat dir immer nachgestellt, als du in den Ferien bei deiner Oma warst. Ich habe mal nachgeforscht. Er ist inzwischen anerkannter Physiker in Boston und hat dort eine Stelle in Harvard. So viel zu dem Thema, er wäre kein Umgang für dich.

Hansen-Hanno? Ich hörte mich selbst lachen. Was grub Melanie denn da für Geschichten aus? Diesmal hatte ich es schlauer angestellt und ihre E-Mail nicht im Laden geöffnet, denn auch wenn Max Verständnis gezeigt hatte, so war mir seine Reaktion auf meine Tränen immer noch peinlich. Zugegeben, ich fand ihn nett, mochte ihn, und sein Kuss war sehr angenehm und überhaupt nicht drängend gewesen. Fast schon zu zärtlich für einen ersten Kuss. Doch genau das war das Problem: Ich durfte ihn nicht als *ersten* Kuss sehen, denn es musste definitiv der letzte sein. Mag sein, dass meine Großmutter recht damit hatte, dass ich zu wenig Risiken einging, aber das war mir lieber, als ein weiteres Feld in meinem Leben zu öffnen. Ein Feld, von dem ich nicht mal erahnen konnte, welche Früchte es tragen würde. Oder ob überhaupt.

Nein, ich *wollte* mich nicht auf Max einlassen. Nicht noch

mehr Gefühle mit mir herumtragen, die es zu bewältigen galt. Also verbot ich mir jeden weiteren Gedanken an meinen *Angestellten* und seinen Knackarsch. An seine sanfte Art, sich nach meinem Befinden zu erkundigen … sein umwerfendes Lächeln, wenn er meine Kunden bediente … die zarten Komplimente, die er mir machte … die tiefe Verbundenheit, wenn er von seinem Sohn sprach, und der Schmerz, weil er ihn nicht sehen durfte … Vielleicht hätte ich Max in den Arm nehmen sollen, als er vor ein paar Tagen von Henry erzählte und seine Stimme vor Verzweiflung vibrierte. Ich hätte ihn trösten sollen, wie er es bei mir versucht hatte … Verdammt. Nistete Max tatsächlich bereits so sehr in meinem Inneren, dass ich ihn aus dem Denken schon gar nicht mehr rausbekam?

»Er ist ein Motorrad-Typ«, erinnerte ich mich selbst. »Das passt nicht zu dir.«

Manchmal täuscht der äußere Schein, und man muss erst hinter die Fassade schauen, um zu verstehen, was in einem Menschen vorgeht. Vergiss das nie. Manchmal muss man sich einfach auf die einlassen, die im ersten Moment total falsch erscheinen.

Irritiert las ich die Zeilen erneut, aber die Bedeutung änderte sich nicht. Das klang beinahe so, als ob Melanie wusste oder zumindest geahnt hatte, was gerade in meinem Leben passierte, beziehungsweise aus ihrer Sicht erst noch passieren würde. Ihre Worte lasen sich, als wollte sie, dass ich Max in mein Herz ließ, doch sie konnte ja unmöglich von ihm und seiner Bewerbung in meinem Laden gewusst haben. Wie war so etwas möglich? Hatte Melanie nur einen guten Riecher gehabt, was meine Zeit nach ihrem Tod anging, oder schrieb ich mit jemandem, den ich, und vor allem, der mich und mein Leben aktuell kannte? Doch wer sollte das sein?

Vor zwei Tagen hatte ich das zweite Beweisfoto abgeschickt – ich, während der Mittagspause mit einer Waffel aus unserer Lieblingseisbude, gefüllt mit drei großen Kugeln (Orange-Krokant, Heidelbeer-Schmand und Mokka) mit Sahne und Schokosplittern, im Hintergrund die blau blitzende Ostsee. Dazu hatte ich geschrieben:

Dein Wunsch ist mir Befehl: Ich habe mich heute selbst getröstet, wie du siehst mit allem Drum und Dran.

Es fiel mir leichter zu formulieren, wenn ich so tat, als wäre Melanie die Adressatin meiner Antworten, sodass sich eine Art Korrespondenz zwischen uns ergab und ich die Unbekannte, die Melanies E-Mails abschickte, einfach ausblenden konnte. Dennoch: So schön es war, auf diese Weise weiterhin von meiner besten Freundin zu hören – ihre Hellsichtigkeit hatte etwas Unheimliches.

Die nächste Aufgabe, die ich für dich habe, ist etwas, das du nicht allein erledigen sollst. Ich habe es nicht mehr geschafft, mit Leni Minigolf spielen zu gehen. Vermutlich dachte ich, dass mir noch genügend Zeit bleiben würde, aber da du diese Zeilen liest, hatte ich sie wohl nicht. Geh mit ihr minigolfen und genieß die Zeit. Ich hoffe, dass sie mich nicht zu sehr vermisst.

Ich drehte meinen Kopf nach rechts. Leni lag einmal mehr in meinem Bett, weil sie nicht allein schlafen wollte. Die Kinderärztin hatte gesagt, dass das ganz normal sei und die Verlustängste, die Leni infolge von Melanies Tod entwickelt hatte, sich zwar nicht im täglichen Verhalten bemerkbar machten, aber gerade bei Kindern jedoch besonders nachts zu Tage traten, wenn es nichts gab, das sie ablenkte, und ihr Unterbewusstsein arbeitete. Deswegen sollte ich nachsichtig sein, wenn Leni in den ersten Monaten bei mir schlafen wollte statt im eigenen Bett. Also sagte ich ihr jeden Abend erst in ihrem Zimmer gute Nacht. Wenn es nicht klappte und sie auch nach mehreren Liedern und Streicheleinheiten nicht einschlafen konnte oder nach kurzer Zeit schon wieder wach wurde, holte ich sie zu mir und verließ das Schlafzimmer erst, wenn sie tief schlief. Wenn ich bis dahin nicht selbst eingeschlafen war, schleppte ich mich anschließend an den Schreibtisch, um Papierkram zu erledigen. Es war ein mühsamer Abendablauf, aber der einzige, der möglich war, ohne Leni regelmäßige Nervenzusammenbrüche zu bescheren. Und die wollte ich ihr natürlich ersparen. Melanies Verlust war für mich schwer genug. Für Leni musste er unvorstellbar sein.

Und wenn du schon dabei bist, kannst du mit ihr auch gleich einen Schokoladenkuchen backen. Du kennst ja meine Backfähigkeiten. Ich habe es mir ein paar Mal vorgenommen, aber jedes Mal wieder verworfen, weil ich Angst hatte, ein Brikett aus dem Backofen zu ziehen. Ich denke, du hast deutlich bessere Chancen, Lenis Kompetenz auf diesem Gebiet zu fördern.

Ich hoffe, dass du all die schönen Dinge, die ich mit Leni machen wollte, genießen kannst. Wenn ich mir vorstelle, dass ich nicht mehr die Zeit dafür habe, wird mir ganz schwer ums Herz. Aber noch ist es nicht so weit. Noch kann ich vieles mit ihr unternehmen. Noch ist mein Herz voller Leben. Ein Leben, das ich mit diesen Nachrichten an dich weitergebe.

Ich wünschte, ich könnte bei euch sein. All diese Dinge mit euch gemeinsam erleben. Wir hätten sicher Spaß zusammen. Denkt an mich, wenn ihr Minigolf spielt und den Kuchen backt, ja?

Liebe Grüße
Melanie

Wehmütig legte ich mein Handy auf den Nachttisch und starrte die weiße Zimmerdecke an. Minigolf spielen und einen Kuchen backen würde ich hinbekommen. Das waren keine schweren Aufgaben, so wie die letzten beiden. Denn so fröhlich, wie ich über das Eis hinweg in meine Handykamera gegrinst hatte, hatte ich mich bei Weitem nicht gefühlt, und ich spürte den Anflug eines schlechten Gewissens, als ich daran dachte. Sicher war das Eis lecker gewesen, der Tag sonnig, die salzige Luft ein schönes Gefühl auf meiner Haut. Und dennoch, dieses Eis ohne Melanie zu essen, war mir falsch vorgekommen, und es hatte mich drei Anläufe gekostet, unsere Lieblingseisbude zu betreten und die Bestellung aufzugeben.

Ich fragte mich, wie Melanie das gemacht hatte. Alle Nachrichten klangen nach ihr. Hatte sie mit Absicht einige Dinge auf ihrer Löffelliste gelassen und nur die entsprechenden Texte vorbereitet? Oder hatte sie zu *jedem* Punkt eine E-Mail geschrieben und sie gelöscht, wenn sie ihn selbst abgehakt hatte? Solange ich nicht herausfand, wer die E-Mails schickte, würde ich diese Frage wohl nie beantworten können.

Irgendwann dämmerte ich weg und träumte davon, wie mich eine E-Mailflut übergoss. Bestellungen, Nachrichten von Melanie. So viele, dass ich sie nicht abarbeiten konnte. Ich versuchte es, aber je mehr ich erledigte, desto mehr kamen rein. Wie die Köpfe der Hydra. Schlug man einen ab, wuchsen zwei neue nach.

Als ich am nächsten Morgen aufwachte, raste mein Puls. Ich hatte das Gefühl, als hätte ich die ganze Nacht nicht geschlafen und tatsächlich versucht, all diese Nachrichten abzuarbeiten. Da wurde mir klar, dass ich seit Tagen genau dieses Gefühl mit mir herumtrug. Das Gefühl, niemandem gerecht zu werden. Weder Leni noch dem Laden noch mir selbst. Immer hechelte ich hinterher.

Ich konnte nur hoffen, dass sich das besserte, sobald sich die Arbeitszeiten einspielten, die Max und ich vor ein paar Tagen besprochen hatten. Seit drei Tagen arbeiteten wir in diesem Schichtsystem, und auch wenn es am ersten Tag sehr befremdlich gewesen war, ihm die volle Verantwortung zu überlassen, blieb mir keine Wahl, wenn ich mehr Zeit mit Leni verbringen wollte.

Immerhin hatte es gut geklappt. Max hatte zuverlässig gearbeitet, normale Umsätze verzeichnet und den Laden zum Kassenschluss ordentlich hinterlassen, sodass ich das *Cupcakes by the Sea* inzwischen entspannter verließ.

Ich spürte ein kleines Lächeln im Gesicht, als ich daran dachte. Und daran, dass ich, weil Max da war und mich unterstützte, gleich heute Nachmittag die erste der neuen Aufgaben mit Leni erfüllen und einen Schokokuchen mit ihr backen konnte. Am besten verbrachten wir den Nachmittag im Laden und backten dort. Ja, das war eine gute Idee.

Und nebenan ist Max, und du kannst zwischendurch einen Kaffee mit ihm trinken, zwitscherte ein leises Stimmchen in meinem Kopf und ließ mein Lächeln in die Breite wachsen.

Als ich Leni am Nachmittag vom Kindergarten abholte, mussten wir jedoch erst einmal einen Umweg nach Hause machen.

»Wir haben heute eine Matschparty gefeiert«, jubelte sie und schwang sich in ihren Autositz. Mir blieb gerade genug Zeit, um ein immer bereitliegendes Handtuch darunterzustopfen. »Emily hat sich nackig gemacht, aber die ist noch klein. Die darf das.« Neunmalklug nickte Leni, während ich sie anschnallte. »Und David hat schon wieder mit Stöcken geworfen. Aber Frau Scholz hat ihm die weggenommen und über den Zaun geschmissen.«

Sie plapperte die ganze Zeit und erzählte mir jede Kleinigkeit, die sie erlebt hatte. Es schien so etwas wie ein Ritual zu sein, das sie mit mir entwickelte und bei dem ich nichts weiter zu tun brauchte, als ab und an zu nicken und interessiert in den Rückspiegel zu schauen.

»Und dann hat Neo gesagt, dass ich eine Waise bin. Ein Kind ohne Eltern.« Sie hatte die Worte ausgesprochen, als ob sie ihr nichts bedeuteten. Einfach ein Ereignis des Tages. So wie der Stöcke werfende David. Und doch hörte sie auf einmal auf zu reden und starrte aus dem Fenster.

Ich krallte mich ins Lenkrad. Wir standen mitten in der Stadt an einer Kreuzung und warteten auf Grün. Ich konnte nicht einfach aussteigen und sie in den Arm nehmen. Also beobachtete ich Leni über den Rückspiegel, suchte nach Anzeichen, wie es ihr ging. Aber sie saß nur da und stierte hinaus.

»Ist alles in Ordnung, kleiner Schlumpf?«

»Ja, Bella«, antwortete sie leicht verzögert. Sie schien mit ihren Gedanken weit weg zu sein. Ich beließ es dabei. Nur langsam wich die Anspannung aus meinem Körper; regelmäßig warf ich Blicke in den Rückspiegel.

Zu Hause zog ich Leni um und ging mit ihr zu Fuß zum Laden. Es war nicht so viel los, wie ich an einem bewölkten Tag erwartet hätte. Die Sonne hatte sich den ganzen Tag noch nicht blicken lassen und wohl auch nicht mehr vor, heute noch rauszukommen. Das bedeutete normalerweise mehr Arbeit für mich, da die Touristen nicht an den Strand gingen, sondern einen Spaziergang an der Promenade machten.

»Hallo«, rief Leni, als wir den Shop betraten. Sie winkte Max, den sie ein paar Mal kurz gesehen hatte. Allerdings war er mit zwei Kundinnen beschäftigt und winkte nur hastig zurück.

»Lauf schon mal durch in die Küche, und wasch dir die Hände. Ich komme gleich nach.« Ich schob Leni voran und trat selbst hinter den Tresen.

»Na, wie läuft's?«, fragte ich, als Max den beiden Frauen zwei *Mars'-Versuchung*-Cupcakes mit Erdnussbutter und Karamellglasur über die Theke geschoben und abkassiert hatte.

»Alles bestens«, erwiderte er und grinste. »Die Frauen mögen mich hier hinter dem Tresen. Zumindest geben sie mehr Trinkgeld als die Männer.«

Ich lachte. »Dann ist ja gut. Ich bin heute Nachmittag eine Weile mit Leni in der Küche. Wir wollen backen, und hier habe ich alle Zutaten.« Ich sah ihm einen Augenblick zu lang in die Augen, was er mit einem Zwinkern quittierte. Oder hatte er einfach nur geblinzelt? Verflucht. Ich wollte solche Gedanken doch gar nicht zulassen.

»Lasst euch von mir nicht aufhalten. Ich bin gut beschäftigt.« Max deutete auf den Tresen und die Auslage, die ich nun immer morgens für den kompletten Tag vorbereitete, anstatt zwischendurch nachzubacken, wenn der Vorrat knapp wurde.

Ich klopfte ihm anerkennend auf die Schulter und verließ den Verkaufsraum. In der Küche stand Leni am Waschbecken und versuchte, an den Wasserhahn zu gelangen. Ich hob sie hoch, sodass sie sich ordentlich die Hände waschen konnte.

»Was machen wir hier, Tante Bella?«, wollte sie wissen, als ich sie wieder auf den Boden stellte.

»Ich möchte gern einen Kuchen mit dir backen. Was hältst du davon?«

Sie klatschte in die Hände und jubelte. »Jaaaaa.«

»Was für einen wünschst du dir denn?« Ich holte Mehl und Zucker aus dem Regal, dazu Milch aus dem Kühlschrank.

»Erdbeerkuchen«, kam es wie aus der Pistole geschossen.

»Oh, frische Erdbeeren habe ich nicht hier.« Ich schaute mich um. »Aber was hältst du davon, wenn wir Kakaopulver nehmen? Dann schmeckt er nach Erdbeere.«

Leni schüttelte den Kopf. »Aber Kakao schmeckt doch nach Schoki.«

»Es gibt auch Erdbeerkakao. Hier, riech mal.« Ich zog das entsprechende Pulver aus dem Regal und öffnete den Deckel.

»Boah, das riecht cool«, freute sie sich. »Ja, wir machen einen Erdbeerkakaokuchen. Mit Schokolade.«

Ich nickte, und wir fingen an, alles vorzubereiten. Leni kniete auf der Arbeitsfläche und half mir mit Begeisterung, die Zutaten in die Metallschüssel zu füllen. Wir waren gerade dabei, den Teig mit dem Rührgerät zu bearbeiten, als Max mit verkniffenem Mund hereinkam.

»Da sind zwei Männer, die dich sprechen wollen«, sagte er, blass um die Nase.

Ich wischte meine mehligen Hände an der Schürze ab. »Wer ist es denn?«

Max deutete über die Schulter. »Sie sagen, sie sind vom Gesundheitsamt.«

»Oh, okay. Leni, komm mal bitte runter von der Arbeitsfläche und geh zu Max.«

»Ich will nicht zu ihm. Der sieht so grummelig aus.«

Max schmunzelte und lockerte seine angespannte Miene. »Entschuldige bitte. Ich kann nicht nur grummelig gucken, sondern auch jedes andere Gesicht machen. Wollen wir das mal ausprobieren?«

Leni nickte, auch wenn sie ihn skeptisch anschaute.

Ich legte das Rührgerät beiseite und ging in den Verkaufsraum. Dort standen zwei Männer, die ich auf den ersten Blick nicht für Mitarbeiter vom Gesundheitsamt gehalten hätte. Einzig das Klemmbrett in der Hand des Älteren deutete darauf hin. Er selbst wirkte, als ob er eigentlich Bankier war, trug einen dunkelblauen Anzug und eine Krawatte. Der Jüngere der beiden war weniger streng angezogen, erweckte dafür aber den

Eindruck eines versnobten Kerls, der keinen Bock auf seinen Job hatte.

»Frau Kramer?«, fragte er abweisend und warf einen Blick in die Küche.

»Ja, das bin ich. Was kann ich für Sie tun?« Ich blieb hinter dem Tresen stehen, hoffte, dass sie nicht für eine unangekündigte Inspektion gekommen waren. Ich hatte zwar nichts zu verbergen, doch wenn sie mir blöd kommen wollten, konnten sie mir wegen der privaten Nutzung meiner Geschäftsküche ein Bußgeld aufbrummen.

»Wir sind hier, weil es Beschwerden über Ihren Laden gibt.« Der Jüngere deutete auf das Klemmbrett in der Hand seines Kollegen, auf dem ein paar Zettel steckten.

»Was für Beschwerden?« In den zwei Jahren, die ich das *Cupcakes by the Sea* nun schon betrieb, hatte mich das Gesundheitsamt lediglich zwei Mal beehrt. Einmal vor der Eröffnung und einmal für eine unangekündigte Inspektion im ersten Jahr, bei der nichts zu beanstanden gewesen war. Seither hatte ich Ruhe gehabt.

»Der Verzehr Ihrer Cupcakes hat bei einigen Menschen zu Magen-Darm-Beschwerden geführt«, erklärte der Ältere und kam hinter den Tresen. »Wir müssen Ihre Küche inspizieren und einige Proben mitnehmen.«

»Moment, das kann nicht sein. Ich halte alle Hygienevorschriften ein. Ich wechsle sogar die Schürze zwischen der Küche und dem Verkaufsraum.«

»So wie Sie das eben gerade gemacht haben?«, fragte der Snob mit einem kaum ernst gemeinten angedeuteten Lächeln.

»Ich arbeite heute nicht. Mein Angestellter ist im Verkaufsraum tätig. Ich bin privat hier«, versuchte ich zu erklären, aber auch Max war einfach so in die Küche gegangen, ohne die Schürze zu wechseln. Mist.

»Privat oder nicht. Die Hygienevorschriften sind einzuhalten«, bemerkte der Anzugträger und drängelte sich an mir vorbei in die Küche. »Zeigen Sie uns bitte sämtliche Arbeitsbereiche. Schmeling, Sie nehmen Proben.«

Der Snob nickte und holte ein paar Beutel aus einem kleinen Rucksack, den er auf dem Rücken trug.

»Ein Kind in der Küche?«, fragte der Ältere, als er Leni entdeckte, und rümpfte die Nase, ehe er sich ein paar Notizen auf seinem Klemmbrett machte.

»Wir backen heute für uns, nicht für den Laden«, erklärte ich und stellte mich zu Leni, die brav neben Max gewartet hatte.

Der machte einen Schritt nach vorn und schob sich an den Inspektoren vorbei zurück in den Verkaufsraum. Als er hinausging, drehte er sich noch einmal zu mir um und machte eine heimliche Ich-drück-dir-die-Daumen-Geste. Ich nickte knapp; ein wenig Glück konnte ich tatsächlich gebrauchen. Inspektoren des Gesundheitsamtes gehörten nicht zu einem Menschenschlag, der mal ein Auge zudrückte. Normalerweise brauchte ich das nicht, denn ich hielt mich an sämtliche Vorschriften. Aber ausgerechnet heute musste das Gesundheitsamt vorbeischauen.

Ich schluckte die Panik hinunter, die sich in mir aufbaute. Mit jedem Schritt, den die beiden in meiner Küche machten, mit jeder Notiz auf dem Klemmbrett wuchs jedoch das Gefühl, in einen Abgrund zu rutschten, und es wurde schwer, es zu unterdrücken.

»Ist alles in Ordnung?«, fragte ich nach einer Weile, in der die zwei Männer stumm durch die Küche gegangen waren und verschiedene Teig- und Lebensmittelproben genommen hatten.

»Ich denke nicht.« Der Anzugträger drehte sich zu mir und hielt ein schmales Döschen hoch, das ich nicht kannte. Erst auf den zweiten Blick fiel mir auf, dass es eine Medikamentenpackung war. »Ist das Ihres?«

»Was ist das?«, fragte ich, denn ich konnte das Etikett nicht lesen. Ich legte meine Hände auf Lenis Schultern, klammerte mich an ihr fest, um meine Ruhe zu bewahren.

»Das ist ein Abführmittel, das Sie offen neben den Zutaten für Ihr Gebäck stehen haben. Medikamente jeglicher Art sind in Küchen nicht erlaubt. Das wissen Sie sicher.« Der Snob, der inzwischen das Klemmbrett übernommen hatte, klickte demonstrativ mit dem Kugelschreiber neben seinem Gesicht und machte eine weitere Notiz, während er immer wieder den Kopf schüttelte.

»Aber das ist nicht meins. So etwas benutze ich nicht«, rief ich.

»Nun ja, aber es ist hier, nicht wahr? Und Kinder und offene Medikamentendosen in der Küche sind keine gute Kombination. Wir werden die Proben des Teigs mitnehmen.« Der Anzugträger deutete auf die Beutel, in denen der Snob Häppchen meines vorbereiteten Teigs aus dem Kühlschrank eingetütet hatte. »Dann werden wir Näheres wissen.«

»Leni würde niemals so etwas machen. Das muss ein Missverständnis sein. Hören Sie, es gibt sicher eine Erklärung dafür.«

»Das können Sie sich sparen, Frau Kramer. So unvorsichtig, wie Sie den Laden leiten, ist es ein Wunder, dass nicht schon vorher Beschwerden eingegangen sind.« Der Snob verzog diabolisch grinsend den Mund und deutete auf den Zettel. »Mit diesen Verstößen werden wir den Laden vorerst schließen. Solange bis wir die Ergebnisse der Proben haben.«

Mein Herz sackte in die Knie. »Das können Sie nicht machen. Das Geschäft ist meine einzige Einnahmequelle.«

»Das können wir sehr wohl. Abgesehen von diversen hygienischen Mängeln sind der Fund des Medikaments und die Beschwerden der Kunden Grund genug.« Der Ältere nahm dem Snob das Klemmbrett ab und verließ meine Küche.

Ich erwachte aus meiner Schockstarre und lief hinterher. »Wie lange wird das dauern? Also die Analyse der Proben?«

Als wir den Verkaufsraum betraten, starrte Max mich verwundert an, machte jedoch Platz, sodass wir alle am Tresen vorbeigehen konnten.

»Ich vermute, ein paar Tage. Manchmal bis zu einer Woche. Jetzt vor dem Wochenende werden wir jedenfalls keine Ergebnisse bekommen.« Der Snob wandte sich von mir ab und deutete zu den beiden Frauen, die Max zuvor bedient hatte und die an einem der fünf Tische saßen und ihre Cupcakes genossen. Neugierig schauten sie zu uns herüber. »Würden Sie bitte umgehend den Laden verlassen? Das Gesundheitsamt schließt ihn vorerst.«

Die beiden Kundinnen starrten ihre Cupcakes an und ließen sie fallen, als ob jeden Moment eine Kakerlake daraus hervorkriechen würde.

»Bitte, können Sie das nicht anders gestalten? Sie ruinieren mir meinen Ruf!«, beschwerte ich mich. Mir war egal, was die Herren vom Gesundheitsamt von mir hielten, solange sie nicht an einem einzigen Nachmittag zerstörten, was ich in zwei Jahren mühsam aufgebaut hatte.

»Den haben Sie sich selbst verdorben, als Sie gegen die Hygieneauflagen verstießen. Guten Tag.« Der Snob ließ mich stehen und scheuchte die letzte Kundin aus dem Laden, ehe er selbst hinausging. Der Anzugträger folgte ihm grußlos.

Ich stand nur da und starrte ihnen hinterher. Sie verließen meinen Laden wie eine Abrissbirne ein Trümmerfeld. Sie hatten gerade meinen Shop geschlossen. Meine Existenz. Ohne Vorwarnung. Mein Leben lag zerschlagen vor mir.

Das war zu viel für mich. Der sprichwörtliche Tropfen, der das Fass zum Überlaufen brachte. Erst Melanie, dann die Verantwortung für Leni und jetzt das. Mitten in meinem Laden sackte ich auf die Knie und fing an zu weinen.

Kapitel 20 – Maximilian

Ich stand vor dem Schrank des Steuerbüros und starrte bereits seit zwei Minuten auf das Papier. Ich konnte die Buchstaben sehen, aber mein Gehirn verarbeitete sie nicht. Vor zwei Tagen hatte Isabella ihren Laden verloren. Ich hatte sie das ganze Wochenende nicht gesehen, und mein Gewissen nagte dermaßen an mir, dass ich ihr am liebsten alles gestanden hätte.

Ich war kurz davor gewesen, als sie vor mir auf dem Fußboden des *Cupcakes by the Sea* gehockt hatte und solch verzweifelte Tränen weinte, dass ich sie am liebsten in den Arm genommen, an mich gedrückt und nie wieder losgelassen hätte. Doch von meiner eigenen Verlogenheit war mir so schlecht gewesen, dass ich hilflos neben ihr stehen geblieben war.

»Warum, Max?«, hatte sie immer wieder gefragt. »Warum passiert mir das alles?«

»Ich weiß es nicht, Isabella«, antwortete ich. Und schämte mich, dass mein Inneres brannte.

Leni war hinzugekommen, hatte sich neben ihre Tante gesetzt und ihr den Rücken gestreichelt. »Was ist mit dir, Bella?«

Isabella hatte nicht antworten können, sondern das Mädchen einfach an sich gedrückt und ihr ins Haar geschluchzt. Nach ein paar Minuten war sie aufgestanden, hatte sich die Augen gewischt und geschnäuzt. Ein Ruck war durch sie gegangen, und mich beeindruckte, wie sie offensichtlich irgendwelche Kraftreserven aktivierte und sich hochkämpfte, weil sie die Verantwortung für ein Kind trug.

»Ich frage mich, wo dieses verdammte Medikamentendöschen herkommt«, murmelte sie mit plötzlich nachdenklicher Miene und warf mir einen Blick zu, sodass ich schon befürchtete, sie hätte mich durchschaut, weil ich der Einzige war, der Zugang zu ihrer Küche gehabt hatte. Ich hatte mich darauf eingestellt, im nächsten Moment mit dem entsprechenden Vorwurf konfrontiert zu werden. Ein Teil von mir verspürte sogar Erleichterung darüber, Isabella nicht länger anlügen zu müssen.

»Jemand will mich fertigmachen.« Sie starrte mich an, und ich öffnete den Mund, um alles zuzugeben, doch sie unterbrach mich, bevor das erste Wort meine Lippen verließ. »Du hättest sehen sollen, wie dieser Snob mich angegrinst hat. Ich wette, den hat jemand bestochen.«

»Was?« Vor Überraschung klappte mir die Kinnlade runter. »Wie kommst du darauf?«

»Er war vor mir in der Küche und hätte das Medikamentendöschen gut im Ärmel seiner bescheuerten Jacke versteckt haben können.«

»Ja, aber wieso sollte jemand das Gesundheitsamt bestechen?«

Sie bedachte mich mit einem Blick, den ich nicht zu deuten wusste, während sie sich durch die Haare fuhr und ihren aufgelösten Zopf neu band. »Ich habe dir doch erzählt, dass mich dieser Immobilienhai dazu gedrängt hat, meinen Laden zu verkaufen, damit er ein Hotel aufstellen kann.« Sie schnaubte. »Wer weiß – vielleicht versucht er ja auf diese Weise, mich loszuwerden.«

Ich wusste nicht, was ich sagen sollte, spielte noch einmal mit dem Gedanken, ihr alles zu gestehen. Vermutlich brauchte sie nicht lange, bis sie die Verbindung zwischen Wolfgang West und Maximilian West herstellen würde. Es wunderte mich sowieso, dass sie mich bisher noch nicht nach einem möglichen Verwandtschaftsgrad gefragt hatte. Vielleicht, ganz vielleicht würde sie mir verzeihen, wenn ich ihr von Henry erzählte, und wir könnten gemeinsam versuchen, das *Cupcakes by the Sea* zu retten.

Sei nicht albern, flüsterte eine Stimme in mir. *Das verzeiht sie dir nie.* Ich spürte, wie meine Schultern hinabsackten und ein Stein in meinen Magen plumpste.

»Niemand kriegt mich hier raus«, sagte sie in diesem Moment mit einer Entschlossenheit in der Stimme, die mich zusammenzucken ließ. »Das mit dem Gesundheitsamt kriege ich schon geregelt.« Sie riss ihre Jacke vom Haken und nahm Leni an die Hand. »Ich sage denen, dass es ein Versehen war, lasse mich verwarnen und zahle ein Bußgeld, fertig.« Sie straffte die Schultern und atmete tief ein. »Komm, kleiner Schlumpf, wir gehen jetzt ein Eis essen!«

Leni jubelte.

Und dann hatten wir drei den Laden verlassen. Ich mit einer Übelkeit im Magen, die mich spüren ließ, was für ein elender Arsch ich war. Seitdem hatte ich Isabella weder gesehen, noch ihr geschrieben. Immer wieder stellte ich mir vor, wie ich ihr die Wahrheit sagte. Dass sie recht hatte mit ihrem Verdacht. Dass der Immobilienhai allerdings nicht das Gesundheitsamt, sondern mich bestochen hatte. Doch jedes Mal, wenn ich Isabellas Gesicht vor mir sah, zunächst ungläubig, dann wütend und am Ende enttäuscht und angewidert, wurde mein Hals eng und das Herz schwer. Es stimmte. Wenn ich Isabella die Wahrheit sagte, verlor ich sie.

Und das, so gestand ich mir ein, konnte ich nicht. Verkroch mich lieber in den nächsten Job, den ich in dem Steuerbüro bekommen hatte, um die Konfrontation zu vermeiden.

»Max, ist alles in Ordnung?«, fragte mich die Azubine, die

dazu verdonnert war, gemeinsam mit mir Papiere wegzusortieren.

»Ja, sorry. Ich musste gerade an etwas denken, das … ach, nicht so wichtig.« Ich las erneut den Namen auf dem Zettel. Werther. Also waren wir für heute fast fertig.

»Wie lange machst du das hier schon?« Um mich auf andere Gedanken zu bringen, betrieb ich Konversation mit dem dunkelhaarigen Mädchen, das zu jung aussah, um schon Autofahren zu dürfen, obwohl auf dem Tisch ihr Schlüsselbund lag, der das Gegenteil behauptete.

»Ich bin jetzt im dritten Lehrjahr. In zwei Wochen habe ich Abschlussprüfung, und danach darf ich mich endlich Steuerfachangestellte nennen«, erklärte sie stolz.

»Bleibst du dann hier, oder wechselst du die Kanzlei?«

»Ich habe ein Übernahmeangebot bekommen.« Sie erzählte von ihrer Arbeit, aber ich hörte nur mit halbem Ohr hin. Allein zu arbeiten wäre mir lieber gewesen, aufgrund der Vertraulichkeit hatte man mir jedoch jemanden an die Seite gestellt, der mir alles erklärte.

Meine Gedanken drifteten erneut zu Isabella ab. Ich allein war schuld an ihrer Misere, und ich fragte mich, ob alles anders gekommen wäre, wenn ich den Auftrag meines Onkels von vornherein abgelehnt hätte. Oder hätte er jemand anderen gefunden, der die Drecksarbeit für ihn erledigte?

Dann hättest du Isabella niemals kennengelernt, schoss es mir durch den Kopf, und der Gedanke tat beinahe ebenso weh wie mein schlechtes Gewissen. Hätte ich ihr nicht einfach so begegnen können? Auf der Seebrücke, ganz ohne Onkel Wolfgangs Auftrag? Hätte sich diese zarte Freundschaft zwischen uns entwickelt, auch wenn ich nicht in ihrem Laden angefangen hätte? Und vielleicht sogar mehr? Ich ertappte mich dabei, dass ich mir genau das wünschte: eine Begegnung mit Isabella ohne

Hintergedanken, Lügen und Betrug. Nur sie und ich, zwei Menschen, die sich kennenlernen, sich mögen und abwarten, was sonst daraus wird.

Tja, das hättest du dir vorher überlegen müssen, höhnte die leise Stimme in meinem Kopf. *Du hättest wissen müssen, dass du mit dem Auftrag ein Menschenleben zerstörst.*

Zerknirscht musste ich ihr recht geben und griff nach dem nächsten Ordner, in dem Papiere lagen, die abgelegt werden mussten. *West, Wolfgang* stand auf der oberen Lasche.

Ich stutzte. Mein Onkel war Mandant dieser Kanzlei? War ja klar. Es war das angesehenste Steuerbüro der Gegend. Dass er sie gewählt hatte, hätte ich mir denken können. Ich legte das erste Blatt ab. Es war eine Honorarabrechnung von mir, gekennzeichnet mit dem Vermerk »externer Dienstleister« und noch einigen anderen steuerlichen Anmerkungen, die ich nicht verstand. *Externer Dienstleister*. Dass ich nicht lachte. Vermutlich war es steuerlich günstiger, jemandem Aufträge zu erteilen, statt mich als tatsächlichen Angestellten zu deklarieren. Ich schnaubte. Mir war's egal, solange mein Gehalt jeden Monat pünktlich auf dem Konto eintraf. Das war alles, was zählte.

Ich heftete die Abrechnung in die dicke Akte meines Onkels und nahm das nächste Papier. Eine zwei Monate alte Rechnung für neue Gartengeräte, die er bestellt hatte. Einen Rasentraktor? Den hatte ich bisher gar nicht zu Gesicht bekommen, obwohl das Lieferdatum anderthalb Monate zurücklag. Die Rechnung sah seltsam schief aus, als hätte sie jemand abfotografiert und dann ausgedruckt, statt sie zu kopieren.

Nach und nach sortierte ich Rechnungen und deren Erklärungen des Steuerberaters in die Klientenakte, bis ich merkte, dass die Azubine nicht mehr redete.

»Oh, entschuldige. Hast du was gefragt?«

Sie musste mich für ziemlich beschränkt halten, so zerstreut, wie ich wirkte.

»Nein, schon gut. Wie weit bist du?« Ihr Stapel war auf zwei kleine Häufchen zusammengeschrumpft ebenso wie meiner. In Ablagetätigkeiten war ich immer gut gewesen.

»Ich denke, ich brauche noch zehn Minuten, dann haben wir für heute alles geschafft. Was meinst du, wie viele Tage werden wir brauchen?«

Die Azubine zuckte mit den Schultern. »Wenn wir in dem Tempo weitermachen, sind wir mit Glück in einer Woche fertig. Das heute waren nur die aktuellsten Dokumente. Im Keller stehen etwa zwanzig weitere Kisten mit Unterlagen, die sich angesammelt haben für das letzte Jahr.«

»Wie kommt es, dass die nicht gleich wegsortiert werden?«, fragte ich und nahm die nächste Mappe. Winkler.

»Am Jahresanfang kommen sämtliche Mandanten mit ihren Unterlagen zu uns und wollen am besten sofort ihre Steuererklärung fertigstellen. Da legen wir nur aktuelle Mappen an, die für das jeweilige Jahr benötigt werden, und ignorieren die Vorjahre. Aber natürlich müssen wir alles aufbewahren, falls Nachfragen vom Finanzamt kommen. Sobald die Steuererklärung abgegeben ist, sortieren wir die Papiere entweder weg oder legen sie in die Ablagekisten, bis wir Zeit dafür haben.«

»Klingt stressig«, bemerkte ich und schüttelte den Kopf. »Das wäre nichts für mich.«

»Der Job hat auch seine guten Seiten.« Sie deutete auf die kleinen Stapel vor uns. »Das gehört halt nicht dazu.«

»Und wie kommt es, dass du das machen musst und nicht ein Azubi aus dem ersten Lehrjahr? Ist das eine Strafarbeit?« Das Handy in meiner Tasche vibrierte, doch der Klingelton blieb stumm. Also war es nicht Lisa. Ich hatte ihr am Nachmittag eine Nachricht geschickt mit der Bitte, sich das mit den

Ferien noch einmal zu überlegen, und wartete seit Stunden auf eine Antwort. Doch wenn sie es nicht war, die mich angeschrieben hatte – wer sonst meldetet sich bei mir? Jannis? Mein Onkel? Viel mehr Menschen schrieben mir nicht. Ich legte den Inhalt der Mappe in die Ordner ab und zog das Telefon heraus.

Irritiert starrte ich auf den Absender. Isabella hatte mir geschrieben. Ich öffnete die Nachricht. Es war das erste Lebenszeichen, seitdem das Gesundheitsamt das *Cupcakes by the Sea* geschlossen hatte.

Kannst du bitte zu mir nach Hause kommen? Ich müsste was mit dir besprechen.

Nicht viele Worte, aber sie reichten, damit ich hektisch wurde. Natürlich wollte ich zu ihr. Natürlich wollte ich ihr helfen. Denn auch wenn Isabella es nicht buchstäblich formuliert hatte, so fühlte es sich für mich so an, als ob die Nachricht ein Hilferuf war.

Von den angekündigten zehn Minuten, die ich für die Erledigung der Arbeit veranschlagt hatte, brauchte ich schließlich sechs. »Morgen wieder gegen 16 Uhr?«, fragte ich die Azubine, während ich mir meine Jacke überwarf.

»Ja, das wäre gut. Dann schaffen wir ordentlich was weg«, rief sie mir hinterher, da ich schon auf dem Weg zur Tür war. »Bis morgen.«

Zum Abschied hob ich nur die Hand und winkte ihr, dann war ich aus dem Haus. Während ich zu meinem Motorrad ging, antwortete ich Isabella, dass ich auf dem Weg zu ihr war.

Das Steuerbüro war einige Städte entfernt in einem großen Ärztehaus im Erdgeschoss untergebracht, und die Fahrt schien mir ewig lang. Was wollte Isabella mit mir besprechen? Das weitere Vorgehen in Bezug auf das Gesundheitsamt? Oder hegte sie inzwischen doch einen Verdacht gegen mich und wollte sie mir kündigen?

All die Fragen beschäftigten mich, bis ich das Motorrad vor ihrem Wohnhaus abstellte. Auf einmal war mein Kopf wie leergefegt. Ich hörte nur meinen Bauch, der mir riet, vorsichtig zu sein. Ich durfte mich nicht verraten, ihr nicht sagen, dass ich an allem schuld war. Denn damit wäre niemandem geholfen. Sicherlich würde es Isabella noch mehr quälen, wenn sie feststellte, dass sie einem Saboteur vertraut hatte.

In einer heißen Woge breitete sich das schlechte Gewissen immer weiter in mir aus und vergiftete mein Innerstes. Zugleich sorgte es dafür, dass ich den brennenden Wunsch verspürte, Isabella zu helfen. Ich wollte für sie da sein und ihr sagen, dass sie nicht allein war in ihrer aktuellen Lage. Dass sie jederzeit auf mich zählen konnte. Ich nickte mir selbst zu, als ich auf die Klingel drückte. Genau das würde ich sie wissen lassen, sobald sich die Gelegenheit ergab.

»Wer ist da?«, erklang Isabellas Stimme durch die Gegensprechanlage.

»Ich bin es. Max.«

Das Surren des Türöffners ertönte, und ich stieß die Tür auf und ging hinein, suchte die Namensschilder des zweistöckigen Gebäudes ab, bis ich Kramer las. Die Wohnungstür war nur angelehnt, dennoch klopfte ich.

»Komm herein«, hörte ich Isabellas Stimme aus einem der Räume zur Linken. So wie es hallte, musste sie im Bad sein, was mich zögern ließ. Während sie auf der Toilette war, wollte ich nun wirklich nicht reinkommen.

»Aber du hast doch gesagt, dass du dir heute Abend artig die Zähne putzt«, sagte Isabella gleich darauf, und ich atmete erleichtert ein.

»Zähneputzen ist doof«, kommentierte Leni und rannte im

nächsten Augenblick mit nackten Füßen und nur mit Nachthemd bekleidet an mir vorbei.

»Leni, komm sofort zurück!«

Unwillkürlich schmunzelte ich. Diese Szene war mir noch allzu gut in Erinnerung. Henry hatte das Zähneputzen ebenfalls regelmäßig zu einem Kraftakt werden lassen.

»Lass ihr ein paar Minuten und hol sie dann noch mal«, schlug ich vor, als Isabella im Türrahmen auftauchte. »Meiner Erfahrung nach sind sie dann entspannter, als wenn man jetzt die ganze Zeit darauf besteht.«

Sie wischte sich eine Strähne aus dem Gesicht und nickte. »Schön, dass du es geschafft hast. Wenn auch schneller, als ich gedacht hatte. Eigentlich sollte Leni schon im Bett sein.«

»Das macht doch nichts. Soll ich später wiederkommen?«

»Nein, das ist Blödsinn. Setz dich einfach ins Wohnzimmer und warte da auf mich. Kann ich dir was zu trinken anbieten?«

Wie zur Antwort knurrte mein Magen so laut, dass selbst Isabella es hörte und schmunzelte. »Oder etwas zu essen? Ich müsste noch eine Pizza im Tiefkühlschrank haben.«

»Nein, geht schon. Ich mache mir nachher was zu Hause.«

»Dann nehme ich die später. Bisher kam ich nicht dazu, was zu essen.« Isabella deutete auf Leni. »Frag nicht.«

Ich tätschelte ihr mitleidig die Schulter und deutete geradeaus. »Ist da das Wohnzimmer?« Nicht, dass ich aus Versehen in ihrem Schlafzimmer stand.

»Genau. Ignorier die Spielsachen. Wir haben vorhin Modenschau gespielt.«

»Gut, das kenne ich jetzt nicht«, lachte ich. »Aber Spielsachen außerhalb vom Kinderzimmer sehe ich längst nicht mehr. Wir hatten das Problem mit Lego-Bausteinen.«

Isabella reichte mir ein Glas Wasser aus der Küche, ehe sie Leni folgte. »Bis gleich.«

»Soll ich dir helfen?«, schlug ich vor. »Mein Sohn hat meine Geschichten immer geliebt.«

Isabella zögerte. »Das lass ich mal Leni entscheiden. Ich weiß nicht, ob sie einen für sie Fremden zum Einschlafen bei sich haben will.«

»Das verstehe ich. Sag Bescheid. Ich warte so lange dort drin.«

Isabellas Wohnzimmer war warm und freundlich eingerichtet, mit weißen Wänden, an denen Fotos und Bilder wild durcheinander hingen und doch einer Ordnung zu folgen schienen. Die Couch lud mit den weichen grün-weißen Samtdecken zum Einkuscheln ein. Ein paar Kissen lagen verstreut auf dem Boden und bildeten einen schlangenförmigen Laufsteg.

Auch wenn die Couch bequem aussah, suchte ich mir einen Stuhl an dem schmalen Esstisch aus, auf den ich mich setzte. Mein Bauchgefühl riet mir, Isabella weiterhin als meine Chefin zu betrachten und mich nicht so wie zu Hause in einen Sessel zu lümmeln.

Einige Minuten später hörte ich ein lautes »Jaaaa!« aus dem Badezimmer, und gleich darauf kam Isabella mit Leni zu mir ins Wohnzimmer.

»Ich will eine Geschichte«, forderte das Kind, ohne mich auch nur zu begrüßen.

Sofort wurde mir warm ums Herz, und ich musste an Henry denken, der ebenso stürmisch und voller Unschuld gewesen war in jenem Alter. »Natürlich. Was hältst du von einem Pirateneinhorn, das mit seinem besten Freund, dem Piratenpapagei, unterwegs ist, um Abenteuer zu erleben?«

Leni klatschte aufgeregt in die Hände und rannte auf mich zu, schnappte meine Hand und zerrte mich in Richtung ihres Schlafzimmers. »Du musst auf den Geschichtenstuhl.«

Irritiert sah ich zu Isabella.

»Das ist ein Hocker, auf dem ich immer vorlese«, erklärte sie und lächelte. »Könnte etwas zu klein für dich sein.«

»Ach, das wird schon gehen. Keine Sorge.«

Während der nächsten Viertelstunde erzählte ich Leni zwei Abenteuer vom Pirateneinhorn, das jeden Abend mit dem besten und schnellsten Schiff der sieben Weltmeere, der *Jolly Roger*, zu einer anderen Insel segelte und dort ein neues Abenteuer erlebte. Kurz vor dem Ende der zweiten Geschichte schlief Leni ein, und Isabella und ich schlichen aus dem Zimmer.

»Fallen dir die Geschichten einfach so ein?«, fragte sie leise und ging ins Wohnzimmer voraus.

Ich schüttelte den Kopf. »Das sind Geschichten, die ich meinem Sohn damals erzählt habe. Manche davon sind hängengeblieben.«

Isabella setzte sich auf die Couch und bot mir den Platz neben sich an. Sie trug eine lockere Jogginghose und ein weich fallendes T-Shirt, war offensichtlich nicht darauf bedacht, mich mit ihrer Kleidung zu beeindrucken oder einzuschüchtern. Scheinbar wollte sie mir also nicht kündigen. Uff.

»Wie machst du das?«, wollte sie wissen, und ich ahnte, dass sie damit nicht nur die Geschichten meinte.

Ich seufzte. »Wenn man keine andere Wahl hat, gelingt einem so manches, das man vorher für unmöglich gehalten hat.« Es entsprach der Wahrheit, und doch steckte viel mehr dahinter, also redete ich weiter. »Nachdem ich mich von Lisa getrennt hatte, war es anfangs hart. Bis dahin hatte ich mich tagsüber um Henry gekümmert, während sie arbeiten war. Und auf einmal war er nicht mehr jeden Tag in meinem Leben. Die wenigen Male, die ich ihn noch sehen darf, fühlen sich an, als ob ich nur ein Fragment von ihm zu Gesicht bekomme. Mir fehlen so viele Facetten unseres Alltags, dass ich das Gefühl habe, sein ganzes Leben zu verpassen. Jedes Mal, wenn ich ihn treffe, ist er ein Stück gewachsen, hat etwas Neues gelernt und viel zu viel erlebt, von dem ich nichts mitbekommen habe.« Traurig starrte ich auf meine Hände hinab. »Alles, was ich kriege, sind kleine Häppchen, und sogar um die muss ich betteln wie ein Hund.« Erst als ich es aussprach, wurde mir klar, dass es nicht nur die Vorfreude aufs Zocken und Chipsfuttern gewesen war, die mich auf die zwei Henry-Wochen hatte hinfiebern lassen. Es war der Gedanke, meinem Sohn endlich wieder nahe zu sein, sein Leben begleiten zu dürfen, der mich all die Jobs hatte annehmen lassen.

»Ich hoffe, dass du das mit deiner Ex klären kannst«, sagte Isabella und klang ehrlich. »Solch eine Trennung ist nie leicht. Auch nicht für das Kind.« Ihr Blick glitt zur Tür, hinaus auf den Flur und in Richtung des Kinderzimmers.

»Was Leni durchmacht, ist nicht zu vergleichen mit dem, was Henry hat. Ich lebe noch. Für Leni muss es schwer sein.« Ich suchte ihren Blick. »Und für dich auch.«

Sie nickte und senkte den Blick. »Ich muss dich um einen Gefallen bitten und zugleich um Entschuldigung.«

Mit gerunzelter Stirn starrte ich sie an. »Wieso das? Du hast mir doch nichts getan.«

»Ich habe dich angelogen bei unserer ersten Begegnung«, erklärte sie und spielte mit den Bändern ihrer Jogginghose, machte immer wieder einen Knoten und löste ihn im Anschluss.

»Du meinst auf der Seebrücke?« Mein Herz stolperte. Hatte sie sich doch umbringen wollen? Unmöglich. Sie hing an ihrem Laden, hatte gerade erst die Verantwortung für Leni übernommen. Ich war mir sicher, dass sie keins von beidem im Stich lassen würde, egal wie schwer die Umstände sein mochten.

»Ja, ich hatte gar keine Wette mit Leni abgeschlossen«, gestand sie, sah mir aber immer noch nicht in die Augen.

Mein Herz schlug einen schnellen Rhythmus an; ich hatte keine Ahnung, worauf sie hinauswollte, spürte jedoch, dass es wichtig für sie war.

»Du weißt ja, dass Lenis Mutter an einem Aneurysma plötzlich verstorben ist.«

Ich nickte, schwieg, um sie zum Weiterreden zu ermuntern.

»Sie wusste das schon länger und hat Vorkehrungen wie das Testament getroffen.« Isabella hob den Kopf, wirkte innerlich zerrissen.

Ich wollte sie in den Arm nehmen. Sie festhalten, bis sie wieder vollständig war. Ich ahnte allerdings, dass die Risse – sollten sie jemals heilen – große Narben auf ihrer Seele hinterlassen würden. Und an einigen davon trug ich die Schuld.

»Außerdem hat sie noch etwas vorbereitet, weswegen du mich immer mal weinend vorgefunden hast. Nicht alle Tränen davon waren aus Trauer. Manche auch aus Freude, weil ich mich an etwas erinnert habe.« Ihr Blick glitt zum Fenster, von dem aus sie den Sonnenuntergang sehen konnte, und sie verlor sich darin. Das feurige Rot der untergehenden Sonne strahlte ihre Augen an, die eben dieses Feuer reflektierten, das in ihr brannte.

Ich konnte nicht anders und ergriff Isabellas Hand, streichelte mit dem Daumen über ihren Handrücken. »Es tut mir wirklich leid um deine Freundin. Du musst sie sehr vermissen.«

Meine Worte holten sie in die Gegenwart zurück, und das Feuer erlosch für einen Augenblick, als sie sich übers Gesicht strich. »Ja, aber darum geht es nicht. Damals auf der Brücke war es keine Wette mit Leni, sondern eine Aufgabe von Melanie, die ich erfüllt habe.«

Verwirrt hielt ich in meinen Bewegungen inne. »Aber zu dem Zeitpunkt war sie schon tot oder nicht?«

Isabella senkte den Kopf. »Deswegen habe ich gelogen. Melanie hat eine Löffelliste geschrieben. Dinge, die sie noch erledigen wollte, bevor sie den Löffel abgibt, so hat sie es genannt.« Ihr Lächeln war wehmütig, aber mich erfüllte es mit Erleichterung. Das Geständnis, das sie angekündigt hatte, betraf lediglich ihre tote Freundin und nichts, das zwischen uns geschah.

»Und du arbeitest die Liste nun ab. Das verstehe ich.« Wieder strich ich ihr mit dem Daumen über die Haut ihrer Hand. »So hast du das Gefühl, ihr nah zu sein.«

»Ja und nein. Ich erledige die Dinge auf der Liste, bekomme den nächsten Punkt jedoch immer erst, wenn sie mir eine neue E-Mail schreibt.«

Ich schloss die Augen. »Sorry, jetzt hast du mich irgendwie verloren.« Es fiel mir schwer, mich auf Isabellas Worte zu konzentrieren. Zu sehr war ich damit beschäftigt, dem Gefühl unter meinen Fingerspitzen nachzuspüren. Es war nur eine kleine Geste, doch gerade das Harmlose daran erfüllte mich in diesem Moment und brachte das Nervöse in mir zur Ruhe.

»Melanie hat keine Ahnung wie viele E-Mails vorbereitet. Für jede Aufgabe auf ihrer Liste eine, soweit ich das verstanden habe. Sie hat eine Bekannte damit beauftragt, mir diese Nachrichten zu schicken – sobald ich eine Aufgabe bewiesenermaßen erledigt habe, kommt die nächste. So wie heute Nachmittag.«

»Das ist krass!«, entfuhr es mir ein wenig zu heftig. »Entschuldige. Ich meinte, dass es hart sein muss. Da hat man sich eigentlich schon verabschiedet und dann so was. Wie kommst du damit klar?«

»Erstaunlicherweise helfen mir die E-Mails, die Trauer zu

bewältigen. Ich hatte keine Chance, mich von Melanie zu verabschieden, weil alles so rasend schnell ging. Diese Nachrichten sind wie ein langer Abschiedsbrief.« Isabella entzog mir ihre Hand und verschränkte die Arme vor der Brust. »Ein einseitiger zwar und emotional aufreibend, aber zumindest ist es eine Art von Kommunikation mit ihr.«

»Solange es dir hilft, ist es doch gut, oder nicht?« Ich wusste nicht, was ich davon halten sollte. Isabella sagte, dass die Aktion ihrer toten Freundin ihr half, dennoch wirkte sie traurig, solange ich sie nun schon kannte.

»Das tut es.« Sie seufzte und sah mich direkt an. »Allerdings habe ich jetzt eine Aufgabe gestellt bekommen, die ich nicht so leicht lösen kann. Du könntest mir dabei helfen.«

»Alles, was du möchtest«, sagte ich, bevor ich nachdenken konnte. Aber noch während ich es versprach, wusste ich, dass ich mich daran halten würde. Sei es mein schlechtes Gewissen, das mich dazu brachte, und die Tatsache, dass ich mich so unendlich schuldig fühlte. Oder das Bedürfnis nach Verbindlichkeit und Verantwortung, das ich in Isabellas Nähe empfand. Sie rührte etwas in mir, von dem ich nicht gewusst hatte, dass es da war.

»Du weißt doch noch gar nicht, um was ich dich bitten möchte«, erwiderte sie mit einem amüsierten Schmunzeln.

»Was würdest du denn sagen, wenn dir jemand solch eine Geschichte erzählt und du die Person magst?«, fragte ich mit hochgezogenen Augenbrauen. »Natürlich helfe ich dir, wo ich kann.«

»Danke.« Sie zögerte einen Moment, bevor sie herausplatzte: »Ich brauche dein Motorrad.«

Ohne es zu wollen, zuckte ich zurück. »Ähm, okay. Wozu?« Ausgerechnet meine Maschine. Ich unterdrückte ein Stöhnen. War ich zu voreilig gewesen mit meinem Versprechen? Nein, was immer Isabella vorhatte – ich schuldete ihr etwas und würde mein Wort halten.

»Na ja, dich brauche ich auch«, erklärte sie und musterte mich abschätzend. »Auf Melanies Liste steht: Einmal auf einem alten Motorrad mitfahren. Und da du der einzige Fahrer mit einer alten Maschine bist, der mir einfällt, dachte ich, ich könnte dich fragen. Wir haben ja gerade nicht viel anderes zu tun.«

Das Bittere in ihrer Stimme konnte ich deutlich heraushören, und es bohrte sich tief in mein Gewissen. Sie hatte keine Ahnung, was ich getan hatte, dass ich den Ruin ihres Ladens in Kauf nahm, um mir ein wenig Zeit mit meinem Sohn zu erkaufen. Ich konnte nur hoffen, dass sie es niemals herausfand.

»Das kriegen wir hin.« Ich musste mich räuspern, weil meine Stimme kratzig klang. »Du brauchst nur einen Helm und darfst keine Angst vor Berührung haben. Eigentlich ist die BMW nämlich nicht für zwei Personen gedacht.«

»Ich denke, das schaffe ich. Brauche ich spezielle Kleidung?« Sie rieb sich die Hände, als ginge es gleich los.

Ich winkte ab. »Keine Sorge. Ich leihe dir etwas von mir. Das wird dir zwar zu groß sein, aber wir schnüren dich mit Gürteln ein. Das wird schon klappen.«

»In Ordnung.« Sie nickte. »Wann wollen wir uns treffen?«

»Am besten ist für dich wohl vormittags, oder?«, nahm ich an. »Morgen früh bin ich schon verabredet, aber wir können es übermorgen machen. Oder passt das nicht? Weißt du schon, wann der Laden wieder aufmachen darf?«

Traurig schüttelte sie den Kopf. »Das Gesundheitsamt hat sich noch nicht gemeldet. Ich glaube nach wie vor, dass das ein abgekartetes Ding ist, und ich wette, die lassen mich mit Absicht so lange warten. Aber morgen werde ich da noch mal anrufen.«

»Mach denen die Hölle heiß. Ich glaube, das kannst du.«

»Vor alldem hätte ich das gekonnt, aber aktuell fehlt mir die Kraft. Ich bin schon froh, wenn ich was Vernünftiges koche und nicht nur den Tiefkühlschrank behellige.« Sie lachte und schnaubte zugleich.

Da kam mir eine Idee. »Dann lass mich dir was kochen.«

Isabella streckte den Kopf vor. »Bitte?«

»Ich habe dir meine Hilfe angeboten. Vielleicht bin ich nicht der beste Koch, für ein paar Nudeln mit selbstgemachter Tomatensoße sollte es reichen. Hast du Tomatenmark oder passierte Tomaten hier?« Ich stand auf, um einen Schritt in Richtung Küche zu machen.

Mir war klar, dass mein forsches Verhalten die Beziehung zwischen einem Angestellten und seiner Chefin überschritt. Anderseits hatten wir diese Grenze längst hinter uns gelassen, als Isabella mich fragte, ob sie mit meinem Motorrad fahren dürfe. Und ich ihre Hand gestreichelt hatte. Dass sie sich nicht dagegen gewehrt hatte, nahm ich als Bestätigung.

»Du willst für mich kochen? Jetzt?« Isabella schaute auf die Uhr ihres Handys. »Musst du nicht nach Hause?«

»Da wartet nur meine PlayStation.« Ich hob die Schultern. »Hier hingegen sitzt eine hungrige Frau, die meiner Hilfe bedarf«, erklärte ich und verbeugte mich beinahe bis zum Boden.

»Also, um ehrlich zu sein, würde ich mich tatsächlich über eine warme Mahlzeit freuen.« Isabella fuhr sich verlegen durch die Haare. »Aber ich helfe dir, in Ordnung? Du weißt ja gar nicht, wo alles steht.«

»Du bleibst sitzen. Aus dem Laden kenne ich deine Sortierung und denke, ich finde alles, was ich brauche. Und wenn nicht, frage ich dich.« Ich hob die Hand und hielt damit ihre Bewegungen auf, als sie doch aufstehen wollte. »Keine Widerrede. Du bleibst sitzen und ruhst dich aus, während ich uns ein paar Nudeln koche.«

Die Erleichterung und Dankbarkeit auf Isabellas Gesicht zu sehen, nahm einen winzigen Kieselstein vom Strand meines schlechten Gewissens. Ich ging in die Küche und suchte mir einen Topf und eine Pfanne, stellte beides auf den Herd mit der Cerankochfläche. Es bedurfte noch viele solcher Taten für Isabella, um das schlechte Gefühl komplett loszuwerden, das mich quälte. Doch ich freute mich darauf, eben dies zu tun.

Kapitel 21 – Isabella

Liebe Isa,

danke, dass du mit Leni gebacken hast. Sie hat sich sicher gefreut. Habt ihr eine Mehlschlacht gemacht? Ich hoffe, die Küche ist heile geblieben und der Kuchen etwas geworden.

Mittlerweile dürfte ich einige Wochen tot sein. Bitte nimm es mir nicht übel, wenn ich so offen darüber schreibe. Bestimmt geht es dir inzwischen besser und du verstehst, warum ich dir nichts sagen konnte. Nun möchte ich dir jedoch davon erzählen, wie es mir ergangen ist, nachdem ich von dem Aneurysma erfahren habe.

Ich schluckte, als ich Melanies E-Mail ein weiteres Mal las. Ich wartete auf Max, der sich um ein paar Minuten verspätete, wie er mir geschrieben hatte. Also nutzte ich die Zeit, um die Worte in meinem Kopf mit Melanies Stimme zu hören.

Vor knapp einem Jahr hat mir mein Arzt von anormalen Strömungsgeräuschen erzählt, nachdem er mein Herz abgehört hatte. Ich wusste nicht, was er meinte, aber du kennst ja Dr. Peron. Er ist einfühlsam genug, um eine Bombe ganz sachte platzen zu lassen. Zunächst bat er mich um eine Untersuchung mit dem Ultraschall. Dabei stellte er das inoperable Aneurysma fest.

Anfangs hatte ich wahnsinnige Panik, jeden Augenblick tot umzufallen. Es fühlte sich an, als ob das Strömungsgeräusch, von dem er gesprochen hatte, sich in eine tickende Bombe verwandelte, die jeden meiner Schritte begleitete. Ich war gefangen in einem Strudel, der mich abwärtszog.

Warum bist du dann nicht zu mir gekommen?, warf ich ihr stumm vor. Schon beim ersten Lesen hatte ich mich das gefragt. Leider blieb sie mir eine Antwort schuldig und würde es auch immer bleiben.

Die Einzigen, die mich davor retteten, wahnsinnig zu werden, waren Leni und du. Für euch wollte ich ruhig bleiben und mir nichts anmerken lassen. Mit deinen Geschichten über das Cupcakes *und deiner ständigen Weigerung, dich einem Mann zu öffnen, hast du mich auf Trab gehalten und dazu gebracht, mich aus dem Strudel herauszukämpfen. Ich wollte keine Belastung werden.*

Mein ganzes Leben lang musste ich darum ringen, etwas zu erreichen. Erst sind meine Eltern ausgewandert, und ich musste mich allein zurechtfinden, dann musste ich mich in einem schweren Online-Business beweisen und gegen viele Hater angehen, die meine Seifen als »überflüssigen Scheiß für reiche Fotzen« und Schlimmeres bezeichneten. Und als ich schließlich schwanger wurde und der Vater nichts davon wissen wollte, hätte ich fast aufgegeben. Du erinnerst dich sicher. Aber ich habe gekämpft.

Genau das Gleiche habe ich mir jetzt wieder vorgenommen. Ich weiß nicht, ob mir noch zwei Tage oder zwanzig Jahre bleiben. Dr. Peron meinte, dass niemand das vorhersehen kann. Zwar muss ich regelmäßig zu Vorsorgeuntersuchungen, aber die können mich nicht davor schützen, dass es eines Tages platzen wird. So kann ich nur hoffen, dass ich noch viel Zeit mit euch verbringen darf. Also, falls du dich gewundert hast, warum ich im letzten Jahr so anhänglich war, hier hast du die Erklärung. Dieses Aneurysma begleitet mich jeden Tag und zeigt mir, dass es nichts gibt, was man so sehr fürchten sollte wie die Natur.

Du hast vor einigen Dingen Angst, doch ich kann dir sagen: Vergiss die Angst. Lebe einfach. Deswegen bekommst du als Nächstes eine Aufgabe von mir, die dir nicht gefallen wird. Ich wollte immer mal auf einem alten Motorrad mitfahren. Gemütlich durch die Gegend rauschen und die Kontrolle jemandem überlassen, der sich mit der Maschine auskennt. Scheinbar habe ich es nicht mehr geschafft. Aber du schaffst das sicher. Finde jemanden, der mit dir fährt, und genieß die Reise.

Ich wünschte, ich könnte dein Gesicht sehen, wenn du das hier liest. Vermutlich verfluchst du mich, verdammst den Tag, an dem wir uns kennenlernten. Aber ich glaube fest daran, dass du Spaß haben wirst.

Bleibt gesund und gib meiner Kleinen einen Kuss von mir. Erinnere sie daran, das mein Herz, auch wenn es nicht mehr schlägt, immer noch voller Liebe für sie ist und ich immer bei ihr sein werde.

Liebe Grüße
Eure Melanie

Ich seufzte, schloss die E-Mail und ließ das Handy in meine Tasche gleiten. Mein Blick glitt die Promenade entlang auf der Suche nach Max, der jeden Moment vorfahren musste. Wir hatten vereinbart, dass ich vor dem *Cupcakes by the Sea* auf ihn wartete.

Noch immer war kein Ergebnis vom Gesundheitsamt eingetroffen, und mein Anruf heute Morgen hatte nichts gebracht, was mich in der Überzeugung bestärkte, dass mir jemand schaden wollte. Und das war dem Schuldigen prima gelungen – die Anzahl der schlechten Rezensionen auf Google war in den letzten Tagen rapide angestiegen, und wenn das so weiterging, bräuchte ich gar nicht erst wieder zu eröffnen, wenn die Genehmigung endlich eintrudelte.

Ein Knattern riss mich aus den Gedanken. Max kam auf seiner Maschine um die Ecke gekurvt und hielt neben mir an.

»Moin Isabella«, begrüßte er mich und hob den Helm vom Kopf. Sein Lächeln wärmte mich, und ich spürte Freude in mir aufsteigen. Weniger wegen des bevorstehenden Ausflugs, sondern weil ich Zeit mit ihm verbringen konnte. Seine hilfsbereite Art und seine Sorge um mich rührten mich und taten mir gut.

Während er von seiner Maschine stieg und seinen Rucksack vom Rücken zog, fragte ich mich, wann sich das letzte Mal jemand um mich gekümmert und für mich gekocht hatte. Die Tomatensoße, die Max in meiner Küche zusammengebastelt hatte, war zwar nichts Besonderes gewesen, hatte jedoch umso leckerer geschmeckt, weil er sie für mich zubereitet und mir mit einem Gesicht aus Kräutern verziert serviert hatte.

Jetzt förderte er eine Lederkombi zu Tage und reichte sie mir. »Die kannst du vermutlich über deine Klamotten ziehen.«

»Danke schön«, sagte ich und nahm die Hose und die Jacke entgegen. Kaum trug ich sie, fühlte ich mich eingeengt und hatte das Gefühl, dass ich keine Luft mehr bekam. Ob das nun ein Vorbote auf das Kommende war oder der Kleidung geschuldet war, konnte ich nicht sagen, aber ich spürte, wie meine Brust zugeschnürt wurde.

»Bist du dir sicher, dass du das machen willst? Du siehst etwas blass aus«, bemerkte Max und hielt mir den Helm hin, den er an seinen Lenker gehängt hatte.

Ich nickte. »Für Melanie. Du kannst es vielleicht nicht verstehen, aber für mich sind diese Aufgaben wichtig. Ich brauche das. Egal wie ich mich dabei fühle. Ich will das tun.«

»In Ordnung, dann hier ein paar einfache Instruktionen: Das ist ein altes Bike, das keinen zweiten Sitz hat. Du musst dich also an mir festhalten. Und mit festhalten meine ich richtig fest. Ich gebe mir Mühe, nicht zu schnell zu fahren, aber ich brauche die Sicherheit, dass du das ernst nimmst.«

»Natürlich. Ich hoffe nur, dass ich dir nicht die Luft abdrücke.« Ich setzte mir den Helm auf, und Max half mir beim Verschluss unter dem Kinn.

»Wenn irgendetwas ist, musst du mir Bescheid geben, indem du mir zwei Mal kräftig auf die Schulter haust. Auch wenn der Fahrtwind nicht in den Ohren dröhnen wird: Durch die Helme können wir während der Fahrt nicht miteinander reden.«

Wieder nickte ich. So etwas hatte ich mir schon gedacht.

»Gut, viel mehr gibt es nicht zu wissen. Die Füße musst du hier draufstellen.« Er zeigte auf das Auspuffrohr auf beiden Seiten. »Aber aufpassen. Das kann nach einer Weile warm werden.« Max zwinkerte mir zu und setzte sich ebenfalls den Helm auf.

Die hellblaue Maschine glänzte im Schein der Morgensonne. Dafür dass das Motorrad fast doppelt so alt wie ich war, sah es top aus. Ich fragte mich, wie viel Zeit er in die Pflege steckte. Anscheinend eine ganze Menge.

»Bereit?«, fragte er schließlich laut, damit ich es durch meinen Helm hören konnte.

Ich hielt den Daumen nach oben und setzte mich auf das Motorrad. Der schwarze Sitz war warm und weich und fühlte sich bequem an. Bis Max aufgestiegen war, hielt ich mich an einem kleinen Haltebügel hinter dem Sitz fest. Dann streckte er eine Hand nach hinten aus und wartete darauf, dass ich meine Arme um ihn schlang.

In diesem Moment wurde mir bewusst, was ich da gerade tat: Ich war im Begriff, mein Leben in die Hände eines mir beinahe Fremden zu geben. Zwar hatten wir die letzten Wochen fast jeden Tag zusammen verbracht und ich hatte ihn besser kennengelernt und mochte Max, aber dennoch wusste ich nicht viel über ihn. Zu wenig jedenfalls, um mit ihm solch eine Spritztour zu unternehmen.

Erwartungsvoll hielt er seine Hand ausgestreckt, wartete auf mich.

Nun mach schon, raunte es in mir drin. Denn auch wenn ich ihn kaum kannte, wusste ich tief im Innern doch, wer er war. Unser Moment auf der Seebrücke hatte es mir verraten. Die Besorgnis und das Mitgefühl konnte man nicht fälschen. Vor allem nicht für eine zu dem Zeitpunkt Wildfremde. Dass Max zwischendurch manchmal so tat, als wäre er ein harter Kerl, konnte diese eine echte Reaktion nicht zunichtemachen. Ich wusste, dass er im Grunde seines Herzens empfindsam und ein lieber Kerl war.

Also streckte ich die Arme aus und schlang sie um seine Brust. Das Leder unserer Jacken knirschte, als es aneinander rieb. Dann startete er den Motor. Unter meinem Hintern brummte und vibrierte es. Ein letztes Mal drehte sich Max zu mir, suchte meinen Blickkontakt, mit nur einer Hand am Lenker. Ich nickte, schloss aber gleich darauf die Augen. Die Angst steckte immer noch in mir, wollte mich daran hindern, genau das zu machen, was ich im Begriff war zuzulassen. Und doch musste ich es tun. Es war meine Aufgabe.

Dann fuhr er an. Ganz sanft, ohne Machogehabe. Ich öffnete vorsichtig die Augen, sah zu, wie wir an der Promenadeneinfahrt abbogen in Richtung Landstraße. Von hier dauerte es nicht lang, bis wir den Ortsausgang erreichten. Langsam steigerte Max das Tempo. Mein Herz pochte lautstark, als er in einen höheren Gang schaltete. Ich hörte kaum etwas anderes als das Rauschen in meinen Ohren. Was für ein Adrenalinschub. Der Sprung von der Seebrücke war nichts dagegen, denn nach wenigen Sekunden war der berauschende Fall vorbei gewesen. Dieser Ritt dauerte länger, war wie eine Reise ins Unbekannte.

Je schneller Max fuhr, desto mehr genoss ich die Fahrt. Die Kurven nahm er vorsichtig, nicht zu rabiat, und auch sonst fuhr er vorausschauend, prahlte nicht mit halsbrecherischen Stunts, wie ich sie von ihm anfangs befürchtet hatte.

Er nahm Rücksicht auf mich und meine Angst, obwohl ich ihm nichts davon erzählt hatte. Ein warmer Schauer durchfuhr meinen Bauch. Nicht von der Fahrt oder dem Adrenalin. Es war ein weicheres, angenehmeres Prickeln. Eines, dem ich allzu gern nachfühlte. Hier auf der Maschine, direkt hinter Max, fühlte ich mich frei von Sorgen. Sie wurden vom Wind davongetragen, ohne auf eine bestimmte Strömungsrichtung zu achten. Einfach frei von allem.

Ich lachte glücklich und aus vollem Hals.

*

Liebe Isa,

wenn du an diesem Punkt der Liste angekommen bist, dann hast du schon viel geschafft. Ich bin stolz auf dich, dass du das durchziehst. Denn es ist genau das, was ich mir für dich immer gewünscht habe – ein bisschen mehr Mut, ein bisschen mehr Lässigkeit, ein bisschen Kontrollverlust. Dass du sogar auf ein Motorrad gestiegen bist, wundert mich zwar, aber umso größer ist mein Respekt!

Ich weiß noch, wie wir beide einmal versucht haben, auf einer Vespa ein Wettrennen zu fahren. Du bist so langsam gewesen, dass dich sogar die Fahrradfahrer überholt haben, weil du dich nicht getraut hast. Was haben wir gelacht, als die an dir vorbeigeprescht sind.

Gern denke ich auch an deinen Versuch zurück, vom Zehnmeterbrett zu springen. Die Schlange hinter dir reichte sicher bis zum Kiosk des Freibads, ehe du dich tatsächlich getraut hast.

Ich wischte mir eine Träne aus dem Augenwinkel, denn den Sprung gewagt hatte ich letztendlich nur, weil Melanie zu mir raufgeklettert kam, meine Hand genommen hatte und unter großem Applaus und Gejohle der anderen Badegäste mit mir gesprungen war. Ohne sie würde ich vermutlich noch heute dort oben stehen.

Gestern war ich nun also Motorrad gefahren, hatte mich einem Mann anvertraut und losgelassen. Das Beweisfoto zeigt ein Selfie von uns beiden nach dem Ritt, Max steht neben seiner Maschine, ich sitze noch darauf, halte mich an seiner Schulter fest. Beide tragen wir unseren Helm unter dem Arm und ein breites Grinsen im Gesicht. Kaum zu Hause angekommen, hatte ich es sofort losgeschickt. Die Antwort war heute am späten Nachmittag in meinem Postfach erschienen. Leni lag zu meinen Füßen und spielte mit einigen Legosteinen und Tieren.

»Alles in Ordnung, Leni?«, fragte ich sie.

Da ich keine Antwort bekam, wusste ich, dass sie beschäftigt war, und las weiter.

Dass du trotz all deiner Angst noch immer existierst, ist ein Wunder. Und genau diese Angst solltest du verlieren, Liebes. Denn die blockiert dich nur. Ich weiß, dass du jetzt die Augen verdrehst, weil ich dir wieder einen Vortrag halte, doch du wirst mir wohl zustimmen, dass du nicht glücklich bist. Nicht bis hinunter in die letzte Faser deiner Seele. Auch wenn du immer sagst, du brauchst keinen Mann, behaupte ich das Gegenteil. Also, schmeiß die Angst über Bord und schnapp dir einen Kerl. Egal welchen. Hab Spaß und genieß den Moment, statt ständig deinem Businessplan hinterherzuhecheln. So ein Plan ist schön und gut, aber du brauchst auch ein Leben. Eines, das sich lohnt.

Sieh dir mein Leben an. Ich habe geliebt, gelitten, gefeiert und gelebt. Nichts, was ich getan habe, bereue ich heute. Nicht einmal die kurze Zeit mit Lenis Vater. Denn auch das war ein Geschenk, wenn man sieht, was es mir schlussendlich gebracht hat. Die zauberhafteste Tochter, die ich mir hätte wünschen können.

Deswegen hoffe ich, dass du dein Leben genauso feierst, wie ich meines gefeiert habe. Die Zeit der Trauer ist vorbei. Versprich mir, dass du all die Momente mit mir in fröhlicher Erinnerung behältst, statt sie zu vermissen. Erinnere dich daran, wie wir nachts heimlich in die Bäckerei deiner Oma eingebrochen sind und Brote geklaut haben, um sie den Obdachlosen am Strand zu geben.

Oder als wir uns rausgeschlichen haben, um mit ein paar fremden Jungs zur Zeltdisco im Nachbarort zu laufen. Die waren so besoffen, als wir ankamen, dass wir lieber allein feierten und im Sonnenaufgang die Landstraße entlang nach Hause marschierten. Am Wegesrand ernteten wir Kartoffeln, die wir deiner Großmutter auf den Küchentisch legten, damit sie uns später Bratkartoffeln machen konnte.

Mir werden genau diese Erinnerungen immer ein Lächeln auf die Lippen zaubern, und dasselbe hoffe ich für dich.

Erinnere dich an mein Leben mit einem Lächeln. Mehr wünsche ich mir nicht.

Liebe Grüße
Melanie

Ich schluckte den Kloß in meinem Hals herunter. Diese E-Mail steckte so voller guter Erinnerungen, dass ich Angst hatte, eine übersehen zu haben. Also las ich sie erneut. Jeder Moment mit meiner besten Freundin tauchte vor meinem inneren Auge auf, und ich erlebte alles noch einmal.

»Warum lächelst du, Tante Bella?«, fragte Leni und stand auf einmal direkt vor mir. Ihr Gesicht war meinem so nah, als wollte sie mich untersuchen.

»Ich habe mich nur an etwas von früher erinnert.« Kurz zögerte ich, doch dann entschied ich mich dazu, mit Leni darüber zu reden. »Als ich etwas älter war als du, habe ich viel Zeit mit deiner Mutter verbracht, und daran dachte ich gerade.«

»Ihr seid beste Freundinnen, sagt Mama immer. Für ewig.« Leni schlang ihre dünnen Arme um meinen Hals, und ich umarmte sie ebenso.

»Da hat sie recht. Sie wird stets meine beste Freundin bleiben.«

»Auch wenn sie nicht mehr da ist«, murmelte Leni.

»Ja, auch dann. Das haben wir einander versprochen«, erklärte ich ihr vorsichtig.

»Und ein Versprechen hält man. Das ist ganz wichtig.« Sie lehnte sich zurück und verzog ihren Mund. »Mama sagt das immer zu mir, wenn ich etwas verspreche. Hast du dein Versprechen gehalten?«

»Welches meinst du?« Ich überlegte, worauf sie anspielen konnte. Kinder kramten manchmal Dinge hervor, die Monate oder sogar Jahre zurücklagen und mit der aktuellen Situation nichts zu tun hatten. Leni machte das genauso. Melanie war damit klargekommen und hatte genau gewusst, was ihre Tochter meinte, ich hingegen hatte jedes Mal die Hilfe meiner besten Freundin gebraucht, um zu kapieren, worum es Leni ging. Diesmal würde ich wohl allein daraufkommen müssen.

»Na, in dem Krankenwagen.«

Erschrocken riss ich die Augen auf. »Was habe ich ihr denn versprochen?«, fragte ich. Ich erinnerte mich nur daran, ihr gesagt zu haben, mich um ihre Tochter zu kümmern. Und das löste ich ein.

»Du solltest feiern«, sagte Leni und schmiegte sich an die Kuhle zwischen der Schulter und meinem Hals. »Was sollen wir denn feiern?«

Ich brauchte einen Moment, um zu verstehen, was sie meinte, und presste die Lippen zusammen, als es mir aufging. »Wir sollen das Leben deiner Mutter feiern. Das habe ich ihr versprochen.«

Leni saß auf meinem Schoß und schniefte leise. »Haben wir das schon getan?«

Was sollte ich darauf antworten?

Bisher hatte ich Melanies Bitte völlig vergessen, hatte mein Versprechen ignoriert, weil ich so viele andere Dinge zu erledigen hatte. Das war keine Antwort, die ich Leni geben wollte. Aber genauso wenig konnte ich ihr sagen, dass wir Melanies Leben natürlich gefeiert hatten, denn das wäre eine Lüge gewesen. Ich hatte die Aufgaben der Löffelliste erledigt, diese eine jedoch, um die sie mich Minuten vor ihrem Tod gebeten hatte, war unerfüllt geblieben.

»Wir werden ihr Leben noch feiern, versprochen.«

»Ein Versprechen darf man nicht brechen«, nuschelte Leni, und ich spürte ihren Atem auf meiner Haut.

Ich schwieg, musste mit der Erkenntnis klarkommen, dass eine Vierjährige sich an etwas erinnerte, das ich vergessen hatte. Ausgerechnet heute, ausgerechnet jetzt. Als ob sie genau wusste, was in der E-Mail ihrer Mutter stand. Es war beinahe unheimlich.

Minutenlang saßen wir nur da, ich hielt Leni in meinem Arm, und sie entspannte sich, ließ mich ihren Rücken kraulen. Ich sollte das Leben feiern, sagte Melanie. Es genießen und nicht so viel Angst haben. Aber tat ich nicht bereits genau das?

Doch, um Punkte der Löffelliste abzuarbeiten, hatte ich sowohl meine Angst vor Höhe als auch jene vor Schnelligkeit überwunden.

Die essentiellen Dinge hast du jedoch nicht verändert, flüsterte es in mir. *Noch immer lässt du niemanden an dich heran und drückst dich. Vor allem vor Männern.*

Ich biss mir auf die Unterlippe, spürte auf einmal Maximilians Lippen auf meinen. Ich hatte seine Berührung genossen, ihn aufgrund der Umstände und meiner Ängste aber trotzdem zurückgewiesen. Vielleicht war es an der Zeit, genau diese Sorgen über Bord zu werfen und Melanies Anweisungen auch dahingehend Folge zu leisten. Mein Herz schlug auf einmal schneller. Als wäre ich schon auf dem Weg zu Max, um was auch immer zu tun. Hauptsache er erfuhr, wie gern ich ihn hatte.

Aber ich konnte nicht weg. Egal wie sehr es mich in diesem Augenblick drängte, Melanies Wunsch zu erfüllen und meinem Herzen zu folgen: Ich konnte nicht weg. Oder doch?

Leni saß auf meinem Schoß und war eingeschlafen. Wenn ich Tessa anrief und sie zufällig Zeit hatte, könnte sie in einer Viertelstunde hier sein. Solange Leni schlief, würde ihr nicht auffallen, wenn ich mal für ein oder zwei Stunden verschwand. Auf keinen Fall würde ich über Nacht wegbleiben, doch ich musste mit Max reden, ihm sagen, was ich empfand, wenn er in meiner Nähe war.

Also legte ich Leni in ihr Bett und rief die Babysitterin an. Sie brauchte zwar eine halbe Stunde, aber so hatte ich die Chance, mich frisch zu machen. Während ich im Bad stand, mehrere Frisuren ausprobierte und mich am Ende für offenes Haar unter einem Haarband entschied und die Ringe unter meinen Augen mit einem Hauch Make-up verdeckte, begleitete mich das Prickeln in meinem Bauch.

Als Tessa schließlich klingelte und ich sie hereinließ, fühlte ich mich so aufgeregt wie vor meinem ersten Date. Damals hatte der Bus meines Dates Verspätung gehabt, und ich war an der Haltestelle umhergetrippelt und hatte nichts gegen das fette Grinsen in meinem Gesicht unternehmen können.

Auch jetzt spürte ich, wie sich meine Lippen ganz von allein in die Breite zogen, sodass Tessa schmunzelte.

»Ich wünsche dir viel Spaß«, sagte sie mit einem Zwinkern. »Und lass dir Zeit, ich kann bis Mitternacht bleiben.«

»Ich danke dir!« Ich drückte Tessa an mich und verließ die Wohnung, flog geradezu die Treppe hinunter und eilte zu meinem Auto. Aus Max' Arbeitsvertrag wusste ich, wo er wohnte, und lenkte den Wagen zur Landstraße. Im Radio spielten die Beach Boys mit *Wouldn't It Be Nice,* und ich sang lauthals mit. Beinahe fühlte ich mich so frei wie auf dem Motorrad.

Kurze Zeit später hielt ich vor dem Gebäude, das Max als Adresse angegeben hatte. Es war eine moderne Stadtvilla jener Sorte, wie sie überall aus dem Boden sprossen, alle im gleichen kühlen Stil, als hätte derselbe Architekt sie in dem Bestreben entworfen, möglichst wenig Persönlichkeit einzuarbeiten. Hier sollte Max wohnen?

Ich zog den Zettel hervor, den ich mir rasch aus meiner Büroablage aus dem Schlafzimmer geholt und in meine Handtasche gestopft hatte. Max hatte etwas hinter die Adresse geschrieben, das ich nicht hundertprozentig entziffern konnte. Als ich meinen Blick über das Grundstück schweifen ließ, vermutete ich jedoch, dass es »Scheune« heißen sollte. Denn die stand im hinteren Bereich und war über einen kurzen Weg an der Villa vorbei erreichbar. Das passte schon eher zu dem Mann, als den ich meinen Angestellten bisher kennengelernt hatte. Wer auch immer in der protzigen Villa wohnte, war vermutlich sein Vermieter.

Mein Herz klopfte mir bis zum Hals, während ich aus dem Wagen stieg und mich der Scheune näherte. Wie als Teenager kribbelten meine Fingerspitzen, als ich daran dachte, was ich im Begriff war zu tun. *Fehlt nur noch das hysterische Kichern*, kommentierte ich mich selbst in Gedanken. Ich beruhigte mich und meine Aufregung, indem ich mehrmals tief durchatmete.

Es gab ein Fenster in der Scheune, das offen stand, und ich hörte Stimmen aus dem Innern. Max war also nicht allein. Eine männliche Stimme sprach zu ihm. Zögernd hielt ich vor dem Fenster inne. Ich hatte überhaupt nicht daran gedacht, dass Max eventuell Besuch haben könnte.

»Ehrlich. Ich hätte es nicht besser machen können, Maximilian«, erklärte die mir unbekannte Stimme in diesem Moment. »Es dauert nicht mehr lange, und sie wird ihren kitschigen Kuchenladen aufgeben.«

Hatte mein Herz eben noch voller Aufregung geschlagen, blieb es nun stehen. Mir wurde eiskalt.

Max antwortete etwas, das ich nicht verstand. Er musste mit dem Rücken zum Fenster stehen oder sehr leise sprechen.

»Nein, nein. Wir sind nicht fertig. Ich habe noch einen Auftrag für dich.«

Obwohl mein Körper zitterte, gelang es mir dennoch, den Kopf leicht vorzulehnen, um durch das Fenster zu spähen. Ich erblickte einen hochgewachsenen, grauhaarigen Mann, der mir sein Profil zuwandte. Ich zuckte zurück, als ich ihn erkannte. Wolfgang West. Der Immobilienmakler, der erst versucht hatte, meiner Großmutter den Laden abzukaufen, und dann zu mir gekommen war, nachdem ich das *Cupcakes by the Sea* übernommen hatte. Auch mir hatte er mehrere Angebote unterbreitet, die ich allesamt ablehnte.

In seiner Hand hielt Wolfgang West einen geöffneten Umschlag, aus dem mehrere grüne Geldscheine hervorlugten. Er hielt ihn Max hin.

»Wenn du sie verführst und ihr anschließend das Herz brichst, wartet die nächste Bezahlung auf dich. Denn wenn sie erst einmal auf allen Ebenen zerstört ist, wird sie keine Einwände mehr gegen mein Angebot haben.«

Mir wurde schlecht, und ich hatte das Gefühl, keine Luft mehr zu bekommen. Ich spürte, wie sich ein Schrei meine Kehle heraufarbeitete, dabei Galle vorantrieb. Ich stolperte rückwärts den Weg zurück, musste mich zusammenreißen, nicht augenblicklich laut zu kreischen.

Die Seebrücke, der Kuss, die Nudeln, unser Ritt auf dem Motorrad. Alles war gelogen. Nichts an Max war echt.

Am Auto angelangt, warf ich mich auf den Fahrersitz, schloss die Tür und ließ den Schrei heraus, der sich in mir angestaut hatte. Ich schlug auf das Lenkrad ein und hasste mich dafür, dass ich hierhergefahren war.

Wie hatte ich nur auf diesen Kerl reinfallen können?

Kapitel 22 – Maximilian

»Wenn du sie verführst und ihr anschließend das Herz brichst, wartet die nächste Bezahlung auf dich. Denn wenn sie erst einmal auf allen Ebenen zerstört ist, wird sie keine Einwände mehr gegen mein Angebot haben.«

Schockiert stand ich vor meinem Onkel und starrte ihn an. Sein ernster Gesichtsausdruck machte mir klar, dass er nicht scherzte. Ich schüttelte den Kopf, wusste zunächst nicht, was ich sagen sollte. Dafür spürte ich umso deutlicher, wie Wut in mir aufstieg. Sie fraß sich meine Luftröhre hinauf, bis sie in meiner Kehle saß und hinausgebrüllt werden wollte. Ich war kein Drache, aber in diesem Moment hätte ich am liebsten Feuer gespuckt. »Wie kannst du es wagen, so etwas überhaupt vorzuschlagen?!«

»Ach komm, als ob du nicht schon öfter zum reinen Vergnügen mit Frauen geschlafen hättest«, erwiderte mein Onkel verächtlich. »Tu nicht so, als ob du ein Unschuldslamm wärst. Betrachte es rein geschäftlich.«

»Schieb dir dein Geschäft sonst wohin. Ich werde nicht mit Isabella schlafen!«, zischte ich und drückte meine geballten Fäuste an die Hüfte. Nur mit Mühe widerstand ich dem Drang, Onkel Wolfgang zu schlagen. Einzig der Gedanke, dass er mich dann in den Knast bringen würde, hielt mich davon ab.

»Du wirst es tun. Andernfalls muss ich der Polizei erzählen, dass ich mich bei deinem Alibi wohl geirrt habe«, sagte er wie nebensächlich und zuckte mit den Schultern.

»Wieso tust du das?« Ich konnte nicht fassen, was er sagte. »Wieso erpresst du mich?«

»Nimm es nicht persönlich, Junge. Es geht mir wie gesagt nur ums Geschäft.« Onkel Wolfgang deutete auf den Umschlag, den er mir noch immer entgegenstreckte. »Bisher hattest du auch nichts gegen unsere Abmachungen.«

»Wenn du zur Polizei gehst, werde ich vorbestraft sein wegen Falschaussage, und wer weiß, was sie mir anhaben können, weil ich in der Werkstatt eingekauft habe. Das wäre das Aus für mein Besuchsrecht bei Henry.«

Mein Onkel entgegnete nichts, hielt nur weiterhin den Umschlag hoch.

Ich konnte nicht länger an mich halten und schlug zu. Gegen seine Hand, sodass der offene Umschlag zu Boden segelte, die Hundert-Euro-Scheine herausrutschten und sich auf dem Boden verteilten.

»Du bist ein Arschloch, weißt du das?« Ich bemerkte kaum, dass ich brüllte. »Es geht hier um deinen Neffen. Um mich, verdammt noch mal.«

»Es geht aber auch um mich und mein Bauprojekt«, bemerkte Onkel Wolfgang in einem solch eiskalten Tonfall, dass ich zusammenzuckte.

Der würde sogar über Leichen gehen, um seinen Willen zu bekommen, schoss es mir durch den Kopf, und die Erkenntnis traf mich wie ein Keulenschlag.

»Gut zu wissen, was dir Familie bedeutet«, schnaubte ich, während ich vor ihm zurückwich. »Auf keinen Fall werde ich Isabella für dich auseinandernehmen. Mach es selbst, wenn du diesen Laden so unbedingt brauchst.«

»Auf meine Flirtversuche ist sie damals nicht eingegangen. Bin ihr wohl zu alt«, erwiderte mein Onkel, als redete er über irgendeine Steuererklärung, die er erledigt haben wollte.

»Das ist nicht dein Ernst!« Ich schluckte einen Teil der Wut hinunter. »Du tust mir leid. Merkst du eigentlich, was du sagst?«

»Ich weiß sehr genau, was ich sage.« Onkel Wolfgangs Ton wechselte von gelassen zu mitleidig, als sei ich ein begriffsstutziges Kind, das die einfachsten Dinge nicht kapierte. »Deswegen biete ich dir ein letztes Mal an, dass du deinen Auftrag zu Ende bringst. Ansonsten sehe ich mich gezwungen, meine Drohung wahrzumachen.« Wie, um zu beweisen, dass er es ernst meinte, holte er sein Handy raus.

Diese offene Zurschaustellung seiner Macht war zu viel. Jahrelang war ich für ihn gesprungen, hatte jeden noch so erbärmlichen Job für ihn erledigt, war losgespurtet, wenn er mich mitten in der Nacht zu einer verstopften Toilette, einem verklemmten Türschloss, einem mit Wasser vollgelaufenen Keller schickte, um sich den Notdienst zu sparen. Ich hatte seine verächtlichen Bemerkungen geschluckt, mit denen er mein Dasein so gern kommentierte, obwohl er mindestens ebenso von unserem Arrangement profitierte wie ich. Immer wieder hatte ich mich von seinem Geld ködern lassen und ausnahmslos alles erledigt, wozu er mich aufforderte, zuletzt sogar die Spionageaktion bei Isabella. Ich war ein Idiot. Spätestens jedoch bei seiner Erpressung zur Verunreinigung von Isabellas Kuchenteig hätte ich die Augen öffnen und mich wehren müssen. Mich meinem Onkel entgegenstellen und Isabella beschützen. Informationen weiterzugeben war eine Sache, Menschen zu ruinieren eine andere. Und selbst wenn Onkel Wolfgang seine Drohung wahrmachte und dafür sorgte, dass ich das Umgangsrecht für Henry verlor – was wäre ich denn für ein Vater? Wie konnte ich meinem Sohn in die Augen blicken, wenn ich der Spielball eines gefühllosen Geschäftsmannes war, den es nicht juckte, wenn andere vor die Hunde gingen?

Nein, gleichgültig was passierte, so tief sinken würde ich nicht.

»Du willst die Polizei direkt anrufen?« Ich machte einen Schritt auf Onkel Wolfgang zu. »Bitte sehr. Tu es. Ich bin nicht länger deine Marionette. Sieh zu, wie du das selbst hinbekommst. Und wenn du zur Polizei gehst, werde ich ihnen erzählen, was *du* getan hast.«

Onkel Wolfgang setzte ein süffisantes Grinsen auf. »Welche Beweise hast du denn gegen mich in der Hand?«, fragte er. »Und seien wir mal ehrlich. Wem werden sie glauben? Einem angesehenen Geschäftsmann, der regelmäßig für die Gemeinde spendet, oder einem Taugenichts, der nichts im Leben erreicht hat?«

Die Wut betäubte meine Sinne, und ich konnte nichts mehr darauf antworten, aus Angst, dass ich ihn jeden Augenblick anfallen würde. Denn auch wenn mir nicht gefiel, was er sagte: Mein Onkel hatte recht. Seine Reputation in der Gegend war deutlich besser als meine. Ich war nur das Mädchen für alles, der Kerl, der gerufen wurde, wenn schnell etwas erledigt werden musste.

»Raus!«, sagte ich, so ruhig ich konnte, und presste die Lippen aufeinander. Meine Fäuste zitterten, so fest ballte ich sie zusammen. Zur Sicherheit stopfte ich sie in meine Hosentasche, konnte ansonsten nicht dafür garantieren, dass Onkel Wolfgang heil aus der Scheune herauskam.

»Du wirfst mich aus meinem Eigentum?« Er lachte lauthals und betrachtete mich verächtlich. »Vielleicht sollte ich mal prüfen lassen, was passiert, wenn jemand seine Miete schon seit zwei Jahren nicht mehr gezahlt hat.«

»Welche Miete?«, zischte ich. »Wir haben nicht einmal einen Mietvertrag.«

»Bist du dir sicher?« Onkel Wolfgang zog provozierend die

Augenbrauen hoch, und ich starrte ihn voller Unglauben an. »Wir sprechen uns, ich an deiner Stelle würde es mir hier jedoch nicht zu gemütlich machen in den nächsten Tagen.« Er drehte sich um und ging in Richtung Tür. Kurz vor dem Windfang drehte er sich noch einmal um und sah mich an. »Ich habe mehr von dir erwartet, Maximilian.«

Das war zu viel des Guten, und ich spurtete ihm nach. Allerdings verschwand er nach draußen, bevor ich ihn erreichte, und alles, was mir blieb, war, die Tür zuzuschlagen, sodass sie beinahe aus den Angeln brach.

Allein in der Scheune brüllte ich so laut, dass es selbst die Nachbarn hören mussten, doch das war mir egal. Ich riss den Kleiderständer neben der Tür um und schleuderte ihn auf den Boden. Mein Helm polterte über den Dielenboden. Dazu verteilten sich die Lederkluft und meine Sommerjacke neben meinen Schuhen.

»Er ist …« Mir fehlten die Worte, um meinen Onkel zu beschreiben. »Arschloch« traf es nicht einmal im Ansatz. Obwohl es mir schwerfiel, es mir einzugestehen, so hatte er mich tief getroffen mit seinen Aussagen, denn es stimmte. Ich wusste nicht, was ich mit meinem Leben anfangen sollte, konnte weder einen Abschluss noch irgendein Zertifikat vorweisen, keinen eigenen Laden, keine Firma, und sei sie noch so klein. Nicht mal einen Arbeitsvertrag besaß ich, geschweige denn einen Posten, der eine eigene Definition verdient hätte. Alles, was ich wirklich mein Eigen nennen konnte, war ein altes Motorrad.

Trotzdem irrte sich mein Onkel, wenn er mich einen Taugenichts nannte. Es gab Dinge, in denen ich gut war, und nur weil ich damit keine großen Summen verdiente, war das kein Grund kriminell zu werden. Ich musste ja wohl nicht auf die schiefe Bahn geraten, nur weil ich noch nicht herausgefunden hatte, was ich mit mir anfangen wollte. Ich war jung, hatte alle

Zeit der Welt. Was machte es da schon, wenn man sich etwas treiben ließ?

Isabella verführen und dann fallen lassen. Allein die Idee schürte das Feuer der Wut in mir, ließ meinen inneren Dampfkessel beinahe explodieren.

»Niemals! Ich mag ein Idiot sein, weil ich mich überhaupt erst darauf eingelassen habe, aber das geht zu weit«, brüllte ich zur Tür und meinem Onkel hinterher. Sicherlich saß er längst in seinem bescheuerten Wohnzimmer und hörte mich nicht mehr, aber die Worte wollten aus mir heraus.

Wütend trat ich gegen meinen Sessel, zerstörte dabei die Halterung für die Getränke und kickte die Bruchstücke durch die Scheune, bis sie unter einer Kommode landeten.

Ich konnte, ich *wollte* Isabella nichts weiter antun. Sie hatte das nicht verdient; nicht einmal, dass ich mich unter falschen Voraussetzungen bei ihr beworben hatte. Bereits die erste Lüge war ein Fehler gewesen.

Ich sank auf meinen Sessel und vergrub das Gesicht in den Händen. Wem machte ich etwas vor? Onkel Wolfgang hatte mich angestachelt und mich dafür bezahlt, aber ich war der Vollidiot, der alles getan hatte. Wenn ich damit zur Polizei ging, würden sie nur mich belangen, weil es keine Beweise gegen Onkel Wolfgang gab. Der war fein raus.

Ich schnaubte, spürte, wie die Wut auf meinen Onkel abebbte und sich stattdessen gegen mich selbst wandte. Ich war so dumm gewesen, auf sein Angebot einzugehen, hatte gerade mal bis zur eigenen Nasenspitze gedacht, und jetzt musste ich mit den Konsequenzen leben. Aber welche würden das sein? Ich versuchte meine Gedanken zu ordnen.

Meinem Onkel traute ich zu, dass er aus purer Gehässigkeit zur Polizei ging, und wenn er das tat, würde das sicher bei Lisa landen, und ich würde Henry nicht mehr sehen dürfen.

Zusätzlich würde mich Onkel Wolfgang vermutlich mit einem gefälschten Mietvertrag aus der Scheune werfen. Ich wäre obdachlos. Und wenn Isabella ihren Laden nicht wiedereröffnen dürfte, auch noch arbeitslos. Denn dass ich auch nur noch einen Finger für meinen Onkel rührte, kam nicht in Frage; abgesehen davon, dass er mir kaum weitere Aufträge erteilen würde. Ich wäre also ein arbeitsloser Obdachloser ohne Familie.

Ich schlug mir auf den Oberschenkel. Und alles nur, weil ich Geld hatte verdienen wollen, um einen schönen Sommer mit meinem Sohn zu verbringen. Nun war ich kurz davor, alles zu verlieren.

Halt!

Nicht alles. Es gab eine Person, die mich nicht hasste und die mir eventuell helfen würde, überlegte ich. Allerdings hasste sie mich nur deshalb nicht, weil sie nicht wusste, was ich getan hatte.

Sicher würde sie in den nächsten Wochen herausfinden, dass ein feiger, verlogener Idiot sie betrogen hatte. Und sei es nur, weil mein Onkel ein gehässiger, nachtragender Terrier war. Wenn sie die Wahrheit nicht von mir erfuhr, würde sie mir sicher nie verzeihen. Also musste ich ihm zuvorkommen.

Ich kramte nach meinem Handy und wählte ihre Nummer. Doch es ging nur die Mailbox ran. Vermutlich war sie mit Leni zusammen eingeschlafen – wer konnte es ihr verdenken nach all dem Stress?

Es piepte, und ich fing an zu sprechen. »Moin Isabella, ich wollte mich mal melden, um mich für den schönen Abend bei dir zu bedanken. Das habe ich noch gar nicht gemacht. Schon lange haben mir Nudeln nicht mehr so gut geschmeckt. Außerdem rufe ich an, weil ich fragen wollte, ob du Zeit hast. Ich muss mit dir reden. Es ist wichtig. Bitte ruf mich zurück, sobald du das abgehört hast. Ja?« Ich wartete einen Moment, als erwartete ich, dass sie wie durch ein Wunder doch noch am anderen Ende der Leitung auftauchte. »Okay. Also dann. Bis später.«

Ich legte auf, stellte den Klingelton auf laut, damit ich ihren Rückruf auf keinen Fall verpasste, und warf das Telefon anschließend auf den Tisch, wo es still liegen blieb. Ich legte das Kinn auf meine geballten Fäuste, stützte meine Ellbogen auf den Oberschenkeln ab und starrte das Handy an, wünschte mir, dass es klingeln würde.

Hoffentlich ist es noch nicht zu spät und sie hat den Zusammenhang zwischen Wolfgang und mir noch nicht hergestellt.

Kapitel 23 – Isabella

Minutenlang saß ich im Wagen und weinte, bis ich mir mit dem Handrücken über die Augen fuhr und die Tränen wegwischte. Ich startete den Motor, spürte die Vibrationen des Wagens, als ich rückwärts ausparkte und losfuhr. Die Enttäuschung betäubte mich, und ich fühlte mich wie in Watte gepackt. Als ich durch ein Schlagloch holperte, nahm ich den Rums unter mir kaum wahr, obwohl meine Handtasche vom Beifahrersitz fiel. Ich raste nach Hause und löste Tessa ab, die mich erst skeptisch ansah, dann jedoch nickte und ging.

Als ich in den Spiegel sah, wusste ich, warum sie gezögert hatte. Meine Haare waren durcheinander und die Augen rot gerändert. Man sah, dass ich geweint hatte. Aber das war mir egal. Ich setzte mich auf die Couch, kuschelte mich in meine Decke und starrte auf die schwarze, reflektierende Oberfläche des Fernsehers. Ich unterdrückte neue Tränen, wollte nicht weinen, weil irgend so ein Idiot mich enttäuscht hatte. Stärke. Die wollte ich mir selbst beweisen, einfach weil ich es konnte. Doch irgendwann tat mir der Hals so weh, dass ich nicht anders konnte und losheulte.

Wütend auf mich schlug ich gegen das Kissen neben mir, bis ich heftig keuchte. Zum Glück schlief Leni und bekam nichts davon mit. Wenn sie jetzt wach geworden wäre, hätte ich nicht gewusst, ob ich in der Lage war, mich um sie zu kümmern.

Schließlich schaute ich auf die Uhr. Es war 22 Uhr. Ob

es schon zu spät war, um meine Freundinnen anzurufen? Ich musste reden. Meinen Zorn teilen, bevor ich daran erstickte.

Mit der linken Hand griff ich nach meinem Handy und schrieb in unsere WhatsApp-Gruppe die einfachen Worte *Hat jemand Zeit vorbeizukommen?* und wartete. Bisher hatte ich mit niemandem über Max geredet oder darüber, dass Melanie mir schrieb.

Du bist nicht allein und wirst es auch nicht sein, wenn du es nicht willst, hatte sie in einem ihrer Briefe gesagt. Vielleicht war es an der Zeit, ihr recht zu geben. Mich meinen Freundinnen anzuvertrauen.

Es dauerte keine Minute, da schickten Tamina und Alyxandra das Symbol eines fahrenden Autos. Ella antwortete ein paar Minuten später, dass sie sich in einer Viertelstunde auf den Weg machte.

Muss nur noch die Kasse abschließen. Küsschensmiley.

Ich saß da, stumm, starr und voller Vorwürfe. Gegen mich selbst. Gegen Melanie, dass sie mich hinaus in die Welt geschickt hatte, um meine Ängste zu überwinden – die sich als absolut begründet herausgestellt hatten! Was hatte es mir gebracht? Ich war von einem Mann enttäuscht worden, mehr noch, er hatte mich betrogen, verraten und sabotiert. Und diesmal traf es mich härter als bei jedem anderen Kerl, der sich nach ein paar Wochen mit lahmen Begründungen vom Acker gemacht hatte. Das waren Jugendliebeleien gewesen, leidenschaftliche Episoden, aus denen nie etwas Tieferes entstanden war. Für Max jedoch empfand ich mehr, als ich mir zunächst eingestanden hatte. Er hatte mich zum Lachen gebracht und mir das Gefühl gegeben, besorgt um mich zu sein. Es hatte sich richtig angefühlt, in seiner Nähe zu sein.

Ich schnaubte. Wie sehr mich mein Gefühl betrogen hatte.

Tamina traf als Erste ein. Sie sah mich an und nahm mich

in den Arm, ohne ein Wort zu sagen. In ihrer Hand hielt sie einen Beutel, der dabei gegen meinen Rücken schlug. Noch während wir in der Tür standen, klingelte Alyxandra. Ich ließ sie herein, auch sie trug eine Leinentasche und winkte damit.

»Wie ich sehe, hatten wir dieselbe Idee«, begrüßte sie Tamina und drückte mich ebenfalls an sich. »Wir sind für dich und Leni da, Sweetie.« Ihr kanadischer Akzent kam durch. Das tat er nur, wenn sie aufgeregt war. Ich schloss daraus, dass ihr die Situation unangenehm war, was mir leidtat, und sofort bereute ich, die drei Mädels so spät abends noch um Hilfe gebeten zu haben.

»Möchtet ihr was trinken?«

»Dafür habe ich gesorgt«, sagte Alyxandra und zog eine Flasche Rotwein hervor. »Wenn wir uns schon außer der Reihe treffen, sollte das auch begossen werden. Melanie hätte das befürwortet.«

Ich schluckte. Natürlich. Sie glaubten, dass es mir schlecht ging, weil ich Melanie vermisste. Was stimmte, und dennoch war mein Notruf anders begründet.

»Kommt rein. Ella ist auch bald da. Ich muss euch etwas sagen.«

Tamina und Alyxandra tauschten einen Blick, bevor sie an mir vorbei zum Wohnzimmer liefen. An Lenis angelehnter Tür schlichen sie vorüber, was mich rührte, obwohl neben diesem Kind eine Bombe explodieren konnte, ohne es zu wecken, wenn es wirklich schlief.

Ich bog in die Küche ab und holte Gläser für uns. Alkohol war vielleicht nicht die Antwort auf meine Probleme, aber er würde sie auch nicht schlimmer machen.

»Über was möchtest du reden?«, fragte Tamina und warf ein Paket Taschentücher aus ihrer Tasche auf den Tisch. Gleich darauf kullerte ein Ein-Kilo-Becher Stracciatella-Eis hinterher.

Ich drehte um und holte Löffel. Eis und Rotwein. Auch wenn es mir dreckig ging, war ich froh, dass ich solche Freundinnen hatte. Sie hatten so spät am Abend alles stehen und liegen gelassen, um mir zu helfen, dabei wusste ich, wie viel jede von ihnen selbst um die Ohren hatte.

Mir wurde warm ums Herz. Hatte ich vorhin noch das Gefühl gehabt, allein mit meinen Sorgen zu sein, so bewiesen mir die drei das Gegenteil. Ella klingelte, als ich in der Küche war.

Als wir kurz darauf um den Couchtisch herumsaßen, steckte ich die vier Löffel in den bereits geöffneten Eisbecher und starrte meine drei Freundinnen an. Keine von ihnen wollte zu neugierig sein und eine Frage stellen, aber ich konnte ihnen die Erwartung an der Nasenspitze ansehen.

»Ich bekomme E-Mails von Melanie«, begann ich, denn um von Max zu erzählen, musste ich erst einmal die Hintergründe erklären.

Alle drei sahen mich an, als sei ich verrückt geworden.

»Sweetie, wie ist das möglich?«, fragte Alyxandra vorsichtig. »Du weißt schon, dass Melanie tot ist, oder?«

»Ich bin nicht irre, wenn ihr das denkt. Nein, sie hat die Mails vor ihrem Tod verfasst und jemanden gebeten, sie mir jetzt zu schicken.« Und dann erzählte ich ihnen alles. Von der Löffelliste, den Erinnerungen, den Wünschen und schließlich meiner Überwindung. Den privaten Treffen mit Max und der Enttäuschung des heutigen Abends.

»Wo wohnt der Kerl?« Ella sprang auf. »Den mach ich fertig. Essen vergiften im Laden meiner Freundin? Der kann was erleben!«

Ich hielt sie zurück, denn sie war verrückt genug, um sofort loszufahren und Max etwas anzutun.

»Lass es. Ich will mit dem Kerl nichts mehr zu tun haben.«

»Aber der Arsch ist bei dir angestellt.« Tamina sprach etwas aus, an das ich noch gar nicht gedacht hatte.

»Verdammt. Und die vierzehn Tage Probezeit sind schon vorbei. Kann ich ihm kündigen, weil er ein räudiger Verräter ist?« Ich nahm einen großen Schluck Rotwein. Das Glas hielt ich in der einen Hand. Mit der anderen rammte ich meinen Löffel ins Eis.

»Das würde ich nicht als Begründung reinschreiben.« Alyxandra bohrte ihren Löffel ebenfalls ins Stracciatella-Eis hinein. »Aber aus mangelndem Vertrauen und Zuwiderhandeln gegen die Firmenpolitik geht immer. Das soll er mal anfechten.« Sie schwang die Faust. Und obwohl sie längst nicht so aggressiv wie Ella war, wagte ich nicht, mir vorzustellen, was passieren würde, sollten sie Max jemals begegnen.

»Willst du ihm die Kündigung zuschicken?«, erkundigte sich Tamina. »Solange dein Laden noch geschlossen hat, wird er wohl nicht von allein auftauchen.«

»Ich habe einen Anwalt eingeschaltet, und der hat denen im Amt Beine gemacht.« Ich seufzte, denn die Suche nach einem geeigneten Advokaten hatte mich einige Stunden und Nerven gekostet. Schließlich war ich der Empfehlung meiner Großmutter gefolgt und hatte *Schiller & Brehme* engagiert, eine alteingesessene Kanzlei, die sich seit Jahrzehnten um die Belange der ortsansässigen Kleinunternehmer kümmerte. Der Anwalt war nicht billig, schien sein Geld jedoch wenigstens wert zu sein. Denn kaum hatte ich meine Unterschrift unter die Bevollmächtigung gesetzt, mit der ich ihm Handlungsfreiheit über den Fall gewährte, hatte er ein Schreiben ans Gesundheitsamt verfasst, unzählige Paragrafen zitiert und Präzedenzfälle aufgeführt.

»Der Kollege in der Rechtsabteilung kennt mich schon, machen Sie sich keine Sorgen, Frau Kramer«, hatte Herr Brehme gesagt, während er das Schreiben ausdruckte, eintütete und einem Kurier übergab, der sofort losradelte.

Einen Tag später hatte ich einen Brief vom Gesundheitsamt erhalten.

»Morgen soll die Entscheidung vom Amt erfolgen«, sagte ich. »Da wollte Max dabei sein, damit wir im besten Falle den Laden sofort öffnen können.« Bei diesem Gedanken gefror mein Herz zu einem harten Klumpen, und mehrere Eiskristalle schossen durch meine Adern, ließen meine Finger taub werden, sodass ich meinen Löffel beiseitelegte.

»Das heißt, morgen früh ist er da?«, fragte Ella und schwang ihr Rotweinglas so heftig hin und her, dass ich Angst hatte, gleich einen Rotweinfleck auf der Couch zu haben. »Wunderbar. Ich werde da sein und dich unterstützen, wenn du ihm die Kündigung gibst. Diesem Stück Dreck will ich in die Augen sehen, wenn ihm aufgeht, dass man so nicht mit dir umgehen kann. Mit keiner Frau!« Es war wohl nicht Ellas erstes Glas an diesem Abend, aber ich war dankbar für ihren Eifer. »Wenn das Gesundheitsamt morgen kommt, kannst du diesen Kriminellen gleich anzeigen.«

Ich winkte ab. »Davon hat mir der Anwalt abgeraten. Wir haben nur Indizien, keine Beweise, und es stünde Aussage gegen Aussage. Die ganze Sache würde sich ewig hinziehen, und am Ende müsste ich mich mit dem Kerl noch vor Gericht auseinandersetzen. Nein. Der Schaden ist angerichtet, und ich will nichts mehr mit ihm zu tun haben. Soll er brennen oder meinetwegen in der Ostsee ersaufen. Ich muss dem Kerl nicht mehr begegnen.«

Alyxandra stellte ihr Glas beiseite und nahm mich in den Arm. »Du mochtest ihn, oder?«

Die anderen hielten in ihren Bewegungen inne und sahen mich überrascht an. Alle warteten auf eine Antwort, aber ich saß nur da und starrte vor mich hin. Dieses Detail hatte ich bisher ausgelassen, weil es mir peinlich war. »Wie kommst du denn darauf?«

»Na ja, ich habe zugehört, als du mir neulich am Telefon von deiner neuen Aushilfe erzählt hast«, erklärte Alyxandra. »Da schwang mehr als Sympathie mit.« Sie strich mir eine Haarsträhne aus dem Gesicht.

Ich seufzte und nickte schließlich. Warum sollte ich lügen? Sie waren meine Freundinnen, und ich wollte nichts vor ihnen verheimlichen.

Kaum hatte ich meine Gefühle für Max zugegeben, bekam ich eine Gruppenumarmung, die mich beinahe erdrückte und doch so viel Wärme schenkte, dass die Kälte aus mir langsam wich. Noch bis weit nach Mitternacht saßen wir zusammen und redeten über die Löffelliste, was wir Max antun könnten und über die Zukunft meines Ladens. Wir leerten die Rotweinflasche und den Eisbecher, und als ich irgendwann gegen drei Uhr morgens ins Bett fiel, schlief ich erschöpft ein.

*

Alle drei standen neben mir im *Cupcakes by the Sea*, als ich das vertraute Geräusch des Motorrads durch das Fenster zum Hinterhof hörte. Augenblicklich versteifte sich mein Körper. Erneut fühlte ich die Kälte in meinen Adern fließen, die sich allein bei dem Gedanken an Max ausbreitete.

Noch am Morgen hatte ich mit einiger Wut im Bauch die Kündigung getippt. Inzwischen war diese Wut einer gewissen Angst gewichen. Ich hatte Leni zum Kindergarten gebracht und war zum Shop gefahren. Nach und nach waren die anderen eingetroffen, um mich zu unterstützen. Wobei ich bei Ella nicht sicher war, ob sie Max nicht nur eine reinhauen wollte.

Und dann stand er vor mir, die Lederjacke offen, den Helm am linken Arm, die Haare zerstrubbelt. Hinter ihm fiel die Ladentür ins Schloss und bimmelte leise.

»Guten Morgen«, begrüßte er mich mit einem Lächeln, das sich in mein Inneres bohrte und ein Loch voll Übelkeit hinterließ. Er machte Anstalten, den Tresen zu umrunden, um nach seiner Schürze zu greifen, als er die anderen drei erblickte. Er hielt inne, und das Lächeln rutschte aus seinem Gesicht.

»Hallo, Max«, begrüßte ich ihn. Die Angst, dass ich die Kontrolle verlieren und heulen oder schreien oder ihn schlagen könnte, begleitete mich bei jedem Atemzug. Ich drückte meine Finger zusammen, musste aufpassen, dass ich den Umschlag mit der Kündigung nicht zerknüllte.

»Huch, was ist denn hier los? Gibt es etwas zu feiern? Hat das Gesundheitsamt schon angerufen?«

Sein Versuch, seine Irritation mit Heiterkeit zu überspielen, widerte mich an, und ich entgegnete: »Nein«, und trat ihm in den Weg. »Das sind meine Freundinnen, und sie sind hier, um als Zeugen zu fungieren.«

»Als Zeugen?« Max runzelte die Stirn und wich zwei Schritte zurück, eine Hand an seinem Rucksackgurt. »Warum?«

»Weil du hiermit fristlos gekündigt bist.«

Ich konnte sehen, wie ihm alles aus dem Gesicht fiel. Damit hatte er definitiv nicht gerechnet, als er heute Morgen aufgestanden war. Geschah ihm recht. Er hätte es verdient, dass ich ihn augenblicklich ans Gesundheitsamt verriet.

»Wie bitte? Warum das?«

»Tu nicht so, du Verräter. Ich weiß, wer du in Wirklichkeit bist!«, zischte ich und hob den Briefumschlag hoch. »Darin steht die Kündigung. Sieh zu, dass du meinen Laden verlässt und ihn nie wieder betrittst. Du hast lebenslanges Hausverbot.«

»Isabella, ich kann das erklären. Was auch immer du denkst,

es stimmt nicht!« Er klang kläglich, was mich wütender machte, als hätte er weiterhin alles geleugnet.

»Dann bist du nicht Maximilian West und wohnst nicht in der Scheune deines Onkels, dem Immobilienhai Wolfgang West, der schon seit Jahren versucht, diesen Laden zu kaufen? Du hast du dich nicht unter falschem Vorwand hier eingeschlichen und Abführmittel in meinen Teig geschüttet, damit ich schließen musste?« Ich redete mich in Rage und spürte, wie ich rot wurde. »Wage es ja nicht, mich anzulügen. Ich war gestern Abend bei der Scheune und habe gehört, was ihr besprochen habt.«

»Was hast du?« Max wurde blass, und der Rucksack rutschte von seiner Schulter. »Warum?«

»Weil …«

Ella drückte meinen Arm und ergriff das Wort: »Das ist vollkommen egal, du Loser. Sie hat gehört, wie dein Onkel dich für deine Dienste gelobt und bezahlt hat. Und jetzt solltest du sie noch verführen, was absolut lächerlich ist. Ich meine, schau dich doch mal an – du bist so was von gar nicht ihr Typ.«

Ein heißes Gefühl der Dankbarkeit für meine Freundin schoss mir durch die Eingeweide, denn ich wusste nicht, ob ich diese Lüge so eiskalt rausgebracht hätte.

»Hier, nimm die Kündigung und verschwinde.« Ich knallte Max den Umschlag vor die Brust. Mechanisch griff er danach.

»Hast du auch gehört, wie ich …«

Alyxandra trat vor den Tresen an meine Seite und baute sich vor Max auf, ehe er weiterreden konnte. »Sie hat gesagt, dass du verschwinden sollst. Damit war *sofort* gemeint.«

»Aber …«

Tamina und Ella folgten Alyxandras Beispiel und stellten sich mit verschränkten Armen und geballten Fäusten vor ihn.

»JETZT!«, riefen alle drei im Chor.

Sie machten einen Schritt auf ihn zu, und die Wut in mir wich der Wärme der Freundschaft. Gemeinsam trieben wir Max aus meinem Laden, bis er endlich draußen stand. Er ignorierte die anderen, schaute nur mich an, als er wieder den Mund aufmachte. »Isabella, bitte, du musst mir glauben. Ich …«

»Maximilian West?«, hörte ich auf einmal von links. Zwei Polizisten traten auf uns zu.

Was war denn jetzt los? Hatte eine der Mädels ihre Drohung wahrgemacht und Max angezeigt? Ich schüttelte den Kopf. Ich hatte ihnen erklärt, warum ich darauf verzichten wollte, und ihren Mienen nach zu schließen waren sie ebenso überrascht wie ich.

»Ja, was ist denn?«, antwortete Max den Beamten wenig zuvorkommend. Ich an seiner Stelle wäre freundlicher zur Polizei gewesen …

»Sie sind verhaftet.« Einer der Beamten trat mit Handschellen auf ihn zu. Neben mir schnappte Tamina nach Luft, Alyxranda grinste, und Ella ließ ein leises »Hell, yeah!« hören.

»Was?« Max machte einen Schritt rückwärts, und ich spürte einen Zwiespalt in mir. Einerseits wünschte ich mir, dass Max sich wehren würde, damit ich sehen konnte, wie die Polizei ihn jagte und zur Strecke brachte. Andererseits wollte ich nicht, dass er so dumm war und tatsächlich weglief. »Warum?«

»Sie werden verdächtigt, an einem Raubüberfall auf eine illegale Werkstatt beteiligt gewesen zu sein. Drehen Sie sich bitte um.«

»Welche Werkstatt? Welcher Überfall? Ich war das nicht!«, rief Max, folgte jedoch den Anweisungen des Polizisten.

Ein Überfall? Ich traute Max inzwischen viel zu, aber einen Raubüberfall? Wo er doch solche Angst hatte, das Umgangsrecht für seinen Sohn zu verlieren?

Wer weiß, ob er überhaupt einen Sohn hat …

»Es gab einen Tipp, der Sie damit in Verbindung bringt«, erklärte der Beamte, während er Max die Handschellen anlegte. »Wenn Sie nichts damit zu tun haben, klärt sich das sicher bald auf. Kommen Sie mit!«

Rabiater als nötig führte der Mann Max ab und brachte ihn zu dem wartenden Polizeiauto, das auf der gegenüberliegenden Straßenseite parkte.

Die Mädels und ich standen stumm daneben und beobachteten die Szene. Mir kam sie seltsam surreal vor.

»Ist das gerade wirklich passiert?«, fragte Ella amüsiert und sprach damit die Gedanken aus, die in meinem Kopf umherwirbelten.

»Karma is a bitch«, kommentierte Alyxandra trocken.

»Wie gut, dass der Kerl weg ist. Stell dir mal vor, du hättest ihn weiter beschäftigt«, sagte Tamina. »Stimmte deine Kasse in den letzten Wochen eigentlich?«

Ich zuckte zusammen. »Vermutlich schon. Ich habe die Buchhaltung zwar etwas vernachlässigt, aber die Einnahmen stimmten so weit.«

Sein Onkel hatte Max dafür bezahlt, mich aus dem Laden zu treiben. Aber war er deshalb auch ein Dieb? Für die Verunreinigung meines Teiges hatte Max sicherlich mehr als ein Trinkgeld kassiert, und das war viel gefahrloser für ihn als ein Überfall oder der Griff in meine Kasse, den ich, wenn ich mir die Mühe machen wollte, anhand der Bestandsliste jederzeit hätte nachweisen können. »Danke, dass ihr hergekommen seid. Ich weiß nicht, ob ich ohne euch die Kraft gehabt hätte. Ihr seid die Besten.«

»Jederzeit, Sweetie«, sagte Alyxandra und nahm mich in den Arm. »Wenn was ist, melde dich. Wir sind füreinander da.«

»Das weiß ich, und ich bin euch ewig dankbar dafür.«

»Du zahlst einfach die nächste Runde, wenn wir mal wieder was trinken gehen.« Ella winkte zum Abschied, und Tamina drückte mir einen Kuss auf die Wange.

»Mach's gut!«

Zu dritt machten sie sich auf den Weg. Es bedeutete mir viel, dass sie sich die Zeit für mich genommen hatten, obwohl ihre eigenen Sorgen auf sie warteten. *Solche Freundinnen zu haben, ist viel wert,* dachte ich mit einem warmen Gefühl im Bauch und ging zurück in den Cupcake-Shop, um mich um die Buchhaltung zu kümmern und auf den Anruf des Gesundheitsamts zu warten. Während der Computer hochfuhr, lehnte ich mich auf meinem Stuhl zurück und schloss die Augen. Was für ein Morgen.

Ich schüttelte den Kopf, konnte kaum fassen, was mir widerfahren war. So etwas passierte sonst nur in Filmen, aber nicht in einem beschaulichen Kurort an der Ostsee. Und vor allem nicht mir.

Andererseits mussten Drehbuchautoren ihre Ideen ja irgendwoher haben. Niemals hätte ich geglaubt, dass ein Immobilienhai im wahren Leben zu solchen Mitteln griff, bloß um mich aus meinem Laden zu treiben. Sicher stand ich nur einem von vielen Bauvorhaben im Weg, und es lohnte sich nicht, dafür kriminelle Pfade zu beschreiten. Oder? Was ging in jemandem vor, der fremde Menschen vergiftete, nur um seinen Willen zu bekommen? Und viel wichtiger: Wie weit würde er noch gehen?

Ich schrak zusammen und riss die Augen auf. War das nur der Anfang gewesen? Gab es andere in meinem Leben, die er ebenfalls bezahlte, um mich zu einem Verkauf zu drängen? Was, wenn Wolfgang West sogar vor körperlicher Gewalt nicht zurückschreckte? Nicht mir gegenüber, aber vielleicht Leni oder meiner Oma? Die Angst packte mich eiskalt an der Kehle und ließ mich schwer schlucken. Musste ich ab sofort bei jedem Schritt aufpassen?

Ich sah mich in meinem Büro um und suchte nach Hinweisen darauf, dass jemand sich an den Papieren zu schaffen gemacht hatte. Doch ich fand nur die übliche Unordnung, die ich selbst angerichtet hatte.

Schließlich schüttelte ich den Kopf. *Nur nicht paranoid werden,* sagte ich mir immer wieder. Wolfgang West war kein Mafiaboss, der mir tote Ratten in die Küche legen ließ, um sein Revier zu markieren.

Oder doch? Genau genommen hatte er mir eine lebende Ratte geschickt, um mich an der Nase herumzuführen. Der es gelungen war, dass ich sie gernhatte und in mein Herz ließ. Max, das Nagetier. Nie wieder würde ich ihn in meine Küche lassen. Oder sonst wohin.

Dennoch …

Je länger ich darüber nachdachte, was der Immobilienhai planen könnte, desto mehr kam ich ins Grübeln. Er besaß mehrere Firmen und über ein Dutzend Angestellte. Sein Ansehen in der Gegend war groß, er spendete regelmäßig für die Gemeinde und engagierte sich ständig für die Ehrenamtsmitarbeitenden der verschiedenen Hilfsorganisationen. Und wenn ich so nachdachte, schien er auch die Sachbearbeiter des Gesundheitsamts auf seiner Seite zu haben. Ich hingegen war eine Einzelkämpferin, die versuchte, ihren lächerlichen kleinen Traum zu leben.

Bei all den Gedanken klammerte sich eine Frage in meinem Verstand und in meinem Herzen fest: Hatte ich überhaupt eine Chance?

Kapitel 24 – Maximilian

Ich saß in einem Raum mit zwei Fenstern im vierten Stock eines hohen Polizeigebäudes. Die Sonne schien von der Seite auf mein Gesicht und wärmte mich. Schon seit einer Stunde wartete ich hier, ohne dass jemand mit mir gesprochen hatte, geschweige denn hereingekommen war. Vor den Fenstern hingen typische Trennjalousien, die man in jedem offiziellen Amtszimmer fand und deren weiße Verbindungsketten leise gegen das weiße Plastikfensterbrett klimperten. Eines der Fenster stand offen und ließ frische Luft herein.

Kurz hatte ich überlegt, ob ich rausklettern und verschwinden sollte, ließ es dann aber bleiben, weil ich nun mal nicht James Bond war. Auch wenn ich mir das anfangs eingeredet hatte, so blieb ich doch nur Mr. Bean.

Da man mir das Handy abgenommen hatte und es keine Uhr im Zimmer gab, wusste ich nicht, wie spät es war. Auf jeden Fall zu spät, um Isabella zu erklären, was ich getan hatte oder vielmehr warum. Als sie mir den Brief in die Hand drückte, war mir klargeworden, dass ich alles falsch gemacht hatte und sie mir keine einzige meiner Taten verzeihen würde. Die Abscheu in ihren Augen tat mehr weh als der Verlust des Jobs. Wieso hatte ich es nur so weit kommen lassen?

Diese Frage quälte mich am meisten, während ich allein dasaß und grübelte. Noch schlimmer war nur die Antwort. Sie gefiel mir nicht, aber ich musste mir eingestehen, dass sie stimmte. Ich hatte es aus Bequemlichkeit so weit kommen lassen. Onkel Wolfgangs Auftrag hatte nach leicht verdientem Geld gerochen – nur mal eben ein paar Tage in einem Cupcake-Shop aushelfen und Infos über die Besitzerin sammeln. Ich war naiv, bescheuert und oberflächlich gewesen, weil ich keinen Gedanken daran verschwendet hatte, dass hinter dem Bild in der Akte meines Onkels ein echtes Schicksal steckte, ein wirklicher Mensch, den ich hinterging und verletzte.

Ich schluckte, bereute meine Taten. Auch wenn ich den Raubüberfall nicht begangen hatte, für den ich in diesem Raum saß, so hatte ich für alles andere eine Bestrafung verdient.

Ein Seufzer verließ meine Kehle und verlor sich in der Leere des Zimmers, in dem außer meinem eigenen Stuhl zwei weitere und ein Tisch standen. Isabella hatte jedes Recht, wütend auf mich zu sein. Trotzdem überlegte ich, wie ich ihr die Situation erklären und um Entschuldigung bitten konnte. Ein winziger Teil meines Herzens hoffte, dass sie mir verzeihen könnte, wenn ich ihr sagte, dass es nichts Persönliches gewesen war, sondern dass ich nur an meinen Sohn gedacht hatte. Allerdings bezweifelte ich, dass sie das nicht persönlich auffassen würde. Immerhin ging es um ihre Existenz. Ihren Traum, den ich mit meiner Aktion binnen eines Augenblicks mindestens eingerissen, wenn nicht sogar zerstört hatte.

Die Tür hinter mir öffnete sich, und eine Frau mit einem strengen, grauen Zopf trat ein. »Guten Tag, Herr West. Fischer mein Name. Ich bin hier, um Sie zu befragen.« Unter den Arm geklemmt trug sie eine Akte, in ihrer linken Hand eine Wasserflasche und in der rechten einen Kaffeebecher. Die Flasche stellte sie vor mir hin und deutete mir mich zu bedienen.

»Danke schön«, sagte ich und trank einen kräftigen Schluck. Meine Kehle war bereits seit der Verhaftung wie ausgetrocknet. Ich konnte mir einfach nicht vorstellen, warum mich jemand mit einem Raubüberfall in Verbindung bringen sollte.

Die Polizistin schaute überrascht auf und nickte mir dann zu. »Gern. Also, Sie sind bisher nicht in unserem Strafregister aufgeführt, weswegen ich Ihnen erst einmal erkläre, wie das jetzt abläuft.«

Ich hielt die Flasche in der Hand und klammerte mich daran, als wäre sie eine Boje in der stürmischen See meines aktuellen Lebens. »Das ist nett, danke. Ich habe nämlich keine Ahnung, warum ich hier bin.«

Sie hob eine Augenbraue. Vermutlich hörte sie diesen Satz öfter mal.

»Zunächst einmal nehmen wir Ihre Personalien auf. Dafür brauche ich Ihren Personalausweis bitte.«

Ich suchte in meinem Portemonnaie danach und reichte ihn ihr über den Tisch. Frau Fischer öffnete die Akte und schrieb ein paar Daten auf ein Formular, ehe sie mir den Ausweis zurückgab. »Gut, das hätten wir schon mal. Als Nächstes werde ich Sie zu dem Vorfall befragen, und Sie müssen ehrlich antworten. Sollten Sie lügen, begehen Sie noch keinen Meineid, da wir uns nicht vor Gericht befinden, allerdings wirft es nie ein gutes Licht auf den Beschuldigten, wenn er die Polizei belügt.«

Ich nickte beflissentlich, wollte nichts falsch machen. Die Plastikflasche knackte zwischen meinen Fingern, als ich sie zu fest drückte. Entschuldigend lächelte ich die Polizistin an und stellte die Flasche auf den Tisch zwischen uns.

»Gut, also, es geht um Montagabend. Wo waren Sie da zwischen achtzehn und zweiundzwanzig Uhr?«

»Ähm, da muss ich nachdenken.« Montag? Im Moment waren meine Gedankengänge so beschränkt, dass ich nicht einmal wusste, welcher Tag heute war. Es dauerte länger, als vermutlich gut war, bis mir einfiel, dass wir heute Freitag hatten. »Ich glaube, ich war bei meinem Zweitjob in einem Steuerbüro und habe dort Papiere sortiert. Bis ich eine Nachricht bekam von meiner anderen Chefin, in der sie mich um Hilfe bat. Weil es dringend klang, bin ich schnell zu ihr gefahren.« Als ich merkte, was ich gesagt hatte, korrigierte ich meine Aussage. »Natürlich im Rahmen der Geschwindigkeitsbegrenzung.«

Amüsiert betrachtete Frau Fischer mich. »Gibt es dafür Zeugen?«

Hektisch nickte ich. »Im Steuerbüro arbeitet eine Azubine, und bis circa neunzehn Uhr haben wir gemeinsam Akten abgelegt und das Büro anschließend gleichzeitig verlassen. Danach war ich bei meiner Chefin.« Ob Isabella das bezeugen würde? Mir wurde schlecht. Ich hatte sie betrogen und ihren Laden in Gefahr gebracht. Was, wenn sie sich nun rächte, indem sie leugnete, dass ich bei ihr gewesen war?

»Können Sie mir die Namen und Adressen geben?«

Ich nickte und gab die des Steuerbüros und Isabellas an. »Befragen Sie die beiden. Ich kann es nicht gewesen sein.«

Die Polizistin starrte auf die Notizen, ehe sie einen zweiten Bogen hervorholte. »Genau genommen könnten Sie doch. Denn die illegale Werkstatt, die überfallen wurde, liegt in einem Dorf dazwischen.« Sie deutete auf die beiden von mir genannten Adressen.

Ich sackte auf dem Stuhl zusammen. »Aber ich war es wirklich nicht. Ich bin direkt von der Arbeit zu meiner Chefin gefahren.«

»Das werden die Zeugenaussagen bestätigen müssen. Ich werde die Damen danach fragen, wann sie abgefahren und angekommen sind. Geben Sie mir einen Moment, um das zu verifizieren.« Sie stand auf und verließ den Raum.

Ich nickte. Zumindest konnte ich mich nicht beschweren, dass die Frau voreingenommen war. Im Gegenteil, sie schien gar nicht zu glauben, dass ich schuldig war, sonst hätte sie mich vermutlich in irgendeine Zelle gesperrt, statt mich in diesem Zimmer sitzen zu lassen. Dennoch pumpte mein Herz schneller bei dem Gedanken, dass ausgerechnet Isabella meine Unschuld bezeugen sollte. Um die Azubine machte ich mir keine Sorgen. Die hatte keinen Grund zu lügen. Aber Isabella?

Als die Polizistin eine Viertelstunde später zurückkehrte und ein strenges Gesicht aufsetzte, breitete sich das flaue Gefühl aus meinem Magen bis hinauf in meine Kehle aus, und für einen kurzen Moment glaubte ich, mich jeden Moment übergeben zu müssen. Isabella hatte tatsächlich gelogen. Und ich konnte ihr nicht einmal verübeln, dass sie mir meinen Verrat mit gleicher Münze zurückzahlte.

»Herr West, Sie bringen mich in eine seltsame Lage.«

»Wieso das?«, hakte ich nach, obwohl ich nicht sicher war, ob ich die Antwort hören wollte.

»Beide Frauen haben Ihre Angaben bestätigt, auch wenn Frau Kramer klarstellte, dass Sie nicht länger bei ihr angestellt sind.« Die Polizistin hob wissend eine Augenbraue.

Bei allen Motorrädern dieser Welt, hatte Isabella etwa geplaudert? War ich jetzt wegen der Intrige dran? Warum redete die Beamtin nicht weiter, sondern musterte mich mit einer Miene, die ich nicht ergründen konnte? Unruhig rutschte ich auf meinem Stuhl hin und her.

»Abgesehen davon stimmen die Zeiten. Es wäre unmöglich gewesen, in der Zwischenzeit den Raubüberfall zu begehen, selbst wenn Sie mit zweihundert Sachen über die Landstraße gefahren wären.«

Erleichtert atmete ich aus, dann stutzte ich. »Inwiefern bringe ich Sie dann in eine seltsame Lage?«

»Wir haben einen Tipp erhalten, der Sie belastet. Und meine Kollegen haben sich Ihr Motorrad genau angesehen und ein paar Teile gefunden, die gut und gern aus eben jener Werkstatt stammen könnten, die am Montag überfallen wurde, was Sie zumindest in Verbindung damit bringt.«

Verdammter Mist. Jetzt fiel mir das auch noch auf die Füße.

»Hören Sie, ich gebe zu, dass ich nicht alle Teile meiner Maschine in einem ordentlichen Laden gekauft habe, und ich zahle jede Strafe, die das nach sich zieht plus Zinsen. Aber Sie müssen mir glauben – ich bin kein Räuber. Ich verabscheue Gewalt.«

»Nun, niemand zweifelt an, dass der Tipp, der uns gegeben wurde, falsch sein könnte. Aber die Quelle genießt eine gewisse Reputation, und die Umstände sprechen gegen Sie.« Die Polizistin seufzte. »Selbst mit dem Alibi werden Sie es schwer haben.«

»Wer hat denn den Tipp gegeben?«, fragte ich und lehnte mich vor, um einen Blick auf die Akte zu erhaschen. Und tatsächlich prangte ein Name oben auf. Wolfgang West.

»Das darf ich Ihnen nicht sagen.«

Mein Onkel. Mein eigener Verwandter hatte aus reiner Boshaftigkeit der Polizei gegenüber behauptet, dass ich ein Verbrechen begangen hatte. Vermutlich war auch der Vorschlag, mein Motorrad unter die Lupe zu nehmen, von ihm gekommen.

In meinen Ohren rauschte es so laut, dass ich kaum verstand, was die Polizistin als Nächstes sagte. Onkel Wolfgang hatte mich verraten. All die Jahre hatte ich gedacht, dass er mich unterstützte, weil ich sein Neffe war. Pustekuchen. Nun stellte sich heraus, dass er mich wie jeden x-beliebigen Trottel ausgenutzt hatte. Während ich all den Kleinscheiß für ihn erledigte und sprang, wenn er schnippte, spielte er den großen Gönner, der mich in seiner Scheune wohnen ließ. Und ich hatte auch noch Danke gesagt.

»Haben Sie das verstanden?«, fragte Frau Fischer, die auf

einmal neben mir stand. Ich hatte nicht mitbekommen, dass sie aufgestanden war.

»Wie bitte?«

»Ich lasse Sie vorerst gehen, aber bleiben Sie erreichbar für weitere Befragungen.«

Ich nickte, brauchte einen Moment, um die Bedeutung ihrer Worte zu begreifen. Erst als Frau Fischer mich erwartungsvoll ansah, verstand ich, dass ich gehen durfte. Leise murmelte ich ein *Danke*, ehe ich fluchtartig die Polizeistation verließ.

Im Freien pochten die Gedanken weiterhin durch meinen Kopf. Onkel Wolfgang hatte seine Drohung wahrgemacht und mich bei der Polizei angeschwärzt. Was würde er noch tun? Dass er mich aus der Scheune schmiss, war mir klar. Dieses Versprechen würde er mit Sicherheit ebenfalls halten. Vermutlich hätte ich sofort dorthinfahren sollen, um meine Sachen zu sichern, bevor er sie vor die Tür warf.

Doch etwas hielt mich davon ab. Es war Isabellas enttäuschtes Gesicht, das immer wieder vor meinem inneren Auge auftauchte. Sie war es, die ich jetzt sehen wollte. Meine Sachen waren egal. Vielmehr zählte, dass ich ihr erklärte, warum ich den Auftrag übernommen hatte, sie aus dem Laden zu treiben.

Ich schaute auf mein Handy, das mir Frau Fischer zurückgegeben hatte. Es war inzwischen später Nachmittag, und das *Cupcakes by the Sea* machte bald zu. Vorausgesetzt, dass das Gesundheitsamt die Genehmigung zur Öffnung erteilt hatte. Wenn ich sie dort erwischen wollte, musste ich mich beeilen.

Ich rief ein Taxi und ließ mich bis zur Promenade fahren. Den Rest des Weges joggte ich, auch um die Wut über meinen Onkel aus meinem Kreislauf zu kriegen. Außer Atem erreichte ich den Laden. Isabella stand gerade an der Tür und drehte das beigefarbene Vintage-Schild um, auf dem *Geschlossen* und auf der anderen Seite *Offen* stand. Sie durfte also wieder öffnen.

Freudig lächelte ich ihr entgegen, machte einen Schritt auf sie zu. Da entdeckte sie mich und hielt in ihrer Bewegung inne.

Sie starrte mich an, rührte sich nicht. Durch die Scheibe der Tür konnte ich sehen, wie sich ihre Fingerknöchel weiß hervorhoben, so fest umklammerte sie den Schlüssel.

Ich wollte zu ihr treten, ihr sagen, wie leid es mir tat. Doch ihr Blick hielt mich an Ort und Stelle, als wenn ich in schnell trocknenden Zement getreten wäre. Sekunde um Sekunde starrte ich ihr in die Augen, versuchte ihr stumm zu erklären, wie dumm ich gewesen war.

Isabella stand hinter der Tür, die Hand mit dem Schlüssel in der Luft und wirkte seltsam teilnahmslos. Als hätte ihr mein Verrat den Glauben an die Menschheit und sich selbst genommen.

Ich spürte, wie die Last auf meinen Schultern mit jeder Sekunde, die Isabella still verharrte, schwerer wurde. Und wie sie mich zerquetschte, als Isabella den Kopf langsam schüttelte.

Wie in Zeitlupe beobachtete ich die Bewegung, als sie den Schlüssel zur Tür senkte. Sie schloss ihren Laden ab und mich damit aus ihrem Leben aus.

Sie warf mir einen letzten, enttäuschten Blick zu, der sich so tief in mein Herz einbrannte, dass ich ihn nie wieder vergessen würde. Dann drehte sie sich um und verschwand in der Dunkelheit ihres Ladens. Ich blieb vor dem Gebäude stehen, in dem ich mich das erste Mal so wohlgefühlt hatte, dass ich mir eine Anstellung bis zum Rentenalter hätte vorstellen können.

Wenn ich es nicht verbockt hätte. Ich allein war schuld daran, dass ich vor dem Scherbenhaufen meines Lebens stand und keine Ahnung hatte, was ich als Nächstes tun sollte.

Kapitel 25 – Isabella

Ich lag in meinem Bett, Leni neben mir. Der Tag brach langsam an und schickte die ersten Sonnenstrahlen in mein Schlafzimmer. Die halbe Nacht hatte ich wachgelegen und gegrübelt, wie es weitergehen sollte. Ich wollte den Laden nicht verlieren, aber seit der Schließung durch das Gesundheitsamt kamen deutlich weniger Bestellungen. An manchen Tagen sogar gar keine. Bei Google tauchten weiterhin schlechte Bewertungen auf, und ich wusste nicht, was ich dagegen tun konnte, zumal es deutlich mehr waren, als tatsächlich Kunden durch den verunreinigten Teig zu Schaden gekommen sein konnten. Entweder waren es missgünstige Nachbarn, die die Gelegenheit nutzten und auf den Zug aufsprangen, oder, was ich eher vermutete, ein weiterer Versuch von Wolfgang West, mich aus dem Laden zu vertreiben.

So wie es aussah, ging seine Strategie auf: In der vergangenen Woche hatte ich so viel Umsatz gemacht wie sonst an einem Tag. Es fehlten die Einnahmen für die laufenden Rechnungen, sodass ich an meine Rücklagen gehen musste. Etwas, das ich eigentlich erst für größere Investitionen hatte tun wollen.

Das einzig Positive in der letzten Woche war die Abwesenheit von Max gewesen. Offenbar hatte er endlich eingesehen, dass ich das lebenslange Hausverbot ernst meinte, und war nicht noch einmal aufgetaucht. Was immer er zu sagen hatte, es interessierte mich nicht. Dennoch war es mir schwergefallen, ihn gestern abzuweisen, ohne ihn auch nur anzuhören. Denn ein kleiner Teil von mir mochte ihn noch immer, das Unbeholfene in ihm, das alles richtig machen wollte und dabei gern mal über das Ziel hinausschoss. Wie als er mich geküsst hatte.

Ich hasste mich selbst dafür, dass ich ihn nicht komplett verteufelte. Wie konnte ich den Mann mögen, der mich hintergangen, belogen und in eine finanzielle Zwangslage getrieben hatte? Da konnte er noch so oft versuchen, sich zu entschuldigen. So ein Verrat ließ sich nicht wiedergutmachen.

Mein Handy vibrierte, und ich streckte mich vorsichtig zum Nachttisch, um Leni nicht zu wecken. In der Nacht war sie schreiend aufgewacht, hatte einen Albtraum gehabt. Sie hatte mir nicht verraten, worum es ging, aber so, wie sie sich im Anschluss an mich klammerte, war vermutlich Melanie darin vorgekommen. Die Phasen wechselten sich bei Leni ab, es gab Tage, an denen sie unbeschwert umherhüpfte, abends fröhlich ins Bett ging und durchschlief bis zum nächsten Morgen. Und es gab die anderen Tage, an denen sie ängstlich war, still und mir nicht von der Seite wich, als hätte sie Angst, dass ich sie ebenfalls verlassen könnte. Jedes Mal brach mir ihr Anblick das Herz. Sie saß dann mit ihrem Malbuch neben mir, während ich mich um die Buchhaltung kümmerte. Oder spielte mit Lego in der Küche, während ich kochte. Sobald ich den Raum verließ, kam sie hinterher. Erst wenn Leni eingeschlafen war, konnte ich ihr Schlafzimmer verlassen, ohne dass sie meckerte, und bekam die erste ruhige Sekunde des Tages.

Auf meinem Display leuchtete das Symbol einer ungelesenen E-Mail. In meinen Fingerspitzen kribbelte es, und ich tippte zitternd darauf. Tatsächlich.

Endlich. Es war eine weitere Mail von Melanie. In den letzten zwei Tagen war keine gekommen, und ich hatte mich schon gefragt, ob ich die letzte Aufgabe nicht richtig erfüllt hatte. Da war es um den Besuch eines Zoos und das Füttern eines Raubtiers mit Leni gegangen. Wir hatten uns entschieden, einen Ausflug an die Nordsee zu machen und dort Seehunde zu füttern. Das waren die einzigen Raubtiere in der Nähe. Da die Nordsee jedoch kein Zoo war, hatte ich hin und her überlegt, ob die Aufgabe mit diesem Kompromiss erfüllt war.

Aber jetzt war endlich eine neue E-Mail da. Ich atmete tief ein und spürte, wie das Gewicht, das mich die ganze Zeit begleitet hatte, von meiner Brust abfiel.

Ich öffnete die Mail und begann sofort zu lesen.

Liebe Isa,

das Leben kann ein Raubtier sein. Man weiß nie, wann es einen zur Strecke bringt. Deswegen freue ich mich, dass du mit Leni eines dieser Raubtiere füttern konntest und noch lebst. Denn auch wenn das Schicksal mich fortgerissen hat, so bleibe ich doch in euren Gedanken lebendig.

Ich nickte heftig. *Das wirst du für immer,* dachte ich und seufzte. Zugleich strich ich über Lenis Kopf. Bis an mein Lebensende würde ich an sie denken und Leni von Melanie erzählen. Der Frau, die mich vor so manchem Stubenarrest bewahrt hatte, indem sie die Schuld auf sich nahm. So wie damals, als ich heimlich mit meinem Freund ins Kino gegangen war und sie behauptete, ich wäre bei ihr, als meine Großmutter anrief. Bis heute weiß ich nicht, wie sie das hinbekommen hat. Sie hatte etwas von Handy und Sprachnachrichten gemurmelt, doch was genau sie getan hatte, wusste ich nicht. Und würde es auch nie herausfinden. Wehmütig las ich weiter.

Im Anhang habe ich dir einen Brief geschickt. Ich bitte dich, den auszudrucken und, ohne ihn zu lesen, in einen Umschlag zu stecken. Er ist für Leni. Du darfst ihn ihr vorlesen, aber erst wenn ihr die nächste Aufgabe erfüllt. Sie soll verstehen, dass ich sie immer lieben werde. Egal was passiert. Ich bin an ihrer Seite. Sag ihr das.

Genau diese Worte sprach ich nun zu Leni, die tief und fest schlief, aber je öfter ich es ihr sagte, desto mehr würde sie daran glauben, dessen war ich mir sicher. Sie rührte sich nicht, schlief dicht an mich gekuschelt und klammerte sich an meine Decke.

In einer meiner letzten Mails habe ich dir schon mal geschrieben, dass man manchmal Scheiße erleben muss, um das Glück zu finden. Denn unter jedem Misthaufen könnte ein Schatz vergraben sein. Man muss nur tief genug hinabtauchen. Entweder ertrinkt man dann im Dreck, oder man kommt umso stärker wieder hervor. So wie ich nach Lenis Vater. Es hat nie funktioniert, und das war gut so. Wir hätten uns irgendwann gegenseitig umgebracht. Zu emotional, zu viele Gegenpole. Trotzdem ist aus dieser schrecklichen Geschichte etwas Wunderbares hervorgegangen: Leni.

Ich vermute, dass die Kleine irgendwo neben dir spielt oder ihr zusammen fernseht. Ich stelle mir gern vor, dass ihr eines Tages gemeinsam an meinem Grab steht. Leni ist erwachsen, und auch wenn ich ihre Mutter bin, liebt sie dich genauso sehr wie mich. Ich hoffe, dass ihr ein wundervolles und vor allem langes, gesundes Leben führen werdet. Ohne Schmerz über meinen Verlust. Ohne Trauer. Einfach nur mit einem Schmunzeln bei dem Gedanken an mich.

Diese Vorstellung macht mich glücklich.

Jetzt bin ich vom Thema abgekommen. Entschuldige. Ich habe noch so viel zu erzählen, aber irgendwann muss auch mal Schluss sein.

Mir wurde eiskalt. Bedeutete das, dass diese Nachricht die letzte von Melanie sein würde? Nein, das durfte nicht sein. Ich wollte doch noch so viele Aufgaben von ihr bekommen. Das Gefühl haben, mit ihr zu reden, auch wenn sie nicht mehr antworten konnte. Mir wurde schlecht bei dem Gedanken daran, dass ich sie mit dieser E-Mail für immer verlieren würde. Ich musste mich zusammenreißen, um nicht loszuheulen. Auf keinen Fall wollte ich Leni wecken, also atmete ich ein paar Mal tief durch und las weiter.

Was ich damit sagen möchte: Lass die Liebe in dein Leben. Wenn ich mir etwas von dir wünschen darf, dann dass du ein Herz voll Leben mit dir herumträgst. Nicht die Arbeit, nicht die Sorgen, die das Herz schwarz färben. Ich wünsche mir, dass dein Herz so bunt leuchtet wie das Leben selbst. Du musst ja nicht sofort damit anfangen, aber so, dass du eines Tages genauso ankommst wie ich. Ohne inoperables Aneurysma versteht sich.

Ich lachte leise. Ein Herz voll Leben. Ja, das war etwas, das ich eines Tages schaffen könnte, auch wenn ich meine beste Freundin bis dahin vermissen würde. Immer.

Und damit du diesen langen Text nicht umsonst gelesen hast, möchte ich euch eine letzte Aufgabe mitgeben. Es ist zugleich mein Abschiedsgruß an euch. Ich möchte, dass ihr in einer sternenklaren Nacht an den Strand geht. Du weißt schon, an meinen Lieblingsplatz in der Bucht, dort wo es geschützt ist. Feiert dort mein Leben und winkt hinauf zu den Sternen. Ich verspreche auch, dass ich zurückwinken werde.

Für mich ist es nicht leicht, diese letzten Worte zu schreiben, denn sicherlich treffe ich dich noch oft, nachdem ich sie getippt habe, kann mit dir lachen und dich ärgern, weil du keinen Kerl hast. Sich zu verabschieden, bevor es so weit ist, fühlt sich merkwürdig an. Aber vermutlich sind diese Nachrichten für dich nicht weniger seltsam.

Nun, es bleibt mir nur noch sagen, dass ich mich auf jeden Tag mit dir freue und jeden davon genossen habe.

Ich liebe dich und bis wir uns wiedersehen
deine Melanie

*

»Wo gehen wir hin, Tante Bella?«, fragte Leni. Zum ersten Mal, seit sie bei mir lebte, hatte sie Mittagsschlaf gemacht, damit sie zum Abend hin wach war und durchhielt. Erst hatte sie sich geweigert, »mitten am Tag« ins Bett zu klettern, aber schließlich waren ihre Augen doch zugefallen, und sie hatte beinahe eine Stunde geschlafen.

»An den Strand. Es gibt dort einen Ort, den ich dir zeigen möchte«, erklärte ich ihr und hielt ihre Hand fest in meiner. Auf dem Rücken trug ich einen großen Rucksack. Leni hatte eine dicke Jacke dabei und hielt in ihrer freien Hand ihren Rucksack, den sie sonst nur mit in den Kindergarten nahm. Darin hatte ich Brote, Kekse und einige andere Leckereien verstaut. In meinem befanden sich die schweren Trinkflaschen, zwei dünne Decken und eine Taschenlampe.

»Und warum machen wir das nachts? Man darf nachts nicht an den Strand, weil man dann ertrinken kann«, belehrte sie mich.

»Keine Sorge. Ich passe auf dich auf. Du darfst nur nicht

weglaufen, hörst du?« Seitdem ich den Plan gefasst hatte, mit Leni tatsächlich an den Strand zu gehen, war die Anspannung, die mich seit Wochen begleitete, von mir gewichen. Nachdem ich die letzte E-Mail gelesen hatte, weigerte ich mich zunächst, wirklich Abschied zu nehmen. Ignorierte die Nachricht, schimpfte auf sie, las sie immer wieder, als würde sich dadurch irgendetwas ändern. Ich wollte Melanie nicht loslassen. Nicht noch einmal. Denn diesmal, so war mir klar, wäre es für immer.

Doch der Gedanke, dass ich diese letzte Aufgabe ungelöst ließ und Leni damit einen Wunsch ihrer Mutter verwehrte, bereitete mir ein schlechtes Gewissen. Abgesehen davon, dass ich so oder so keine weitere Nachricht von ihr bekommen würde. Ob ich die Aufgabe nun bewältigte oder nicht. Schließlich entschied ich mich dazu, es zu versuchen. Abbrechen konnte ich es immer noch, falls es Leni nicht gut ging.

Wir wanderten eine Weile an der Strandpromenade entlang, bis wir zu dem letzten Dünenübergang kamen, bevor die Bucht anfing. Es war ein steiniger Weg, an dessen Ende die kleine windgeschützte Bucht lag, die Melanie so geliebt hatte. Dort hatten wir in den Sommermonaten so manchen Abend verbracht. Mal allein, mal mit Freunden, aber immer zusammen.

»Das ist ja Mamas Lieblingsplatz!«, entfuhr es Leni, als wir über die letzten Felsen kletterten, und sie sprang freudestrahlend in den Sand. »Den mag ich.«

»Ja?«, vergewisserte ich mich und spürte die Erleichterung durch meine Eingeweide rieseln wie den feinen Sand zwischen meinen Zehen.

»Ja, ich mag Orte, an denen Mama gern ist. Vielleicht sehen wir sie ja gleich. Ist sie auch hier?«

Ich biss mir auf die Lippen und schüttelte den Kopf. »Nein, kleiner Schlumpf«, murmelte ich. »Sie wird nicht kommen.«

Lenis Freude so schnell verfliegen zu sehen, als hätte ein

Sturm sie davongetragen, schmerzte mich. Aber da musste ich durch. Ich hätte ahnen können, dass Leni den Ort kannte. Sicher war Melanie ein paar Mal mit ihr hier gewesen.

»Schade«, sagte Leni und trat in den Sand. »Hätte mich gefreut.«

Die Sonne war untergegangen, und die Dämmerung zog sich in den schillerndsten Farben über den Himmel. Nicht mehr lange und die Sterne würden zu sehen sein. Vereinzelt hingen einige Wolken über uns, aber die waren nicht der Rede wert.

»Ich weiß, Leni, ich mich auch.« Ich blieb stehen und hockte mich hin, um ihr in die Augen zu sehen. »Aber weißt du was? Wenn wir dem Wind hier ganz genau lauschen, können wir sie heute Nacht vielleicht hören.«

Ihre Augen fingen wieder an zu strahlen, und mir ging das Herz auf. Die bunten Farben des Himmels verblassten, aber es fühlte sich so an, als ob sie mich durch Lenis Freude von innen heraus erfüllten.

»Komm, wir setzen uns hier hin, machen ein Picknick und warten auf die Sterne«, schlug ich vor und ließ den Rucksack vom Rücken gleiten.

»Wir müssen noch ein bisschen gehen. Hier ist der Sand nass«, merkte Leni an und deutete auf den staubtrockenen Boden.

Ich nickte. »Dann zeig mir den Ort, an dem du gern essen willst.«

Minutenlang irrten wir herum, ehe wir beinahe wieder an dem Punkt ankamen, an dem wir gestartet waren. »Genau hier. Hier ist es gut.«

Wieder nickte ich und streichelte Leni über die Wange. »Gut, dann nimm schon mal den Rucksack ab, und ich hol die Decke raus.«

Kurz darauf lagen wir auf dem Rücken, aßen ein paar Kekse und Dreiecke einer Wassermelone, die ich vorgeschnitten hatte. Wir redeten nicht, lagen einfach nur da und sahen dem Licht dabei zu, wie es verschwand und der Dunkelheit Platz machte. Die ersten Sterne zeigten sich, schimmerten noch schwach auf dem hellblauen Untergrund, würden aber bald hell genug scheinen, um ein Leuchtfeuer in der Finsternis zu sein.

Ich genoss die Ruhe an diesem Ort und lauschte dem Wind. Leni hielt immer wieder den Atem an, um zu hören, ob ihre Mutter sprach.

»Tante Bella?«, fragte sie nach einer Weile, in der sie sich auf meinen ausgestreckten Arm gekuschelt hatte. Inzwischen leuchteten die Sterne am Nachthimmel.

»Was ist denn, kleiner Schlumpf?« Ich drehte meinen Kopf so, dass ich Leni ins Gesicht sehen konnte.

»Meinst du, Mama weiß, dass ich sie lieb habe?«

Ich richtete mich auf, nahm ihr Gesicht zwischen die Hände und sah sie ernst an. »Natürlich weiß sie das. Sie ist deine Mutter. Sie ist immer da und wird dich beschützen.«

Da fiel mir der Brief in dem Korb ein, den ich in den letzten zwei Tagen sorgsam vor Lenis Augen verborgen hatte. War jetzt der richtige Zeitpunkt, um ihn ihr vorzulesen? Sie war wach, und wir sprachen über Melanie. Ich vergewisserte mich, dass sie mir zuhörte, als ich in den Korb griff.

»Leni, ich habe noch etwas, das ich dir von deiner Mutter geben soll, wenn wir hier am Strand sitzen«, fing ich an und reichte ihr den Umschlag.

»Mama hat ihn dir gegeben?« Sie wirkte enttäuscht und drehte sich von mir weg.

»Was hast du denn?«, fragte ich vorsichtig und zog sie auf meinen Schoß.

»Warum hat sie mir das nicht selbst gegeben?«, wollte Leni

wissen und spielte mit den Bändern an meinem Hoodie, ohne mich anzusehen.

»Das konnte sie nicht mehr, Leni. Sie ist im Himmel.« Ich ahnte, welche Frage sie als Nächstes stellen würde, und kam ihr zuvor. »Bevor deine Mutter dorthin gegangen ist, hat sie einen Brief für dich geschrieben und ihn abgeschickt. Der kam jetzt an, und ich soll ihn dir vorlesen.«

»So wie die Karten von Oma und Opa?« Leni schlug die Enden der Bänder gegeneinander.

»Ja, so ähnlich. Nur ist dein Brief länger. Willst du ihn aufmachen, und ich lese ihn dir vor?«

Statt mir zu antworten, grabschte Leni nach dem Umschlag und riss ihn auf. Ich merkte, dass sie zitterte. Ob nun vor Aufregung oder weil es langsam kühler wurde, konnte ich nicht sagen. Ich setzte Leni zwischen meine Beine, warf die zweite Decke über meine Schultern und schlug sie vor uns zusammen, sodass wir beide warm eingepackt waren.

»Ich kann ja gar nichts sehen, Tante Bella!«, meckerte Leni, und ich holte die Taschenlampe hervor.

»Besser?«

»Mhm«, sagte sie und zupfte ein weiteres Stück vom Briefumschlag ab, ehe sie den Brief hervorzog. Es war nur eine Seite, wie ich wusste. Leni sah sich den Brief an und drehte ihn einmal um. »Wow, das sind viele Wörter. Sind die alle von Mama?« Sie hob den Kopf, sah mich erwartungsvoll und voller Vorfreude an.

»Ja, die hat alle deine Mutter geschrieben. Zeig mal her. Dann lese ich ihn dir vor.«

Leni streckte mir das Blatt entgegen und kuschelte sich an mich.

Für meinen kleinen Schlumpf und das Wunder meines Lebens, Leni, begann ich zu lesen.

»Das bin ich«, kommentierte sie und deutete auf ihren Namen.

Ich nickte und las weiter.

Wenn du das hier liest, sitzt du mit Tante Bella an meinen Lieblingsplatz am Strand. Und so wie ich deine Tante kenne, hat sie dir vermutlich Kekse und Naschis mitgebracht, oder?

Leni kicherte, als hätte ihre Mutter sie gerade erwischt. Ich drückte sie an mich und fuhr fort.

Das ist schon in Ordnung. Heute erlaube ich es dir gern. Denn heute ist ein besonderer Tag. Leider bin ich nicht mehr da, um ihn mit euch zusammen zu feiern, aber ich bin mir sicher, dass es sich mit Tante Bella auch ganz toll feiern lässt. Denn das wünsche ich mir für dich, Leni: Sei nicht traurig, dass ich nicht mehr da bin.

Wir hatten vier wundervolle Jahre zusammen. Vier Jahre, in denen ich mein kleines Wunder habe aufwachsen sehen. Vier Jahre, in denen wir genascht, gebastelt, geliebt und gestritten haben. Und soll ich dir was sagen, kleiner Schlumpf? Ich habe jede Sekunde davon genossen. Du bist auf einmal in meinem Leben gewesen und hast es so viel heller und strahlender gemacht.

Ich weiß, dass du mich sicher vermisst. Deswegen verrate ich dir jetzt ein Geheimnis, das nur du und Tante Bella kennen werden. Du darfst es niemandem erzählen. Versprichst du mir das?

Leni saß vor mir und lauschte gebannt. Hektisch nickte sie. »Ich verspreche es dir, Mama«, flüsterte sie.

Gut, dann kann ich es dir ja verraten, las ich weiter vor und schluckte bei den nächsten Worten.

Du bist der hellste Stern in meinem Leben gewesen, Leni, deswegen werde ich dich immer sehen können. Egal wohin du gehst. Egal wie traurig du bist, ich werde stets bei dir sein. Dir niemals von der Seite weichen. Und nun möchte ich der hellste Stern für dich sein. Schau hinauf zum Nachthimmel.

»Wow«, rief Leni und starrte augenblicklich nach oben. Auch ich schaute auf. »Welcher davon ist Mama?«

»Moment, ich lese weiter«, sagte ich und leuchtete wieder auf das Blatt.

Du darfst es niemandem verraten, aber der Stern, der am hellsten strahlt, das bin ich. Schau hinauf zu mir. Ich funkele nur für dich. Wenn du eines Tages nicht weißt, was du tun sollst, schau zu mir, und ich werde für dich leuchten. Jede Nacht, solange du lebst.

Leni senkte den Kopf nicht mehr, sondern suchte den ganzen Himmel ab. Ich hingegen las weiter, unterdrückte den Kloß in meinem Hals, bis es schmerzte.

Ich wäre nirgendwo lieber in diesem Augenblick als bei euch. Deswegen bricht es mir das Herz, dass ich mich jetzt von euch verabschieden muss. Aus tiefstem Herzen wünsche ich dir, meine liebe Tochter, das beste Leben, das du haben kannst. Lebe und liebe, feiere und vergiss eines nie: Jeder Tag auf dieser Welt ist etwas Besonderes. So besonders wie du es für mich warst.

Mein kleiner Schlumpf, ich liebe dich bis zum Himmel und zurück. Vergiss mich nicht.

Deine Mama

Ich legte den Brief beiseite und wischte mir die Tränen aus dem Augenwinkel.

»Nochmal«, forderte Leni und hob den Bogen wieder hoch. »Ich will noch mal den Brief von Mama lesen.«

»Hast du denn schon den hellsten Stern gefunden?«, fragte ich mit belegter Stimme.

»Da oben!« Leni streckte die Hand aus und deutete auf die Venus. »Aber das dürfen wir niemandem verraten. Das bleibt unser Geheimnis. In die Hand versprochen, Mama«, rief Leni in die Nacht hinaus.

Sie glaubte es und redete mit ihrer Mutter, als säße sie neben uns. Die Wärme dieser Liebe durchflutete mich. Obwohl es nur ein Brief war, hörte Leni auf die Worte und glaubte sie blindlings. Diese Liebe war wundervoll und zeigte mir, wie viel ich von einem Kind lernen konnte.

Die Tränen rannen mir die Wangen hinab und tropften auf die Decke, die ich über Leni hielt.

»Liest du ihn mir noch einmal vor, Tante Bella?«, fragte Leni und hielt mir den Brief vor die Nase. »Bitte.«

Ich strich ihr über den Kopf, während ich die Taschenlampe erneut auf das Papier richtete. »Natürlich, Leni. Jederzeit.«

An diesem Abend lasen wir Melanies Zeilen noch vier weitere Male, während wir die Sterne beobachteten und immer wieder hinauf winkten. Irgendwann schlief Leni ein, und dann brach es aus mir heraus, und ich weinte. Hielt die Tränenflut nicht länger auf, sondern ließ sie aus mir herausstürzen. Dieses Mal jedoch musste ich kein Schluchzen unterdrücken, rang nicht mit der Verzweiflung. Ich verabschiedete mich auf meine Weise von Melanie.

Ich lag am Strand, hatte die Tochter meiner besten Freundin im Arm und dachte an all die Momente, die ich mit Melanie verbracht hatte. So viele, dass sie wie ein Film vor meinem inneren Auge abliefen. Ich lachte, ich weinte, ich rang mit meiner Fassung, aber am Ende schlief ich ein. Mit einem Lächeln auf den Lippen und der Gewissheit, dass Melanie für immer ein Teil von Leni und mir sein würde. Für den Rest unseres hoffentlich langen Lebens.

Kapitel 26 – Maximilian

Bock auf ein Bier?, stand in der Nachricht von Jannis. Noch nie hatte ich lieber *Ja* geantwortet.

Isabellas Kündigung lag inzwischen anderthalb Wochen zurück. Seither hatte sich mein Leben grundlegend verändert. Wie ich befürchtet hatte, setzte mein Onkel mich vor dir Tür. Er gab mir zwei Tage, um meine Sachen aus der Scheune zu schaffen. Mit meinem letzten Geld mietete ich eine Garage bei einem alten Mann an, in der ich mein Zeug erst einmal unterstellen konnte, bis ich wusste, wohin mit mir. Weil mir nichts Besseres einfiel, schlief ich in der ersten Nacht am Strand in einem offenen Strandkorb. Nachdem mich die Vermieterin morgens darin fand, scheuchte sie mich weg, und um nicht erneut erwischt zu werden und ein Bußgeld zu riskieren, verbrachte ich die nächste Nacht windgeschützt zwischen den Dünen unter freiem Himmel. Trotz des schönen Frühsommerwetters war es lausig kalt. Vor zwei Tagen war ich bei einem Bekannten auf der Couch eingepennt, mit dem ich die halbe Nacht an der PlayStation gezockt hatte.

Es findet sich immer eine Lösung, hatte meine Mutter stets gesagt und dabei gelächelt. Allerdings war sie eine hoffnungslose Optimistin gewesen, und mir sank allmählich der Mut.

Die letzten beiden Nächte hatte ich auf meiner Matratze in der Garage geschlafen, in der meine Sachen lagen. Der alte Mann war zum Glück beinahe taub und hörte nicht, wenn ich das quietschende Tor spätabends öffnete. Es war nicht besonders warm, aber zumindest trocken und dunkel. Und es war nicht die Straße. Denn auch wenn ich es nicht zugeben wollte: Ich war obdachlos. Ein Zustand, von dem Lisa mir gern prophezeit hatte, dass er mich eines Tages ereilen würde. Wofür ich sie ausgelacht hatte. Ich doch nicht.

Jeden Tag klapperte ich die Handwerksbetriebe und Firmen ab, um nach einem Job zu fragen. Doch sobald ich meinen Namen nannte, schüttelten die Meister und Vorarbeiter den Kopf. Es schien, als ob mein Onkel eine Rundmail an sämtliche Betriebe geschickt hatte, um mich ja am Boden zu halten. Und auch das Steuerbüro hatte unsere Abmachung aufgekündigt.

Nach fast einer Woche auf der Straße und mit nicht einem einzigen Job in Aussicht, fragte ich mich, was für Optionen mir blieben. Ich wanderte die Strandpromenade entlang und beobachtete die Feriengäste. Als Touristenführer fehlte mir die Kenntnis der Gegend. Außerdem bezweifelte ich, dass es in diesem Kaff etwas Lohnenswertes zu bestaunen gab.

Immer mehr freundete ich mich mit dem Gedanken an, dass ich die Ostsee wohl verlassen müsste, um eine neue Tätigkeit zu finden. Doch *wo* sollte ich hin? Die Frage beschäftigte mich gerade, als die Nachricht von Jannis kam. Anscheinend war ihm egal, was mein Onkel verbreitete. Oder er hatte so viel zu tun, dass er es nicht mitbekommen hatte. Was es auch war, ich war ihm mehr als dankbar und freute mich auf das Bier.

Heute Abend 18 Uhr, schlug er vor.

Gern, antwortete ich und steckte das Handy wieder ein. Zum Glück gab es genügend öffentliche Orte, an denen man sein Smartphone laden konnte, sonst wäre mir auch dieses letzte Vergnügen versagt geblieben.

Ich schaute in mein Portemonnaie. Das Geld, das ich im Steuerbüro verdient hatte, würde erst zum Monatsende überwiesen werden. Bis dahin musste ich mit den vierzig Euro auskommen, die ich noch hatte.

Hoffentlich bezahlt Jannis das Bier, flehte ich innerlich. Sonst würde die letzte Woche des Monats arg werden.

Ich kam am *Cupcakes by the Sea* vorbei und linste hinein. Zwei ältere Herren saßen bei einer Tasse Kaffee und einem Stück Kuchen am Fenster. Ansonsten war der Laden leer. Dafür, dass die Hauptsaison bald anfing, waren das eindeutig zu wenig Kunden.

Vor der Bank gegenüber des Ladens blieb ich stehen und sah hinüber. Isabella stand hinter dem Tresen und sortierte die Auslage. Sie hatte mich nicht bemerkt, und auch wenn ich mir das Gegenteil wünschte, so wusste ich, dass es besser so war. Ihr vorwurfsvoller Blick hätte mir den Rest gegeben.

Bislang klammerte ich mich an die Hoffnung, dass meine aktuelle Misere bloß eine kurze Phase war und ich mich nur fangen musste. Dann würde sich alles zum Guten wenden. Ich würde Henry wiedersehen und mit ihm viel Zeit verbringen.

Doch dazu musste ich dafür sorgen, dass ich schnell Arbeit fand. Die einzige Stelle, die mir wirklich Spaß gemacht hatte in meinem Leben, war für mich unerreichbar geworden, obwohl sie genau vor mir lag. Der schmale Promenadenweg hätte auch der Abgrund des Grand Canyons sein können. Isabella würde mich nie wieder einstellen.

Ich ließ die Schultern hängen und ging weiter. Ohne mich und die Machenschaften meines Onkels war sie besser dran.

*

»Läuft gerade nicht so bei dir, was?«, fragte Jannis und schob mir das dritte Bier rüber.

Ich schnaubte. »Kann man so sagen. Und bei dir?«

»Ach, ich habe mich mit meinem Vater in der Wolle, weil er meint, ich sollte studieren, statt direkt in die Firma einzusteigen.« Er deutete auf seine Brust. »Was soll ich jetzt noch an der Uni? Da wäre ich doch der Großvater unter den Studis. Außerdem glaube ich nicht, dass die mir da mehr beibringen können, als ich in den letzten vier Jahren in der Praxis gelernt habe.«

»Warum besteht dein Vater dann darauf?«, hakte ich nach, war froh, über etwas anderes nachdenken zu können als mein eigenes Versagen.

»Er meint, dass es sich im Lebenslauf besser macht, wenn ich einen Bachelor oder gar einen Master habe. Pah.« Jannis schnaubte. »Für welchen Lebenslauf bitte? Ich übernehme seine Firma irgendwann, und dann bin ich der Boss. Da ist es egal, ob ich auf der Sonderschule oder im Internat war.« Jannis griff nach seinem Glas und leerte es zur Hälfte. »Praktische Erfahrung ist wertvoller als die Theorie.«

»Keine Ahnung. Ich hab nur einen Hauptschulabschluss, und wirklich weit hat der mich nicht gebracht«, seufzte ich. »Egal. Darf ich dich was fragen?«

»Klar, immer raus damit.«

»Hast du Arbeit für mich? Erst mal nur zum Übergang. Ich such mir was Neues. Du kannst mich auch als Putzfrau einstellen, wenn du eine brauchst.«

»So verzweifelt?« Jannis lachte, doch es war keine Schadenfreude, sondern freundschaftliches Mitleid. »Lass mich raten. Keiner in der Stadt gibt dir einen Job?«

Ich nickte. »Gab es eine Rundmail, oder warum stellt mich keiner ein?«

»Keine Rundmail, aber den monatlichen Stammtisch der oberen Zehntausend. Dabei hat dein Onkel lautstark über dein Versagen bei einer einfachen Aufgabe getönt und fallen gelassen, dass du mit Kriminellen verkehrst.«

»Oh, ich bin schlechte Gesellschaft. Pass auf, dass du keinen Ärger bekommst«, merkte ich schnippisch an.

»Hey, ganz ruhig. Ich kenne dich lange genug, um zu wissen, dass du ein grundehrlicher Typ bist. Du hast ja nicht mal Gras geraucht, als ich es dir angeboten habe.« Jannis legte mir eine Hand auf die Schulter. »Ich höre mich mal um in der Firma, wo was gebraucht wird, okay? Das ist alles, was ich dir im Moment anbieten kann.«

»Danke dir. Vielleicht ergibt sich ja was.« Ich nahm einen Schluck und stellte das Glas gleich wieder hin. »Weiß du, was ich nicht verstehe?«

»Warum dein Onkel so ein Arschloch ist?« Jannis grinste.

»Das auch, aber das meine ich nicht.« Ich winkte ab und dachte an die Papiere, die ich im Steuerbüro gesehen hatte. »Warum betrügt er alle? Ich meine, ist das so üblich? Kann man nicht auf ehrliche Art und Weise Geschäfte machen? Und muss man unbedingt jedes Ziel erreichen, das man sich gesteckt hat?«

Wieder lachte Jannis. »Du bist so herrlich nicht ehrgeizig. Mein Vater würde sagen, dass du ein Indianer bist und kein Häuptling. Indianer nehmen Befehle an und führen sie aus. Häuptlinge geben die Befehle. Dein Onkel ist halt ein Häuptling.«

Ich spürte, wie das Bier langsam seine Wirkung entfaltete und meine Zunge lockerte. »Ist aber kein Grund, das Finanzamt zu bescheißen.«

Jannis legte den Kopf schief. »Wie kommst du denn jetzt darauf?«

Ich winkte ab. »Ach, ich hatte diesen Nebenjob im Steuerbüro. Da bin ich über die Akte meines Onkels gestolpert und hab rausgefunden, dass er mich als externen Dienstleister abrechnet. Gibt wohl mehr Steuervergünstigungen«, erklärte ich und trank den Rest meines Bieres in einem Zug aus. Dem Barkeeper winkte ich und verlangte noch eines. Wenn ich nicht aufpasste, würde dieser Abend in Frustsaufen enden. »Und weißt du, was die Höhe ist? Laut den Unterlagen hat er vor zwei Monaten angeblich einen Rasentraktor und andere teure Gartengeräte bestellt, die er absetzen will. Aber weißt du was? Die habe ich nie zu Gesicht bekommen. Ich war sein verdammter Gärtner. Wenn ich den nicht benutze, wer bitte sonst?«

»Moment, was für Geräte waren das genau?«, fragte Jannis mit einem Mal hellhörig.

Ich drehte mich zu ihm und spürte ein leichtes Schwanken. Dass ich den ganzen Tag nichts gegessen hatte, wurde mir nun zum Verhängnis. Drei Bier und ich merkte schon, wie ich benommen wurde. »Keine Ahnung. Ein Laubsauger, eine elektrische Heckenschere, ein Vertikutierer … alles vom Feinsten.«

»Nicht zufällig auch ein Häcksler und ein Streuwagen, oder?«

»Doch, so'n megateueres Teil für über viertausend Euro, wo man sich fragt, ob's nicht auch was Einfacheres tut …« Überrascht hielt ich inne. »Woher weißt du das?«

»Das sind *meine* Rechnungen.« Jannis presste die Lippen zusammen und rieb sich das Kinn.

»Wie, das sind deine Rechnungen? Da standen sein Name und seine Firmenanschrift drauf.«

»Dein Onkel war vor anderthalb Monaten bei mir im Büro und sah die Rechnungen dort liegen, sagte, dass er überlege, sich auch einen Rasentraktor anzuschaffen. Er fragte mich, ob er sich die Marke und das Modell abfotografieren dürfe. Also hab ich ihn gelassen. Und das hast du bei ihm gefunden? In seinen Steuerunterlagen?«

Ich nickte, und mein Kumpel ballte die Fäuste. »Das ist eiskalter Steuerbetrug. Unfassbar. Dass er mit nicht ganz legalen Mitteln im Geschäft vorgeht, wusste ich ja, aber dass er sich überall bedient, auch bei den Unterlagen seiner Freunde, hätte ich nicht gedacht. Das kann *uns* zur Last gelegt werden.« Jannis schüttelte empört den Kopf. »Am Ende belangen die uns ebenfalls, weil wir ihm die Rechnungen zur Verfügung gestellt haben oder so etwas.«

Da wurde mir klar, dass Onkel Wolfgangs Betrügereien viel weitreichender waren, als ich bislang angenommen hatte. Nicht nur unterhielt er Kontakte ins Gesundheitsamt, deren Sachbearbeiter er vermutlich bestochen hatte. Nein, er betrog auch seine langjährigen Geschäftspartner und das Finanzamt. Das konnte man ihm unmöglich durchgehen lassen, nur weil er ab und an für wohltätige Zwecke spendete.

Ich weiß nicht, ob die Idee durch den Alkohol entstand oder ob der Alkohol ihr nur den Boden genährt hatte, um aus der Dunkelheit des Bodens zu wachsen. Aber auf einmal wurde mir klar, was ich tun musste. Jemand musste meinem Onkel das Handwerk legen. Und wer war dazu besser geeignet als ich?

Ich brütete über meinem Bier, während Jannis auf meinen Onkel schimpfte und sich aufregte. Was hatte ich zu verlieren? Ich war ohne Job, hatte keine Wohnung und auch sonst niemanden, der mich brauchte. Henry befand sich im Moment weit außerhalb meiner Reichweite. Vor allem, wenn Lisa erfuhr, wie mein Leben mittlerweile aussah.

Doch ich hatte es in der Hand. Auch wenn ich mich selbst belastete, weil ich von vielen Dingen gewusst und sie wissentlich gefördert hatte, musste ich etwas unternehmen. Ich fühlte, wie sich in meinem Inneren ein Schalter umlegte, und war auf einmal voller Tatendrang. Vermutlich war es nur eine Frage der Zeit, bis mein Onkel der Polizei steckte, dass ich für die Vergiftung von Isabellas Kunden verantwortlich war. Oder er ließ mich in Beugehaft nehmen, damit ich die vermeintlichen Mietschulden bezahlte. Im Knast würde ich so oder so landen.

Aber ich hatte die Wahl, wie ich dort hineinging. Mit einem reinen Gewissen, weil ich den wahren Übeltäter zur Strecke gebracht hatte, oder als Feigling, dem sein eigenes Wohl wichtiger war als die richtige Sache.

Wenn Henry eines Tages über mich nachdachte, sollte er stolz auf mich sein und sich nicht für mich schämen.

Ich schlug mit der flachen Hand auf den Tresen. »So mache ich das!«, murmelte ich entschlossen.

»Was machst du?«, fragte Jannis, den ich wohl unterbrochen hatte.

»Ich werde gegen ihn vorgehen. Irgendwer muss es machen, und warum nicht ich?«

»Du willst deinen eigenen Onkel anzeigen? Weswegen?«

»Steuerbetrug, Anstiftung zu einer Straftat. Da kommt einiges zusammen, wenn ich so darüber nachdenke«, erklärte ich Jannis und hoffte, dass ich ihm vertrauen konnte.

Kurz kam mir der Gedanke, dass auch er nur ein Spitzel meines Onkels sein konnte, der mich aushorchte. Immerhin war unsere Freundschaft schon seltsam, wenn man bedachte, aus welch unterschiedlichen Kreisen wir stammten. Andererseits hatte ich Jannis bereits früher Dinge erzählt, die meinen Onkel belasteten, hatte mich über ihn aufgeregt, wenn er mich einmal mehr mitten in der Nacht zu irgendwelchen Sonderaufgaben schickte. Nichts davon war jemals bis zu Onkel Wolfgang durchgedrungen, und so beschloss ich, Jannis zu vertrauen.

»Und wie willst du das machen?«, fragte er und bestellte uns zwei Kurze.

»Keine Ahnung. Zur Polizei gehen?«

Jannis schüttelte zögerlich den Kopf, ehe er die Hand ans Kinn legte. »Solange es nur um Betrug geht, dauert die Strafverfolgung teilweise Jahre. Das wäre zu langsam. Wenn du ihm wirklich wehtun willst, musst du ihn öffentlich anklagen.«

»Du meinst, ich soll einen Facebook-Post absetzen?«

»Nein, ich dachte an ein Medium, das seriöser ist. Außerdem sind Wolfgangs Geschäftspartner alle älter, die lesen kein Facebook.« Jannis' Augen leuchteten auf. »Aber die lesen die Wochenzeitung. Ein offener Brief.«

Ich nippte an meinem Bier und überlegte. »Meinst du, die drucken so etwas ab? Es gab noch nie ein böses Wort über ihn in der Presse. Bestimmt hat er auch Connections in die Redaktion.« Enttäuscht ließ ich den Kopf hängen. So einfach, wie ich es mir vorgestellt hatte, war es wohl doch nicht.

»Nicht so voreilig.« Jannis klopfte mir auf die Schulter. »Ich kenne da jemanden. Eine junge Redakteurin, mit der ich mal ausgegangen bin.«

Ich lachte. »Ist sie nicht sauer, weil du sie danach nicht mehr angerufen hast?«

Jannis schmunzelte und deutete mit dem Zeigefinger auf mich. »Könnte man meinen, aber in diesem Fall war sie es, die sich nicht wieder gemeldet hat. Also schuldet sie mir noch was. Sie ist vorlaut und frech und rebellisch und wäre genau die Richtige, um den Brief abzudrucken. Soll ich sie fragen?«

Ich schaute in mein Bierglas. Es war beinahe leer, und ich sollte nicht viel mehr trinken, wenn ich halbwegs akzeptabel in die Garage zurückkehren wollte. Da stellte der Barkeeper die Kurzen vor uns ab, und es schien wie ein Zeichen. Die Idee mit einem gemeinsamen Drink besiegeln. Vereinbarte man so nicht die wirklich wichtigen Geschäfte?

Ich musste etwas gegen Wolfgang unternehmen, sonst würde er ewig so weitermachen. Und ein offener Brief mit allen Anschuldigungen, die ich hatte, wäre ein guter Anfang. Zwar fehlten mir die Beweise, aber die könnte die Polizei oder vielleicht sogar die Journalistin auftreiben. Wenn ich den Zweifel erst einmal schürte, würden andere vielleicht nachfolgen und ebenfalls vortreten. Bis das Konstrukt meines Onkels in sich zusammenbrach.

Ich nahm meinen Kurzen und nickte Jannis zu. »Frag sie. Und hoffen wir, dass wir ihm damit wirklich das Handwerk legen können.«

Jannis griff zu dem kleinen Glas und stieß mit mir an. Es war besiegelt. Ich würde gegen meinen Onkel vorgehen, selbst wenn es mich meine Freiheit kosten würde.

Kapitel 27 – Isabella

Irritiert starrte ich auf mein Handy und die vier verpassten Anrufe von Ella. Zusätzlich fanden sich ein paar Sprachnachrichten von Alyxandra und Tamina in unserem Frauenchat. Leni war bei einer Freundin und spielte dort. Das erste Mal seit Melanies Tod hatte sie nicht danach gefragt, dass ihre Mutter sie begleiten sollte, sondern war von sich aus allein dortgeblieben. Ich hoffte, dass es ein gutes Zeichen war. Ebenso wie die Nächte, die allmählich ruhiger wurden. Sicher würden wir noch viele Momente durchleben, in denen wir Melanie vermissten, doch wenn sie im Laufe der Zeit weniger wurden, beziehungsweise der Schmerz dabei nachließ, hatten wir eine Chance, mit dem Leben weiterzumachen.

Ich selbst ertappte mich dabei, dass ich nicht mehr jeden Augenblick an Melanie dachte und sie zurückhaben wollte, sondern einfach hoffte, sie eines Tages wiederzusehen.

Doch jetzt verlangte etwas anderes meine Aufmerksamkeit: Warum hatten meine Freundinnen mir so viele Nachrichten hinterlassen?

Ich öffnete die erste Sprachnachricht von Alyxandra. »Hast du die Zeitung schon gelesen? Wenn nicht, tu es jetzt sofort!«, befahl sie.

Als Nächstes folgte eine Aufnahme von Tamina. »Oh mein Gott, ich habe es gerade gesehen. Was für eine Bombe!«

Okay, dachte ich, *jetzt wird es spannend.* Was mochte in unserem Regionalblättchen stehen, das bedeutsam genug war, dass mich meine Freundinnen deshalb so unbedingt kontaktierten? Hatte es etwas mit meinem Laden zu tun? Gab es vielleicht einen Bericht über die Schließung durch das Gesundheitsamt, den die Zeitung veröffentlicht hatte? Mir wurde übel. Das *Cupcakes by the Sea* hatte enorme Einbußen hinnehmen müssen seit der Geschichte mit Max und seinem Onkel. Eine zusätzliche Schlappe würden ich oder der Laden nicht verkraften. Meine Finger zitterten, während ich das *Cupcakes* abschloss und zum nächsten Kiosk lief. Unterwegs hörte ich eine weitere Sprachnachricht der Mädels ab.

»Das hätte ich nie von ihm erwartet. Hast du gelesen, was er über den Laden geschrieben hat?«

Ein eiskalter Schauer lief mir den Rücken hinunter. Er? Wer könnte etwas über das *Cupcakes by the Sea* schreiben? Hatte ich einen heimlichen Tester bei mir gehabt, der sich nach der Wiedereröffnung von der Qualität meiner Waren überzeugen wollte? War ich durchgefallen?

Die Aufregung begleitete mich bei jedem Schritt. »Los, Isabella, geh endlich an dein Telefon und sag uns, was du davon hältst, sonst stehen wir in fünf Minuten vor deiner Tür.« Die letzte Nachricht stammte von Ella und war nach den vier fehlgeschlagenen Anrufversuchen eingesprochen worden.

Endlich fand ich einen Kiosk, der noch geöffnet und ein Exemplar der Tageszeitung übrig hatte. Ich durchblätterte sie hastig und suchte nach Hinweisen auf meinen Laden, doch nirgendwo stand der Name. Erleichtert atmete ich durch und schluckte die Angst hinunter, die wie ein Stein in meiner Luftröhre gesessen hatte.

Dann ging ich die Zeitung noch einmal langsam durch. Auf der Titelseite stieß ich auf einen Hinweis auf einen offenen Brief, der angeblich die Machenschaften des Baulöwen West enthüllte. Ich stutzte. West? Das war doch Maximilians Onkel.

Ich blätterte auf die angegebene Seite und fand dort einen abgedruckten Brief, den anscheinend Max geschrieben hatte. Ich schlenderte zu einer Bank auf der Düne, hielt dabei die Zeitung fest umklammert und las schließlich, was in dem Artikel stand.

Vor einigen Tagen erreichte uns der Brief eines jungen Mannes, der alles verloren hat. Weil sein eigener Onkel ihn für seine kriminellen Machenschaften missbrauchte. Der Beschuldigte ist kein Geringerer als Wolfgang West, vielen unserer Leser als Immobilienmakler und 2. Vorsitzender des ASB-Ortsverbands bekannt. Wir haben die Anschuldigungen überprüft, eine Menge Unterlagen gesichtet und sind uns sicher, dass die Vorwürfe der Wahrheit entsprechen. Nachdem wir die Beweise der Polizei vorlegten, hat sie mit den Ermittlungen begonnen. Diese dauern aktuell noch an, und wir werden Sie über den Stand auf dem Laufenden halten.

Dies ist der Brief, der alles ins Rollen brachte:

Liebe Leser,

die folgenden Zeilen fallen mir schwer. Nicht nur, weil es meine eigene Familie ist, die ich belaste, sondern auch, weil ich zugebe, Straftaten begangen zu haben. Mir sind die Konsequenzen bewusst, die es nach sich zieht, wenn ich damit an die Öffentlichkeit trete. Dennoch glaube ich, dass jeder ein Recht darauf hat, zu erfahren, was mein Onkel tut.

Vor zwei Monaten befragte mich die Polizei in Verbindung mit einer illegalen Werkstatt, und mein Onkel gab mir ein Alibi, damit ich nicht zugeben musste, dort tatsächlich regelmäßiger Kunde zu sein. Anfangs dachte ich, dass er das für mich tat, weil ich seine Familie bin.

Ein paar Tage später wandte er sich mit einer Aufgabe an mich. Er wollte, dass ich eine Frau ausspioniere, die einen kleinen Cup-

cake-Shop an der Promenade besitzt. Er ist scharf auf die Imobilie und wollte herausfinden, wie man die Frau dazu bringen könnte, an ihn zu verkaufen. Ob es etwas gibt, mit dem man sie unter Druck setzen kann.

Zugegeben, es war dumm, so einen Auftrag anzunehmen, aber ich hatte meine Gründe und will auch nicht beschönigen, dass ich Mitschuld an den Dingen trage, die daraufhin passiert sind.

Ich heuerte als Aushilfe im Cupcake-Shop an und fragte die Inhaberin über den Laden und ihr Leben aus, ganz wie es mir mein Onkel aufgetragen hatte. Dabei lernte ich den Menschen kennen, der dahinterstand, hinter der Funktion »Besitzerin«, und erkannte, dass ich im Begriff war, ein Leben zu zerstören. Es tut mir leid, dass ich den Gedanken nicht von Anfang an hatte.

Als ich mich weigerte, weiter für meinen Onkel tätig zu sein, erpresste er mich mit persönlichen Dingen, die mich dazu brachten, etwas zu tun, das ich bitter bereue. Nicht nur, weil ich gegen das Gesetz verstoßen habe. Auch und besonders, weil ich einen wunderbaren und tollen Laden ruinierte. Und seine Besitzerin betrog, die nichts Schlimmeres tut, als ihren Lebenstraum zu leben und ihre Kunden glücklich zu machen.

Mein Onkel zwang mich, Abführmittel in den Teig der Cupcakes und Kuchen zu mischen, sodass das Gesundheitsamt eingriff und den Laden für eine Woche schloss. Um auf Nummer sicher zu gehen und die Zeit der Schließung in die Länge zu ziehen, hat mein Onkel die Beamten des Gesundheitsamts zusätzlich bestochen, was durch eine interne Untersuchung über die Abläufe inzwischen nachgewiesen werden konnte.

Kopfschüttelnd saß ich auf der Bank und starrte auf die Zeitung. Wie hatte das nur passieren können? Stimmte, was Maximilian da behauptete, oder war das alles nur ausgedacht? Aber warum sollte er das tun?

Doch das war noch nicht alles. Mein Onkel bezahlte mehrere Aushilfskräfte, die dutzende schlechte Rezensionen auf diversen Internetportalen veröffentlichten, um den Ruf des Ladens nachhaltig zu schädigen. Zwei davon konnte die Polizei ausfindig machen und zu einer Aussage bewegen. Bitte lassen Sie mich Ihnen an dieser Stelle versichern: Der Cupcake-Shop ist eine ausgezeichnete und mit Liebe geführte Bäckerei für leckere Köstlichkeiten.

Ein Lächeln huschte über meine Lippen, als ich das Kompliment las. Gleich darauf schalt ich mich dafür, als mir klar wurde, wer es geschrieben hatte. Egal aus welchen Gründen Max gehandelt hatte und was er mit diesem Artikel erreichen wollte, ich würde ihm nicht verzeihen. Werbung für meinen Laden zu machen, was das Mindeste, das er an Wiedergutmachung zu leisten hatte.

Was ich getan habe, ist nicht zu entschuldigen. Das, was mein Onkel getan hat, ist hochkriminell. Neben dem Geschilderten kann ich beweisen, dass er Steuern hinterzieht und Rechnungen seiner Geschäftspartner fälscht, um sie selbst von der Steuer abzusetzen.

Wolfgang West geht vielleicht nicht über Leichen, um zu bekommen, was er will, aber er ist nicht zimperlich, wenn es darum geht, das Gesetz zu brechen.

Mit diesem Brief möchte ich mich bei allen entschuldigen, die durch meine Handlungen zu Schaden gekommen sind, und jeden darauf aufmerksam machen, dass man im Umgang mit Wolfgang West Vorsicht walten lassen sollte.

Bei Fragen stehe ich der Polizei gern zur Verfügung und bin bereit, meine Strafe entgegenzunehmen.

Mit demütigen Grüßen
Maximilian West

Fassungslos starrte ich auf die letzten Worte. Es dauerte einen Moment, bis ich begriff, was er getan hatte. Mit seinen Aussagen belastete er nicht nur seinen Onkel, sondern auch sich selbst schwer und musste befürchten, das Umgangsrecht für seinen Sohn gänzlich zu verlieren. Und das alles nur, um sich zu entschuldigen? Um den Menschen zu sagen, dass mein Laden keine Salmonellenbrutstätte war, wie es im Internet stand. Er wollte meinen Namen reinwaschen, ohne dass er den Shop namentlich erwähnt hatte. Die Neugier der Menschen würde dafür sorgen, dass alle erst einmal googelten, welches Geschäft er meinte. Vielleicht kamen auf diese Weise einige Schaulustige ins *Cupcakes by the Sea*, die meinen Laden sonst nie betreten hätten.

In meinem Herzen wurde es warm, und ich konnte nicht glauben, dass er das wirklich getan hatte. Hatte ich mich doch nicht so sehr in ihm getäuscht? In den letzten Tagen hatte ich vermutet, dass er die Situation auf der Seebrücke ausgenutzt hatte, um sich wie ein Held aufzuführen, doch nun zeigte er tatsächlich jenes Verantwortungsgefühl, das ich damals bei ihm zu spüren geglaubt hatte.

Andererseits musste er bereits gewusst haben, wer ich war, denn seine Bewerbung hatte er bei meiner Großmutter abgegeben, bevor er zur Seebrücke spazierte.

Enttäuscht senkte ich die Zeitung und seufzte. Auch wenn der Artikel einiges erklärte und ich Max' Offenheit anerkannte, so konnte ich mir dennoch nicht sicher sein, ob er ehrlich gewesen war, wenn er mir Komplimente machte und Mitgefühl zeigte. Oder mich küsste.

Die Wärme in meinem Bauch kühlte ab und hinterließ wunde Stellen, von denen ich nicht wusste, ob sie je heilen würden.

Langsam schlug ich die Zeitung zu, saß auf der Bank und

genoss den Ausblick aufs Meer, ehe ich aufstand. Ich hatte Wichtigeres zu tun. Ich musste Leni von ihrer Freundin abholen. *Sie* war nun mein Leben. Und es gab keinen Platz für einen Mann. Ich warf die Zeitung in den nächstbesten Mülleimer und machte mich auf den Weg.

*

»Blumen für eine Frau Kramer«, sagte der Bote, der einen gigantischen Rosenstrauß vor sich trug.

Die vier Frauen, die gerade ihre Bestellung aufgegeben hatten, schauten mich voller Neid und zugleich mit einem frechen Grinsen an. »Na, da hat aber jemand ein schlechtes Gewissen«, kommentierte die Rothaarige und zwinkerte mir zu.

»Ich habe keine Blumen bestellt«, erwiderte ich dem Lieferanten.

»Ich soll sie nur liefern. Nehmen Sie sie an?« Er hielt mir den Strauß weiterhin über den Tresen entgegen.

»Ja, stellen Sie sie erst mal ab. Ich schaue gleich nach.«

Eine dunkle Ahnung sagte mir, von wem die Rosen stammten. In den letzten Tagen waren immer wieder kleine Entschuldigungen auf meiner Türschwelle aufgetaucht. Zuerst eine Packung Pralinen, auf der zwei Worte standen. *Verzeih mir.* Ein paar Tage später lag ein Brief im Briefkasten des Cupcake-Shops, den ich ungelesen in den Mülleimer geworfen hatte, als mir klar wurde, wer ihn geschrieben hatte.

Nun diese Blumen. Sicher waren sie auch von Max, der offenbar nicht müde wurde, sich bei mir zu entschuldigen, obwohl ich nicht verstand, warum er sich die Mühe machte. Was hatte er davon, wenn ich ihm verzieh? Ich war lediglich ein Auftrag gewesen, und er hatte sich nur mit mir angefreundet, weil sein Onkel es so gewollt hatte. Darüber konnte ich nicht hinwegsehen. Weder für Schokolade, noch für Worte oder Blumen, seien sie auch noch so schön.

Hinter den vier Frauen, die ihre Cappuccinos und Teller mit Cupcakes auf Tabletts luden und tuschelnd zu einem Tisch hinübergingen, stand ein Mann mit einer Cap, den ich nicht beachtet hatte, bis er an der Reihe war. Da erst erkannte ich, dass es Max war, der sich in meinen Laden geschlichen hatte.

Ich wollte gerade etwas sagen, als er die Mütze abnahm und die Arme vor die Brust hob. »Bevor du mich rauswirfst, möchte ich etwas sagen. Es war unverzeihlich, was ich dir und deinem Laden angetan habe. Ich verdiene weder dich noch deine Gnade. Trotzdem muss ich dir persönlich sagen, dass es mir sehr leidtut. Wenn ich es nicht tue, werde ich mich mein Lebtag dafür selbst geißeln.«

»Was du verdient hättest«, kommentierte ich bissig.

»Du hast recht. Ich hätte sogar noch viel mehr verdient. Aber ich muss dir einfach sagen, dass du es warst, die mein Gewissen geweckt hat. Deinetwegen bin ich aus den Machenschaften meines Onkels ausgestiegen, obwohl ich das Geld, das ich dafür bekommen hätte, dringend für die Zeit mit Henry bräuchte. Dein Laden war es, der mir gezeigt hat, dass man das Glück dort findet, wo man es am wenigsten erwartet. Nie hätte ich gedacht, dass mein Traumjob in einem Cupcake-Laden auf mich warten könnte«, erklärte er und warf seine Arme in die Luft. »Weil *du* hier bist.«

Das Frauengrüppchen spähte von seinem Tisch zu uns herüber und hielt in seinen Bewegungen inne. Keiner im Laden unterhielt sich mehr. Alle warteten, was als Nächstes passierte.

Ich sagte nichts, wollte wissen, ob Max weitersprach. Das, was bisher seinen Mund verlassen hatte, war bereits mehr wert als jede Schokolade oder Blume. Hatte er sich wirklich in meinen Laden verliebt?

»Warum hast du dann dieses Mittel in meinen Teig gemischt?«, fragte ich, als er schwieg, und verschränkte die Arme vor der Brust. Uns trennte der Tresen, doch ich wollte eine weitere Mauer zwischen uns aufbauen, die er nicht so leicht überwinden konnte.

»Wenn ich das wüsste. Ich war dumm, unsagbar dumm. Vor allem weil mir zu der Zeit schon klar war, dass du mir mehr bedeutest als ein doofer Geldumschlag.« Er senkte den Kopf. »Trotzdem habe ich weitergemacht und mir eingeredet, dass ich es nur für meinen Sohn mache. Aber …« Die Verzweiflung ließ seine Worte versiegen und seine Schultern sackten nach vorn. »Ach, keine Ahnung. Ich habe keine Erklärung dafür. Ich war einfach dämlich.«

Alle im Laden hielten den Atem an, starrten zu mir, was mir gar nicht behagte. Über den Tresen hinweg griff ich nach Max' Arm und zog ihn in die Küche.

Kaum hatte ich die Tür hinter uns angelehnt, brachte ich drei Schritte Abstand zwischen uns und funkelte ihn an. »Woher soll ich wissen, dass du mir jetzt die Wahrheit sagst? Vielleicht willst du nur gut dastehen. Als der reumütige Kerl, der alles an die Öffentlichkeit gebracht hat. Von Anfang an hast du mich belogen. Von unserer ersten Begegnung auf der Seebrücke über dein Interesse an Leni bis hin zu der Ich-bin-für-dich-da-Nummer. Kochst mir Nudeln und schüttest gleichzeitig Gift in meinen Teig. Warum sollte ich dir irgendetwas glauben, Max?«

Er stand vor mir wie ein begossener Pudel. Es fehlte nur noch, dass er die Ohren hängen ließ. Mitleid regte sich in mir, aber ich kämpfte es nieder, wollte nicht nachgeben, bloß weil ein Teil von mir ihn mochte.

»Es war nichts gelogen, Isabella. Alles, was ich dir erzählt habe, entsprach der Wahrheit. Abgesehen von meiner Hintergrundgeschichte und dass ich auf der Seebrücke so getan habe, als wüsste ich nicht, wer du bist. Ich habe dich nie angelogen.« Er klang aufrichtig. »In deiner Gegenwart hatte ich es nicht nötig zu lügen. Du hast mir gezeigt, dass man das Leben zu schätzen wissen muss. Dank dir ist mir klargeworden, dass man sein Glück finden muss, weil das Leben es dir nicht schenkt. Isabella.« Er flüsterte meinen Namen beinahe zärtlich. »Du warst der Anker, von dem ich nicht gedacht hätte, dass ich ihn brauche. Aber du hast mir gezeigt, was wirklich wichtig ist. Nicht das Geld, um einen tollen Ausflug zu machen, sondern die Wahrheit. Sie ist es, für die wir kämpfen, für die *ich* kämpfen werde. Auch wenn es mich mehr kostet, als mir lieb ist.« Er presste die Lippen zusammen und strahlte mehr Bitterkeit aus als eine Grapefruit.

Auf einmal wollte ich ihn in den Arm nehmen. Es war wie ein Zwang, den ich mühsam unterdrückte. Stattdessen fragte ich nur: »Dein Sohn?«

»Lisa hat alles herausgefunden und verboten, dass ich ihn sehen darf. Mindestens solange, bis ich die Sozialstunden abgearbeitet habe, die mir das Gericht vermutlich aufbrummen wird.«

»Du musst nicht ins Gefängnis?«

»Zum Glück nicht. Ich werde Hauptbelastungszeuge gegen meinen Onkel und habe dafür strafmildernde Umstände bekommen, wie es mein Anwalt so schön ausdrückte. Ich vermute, der Kerl hat einfach nur gut verhandelt für mich. Wer weiß.« Max zuckte mit den Schultern und lehnte sich gegen den Kühlschrank. »Jedenfalls werde ich noch verurteilt, und solange die Strafe nicht erledigt ist, darf ich Henry nicht sehen.«

Ich sah, dass Max mit den Tränen kämpfte.

Lass die Liebe in dein Leben. Melanies Wunsch hallte plötzlich in mir wider, und das löste die letzte Barriere in mir, die mich davon abgehalten hatte, Max zu vergeben. Ohne weiter zu überlegen, ging ich einen Schritt auf ihn zu und nahm ihn in den Arm.

»Das mit deinem Sohn tut mir wirklich leid. Aber du bist ein Idiot, weißt du das?«

Max nickte an meiner Schulter und schluckte schwer. »Der Größte im Universum, wurde mir versichert.«

Eine Weile standen wir so da, und ich spürte, wie sich seine Haltung merklich entspannte. Schließlich räusperte er sich und löste sich aus meiner Umarmung. »Heißt das, du verzeihst mir?«

Ich starrte ihn an, spielte mit dem Handy in der Tasche meiner Schürze und ließ ihn einige Sekunden zappeln, ehe ich antwortete. »Ja, allerdings nur, weil ich glaube, dass du genug bestraft bist.«

Max schloss die Augen, und nun wich sämtliche Anspannung von ihm. Die Erleichterung spürte ich fast schon körperlich.

»Danke«, hauchte er und sah mir in die Augen. »Du ahnst nicht, wie viel mir das bedeutet.«

Ich schmunzelte und deutete auf den Blumenstrauß draußen auf dem Tresen. »Eine dumpfe Ahnung habe ich, wenn ich bedenke, was du alles unternommen hast, um mich zu überzeugen.«

»Und es ist immer noch zu wenig. Lass mich dich zum Essen ausführen. Bitte. Ich möchte, dass du siehst, wer ich bin. Dass ich mich nicht verstellt habe, wenn ich mit dir zusammen war.« Max verhaspelte sich, so hastig sprach er.

Ich schüttelte den Kopf. »Das geht nicht.«

Enttäuscht verzog er das Gesicht. »Ich verstehe. Entschuldige. Ich wollte dir nicht zu nahe treten. Ich …« Er deutete hinter sich zur Tür. »Ich sollte wohl besser gehen.«

Amüsiert betrachtete ich seine Reaktion auf mein Kopfschütteln. »Ich kann nicht, weil ich mich abends um Leni kümmere. Aber wenn du möchtest, kannst du uns gern mal für ein Abendessen besuchen kommen. Sofern du wieder kochst.«

Es dauerte ein paar Sekunden, ehe die Erkenntnis durchsickerte. Max stand bereits im kleinen Flur, der von der Küche zurück in den Laden führte, als er innehielt. »Moment. Wirklich?«

Ich lächelte. »Es ist nur eine Einladung zum Essen. Mehr nicht«, bremste ich seinen aufsteigenden Enthusiasmus.

Melanies Worte waren es, die mich diesen Schritt hatten wagen lassen. Sie wollte, dass ich das Leben genoss. Und mein Herz flüsterte mir zu, dass ich Max vertrauen konnte. Je länger ich mit dem Gedanken spielte, ihm eine zweite Chance zu geben, desto voller schien mein Herz zu werden. Die Narben, die Melanies Tod hinterlassen hatten, würden immer bleiben. Indem ich Max vergab, hatte ich jedoch das Gefühl, dass mich diese Narben nicht entstellten oder schmerzten, sondern dass sie mich zu dem machten, was ich war. Er hatte mich kennengelernt, als es mir nicht gut ging. Und auch wenn ich mir einredete, dass es Melanies Briefe gewesen waren, die mich langsam an die Oberfläche meiner Seele zurückgeführt hatten, so hatte Max, wie ich mir endlich eingestehen konnte, einen nicht unerheblichen Teil dazu beigetragen. Mit seiner guten Laune, seinen hilfreichen Tipps in Erziehungsfragen und seiner Warmherzigkeit.

Er nahm mich in den Arm und drückte mich an sich. »Mehr verlange ich nicht. Eine Einladung zum Essen ist mehr, als ich mir erträumt habe.« Er nahm mein Gesicht in beide Hände, und kurz glaubte ich, dass er mich wieder unverhofft küssen wollte, aber dann lächelte er mich einfach nur an. »Danke, Isabella.«

In seinen Augen strahlte es, und da wusste ich, dass ich das

Richtige getan hatte. Dieser Mann war vielleicht ein Tollpatsch und entschied schneller, als er denken konnte, aber ich glaubte ihm, dass er es ehrlich meinte. Vielleicht war seine Art zu leben etwas, von dem ich mich inspirieren lassen konnte. Erst handeln, dann denken. Ein Leitspruch, der Melanie gefallen hätte.

Bevor ich mich versah, küsste ich Max. Zunächst reagierte er nicht, aber dann strich er mir mit dem Daumen über die Wange und ging auf mein Angebot ein. Zärtlich, liebevoll. Ich fühlte mich wie im Rausch und spürte, wie das Adrenalin mein Herz mit allem füllte, was Melanie sich für mich gewünscht hatte.

Kapitel 28 – Maximilian

Kannst du bitte in den Laden kommen?

Diese Nachricht von Isabella versüßte mir den Tag. Eigentlich war nicht geplant, dass wir uns heute sahen. Sie hatte einige Bestellungen abzuarbeiten, während ich mich am Nachmittag für eine weitere Aussage bei der Polizei melden sollte. Außerdem wollte ich mir ein Zimmer in einer WG am Stadtrand anschauen, das für ein halbes Jahr zur Untermiete freistand, bis der eigentliche Bewohner von einem Auslandssemester zurückkehrte.

Klar. Jetzt?, antwortete ich.

Sie schickte ein kurzes *Ja*, und ich fragte mich, um was es wohl ging. Den Teig für die Bestellungen hatte Isabella bestimmt längst vorbereitet, sodass sie heute lediglich alles backen und verzieren musste. Vielleicht war viel im Laden los und ich sollte aushelfen?

Ich machte mir wenig Hoffnungen, dass ich wieder bei ihr anfangen konnte. Zwar hatte sie mir verziehen und mich obendrein geküsst, doch das war zwei Tage her, und seitdem hatten wir uns nicht gesehen, bloß geschrieben und ein Date für ein Abendessen ausgemacht. Das hieß jedoch noch lange nicht, dass sie mir noch einmal ihren Lebenstraum anvertrauen würde.

Du wirst nie herausfinden, was sie von dir will, wenn du weiterhin hier herumstehst, tönte es in meinem Kopf.

Rasch zog ich mich an und fuhr zum Laden. Als ich das *Cupcakes by the Sea* kurze Zeit später betrat, war es gut gefüllt.

Alle Tische waren besetzt, und einige Kunden standen an, um sich einen Cupcake to go mitzunehmen. Isabellas Wangen glühten, während sie alle nach und nach mit derselben Freundlichkeit bediente wie immer. Sie war wunderschön, strahlte förmlich. Ich ging zum Tresen vor und deutete auf die Schürze, die am Haken hing.

»Soll ich mich eben umziehen?«, begrüßte ich sie in der Annahme, dass sie mich zum Helfen zu sich gerufen hatte.

»Nein, das brauchst du nicht. Warte bitte kurz. Ich habe eine Überraschung für dich«, sagte sie und zeigte auf die Ecke am Tresen, in der ich nicht im Weg stand.

Ich tat wie geheißen und bestaunte Isabella, wie sie einen Pappbecher unter den Kaffeeautomaten stellte, zwei Nusstraum-Cupcakes mit Schoko-Icing behutsam in Transportboxen setzte und gleichzeitig das dreckige Geschirr wegräumte, das die Kunden in den Rollwagen neben dem Tresen stellten. Die ganze Zeit lächelte sie zu mir herüber, dass mir heiß wurde und ich mir den Kopf darüber zerbrach, was sie mit einer Überraschung gemeint haben könnte.

Eine Viertelstunde später waren alle versorgt und der Laden nur noch halbvoll. Isabella trat zu mir und umarmte mich.

»Erzähl schon. Welche Überraschung hast du für mich?«, fragte ich wie ein kleines Kind unterm Weihnachtsbaum. Hatte sie einen Cupcake für mich entworfen? Sündenbock mit Bierschaum-Topping? Oder hatte sie eventuell doch vor, mich wieder einzustellen? Ich wagte kaum zu hoffen.

Sie grinste mich an, griff zum Telefon und sagte: »Ihr könnt runterkommen.«

Ihr? Plante sie einen gemeinsamen Ausflug mit Leni und ihrer Großmutter? Das wäre schön. Wenn ich den Sommer schon nicht mit meinem eigenen Sohn verbringen konnte, dann wenigstens mit …

»Papa!«, unterbrach ein lauter Schrei meine Gedanken.

Mein Blick wanderte zu der Treppe, die zur Wohnung von Isabellas Großmutter führte. Henry kam die Stufen heruntergesprungen, rannte auf mich zu und warf sich mir in die Arme.

Mir schossen Tränen in die Augen, während ich völlig perplex meinen Sohn auffing. »Henry, was …?« Die Worte blieben an dem schweren Kloß in meinem Hals hängen. Ich konnte nicht sprechen, so sehr drängten die Freudentränen hinaus. Durch den Schleier vor meinen Augen konnte ich sehen, wie Isabella lächelte und einen Schritt zurücktrat, um mir den Augenblick mit meinem Sohn zu gönnen.

»Papa, du hast mir gefehlt«, murmelte Henry an meinem Hals und drückte sich an mich. *Gott, ist er schwer geworden,* dachte ich und hielt ihn so fest, als ob ich ihn nie mehr loslassen wollte.

»Du mir auch, Sportsfreund«, erwiderte ich mit erstickter Stimme. »Du mir auch.«

Minutenlang standen wir da und klammerten uns aneinander. Irgendwann lehnte Henry sich zurück, blieb aber auf meinem Arm sitzen. Er spielte mit dem Reißverschluss meiner Motorradjacke, und ich ließ ihn.

»Wieso bist du hier? Ich dachte, du darfst nicht. Du bist nicht abgehauen, oder?«, vergewisserte ich mich. Sicher würde Lisa mir das als Kindesentführung auslegen, wenn ich ihn nicht sofort zurückbrachte.

»Nein, Mama hat es erlaubt. Ich darf zwei Wochen bei dir bleiben. Es sind Ferien.«

»Ich weiß, und ich hatte mich total darauf gefreut, dass du kommst, aber …« Ich hielt inne. Wusste er, warum Lisa ihm den Umgang mit mir verboten hatte? Oder hatte sie es ohne Begründung nicht erlaubt?

»Deine Freundin kam zu uns und hat mich abgeholt.«

»Sie ist nicht meine …« Ich hielt inne. Wir hatten noch nicht geklärt, was Isabella und ich waren. Ich ließ Henrys Aussage so stehen, denn etwas anderes ließ mich stutzen. »Einfach abgeholt?«

Henry schüttelte seinen Kopf und strich sich gleich danach den Pony aus dem Gesicht. »Sie hat erst lange mit Mama geredet. Keine Ahnung über was. Ich musste im Zimmer bleiben.«

Da kam Isabella wieder dazu und lächelte liebevoll. »Ich habe mit ihr von Frau zu Frau geredet und erzählt, was du getan hast.«

Der Schreck fuhr mir in die Glieder. »Alles?«

»Ja, alles. Die volle Wahrheit. Glaub mir, das war gut so.« Isabella schüttelte den Kopf. »Ich weiß nicht, was du ihr getan hast, aber diese Frau ist mächtig wütend auf dich. Die reine Wahrheit zu hören schien sie jedoch zu beschwichtigen. Vielleicht waren es die Beweise, die ich mitgebracht habe, oder die Untermauerung ihres Freundes zu meiner Aussage. Jedenfalls hat sie zugestimmt, dass Henry dich für zwei Wochen besuchen darf. Mit ein paar Auflagen.«

»Welche?«, wollte ich wissen und drückte Henry unwillkürlich fester an mich. Lisa traute ich alles Mögliche zu; vielleicht erlaubte sie Henry nur deshalb seinen Besuch bei mir, damit sie uns die gemeinsame Zeit durch irgendwelche komplizierten Regeln vermiesen konnte.

»Henry ruft jeden Abend bei ihr an und erzählt von seinem Tag. Außerdem wohnt ihr für die Zeit, die ihr zusammen habt, in Alyxandras Pension.«

Ich hielt den Atem an. »Wie bitte?« Das durfte nicht wahr sein. »Das kann ich mir nicht leisten.«

»Keine Sorge. Es ist ein Zimmer, das tagsüber renoviert wird. Aber abends könnt ihr darin schlafen. Ist schon alles geklärt. Ihr müsst nichts dafür zahlen, solange ihr nichts kaputt macht.«

Ich konnte es nicht fassen. Passierte das gerade wirklich? »Du musst ein Engel sein!«, entfuhr es mir.

Henry schnaubte. »Papa, sie hat keine Flügel.«

Ich lachte, als ich seinen ernsten Gesichtsausdruck sah. »Stimmt, aber nicht alle Engel haben Flügel.« Langsam setzte ich Henry ab, behielt ihn aber an meiner Hand. In den nächsten zwei Wochen würde ich nicht von seiner Seite weichen. »Isabella, wieso tust du das für mich? Nach allem, was ich verbockt habe.« Es war mir unbegreiflich, wie sie mir hatte verzeihen können und dann auch noch so ein Geschenk machte.

»Sagen wir einfach, ich weiß, wie es ist, wenn man jemanden unendlich vermisst. Schlussendlich hast du alles für Henry getan, nicht für dich oder deinen Vorteil. Und dass du eine Strafe in Kauf genommen hast, um für deinen Fehler einzustehen, ist etwas, das meiner Freundin Melanie sicher gefallen hätte. Sie hat mich immer dazu ermutigt, etwas zu riskieren und das Richtige zu tun.« Sie zuckte mit den Schultern. »Und genau das habe ich versucht.«

Mit meiner freien Hand fuhr ich mir über die Augen, wischte die Tränen beiseite, die erneut meinen Blick verschleierten. »Du bist unglaublich, weißt du das?« Ich nahm sie in den Arm, spürte die Wärme ihrer glühenden Wangen. »Wie kann ich das jemals wiedergutmachen?«

Es war eine rhetorische Frage gewesen, aber Isabella räusperte sich. »Ich hätte da eine Idee.« Ich löste mich von ihr, um ihr ins Gesicht zu sehen. Sie schmunzelte verschwörerisch. »Wenn deine Zeit mit Henry vorbei ist, möchte ich, dass du wieder für mich arbeitest. Unter strengen Auflagen versteht sich!« Sie zog eine Augenbraue bedeutungsschwanger hinauf.

Mir klappte der Mund auf, dann beeilte ich mich zu sagen: »Keine Sorge, ich werde die Küche nicht mehr betreten, solange ich hier arbeite.«

»Und du wirst zwei Tage pro Woche kostenlos bei mir arbeiten, solange bis der Schaden behoben ist, den du verursacht hast.«

Ich schluckte. Das würde meinen finanziellen Spielraum arg einschränken, aber immerhin hätte ich überhaupt einen Job. Und ich durfte in Isabellas Nähe sein. Ich nickte. »Alles, was du willst. Du hast mir Henry gebracht. Dafür würde ich dir sogar Fische mit der Hand in der Ostsee fangen.«

Isabella lachte. »Keine Sorge. Auch wenn der Laden *Cupcakes by the Sea* heißt, wird nie ein Fisch darin zu finden sein.«

Ich zog sie an mich und hielt sie seitlich an mich gedrückt. Dann hauchte ich ihr einen Kuss auf die Wange und meinte ihn als Versprechen. Dafür, dass ich ihr helfen, dass ich ihr nicht wehtun würde. Dafür, dass ich sie lieben würde, egal was uns erwartete.

»Danke«, murmelte ich und atmete ihren warmen und weichen Geruch ein. »Danke für alles.«

Sie löste sich von mir und schaute mir tief in die Augen. »Ich danke dir. Dafür, dass du mich daran erinnert hast, dass ein Leben viel mehr ist als nur eine Abfolge von Stunden.«

Wieder war sie es, die mich küsste. Nur kurz, aber voller Liebe.

Henry machte ein angewidertes Geräusch neben uns, und wir lachten, als ich mich von Isabella zurückzog.

»Ich denke, ich arbeite mal weiter«, sagte sie und drückte meine Hand. Bevor sie sich umwandte, lag dieselbe Leidenschaft in ihren Augen, die sie für ihre Cupcakes hegte. Doch diesmal schien sie mir zu gelten.

Mein Herz wollte platzen vor Freude, und nur widerwillig ließ ich ihre Hand los, damit sie an den Tresen treten konnte.

»Können wir jetzt endlich ans Meer?«, fragte Henry, und ich hob ihn auf meine Schultern.

»Alles worauf du Lust hast, Sportsfreund. Die nächsten zwei Wochen gehören nur uns beiden.«

Wir verließen den Cupcake-Shop, und in meinem Herzen blühte die wohlige Gewissheit, dass ich bald zurückkehren würde. Dieser kleine Laden an der Strandpromenade war meine neue Heimat geworden.

Lesejury